W0048531

Liebe und Leidenschaft

LAMBERT SCHNEIDER

Am besten lesen.   *Am besten lesen.*   *Am besten lesen.*

Liebe und Leidenschaft

Italienische Novellen

Herausgegeben von
Eberhard Brost

Mit einem Vorwort von
Hermann H. Wetzel

Am besten lesen.   *Am besten lesen.*   *Am besten lesen.*

Die Holzschnitte sind ausgewählt aus der
bei Anton Sorg 1490 in Augsburg erschienenen
Dekameronübersetzung des sogenannten Arigo.

Die Deutsche Nationalbibliothek verzeichnet diese Publikation
in der Deutschen Nationalbibliografie;
detaillierte bibliografische Daten sind im Internet über
http://dnb.d-nb.de abrufbar.

Das Werk ist in allen seinen Teilen urheberrechtlich geschützt.
Jede Verwertung ist ohne Zustimmung des Verlags unzulässig.
Das gilt insbesondere für Vervielfältigungen,
Übersetzungen, Mikroverfilmungen und die Einspeicherung in
und Verarbeitung durch elektronische Systeme.

Der Lambert Schneider Verlag ist ein Imprint der WBG
(Wissenschaftliche Buchgesellschaft), Darmstadt.
© 2012 by Lambert Schneider Verlag, Darmstadt
Die Herausgabe des Werkes wurde durch
die Vereinsmitglieder der WBG gefördert.
Umschlagabbildung: Der Mönch schläft mit der Frau,
während der Ehemann betet. Buchmalerei, frz., 15. Jh.
Aus: Le livre appellé Décaméron (...) de Jehan Boccace.
Ms Arsenal 5070, fol. 108v. Bibliothèque nationale de France.
Ausschnitt. © akg-images.
Umschlaggestaltung: Peter Lohse, Heppenheim
Gedruckt auf säurefreiem und alterungsbeständigem Papier
Printed in Germany

ISBN 978-3-650-24908-4

Elektronisch sind folgende Ausgaben erhältlich:
eBook (PDF): 978-3-650-72674-2
eBook (epub): 978-3-650-72675-9

Einleitung

Von Hermann H. Wetzel

Ein »Irrgarten der Liebe« komponiert aus italienischen Novellen klingt verlockend und verheißungsvoll. Wer verlöre sich nicht gerne in einem dieser geometrisch angelegten italienischen Gärten mit buchsbaumgesäumten Kieswegen und lauschigen Buchten auf galanten Abenteuern, in denen sich die nicht erst von Goethe entdeckte Sehnsucht der Deutschen nach einem bestimmten Süden, nach unbeschwerter und unverklemmter Sinnenlust zu verwirklichen scheint? Nicht umsonst zählt Boccaccios *Decameron* in der landläufigen Vorstellung immer noch zur erotischen Literatur, obwohl sich die einschlägigen Stellen neben den heutigen Vertretern der Gattung doch recht bieder und harmlos ausnehmen. Statt in schwülen und schummerigen ›Feuchtgebieten‹ werden die nur teilweise lockeren »Neuigkeiten« in der klaren Helligkeit eines toskanischen *Locus amoenus* von einer gesitteten Gesellschaft reihum erzählt. Vielleicht lohnt es sich, dem Mythos der Novelle, wie er sich seit Boccaccio etabliert hat, genauer nachzugehen.

Die diesem Band zugrunde liegende Auswahl von italienischen Novellen aus dem 13. bis zum 19. Jahrhundert, die Eberhard Brost unter dem Titel *Ein Irrgarten der Liebe* in den fünfziger Jahren des letzten Jahrhunderts besorgte und die ihrerseits auf einer dreibändigen Auswahl italienischer Novellen von Erich Loewenthal aus dem Jahre 1942 fußte, ist, wie könnte es anders sein, ein Kind ihrer Zeit: Kriegs- und Nachkriegszeit verlangten als Gegengewicht gegen die Realität nach heiterer Zerstreuung, und insofern war die Situation auf den ersten Blick nicht unähnlich derjenigen, in welcher sich der Schöpfer der Gattung ›Novelle‹, Giovanni Boccaccio, 1348 während der Pest in Florenz sah. Die im

Rahmen des *Decameron* geschilderte, damals in Europa erst-
mals und mit verheerenden Folgen auftretende Epidemie
war jedoch für den Kaufmann und Bürger der Republik
Florenz Anlass, der Katastrophe, welche die sozialen, moralischen und politischen Normen der Bürgerschaft außer
Kraft setzte und nachhaltig zu beschädigen drohte, einen
autonomen Ordnungsversuch entgegenzustellen.

Die Rahmengeschichte des *Decameron* ist eine Art Exorzis-
mus, ein auf der Ebene der Fiktion gestarteter Versuch, die
zunächst ausführlich geschilderten chaotischen Folgen
und sozialen Auflösungserscheinungen in Folge der Pest zu
bannen. Sieben junge Frauen aus den besten damals die
Stadt regierenden Familien beschließen, sich in Gesellschaft dreier junger ebenso edler Männer und mit der
Unterstützung ihres Gesindes auf ihre ländlichen Villen
im Umland von Florenz zurückzuziehen, um dort, einigermaßen geschützt vor Ansteckung, nicht nur angenehm mit
Geplauder, Gesang, Tanz und Spiel eine gewisse Wartezeit
zu vertreiben, sondern sich selbst und ihren Mitbürgern
auch eine Lektion in Ordnung und Anstand zu erteilen. Sie
wählen reihum jeweils für einen Tag eine Königin oder
einen König, die über einen geregelten Tagesablauf wachen
und das Erzählthema jedes Tages festlegen sollten, während der Freitag als der Tag der Passion Christi, der
Samstag und der Sonntagmorgen religiösen Übungen vor-
behalten sind. Und sie kehren nach Ablauf von zehn
Erzähltagen zurück in das immer noch pestverseuchte
Florenz mit der ausdrücklichen Begründung, dass sie die
Sittsamkeit und den guten Ruf der Gesellschaft nicht gefährden wollten. Die fiktive Erzählergemeinschaft der
»lieta brigata« flieht also nicht nur vor der Pest – wer
könnte es ihr verdenken? –, sondern sie stellt sich ihren
sozialen und moralischen Folgen aktiv, wenn auch zeitlich
begrenzt, entgegen.

Eine Anthologie oder Blütenlese, welche die nach Meinung
des Herausgebers schönsten Gewächse zu einem Garten
der Liebe komponiert, wählt, wie der Wortbestandteil

›Lese‹ bereits sagt, aus größeren, vielfältigeren Werken verschiedener Autoren einzelne Novellen unter einem bestimmten Thema aus. Eine solche Auswahl bedeutet immer auch Verlust, mit Blick auf die zugrunde liegenden Novellensammlungen einen Verlust an thematischer Vielfalt und vor allem den Verlust der Rahmengeschichten, die, wie wir gesehen haben, alles andere als nur schmückendes, letztlich überflüssiges Beiwerk sind.

Boccaccio, der sich seinerseits auf ›primitivere‹ Vorgänger wie das ebenfalls hundert meist sehr kurze, exempelartige Geschichten umfassende *Novellino* oder *Cento novelle antiche* (um 1300) stützen konnte, löste mit seinem Werk eine Jahrhunderte andauernde Erfolgsgeschichte von Nachahmungen und Übersetzungen in ganz Europa aus. Es sei nur an Chaucers *Canterbury Tales* (um 1400) oder Marguerite de Navarres *Heptaméron* (um 1550) erinnert. Allein für Italien wird die seit 1971 erscheinende wissenschaftliche Sammlung *I Novellieri italiani* (Salerno Editrice), die aber nicht einmal das ganze 19. Jahrhundert umfasst, circa hundert Titel zum Teil mit mehreren Bänden zählen. Diese Novellensammlungen sind je nach historischem Kontext inhaltlich und formal sehr unterschiedlich. Boccaccios den Ton angebende Sammlung entstand Mitte des 14. Jahrhunderts in Zeiten politischer Autonomie der wohlhabenden Bürger in der Republik Florenz, andere Sammlungen dagegen unter dem autoritären Regiment der aus der Refeudalisierung des 15. und 16. Jahrhunderts hervorgegangenen Signorie, – die einen in Zeiten relativer Offenheit in Dingen des Glaubens und der Moral, die anderen während der Gegenreformation, die das *Decameron* in seiner ›ungereinigten‹ Form auf den Index setzte.

Bei wenigen spielt der Rahmen eine derart tragende Rolle wie bei Boccaccio, bei vielen fehlt er ganz. Denn der Rahmen hat immer etwas mit dem Bedürfnis und vor allem der Fähigkeit zur Ordnung zu tun – Ordnung der Vielfalt der erzählten Geschichten und der in ihnen implizit oder explizit enthaltenen Weltanschauungen. Das ältere *Novellino* reiht unverbunden »fiori di parlare, di belle cortesie e di be‹ risposi e di belle valentie e doni« (»Blüten der Rede, schönen höfischen Benehmens und schöner Antworten, schöner Taten und Geschenke«)[1] aneinander. Das Erzählte bedarf noch keiner fiktionalen äußeren Ordnung, da es sich weitgehend in die Ordnung der Ständegesellschaft einfügt. Schon eine Generation nach Boccaccio verzichtet der Florentiner Franco Sacchetti trotz der ausdrücklichen Anlehnung an seinen Landsmann auf eine Rahmenfiktion und kompiliert lediglich dreihundert Novellen, da es ihm angesichts der inzwischen chaotischen Zeitläufte offensichtlich an der Kraft zum Rahmen fehlt. Bandello wird im 16. Jahrhundert jede einzelne Novelle mit einem Widmungsbrief versehen, Pirandello sich im 20. Jahrhundert darauf beschränken, seine Novellen in ferner Anlehnung an die »zehn Tage« des Boccaccio rein kumulativ ohne Rahmenfiktion unter dem Titel *Novelle per un anno* (*Novellen für ein Jahr*) herauszugeben.

Der Boccaccio-Rahmen ist aber nicht nur eine fiktionale Reaktion auf die lebensweltliche, historische Situation der Pest, sondern auch ein Versuch, das in den erzählten Novellen selbst in Frage gestellte überkommene mittelalterliche Wertesystem zu diskutieren, es an den neuen Idealen der frühkapitalistischen Kaufmannsgesellschaft, zu der seine meisten Leser und Leserinnen gehört haben dürften, zu messen, ohne das Überkommene jedoch völlig aufzugeben. Die Erzählerinnen und Erzähler äußern regelmäßig zwischen den Geschichten ihre Meinung zum Erzählten, die darin in Handlung umgesetzten Wertvorstellungen werden kontrovers diskutiert. So stehen neben Beispielen erotischer Freizügigkeit, die die Erfüllung sexueller Bedürfnisse für beide Geschlechter als etwas Selbstverständliches und Natürliches darstellen und ausdrücklich verteidigen (Boccaccio, »Die mutige Ehebrecherin«),

---

1 *Il Novellino*. Das Buch der hundert alten Novellen. Italienisch/Deutsch. Übersetzt und herausgegeben von Janos Riesz (Reclam UB 8511 [4]), Stuttgart: Reclam 1988.

andere Beispiele strengster Sittlichkeit und unbegreiflichen Standesdünkels, wie etwa die berühmte, von Petrarca als einzige einer Übersetzung ins Lateinische für würdig erachtete Griseldis- Novelle (*Decameron* X, 10), deren Protagonisten, dem Markgrafen von Sanluzzo, von einem der Gesprächspartner für das demütigende Verhalten gegenüber seiner Frau schlichtweg »matta bestialità« (»verrückte Brutalität«) attestiert wird. Im *Decameron* jedoch beziehen sich die lockeren Sitten – gelockert im Vergleich zur offiziell von der Kirche vertretenen Moral – nicht nur auf den sexuellen Bereich, sondern insgesamt auf den Bereich des menschlichen Zusammenlebens. Denn statt mit einer adligen Ständegesellschaft und rigidem Ehrenkodex haben wir es im Florenz des 14. Jahrhunderts mit einer Gesellschaft zu tun, in der nicht mehr ausschließlich christliche Moral und adlige Geburt, sondern Kreditwürdigkeit und individuelle Fähigkeiten wie Klugheit, Berechnung, Tüchtigkeit, ja gelegentlich die Grenze zum Betrug überschreitende Gerissenheit des Kaufmanns, Bankiers oder Unternehmers zählen. So kann man das *Decameron* mit Recht ein »Kaufmannsepos« (V. Branca)[2] und die Novellen einen »Abglanz der Handelsnachricht« (P. Brockmeier)[3] nennen, obwohl daneben auch immer noch Beispiele adliger Werte wie Großzügigkeit (Melchisedech und Saladin in der berühmten Novelle mit der Ringparabel *Decameron* I, 3), Repräsentation und Wahrung der Ehre (»Der Falke«) eine Rolle spielen. Während auf der einen Seite naive Frömmigkeit verspottet wird, etwa wenn der Erzbetruger Ser Ciappelletto (*Decameron* I, 1) auf dem Totenbett seinen Beichtvater so gekonnt anlügt, dass dieser ihn für einen Heiligen hält und den Gläubigen zur Vereh-

---

2 Giovanni Boccaccio, *Tutte le opere IV: Decameron* a cura di Vittore Branca, Milano: A. Mondatori 1976.
3 Peter Brockmeier, *Lust und Herrschaft*. Studien über gesellschaftliche Aspekte der Novellistik: Boccaccio, Sacchetti, Margarete von Navarra, Cervantes, Stuttgart: Metzler 1972.

rung empfiehlt, oder sich der heuchlerische Frate Alberto
der madonna Lisetta als neuer Erzengel Gabriel zur Zeu-
gung eines Papstes andient (*Decameron* IV, 2), wird frommes
Verhalten und werden religiöse Übungen von der Erzählergemeinschaft selbstverständlich nicht in Frage gestellt. Ein
schönes Beispiel für den pragmatischen Umgang mit Reli-
gion, der in der Praxis des Fernhandelskaufmanns geschäfts-
bedingt religiöse Toleranz gegenüber Judentum und Islam
(Ringparabel) mit einschließt, ist die mit theologischer
Schützenhilfe erfolgte Umgehung des biblischen Zinsnah-
meverbots unter dem Etikett Risikoaufschlag, als Ausgleich
für Währungsschwankungen, als Bearbeitungsgebühr etc.
und die gleichzeitige Indienstnahme des Herrgottes, der als
Gegenleistung für fromme Stiftungen Wohlergehen hienieden und *in extremis* das Seelenheil der großzügigen Spender
garantieren soll. Da man aber der göttlichen Gerechtigkeit
und Vorsehung letztlich doch nicht so richtig traut, erfinden
die Florentiner Kaufleute auch noch die Versicherung auf
Gegenseitigkeit.

Die Boccaccio-Novelle feiert in der Regel die Überlegen-
heit des Klugen und Gewitzten über den tumben Gegner
(oft den Ehemann) und selbst über Fortuna, die weniger als
unabänderliches Schicksal, dem man sich gottergeben zu
fügen hätte, angesehen wird, denn als sportliche Heraus-
forderung. So gelingt es Alatiel (*Decameron* II, 7) trotz
mehrfacher Zwangsverheiratung nach all ihren Abenteuern letztlich doch noch angeblich als Jungfrau an den ersehnten Mann zu kommen. An dieser grundsätzlich opti-
mistischen Einstellung, die es den Held(inn)en erlaubt, ihr
Schicksal weitgehend selbst in die Hand zu nehmen, ändert
es auch nichts, wenn zur Abwechslung den ganzen vierten
Tag lang Geschichten erzählt werden, die tragisch enden.
Die von menschlicher Erfindungsgabe lebenden Schwänke
sind vornehmlich von zweierlei Art, je nachdem auf welche
Weise die entstandene missliche Situation, häufig die
Überraschung der Liebenden durch den zur Unzeit heim-
kehrenden Ehemann, geklärt wird bzw. der Gegenspieler

>besiegt< (übervorteilt, hereingelegt, abgewehrt, bestraft oder gar auf die eigene Seite gezogen) wird: Entweder sind es kluge Reden (*motti*) oder handfeste Streiche (*beffe*) oder eine Kombination von beiden. Daneben gibt es aber auch noch längere Abenteuergeschichten mit mehrfachen Glücksumschwüngen (Boccaccio, »Die Ärztin Gilette«), die die Intelligenz und Zielstrebigkeit der Held(inn)en immer wieder aufs Neue herausfordern.

Das Motto hat den Vorteil, dass der Streit sich nur auf verbaler Ebene abspielt und den Gegner nicht materiell oder gar körperlich schädigt. Da ein gut platziertes Bonmot oder eine schlagfertige Antwort die Ehre des Gegners einigermaßen unbeschädigt lässt, eignet es sich besonders für die Behauptung gegenüber sozial Höhergestellten (Boccaccio, »Wieviel Beine hat der Kranich?«). In den *Cento Novelle antiche*, der ältesten der Novellensammlungen, wo noch der höfische Geist der geschliffenen Rede und der großzügigen Handlungen weht, bilden daher übrigens Liebesgeschichten die Ausnahme, dagegen stehen Sprichwörter und Lebensweisheiten hoch im Kurs, die mit Exempeln illustriert werden (»Gottes Wille geschieht«). Auch in Boccaccios dritter Novelle des ersten Tages zieht sich Melchisedech gegenüber Saladin mit Hilfe der Ringparabel, einer Art ausgedehntem Motto, gekonnt aus der Klemme. Ebenso wehrt sich der Arme in Sacchettis »Alle Glocken läuten« erfolgreich gegen einen präpotenten Räuber seines Grund und Bodens mit Hilfe der Rede, wenn auch unterstützt durch das Aufmerksamkeit verschaffende Glockengeläut.

Die Beffa dagegen wird meist gegenüber Gleichgestellten (mit Vorliebe gegenüber dem betrogenen Ehemann) oder gegenüber einem sozial Unterlegenen eingesetzt. Im Unterschied zum mittelalterlichen Fabliau oder Schwank, wo Frauen auch oft schon schlagfertig in einer brenzligen Situation reagieren, planen sie bei Boccaccio ihre Coups von langer Hand und mit einer gewissen Raffinesse (»Der betrogene und geprügelte Ehemann«). Nach der Abwehr der unmittelbaren Gefahr wird oft noch aus lauter Übermut eins draufgesetzt (»Das Fass«): Die untreue Frau begnügt sich nicht damit, einen plausiblen Rechtfertigungsgrund für die Anwesenheit ihres Liebhabers als eines angeblichen Käufers für das überzählige Fass zu liefern, sondern sie schickt ihren Mann auch noch zum Säubern in das Fass, um den Galan nach der unwillkommenen Unterbrechung doch noch auf seine Kosten kommen zu lassen. Gleichzeitig prellt sie aber auch noch den Galan, indem sie ihn in dieser Zwangslage einen überhöhten Preis für das Fass zahlen lässt.

Neuschäfer[4] hat diese neue Komplexität der Personen Boccaccios und ihres Handelns an verschiedenen Novellen (u. a. *Decameron* I, 3 und VII, 7, hier »Der betrogene und geprügelte Gatte«) im Vergleich zu ihren mittelalterlichen Vorformen wie Predigt-Exempel oder Schwank (Fabliau) plastisch herausgearbeitet. Die Personen sind nicht mehr nur »einpolige«, blutleere Funktionsträger: Saladin ist nicht mehr nur ein beliebiger, namenloser despotischer Sultan, sondern eine ganz bestimmte historische Persönlichkeit mit ihrer eigenen Geschichte, ihrer spezifischen sozialen Herkunft und einem zwischen Skrupellosigkeit und Großzügigkeit schillernden Charakter. Ebenso wenig ist sein Gegenspieler Melchisedech nur ein reicher Jude, sondern durch ausführliche Vorstellung und Beschreibung fest in Raum, Zeit und Gesellschaft verankert. So werden die Handlungen der Personen aus den Umständen und psychologischen Voraussetzungen heraus verständlich und nachvollziehbar. Sie füllen nicht nur statisch eine vorgegebene Rolle aus und reagieren lediglich reflexartig auf äußere Gegebenheiten, sondern sie ergreifen selbst die Initiative, planen klug im Voraus, sind darüber hinaus dynamisch und wandlungsfähig. Die Novellen werden um ein Vielfaches länger, da sie nicht mehr nur aus Erzählgerippen mit

4 Hans-Jörg Neuschäfer, *Boccaccio und der Beginn der Novelle*, München: W. Fink 1969; Kap. 1.

den für den Fortgang der Handlung allernötigsten Fakten bestehen (ja selbst diese fehlen in vielen Exempeln oder Heiligenviten), sondern sie ›setzen Fleisch an‹, erscheinen dadurch ›realistisch‹ (auch wenn das Erzählte noch so unwahrscheinlich bleiben mag).

Die Liebe, das (fast) ausschließliche Thema der vorliegenden Sammlung gilt bei Boccaccio nur als ein Geschäft unter anderen, bei dem es darauf ankommt, den eigenen Vorteil zu suchen und die eigenen Bedürfnisse zu befriedigen, eine Haltung, die besonders die dafür nur relativ nachlässig getadelten Weltgeistlichen und insbesondere die Mönche infiziert. Fern von antiker und christlich-mittelalterlicher Misogynie, wie sie etwa in dem Schwank der ›Witwe von Ephesus‹ herrscht, werden die Frauen für Ihre Gewitztheit in der Durchsetzung ihrer Ziele von Boccaccio nicht getadelt. Auch wenn die ausführlichere Art des Erzählens beibehalten wird, verlieren die Novellenheld(inn)en diese positiven, geradezu modern anmutenden Eigenschaften im Laufe der Literaturgeschichte teilweise wieder, denn sie waren, ebenso wie der utopische Rahmen Boccaccios, die Frucht einer ganz bestimmten historischen Konstellation. So verfallen andere Autoren schon im späten 14. Jahrhundert (Fiorentino, ›Hauskreuz‹) und erst recht zur Zeit der Gegenreformation (Straparola, ›Der Widerspenstigen Zähmung‹) gegenüber den Frauen wieder den alten Klischees und predigen das plumpe Allheilmittel der körperlichen Züchtigung. Wenn die Frau schon ›zur Unzucht geboren‹ ist, werden brutale Ehemänner zur Wahrung ihrer Ehre zu rachsüchtigen Mördern (Fiorentino, ›Römische Rache‹, ›Ein Deutscher in Italien‹; Giraldi, ›Ein Hüter seiner Ehre‹), wobei ihnen auch noch der liebe Gott mit Hilfe des Zufalls großzügig assistiert. Und auf der anderen Seite werden Liebhaber zu wahren Tugendbolden, die mit Rücksicht auf die Ehre des Ehemannes sogar aus dem bereits mühsam eroberten Lotterbett springen (Fiorentino, ›Galganos Entsagung‹). Bei Bandello (›Die Müllerstochter‹) gibt sich der Adlige schon gar keine Mühe mehr, die Müllerstochter mit Witz und Schmeichelei zu erobern. Er entführt und vergewaltigt sie einfach, was zwar von der übergeordneten Instanz durch eine erzwungene Heirat rein äußerlich wieder ins Lot gebracht wird, doch von einer Selbstbestimmung der Frau ist keine Rede mehr.

So ist die Liebe, man sollte vielleicht besser von Sexualität sprechen, letztlich in den Novellensammlungen nur ein Thema unter anderen, doch an den Liebesbeziehungen und Liebeshändeln lassen sich zahlreiche Problemfelder erzählerisch, d. h. in Personen und Handlungen umgesetzt, exemplifizieren. Liebesgeschichten sind das ideale Medium, fundamentale menschliche Prozesse darzustellen, denn in ihnen lassen sich mit auf das Notwendigste beschränktem Personal, etwa der Dreiecksbeziehung, dem berüchtigten *triangle érotique*, dem schon ganze Bibliotheken gewidmet wurden, psychische Konflikte zwischen persönlichem Glücksverlangen und Gesetz (oder in modernerer Variante zwischen Es und Über-Ich), soziale zwischen Ständen und Klassen, politische zwischen Herrschenden und Beherrschten, wirtschaftliche zwischen Arm und Reich, moralische zwischen Normen und ihrer Durchbrechung, religiöse zwischen rechtem Glauben und Unglauben bzw. Heidentum in einem menschlich interessanten und emotional berührenden Ambiente entfalten. Je nachdem, wer letztlich wen ›bekommt‹ oder wer wen mit einem Motto oder einer Beffa foppen darf, kann man Rückschlüsse auf die zur Zeit der Abfassung der Novelle gültigen Maßstäbe ziehen.

Eigentlich gilt das Märchenhafte als dem Novellistischen, wie es von Boccaccio entwickelt wurde, entgegengesetzt. André Jolles (*Einfache Formen*, 1930) sieht die Novelle als die auf die ›Einfache Form‹ Märchen »bezogene« Form. Überwindet der weitgehend passive, nur »abstrakt« moralische Märchenheld (er muss nicht unbedingt gut sein, um in den Genuss des glücklichen Endes zu kommen, es genügt, wenn er Mangel leidet, benachteiligt, der jüngste ist etc.) mit Hilfe des fraglos Wunderbaren traumwandlerisch die Hemmnisse der Wirklichkeit, so motiviert im Gegensatz dazu die Novelle alle Ereignisse und Handlungen ›realistisch‹, d. h. in den persönlich psychologischen, sozialen, ökonomischen und politischen Umständen, und der Novellenheld versucht, sich gegen die Widrigkeiten des Schicksals unter Einsatz seiner Fähigkeiten durchzusetzen. Der heteronome Märchenheld dagegen ist schematisch und ohne psychologische Tiefe. Daher finden wir bei Boccaccio als einem Angehörigen einer selbstbewussten und auf politische Autonomie bedachten Kaufmannsschicht nur noch ganz wenige Märchenmotive. Wenn es in einzelnen Geschichten noch Märchenreste gibt, dann versucht Boccaccio, selbst das Wunderbare noch ›realistisch‹ zu begründen: Der Richter geht dem Fall des angeblich von Simona vergifteten Pasquino (*Decameron* IV, 7) im wahrsten Sinn des Wortes auf den Grund, da er keine vernünftige Erklärung dafür sieht, wie zuerst Pasquino und dann auch noch Simona beim Ortstermin an einem Salbeiblatt sterben können. Im Märchen wäre ein solches Ereignis selbstverständlich, ohne hinterfragt zu werden, hingenommen worden. Der Richter lässt jedoch den Salbeibusch ausgraben und entdeckt an seinem Fuß eine giftige Kröte, die – und darin ist die Erzählung wieder mittelalterlich – dafür verbrannt wird. Ähnliches lässt sich in der Geschichte des messer Torello (*Decameron* X, 9) beobachten, wo zunächst alles mit rechten Dingen zugeht. Nachdem aber die Zeit knapp wird, der Wiederverheiratung seiner Frau zuvor zu kommen, die ihn für tot hält, kann er dank einem Zauberer in den Diensten Saladins – den Orientalen ist offensichtlich alles zuzutrauen! – rechtzeitig vom Morgenland nach Pavia zurückfliegen.

Dagegen gibt Straparola, obwohl er in der vorliegenden Auswahl nur mit zwei eher traditionellen Novellen vertreten ist (»Der Widerspenstigen Zähmung«; »Der Tugendwächter Anastasius«), dem Wunderbaren in seiner Sammlung *Le piacevoli notti* (1550–53) in zunehmend heteronomen Zeiten wieder mehr Raum: Eine größere Anzahl seiner

74 Novellen sind Märchen oder Mischformen zwischen Novelle und Märchen. Gut zwei Generationen später erzählt Basile in seiner Sammlung *Lo cunto de li cunti* (1634) fast nur noch Märchen, die teilweise auf dem Umweg über Perrault bis zu den Gebrüdern Grimm gewandert sind. Insofern ist der hier ausgewählte »Knoblauchgarten« nicht typisch für Basile, da in dieser Geschichte das Wunderbare keine Rolle spielt. Allenfalls erkennt man in der dreifachen Probe, die das wahre Geschlecht des verkleideten Mädchens ans Licht bringen soll (wofür eine ›realistische‹ Novelle sicher einen direkteren Weg gefunden hätte), und in der überraschenden Heilung des kurz zuvor noch todkranken Jünglings ein Echo des Märchens. Doch sind es wohl gerade die für die Zeit ihrer Erfindung neuartigen realistischen Grundlagen und die weitgehend individualisierten und emanzipierten Helden der Novelle, die sie bis in die heutige Zeit als Erzählgattung aktuell bleiben lässt, selbst wenn die Autonomie ihrer Helden unter dem Eindruck der lebensweltlichen Erfahrungen ihrer Schöpfer im Laufe der Jahrhunderte immer wieder Einschränkungen erleiden musste. Erst im 19. Jahrhundert sind die historischen Voraussetzungen für die Novelle wieder ähnlich günstig wie zu Zeiten Boccaccios, wenn sich ihr auch schon bald die phantastische Erzählung als das »schlechte Gewissen« (T. Todorov[5]) des positivistischen 19. Jahrhunderts als Korrektiv zugesellt. Diese neue und seit dem 19. Jahrhundert äußerst fruchtbare Variante der kurzen Erzählung kann nur auf dem Boden einer grundsätzlich realistischen, den bisher bekannten Naturgesetzen gehorchenden Weltsicht gedeihen, in die sich allerdings Zweifel einschleichen, ob bestimmte Erscheinungen sich tatsächlich ›natürlich‹ erklären lassen. Der Glaube an die Beherrschbarkeit der tatsächlichen und der fiktionalen Welt wird so schon im Moment seiner größten Verbreitung wieder in Frage gestellt.

---

5 *Introduction à la littérature fantastique*, Paris: Seuil 1970.

DIE WITWE VON EPHESUS

»Weißt du ein Mittel gegen die Langeweile?«»Ich habe einmal von einem weisen Prediger gehört, es gebe mannigfalte Mittel dawider, Schlafen, Trinken, Reisen; das beste sei Fasten und Beten.« Vor hundert Jahren hat ein Dichter auch das beste verschmäht und das zweitbeste gewählt, das Reisen. Aber wenn seinen vielen Nachfolgern die Langeweile gerade dabei aufgähnt? Da mag wohl ein kluger Mann den bösen Geist bannen durch Lesen oder Erzählen: Einst fuhr eine fröhliche Gesellschaft zu Schiff von Neapel nach Tarent. Um die gute Laune nicht einschlafen zu lassen, erzählte Eumolpus viel schöne Geschichten; vor allem von den Weibern, von ihrem bodenlosen Leichtsinn, wie rasch sie Feuer fangen, wie schnell sie sogar ihre Kinder vergessen, wie das anständigste Weib zur wilden Leidenschaft verführt wird, und durch was für Liebhaber! Er wollte das nicht aus alten Schatzkästlein mit verschimmelten Geschichten beweisen. Er hat den Vorfall miterlebt; wenn die Gesellschaft Lust hat, wird er ihn erzählen. Es wurde still, man hätte eine Maus laufen hören, und jedes Ohr hing an Eumolpus' Munde, der also anhub vom erhabnen Pfühl:

In Ephesus lebte eine Dame, die war so keusch und züchtig, daß auch aus Nachbarorten die Frauen ankamen, dies Weltwunder zu betrachten. Ihr Mann verstarb. Bei den Leichenfeierlichkeiten zeigte sie erst, was Trauern heißt: Andern genügt es, die Haare aufgelöst herumflattern zu lassen, vor dem Trauergefolge sich die Brüste zu entblößen und sie zu schlagen; unsre Dame folgte zu all dem ihrem

Entschlafenen in die Gruft, um an seinem Sarge zu wachen
und Tag für Tag, Nacht für Nacht um ihn zu weinen. Die
Selbstquälerin wollte sich zu Tode hungern; da kamen die
Eltern, es kamen Verwandte, schließlich die Behörden; aber
alle predigten tauben Ohren und mußten abziehen. Vor
Rührung und Bewunderung wußte die Welt sich nicht
mehr zu lassen; so eine Frau! Den fünften Tag schon ohne
Essen und Trinken! Eine getreue Magd leistete dem wunden Herzen Gesellschaft; sie weinte mit der Frau um die
Wette, und wenn das Grablämpchen ausgehen wollte,
füllte sie das Öl nach. In der ganzen Stadt, bei hoch und
nieder war diese keusche Liebe *das* Thema; die ältesten
Leute erinnerten sich nicht an einen ähnlichen Fall.

Zur selben Zeit hatte der Vizekönig Straßenräuber kreuzigen lassen; die Kreuze standen dicht bei der Gruft, in der
die Witwe sich ausweinte über den Gatten, der eben noch
das Licht geschaut. Ein Soldat stand Wache bei den Kreuzen, daß keine Leiche den Weg vom Kreuz in ein ehrliches
Grab finde. Er sah in der nächsten Nacht zwischen den
hohen Grabsteinen ein Licht ziemlich hell schimmern und
hörte ein Stöhnen und Wehklagen. Neugierig, wie der
Mensch eben ist, wollte er sehen, wer da wirke und was.
Also hinab in die Gruft: wie angewurzelt stand er da, als
er das herrliche Weib sah; ein Geist, eine Göttin der Unter-
welt, dachte er im ersten Schrecken. Aber dann sah er die
Leiche daneben, sah der Frau die Tränen herabrinnen, sah
die Nägelspuren im Gesicht; da ging es ihm auf, er habe
die untröstliche Witwe vor sich. Er holte sich seine Abend-
ration herunter in die Gruft und sprach ihr gut zu — sie
schluchzte dabei weiter —, der Schmerz sei doch sinnlos,
sie solle sich nicht so in ihn vergraben; das ziellose Jammern helfe einem nur zur Auszehrung; wir müßten alle
einmal sterben und im Grab die letzte Ruhe finden: kurz,
der Soldat verbrauchte den ganzen Balsam, der ein wundes
Herz heilen soll. Aber die Dame war durch den unange-
brachten Trost in ihrem Heiligsten verletzt, sie riß sich die
Brust blutig, schlimmer als zuvor, zerraufte sich das Haar

und warf sich über die Leiche. Der Soldat ließ sich dadurch nicht einschüchtern; er schickte die gleichen Trostgründe zum zweitenmal vor und bemühte sich, der Frau einen Bissen in den Mund zu schieben. Schließlich stieg der Magd der Duft des Weins so in die Nase, daß sie zuerst kapitulierte: sie streckte dem Mann, der sie ins Leben zurückrief, die Hand hin und ließ zuerst sich mit Essen und Trinken auf die Beine helfen. Dann begann sie den Kampf mit der finsteren Entschlossenheit ihrer Dame: »Was versprichst du dir davon, Hungers zu sterben, dich lebendig zu begraben und so dem ernsten Spruch des Schicksals eigenmächtig vorzugreifen? ›Glaubst du, des Toten Gebein empfinde die Größe des Opfers?‹ wie der Dichter sagt. Du willst doch dein Leben erneuen, willst den Irrweg verlassen, den dich deine Gefühlsseligkeit einschlagen hieß, du willst dich des Lichts freuen, weil du es noch darfst. Sogar dein Toter ruft dir zu: Ich heiße dich leben!«

Niemand hört es mit Mißfallen, wenn man ihm das Essen, wenn man ihm damit das Leben aufdrängt, und das mehrtägige Fasten hatte die Dame ohnehin mürbe gemacht. Sie ließ allen verbohrten Stolz fahren und schlang mit dem gleichen Heißhunger wie ihre Magd; nur daß diese zuerst schwach geworden war! Und, das wißt ihr ja auch, wenn der Mensch erst einmal satt ist, dann kommt ihm auch ein anderer Glauben! Die Schmeichelworte, die dem Soldaten geholfen, ihr den Willen zum Leben zu wecken, leiteten auch den Angriff ein auf ihre keusche Haltung. Und die Dame selber: sie behielt ihre Zurückhaltung bei, aber – hübsch ist der Junge, und wie er reden kann! Die Magd goß Öl ins Feuer und zitierte ihren Vergil noch und noch:

»Du wehrst auch beiden gefallender Liebe?
Sagt es dir nichts, daß im Totengefild dir Liebe
geschenkt wird?«

Ich bin kein Freund von langen Redereien: die Witwe stillte auch diesen Hunger, und der Soldat ward Sieger auf zwei Feldern. Sie lagen in trautem Verein die Nacht, da sie

Hochzeit hielten, sie lagen die zweite und lagen die dritte; den Riegel schoben sie natürlich innen vor; wer zur Gruft pilgerte, durfte ruhig glauben, dies Muster einer ehrenwerten Gattin sei verschieden, hingesunken über den Toten. Im übrigen, abgesehen von dem Glück, einmal eine schöne Dame zu umarmen, gestohlene Frucht schmeckt besonders gut: der Soldat verjuxte sein bißchen Geld für Leckerbissen und verproviantierte gleich in der ersten Nacht ihre Gruft.

Aber die Eltern des einen Kreuzbewohners merkten, daß es der Wache nicht mehr recht ernst war, und gleich holten sie bei Nacht ihren Toten herunter und erfüllten ihre Pflicht an ihm. So führten sie den Soldaten an, während er sich vergnügte. Anderntags, sobald der Soldat das eine Kreuz leer sah, spürte er schon das Beil im Nacken und klagte der Dame sein Leid. Er wolle das Standgericht gar nicht erst abwarten, er werde mit dem eignen Schwert büßen, was er versiebt habe. Er sei verloren; die Dame möge dem Liebsten die letzte Ruhe in der verfluchten Gruft gönnen an der Seite ihres Gatten. Das Weib war beides, mitleidsvoll wie züchtig: »Gott behüte, daß ich meine Liebsten nebeneinander tot vor mir sehe! Dann lieber den Toten ans Kreuz als den Lebenden in den Sarg!« Wie gesagt, so getan: der Gatte verläßt den Sarg, und das Kreuz steht nicht mehr leer! Der Soldat war mit dem Einfall der Dame wohl zufrieden, und das Volk staunte tags darauf, wie *dieser* Tote ans Kreuz gekommen.

Die Matrosen lachten von Herzen über die Geschichte, ein Dämchen aber, das auch an Bord war, wurde puterrot und schmiegte das Gesichtchen an den Nacken des Galans. Aber ein Zuhörer lachte nicht mit, schüttelte den Kopf und sagte empört: »Wenn der Vizekönig dort was taugte, kam der Mann wieder in sein Grab, die Frau aber ans Kreuz!«

Euch zum Exempel, meine verehrten Damen, will ich heute davon erzählen, wie einmal die Geistesgegenwart einer gescheiten Frau ein großes Ärgernis aus dem Weg räumte.

Im Mugnonetal lebte — allzu lang ist es noch nicht her — ein ehrlicher Mann, bei dem Reisende für ihr Geld Essen und Trinken bekamen; im Notfall gab er auch, obwohl er arm war und nur ein kleines Häuschen hatte, ab und an Nachtquartier, allerdings nur an Bekannte. Er hatte eine recht schmucke Frau zum Weib; von ihr besaß er zwei Kinder, ein hübsches, zierliches Mädchen, Niccolosa, fünfzehn oder sechzehn Jahre alt, und einen Buben von noch nicht einem Jahr, den die Frau selbst nährte. Auf dies Mädchen hatte ein hübscher Junker von gewinnendem Wesen ein Auge geworfen, da er aus Florenz oft in das Mugnonetal kam. Pinuccio — so hieß er — verliebte sich dabei heftig in das Mädchen; und Niccolosa, die auf einen solchen Galan nicht wenig stolz war, verliebte sich in Pinuccio und machte ihm das freundlichste Gesichtchen, um ihn warmzuhalten. Schon mehrmals konnte ihre Liebe zu beider Freude ihr Ziel erreichen, aber Pinuccio scheute sich noch, das Mädchen und sich selbst in Schande zu bringen. Die Liebe wuchs aber von Tag zu Tag, und sein Verlangen, mit ihr sich zu vereinen, ließ ihn jene Bedenken beiseite schieben. Nun fiel ihm ein, dazu könnte sich eine Gelegenheit finden, wenn er bei ihrem Vater übernachtete. Wie es in dem Häuschen aussah, war ihm einigermaßen bekannt, und das machte ihm Hoffnung, unbemerkt zu ihr zu finden. Er mußte nur erst dort Quartier bekommen.

Was ihm vorschwebte, sollte Tat werden, und dafür zog er einen Freund, Adriano, ins Vertrauen. Sie mieteten spät am Abend zwei Gäule, schnallten die Mantelsäcke auf, in denen vielleicht Stroh war, und machten von Florenz noch einen weiten Umweg, daß sie erst in der Nacht in das Mugnonetal kamen. Dort machten sie kehrt und ritten

aus der Richtung der Romagna an dem Häuschen des braven Mannes vor. Auf ihr Klopfen öffnete der Wirt gleich die Tür, da er beide gut kannte. »Sieh«, sagte Pinuccio, »du mußt uns diese Nacht beherbergen. Wir dachten, noch bis Florenz zu kommen, aber wir sind doch nicht so schnell vorwärts gekommen, und so hat es uns, wie du siehst, in dieser nachtschlafenden Zeit nur bis hier gereicht.« — »Pinuccio«, sagte der Wirt, »du weißt ja, wie wenig ich darauf eingerichtet bin, solche Herren wie euch aufzunehmen. Aber nun hat euch mal die Nacht überrascht, und anderswo kommt ihr nicht mehr unter; da will ich euch unterbringen, aber ihr müßt vorlieb nehmen.« Die jungen Herrn stiegen ab und versorgten ihre Gäule; dann aßen sie mit ihrem Wirt, was sie vorsorglich aus Florenz mitgebracht hatten.

Das Häuschen hatte nur eine ziemlich kleine Schlafkam-

mer; in die ließ der Wirt drei Betten stellen, wie es eben
ging: zwei Betten standen an der einen Wand, das dritte
an der Wand gegenüber, und dazwischen kam man gerade
noch durch. Von den drei Betten ließ der Wirt das noch
beste für die Fremden richten und sagte, sie sollten es sich
darin bequem machen; als die Gäste lagen, mußte Niccolosa sich in eins der andern legen — die Gäste taten, als
schliefen sie schon —, und der Wirt bestieg mit seiner Frau
das dritte. Neben das Ehebett stellte die Frau noch die
Wiege mit dem Buben. Und so war alles untergebracht.
Pinuccio hatte seine Beobachtungen gemacht. Nach etlicher Zeit, als er hoffen durfte, es sei alles eingeschlafen,
da stand er leise auf und schlich zu dem Bettchen, in dem
seine Niccolosa lag. Etwas bang, aber voll Freude empfing
sie ihn, als er sich neben sie legte, und sie fanden beide die
ersehnte Lust.
Pinuccio lag noch bei seinem Mädchen, da warf die Katze
etwas um. Die Mutter wachte davon auf und ging, nackt
wie sie aus dem Bett stieg, in die Richtung des Geräusches,
um nachzusehen. Inzwischen war Adriano an einem natürlichen Bedürfnis aufgewacht — was sich sonst tat, das hatte
er nicht mitbekommen —, stand auch auf, um sein Geschäft
zu besorgen, und stieß im Gehen an die Wiege, welche die
Frau neben das Ehebett gestellt hatte. Er hob sie beiseite
und stellte sie vor sein Bett. Als er draußen fertig war,
stieg er wieder in sein Bett und dachte nicht weiter an die
Wiege. Die Frau hatte inzwischen im Dunkeln nichts finden können; Licht wollte sie nicht machen, um zu sehen,
was wirklich geschehen war, und ging, über die Katze vor
sich hin schimpfend, wieder in die Kammer. Sie tappelte
auf das Bett zu, in dem ihr Mann schlief; als sie die Wiege
dort nicht fand, dachte sie: »Na, ich dumme Pute, da hätte
ich ja was Schönes angerichtet! So wahr Gott lebt, da hätte
ich mich ja beinahe zu den Gästen ins Bett gelegt!« Ein
paar Schritt weiter stand richtig die Wiege, und sie stieg
nun in das Bett, neben dem die Wiege stand, zu Adriano;
sie meinte, neben ihrem Mann zu liegen. Adriano war

noch wach, als der Besuch kam; frisch und froh empfing
er ihn, und ohne sich mit einem Wort zu verraten, warf er
zur großen Freude der Frau mehrmals seinen Anker aus.
Während diese zwei also beschäftigt waren, stand Pinuccio
auf, um nicht an der Seite Niccolosas einzuschlafen; er
hatte bei ihr auch alle Freude genossen, nach der ihn verlangte. Wie er nun in sein Bett wollte, da stieß auch er an
die Wiege. Er glaubte darum, vor dem Bett des Wirts zu
stehen, ging etwas weiter und legte sich neben Adriano.
Es war aber der Wirt, den er dadurch weckte, und Pinuccio prahlte ihm noch vor: »Adriano, ich sage dir, diese
Niccolosa, das ist doch der süßeste Käfer auf der Welt!
Weiß Gott, so eine Wonne hat noch kein Mann bei einem
Weib gehabt. Ich sage dir, sechsmal — wenn das nur
reicht! — habe ich die Einfahrt in die Stadt gemacht, seit
ich wegging!« Wie der Wirt diese »Neue Zeitung« hörte,

fand er gar keinen Gefallen daran; erst fragte er sich selbst: »Zum Kuckuck, wie kommt bloß der Pinuccio in mein Bett?«, aber dann schrie er, was ein kluger Mann für sich behalten hätte, im Zorn hinaus: »Pinuccio, was du da gemacht hast, eine Hundsgemeinheit ist das! Ich weiß wirklich nicht, wie du mir so etwas hast antun mögen. Aber warte, beim Leiden Christi, dafür sollst du mir bezahlen!« Pinuccio, der ohnehin nicht der schlaueste war, dachte an keine Ausrede, als er die falsche Adresse merkte, sondern fragte noch patzig: »Bezahlen, wieso bezahlen? Und was kannst du mir antun?«

»So hör doch nur unsre Gäste«, sagte die Wirtin zu ihrem Mann — leider lag sie bei Adriano —, »was die am Zanken sind!« — »Laß du sie nur«, versetzte Adriano schmunzelnd, »Gott strafe sie! Die haben gestern eins über den Durst getrunken.« Der Frau war es so vorgekommen, als hörte sie ihres Mannes Stimme zanken; aber jetzt war Adrianos Stimme dicht neben ihr! Sofort ward ihr klar, wo und bei wem sie gelegen hatte; aber als gescheite Frau stand sie schnell auf, ohne ein Wort zu verlieren, nahm die Wiege und tastete sich, obwohl in der Kammer rabenschwarze Nacht war, aufs Geratewohl zu dem Bett der Tochter und legte sich neben sie. Als wachte sie jetzt erst von seinem Lärmen auf, rief sie ihren Mann und fragte, was er mit Pinuccio zu zanken habe. »Ja hörst du denn nicht«, schrie er, »was Pinuccio sagt! Was er die Nacht mit Niccolosa vorgehabt hat!« — »Das ist aber doch gestunken und gelogen«, rief die Frau; »bei der Niccolosa ist er nicht gewesen! Ich habe mich gleich zu ihr gelegt und noch keine Minute die Augen geschlossen. Du bist ein Dummkopf, wenn du dem Pinuccio glaubst. Aber so sind die Männer! Abends sauft ihr, daß ihr nachts euch was zusammenträumt und nachtwandelt, und dann setzt ihr euch Wunder was in euren Schädel. Eine Sünde und eine Schande, wenn ihr nicht mal dafür das Genick brecht! Aber was tut denn Pinuccio bei dir? Warum liegt er nicht in seinem Bett?«

Adriano merkte, wie gescheit die Frau ihre Schande und die ihrer Tochter zudeckte, und redete dazwischen: »Aber Pinuccio, ich hab' es dir schon hundertmal gesagt, du sollst nachts nicht wandeln; diese Unsitte, im Schlaf aufstehen und dann wirre Träume als wahr erzählen, die wird dich mal noch unglücklich machen. Los, in dein Bett, oder Gott soll dich strafen!« Als der Wirt seine Frau und Adriano so reden hörte, glaubte er allen Ernstes, Pinuccio träume. Er packte ihn an der Schulter, rüttelte ihn und rief ihn an: »Pinuccio, wach auf, Pinuccio, geh in dein Bett!« Pinuccio hatte aus dem Hin- und Hergerede sich alles hübsch zusammengereimt. Als ob er noch schlafe, schwatzte er allerhand Unsinn heraus, über den der Wirt sich vor Lachen ausschütten wollte. Endlich tat Pinuccio, als wache er von dem Rütteln auf, rief Adriano an und fragte: »Ist es denn schon Tag, daß du mich weckst?« — »Jawohl, komm nur her in dein Bett!« sagte Adriano. Pinuccio spielte seine Rolle noch etwas weiter; schließlich stand er aus dem Bett des Wirts auf und legte sich zu Adriano.

Als es Tag wurde und alle aufgestanden waren, lachte der Wirt noch herzlich über Pinuccio und neckte ihn wegen seines Träumens. Die Witze flogen hin und her, bis die beiden ihre Gäule fertig hatten; sie schnallten noch die Mantelsäcke auf und nahmen mit dem Wirt einen Abschiedsschluck. Dann schwangen sie sich in den Sattel und ritten nach Florenz zurück. Die Geschichte überhaupt und die guten Treffer im Ziel machten ihnen noch viel Spaß, wenn sie unterwegs daran dachten. Später fand Pinuccio noch andere Wege, die ihn oft zu seiner Niccolosa führten. Diese beteuerte der Mutter, Pinuccio habe wirklich alles nur geträumt; und da die Mutter sich der Umarmungen Adrianos noch wohl erinnerte, so glaubte sie zu guter Letzt, sie sei die einzige, die wach gewesen.

HAUSKREUZ

In Rom lebten zwei sehr gute Kameraden, Janni und Ciucolo. Sie waren Tag und Nacht beisammen und hatten einander lieber, als wenn sie leibliche Brüder gewesen wären. Jeder hatte einen anständigen Haushalt und lebte stattlich; denn sie waren reich, von edler Abkunft und wackere Ritter.

Wie sie wieder einmal beisammen waren, sagte einer zum andern: »Geht es dir auch wie mir?«

Der andere fragte: »Inwiefern?«

»Ich mag noch so sparsam sein«, sagte er, »so habe ich doch am Ende des Jahres nichts erübrigt, sondern bin vielmehr immer im Rückstand mit meinen Zahlungen.«

Der andere fiel ein: »Genau so! Und ich habe dazu noch im Hause das verkehrteste Weib, das wohl auf der Welt lebt. Sie ist gar kein Weib, sie ist der leibhaftige Teufel! Alles tue ich ihr zu Gefallen, aber leben kann ich nicht mit ihr, so schnöde und verkehrt ist sie. Früh und spät gibt es Händel; ich weiß wirklich nicht mehr, wie ich mit ihr auskommen soll!«

Janni antwortete: »Wir wollen doch Rat suchen über diese Fälle, über deinen und meinen.«

»Ich bin einverstanden«, sagte Ciucolo.

So machten sie sich auf und gingen zu einem braven Manne mit Namen Boezio.

Bei ihm nahm zuerst Janni das Wort: »Mein Herr«, sagte er, »wir kommen, uns Euren Rat zu erbitten. Ich spare das ganze Jahr und bin doch am Ende immer im Rückstand. Das wundert mich sehr.«

Ciucolo sagte: »Und ich habe das verkehrteste und händelsüchtigste Weib von der Welt.«

Boezio sagte zu Janni: »Steh früh auf!« Und zu Ciucolo sagte er: »Geh an die Engelsbrücke! Geht mit Gott!«

Sie wunderten sich und sprachen untereinander: »Das ist ein Esel. Was soll das heißen: ich befrage ihn um meine Haushaltung, und er antwortet: ›Steh früh auf?‹ Du fragst ihn um dein händelsüchtiges Weib, und zu dir sagt er, du sollst an die Engelsbrücke gehen.« So gingen sie weiter und machten sich über ihn lustig.

Nun begab es sich, daß Janni eines Morgens ungewöhnlich früh aufstand; wie er sich hinter die Türe versteckte, da sah er einen seiner Knechte einen großen Krug Öl wegtragen, und ein anderer brachte ein trockenes Stück Fleisch hinaus! Daraufhin stand Janni denn noch früher auf und sah, wie bald die Mägde, bald die Kammerfrau, die einen Korn und Mehl, die andere dies und das wegschleppten. Da sprach er bei sich: »So ist es kein Wunder, wenn mir am Ende des Jahres nichts bleibt.«

Dann rief er gleich seinen Diener und sagte: »Geh mit Gott und laß dich hier nicht mehr blicken!«

Ebenso jagte er die Kammerfrau und die Mägde alle hinweg. Er dingte neue Knechte und Diener und hatte von nun an ein wachsameres Auge über seinen Haushalt, so daß er am Ende des Jahres sogar einen Überschuß hatte. Eines Tages begegnete er dem Freunde und sagte ihm, was er gefunden habe beim Frühaufstehen.

»Ei«, sagte darauf Ciucolo, »da will ich doch auch versuchen, was Boezio mir gesagt hat.«

Am andern Tage ging er daher an die Engelsbrücke, setzte sich hin und wartete. Da kam ein Eselstreiber mit einigen beladenen Maultieren herbei. Eines der Maultiere scheute und wollte nicht weitergehen; da nahm es der Treiber am Halfter, um es über die Brücke zu ziehen; das half aber alles nichts: je mehr er das Tier vorwärts zog, um so mehr stemmte es sich zurück. Da ward der Treiber allmählich ärgerlich und schlug auf das Maultier los, das sich aber nur noch schlimmer gebärdete. Jetzt ging dem Treiber die Geduld aus, er nahm den Stock, woran die Warenballen befestigt waren, schlug damit unten, auf die Seite, über den Kopf, an die Rippen und ließ seine Wut so reichlich aus an dem Tier, daß der Stock endlich zerbrach. Da wurde das Tier zahm, ging über die Brücke, der Treiber führte es zur Probe noch mehrmals hin und her, und erst als er sah, daß dem Tiere die Narrheit vergangen, ging er weiter seinen Geschäften nach.

Ciucolo sah dem Eselstreiber zu und sagte bei sich selbst: »Nun weiß ich, was ich zu tun habe«, kehrte auch alsbald nach Hause zurück.

Als er ankam, begann die Frau zu schreien und zu schelten, wo er denn so lange bleibe. Der Mann blieb ruhig; in ihr aber kochte es fortwährend.

»Sei ruhig«, sagte endlich der Mann, »sonst könnte es dir übel bekommen!«

»Wehe«, rief das Weib, »wolltest du es wagen, Hand an mich zu legen? Deine Rede könnte dich noch reuen.«

»Sieh zu, daß du mich nicht in die Hitze bringst! Du würdest den Tag beklagen.«

»Wenn ich glaubte«, versetzte das Weib, »du habest nur ein Härchen an dir, das so dächte, — ich ließe meine Brüder kommen; die würden mit dir so umspringen, daß dir das Lachen verginge. Aber schon die *Worte* soeben sollen dich noch reuen!«

Der Mann sagte: »Hast du den Teufel im Leib?« stand auf und ging auf sie los, aber sie schrie und zeterte. Da nahm er einen Stock, lief auf sie los und schlug zu, auf Rücken, Arme und Kopf. Wie der eine Stock zerbrach, fing er mit dem nächsten von vorn an. Da begann sie zu schreien: »Erbarmen, Erbarmen!«

Aber er schlug nur heftiger zu und rief: »Wahrhaftig, ich muß dich zu Tode prügeln.«

Die Frau, welche die Entschlossenheit des Mannes sah und sich schon ganz zerschlagen fühlte, kniete nieder und rief: »Lieber Mann, schlag mich nicht mehr! Du wirst mich nicht mehr widersetzlich finden; ich will dir in allem gehorchen.«

Um ihr den Widersetzlichkeitsteufel vollends auszutreiben, ließ der Mann sie mehrmals im Saale auf und ab trotten und maß ihr fortwährend mit beiden Händen den Stock an. In diesem gesegneten Augenblick entschloß sich die Frau, immer alles ihrem Mann zu Gefallen zu tun,

und sie wurde das sanfteste und demütigste Weib in ganz
Rom. So trieb Ciucolo seinem Weibe die Widersetzlichkeit
aus; während er früher fortwährend in Krieg und Unfrie-
den mit seinem Weibe gelebt hatte, lebte er nun ruhig und
friedlich mit ihr. Wer also ein widerspenstiges Weib hat,
nehme sich ein Beispiel an Ciucolo, wie der sich eins am
Eselstreiber nahm, und wer in seinem Hauswesen nicht
den Krebsgang gehen will, der tue wie Janni und stehe
früh auf!

WER ZULETZT LACHT, LACHT AM BESTEN

Ihr liebenswürdigen Damen, euch sind schon so viele Possen, die von Frauen den Männern gespielt wurden, vor-
getragen worden, daß ich der Gerechtigkeit wegen euch
einen erzählen will, der von einem Mann einer Frau gespielt wurde. Ich werde euch zeigen, daß auch die Männer
die anzuführen wissen, die ihnen allzusehr vertrauen, wie
sie von denen betrogen werden, denen sie blindlings
Glauben schenken; deshalb könnte man eigentlich das,
was ich vortragen will, nicht einen Streich, sondern viel
eher wohlverdienten Lohn nennen.

Die Frau, so behaupte ich, verdient das Feuer, die nur um
des Geldes willen unehrbar handelt; denn jede Frau sollte
durchaus ehrbar sein und ihre Keuschheit wie ihr Leben
hüten, und aus keinem Grund sich verleiten lassen, diese
zu beflecken, soweit es bei der Schwachheit unserer Natur
durchzuführen ist. Dagegen verdient jede Frau, die aus
übermächtiger Liebe sündigt, von jedem nicht zu strengen
Richter Vergebung, wie es Madonna Filippa in Prato geschah.

Es tat also einst in Mailand ein Deutscher Kriegsdienste,
der Wolfhard hieß. Er war tapfer und denen, in deren
Dienst er stand, sehr ergeben und treu, was bei den Deutschen selten der Fall ist. Weil dieser bei der Heimzahlung
von Darlehen, die ihm gewährt wurden, sehr genau war,

so hätte er leicht Handelsleute genug gefunden, die ihm
für einen geringen Vorteil jede beliebige Geldsumme vor-
streckten. Dieser Mann widmete in Mailand seine Liebe
einer schönen Frau, die Donna Ambruogia hieß und die
Gattin des reichen Kaufmanns Gasparruolo Cagastraccio
war, eines nahen Bekannten und Freundes von ihm. Während Wolfhard sie mit aller Vorsicht liebte, ohne daß ihr
Mann oder sonst jemand etwas davon bemerkte, schickte
er eines Tags zu ihr und ließ sie bitten, ihn mit ihrer
Gegenliebe zu beglücken; er sei bereit, alles zu tun, was
sie ihm gebiete. Nach vielem Hin und Her verblieb die
Frau endlich dabei: sie sei geneigt zu tun, was Wolfhard
begehrte, wenn zweierlei erfolgte: erstens, es dürfe nie
irgend jemand offenbar werden, und zweitens, da sie gerade zweihundert Goldgulden nötig habe, müsse und
könne er als ein reicher Mann ihr diese geben; dafür werde
sie dann immer für seine Wünsche bereit sein. Als Wolfhard diesen Beweis ihres Geizes vernahm, erzürnte ihn
ihre Niedrigkeit, und seine Liebe für sie, die er bisher für
eine edle Frau gehalten, verwandelte sich fast in Haß.
Nun gedachte er sie zu überlisten, und ließ ihr daher antworten, er sei gern bereit, dies wie alles andere zu tun,
wenn es ihr genehm sei; daher möge sie nur ihm sagen
lassen, wann er zu ihr kommen dürfe; dann werde er das
Geld bringen, und niemand solle von dieser Sache hören,
einen seiner Kameraden ausgenommen, dem er völlig vertrauen könne, und der bei allem, was er tue, sein Begleiter
sei. Das schlechte Weib war damit zufrieden und ließ ihm
bestellen, ihr Mann müsse binnen einiger Tage Geschäfte
halber bis nach Genua hin verreisen; sie werde es ihn wissen lassen und zu ihm schicken. Nun ging Wolfhard, als es
ihm Zeit schien, zu Gasparruolo und sagte zu ihm:»Ich
kann gerade ein Geschäft abschließen, zu dem ich zweihundert Goldgulden nötig habe; diese wünsche ich von
dir geliehen zu erhalten zu dem Zinssatz, den du sonst
von mir nahmst.« — »Gern«, antwortete Gasparruolo
und zählte ihm gleich das Geld auf.

Wenige Tage später reiste Gasparruolo wirklich nach
Genua, wie die Frau verheißen hatte; deshalb schickte sie
denn auch zu Wolfhard, er möge kommen und die zweihundert Goldgulden mitbringen. Wolfhard nahm seinen
Gefährten mit sich, ging zu dem Hause der Frau, und da
sie ihn schon erwartete, so war es das erste, was er tat, daß
er ihr in Gegenwart seines Kameraden die zweihundert
Goldgulden in die Hand gab, indem er also zu ihr sprach:
»Madonna, nehmt hier dieses Geld und übergebt es
Euerm Mann, sobald er zurück ist.« Die Frau nahm es,
verstand allerdings nicht, warum Wolfhard so sprach,
vielmehr glaubte sie, er mache es deshalb, damit sein Gefährte nicht bemerke, daß er es ihr als Lohn für sie selbst
übergebe. Darum sprach sie:»Das will ich gern tun, aber
ich will zuvor sehen, wieviel es sind.« – Und sie schüttete
das Geld auf einen Tisch; als sie fand, daß es zweihundert

Gulden waren, legte sie diese sehr zufrieden fort und kehrte dann zu Wolfhard zurück. In ihrer Kammer befriedigte sie ihn mit ihrer Person nicht nur die eine, sondern viele Nächte, bis ihr Mann aus Genua zurückkehrte. Als Gasparruolo endlich von Genua zurück war, paßte Wolfhard die Zeit ab, wo jener mit seiner Frau zusammen saß, begab sich mit seinem Kameraden zu ihm und sprach in ihrer Gegenwart: »Das Geld, Gasparruolo, die zweihundert Goldgulden, die du mir neulich liehest, haben mir nicht dienen können; das Geschäft, zu dem ich sie entnahm, hat sich zerschlagen, und darum habe ich sie sogleich deiner Frau gebracht und ihr zurückgegeben; du wirst nun meine Schuldrechnung streichen.« Gasparruolo wandte sich zu der Frau und fragte, ob sie das Geld empfangen habe. Diese konnte es vor dem Zeugen nicht leugnen: »Allerdings habe ich es empfangen; ich habe nur noch nicht daran gedacht, es dir zu sagen.« – Nun sprach Gasparruolo: »Ich bin zufrieden, Wolfhard, geht mit Gott, und Eure Rechnung will ich schon richtig machen!«
Wolfhard ging, und das überlistete Weib lieferte ihrem Manne den schmachvollen Preis für ihre Schlechtigkeit aus, nachdem ihr verschmitzter Besucher so ohne Kosten die habsüchtige Schöne genossen hatte.

MÖRSER UND STÖSSEL

Ich gedenke, euch eine bäuerische Liebschaft zu erzählen, mehr um ihres Ausgangs willen zum Lachen, als wortreich und lang, aus der ihr zugleich als nützliche Moral entnehmen könnt, wie auch den Geistlichen nicht immer alles aufs Wort zu glauben ist.
Also zu Varlungo, einem Flecken ziemlich nahe von hier, wie jeder von euch weiß, lebte einst ein tüchtiger, auch im Frauendienst gut beschlagener Priester. Obschon er nicht viel zu lesen verstand, erbaute er doch mit vielen guten und heiligen Worten sonntags am Fuß der Ulme

seine Gemeinde, und besonders fleißig besuchte er die Frauen, wenn ihre Männer irgendwohin gegangen waren; er brachte ihnen eifriger als irgendein anderer Priester vor ihm Heiligenbilder und geweihtes Wasser, bisweilen auch ein Endchen geweihter Kerze ins Haus und erteilte ihnen seinen Segen. Diesem geistlichen Herrn gefiel unter seinen Beichtkindern, deren ihm schon viele gefallen hatten, besonders eine, Monna Belcolore, die Frau eines Landmanns, der sich Bentivegna del Mazzo nennen ließ. Die war in der Tat eine muntere, frische, braune und körnige Bäuerin, und taugte zum Mehlmahlen besser, als irgendeine andere. Außerdem aber war sie auch diejenige, die im Dorfe die Zimbel am besten schlug und am besten zu singen verstand:»Das Wasser läuft zum Zwiebelfeld« und die bei Tänzen, wenn es darauf ankam, mit einem schönen, feinen Schnupftuch in der Hand besser anzuführen wußte als irgendeine Nachbarin. Um aller dieser Dinge willen verliebte sich denn unser geistlicher Herr so heftig in sie, daß er fast rasend wurde und den ganzen Tag über nichts zu tun wußte, als umherzustreichen und Maulaffen feilzuhalten, bloß um sie zu sehen. Und wenn er sie sonntags morgens in der Kirche sah, so mühte er sich beim Singen seines Kyrie und Sanktus so sehr, sich als ein großer Meister im Gesang zu zeigen, daß man einen schreienden Esel zu hören glaubte; wenn er sie nicht sah, machte er es sich viel bequemer. Bei allem wußte er es jedoch so einzurichten, daß Bentivegna nichts gewahr wurde, noch irgendeiner von seinen Nachbarn. Um nun aber das Zutrauen der Monna Belcolore mehr und mehr zu gewinnen, beschenkte er sie von Zeit zu Zeit, schickte ihr bald ein Bund frischen Knoblauchs, der in der ganzen Gegend nirgends schöner wuchs als in seinem Garten — er bestellte ihn mit eigenen Händen —, bald einen Korb voll grüner Bohnen, und bisweilen eine Mandel frischer Maizwiebeln oder Schalotten, und wenn ihm dazu die Zeit geeignet schien, blickte er sie erst ein wenig verliebt von der Seite an und suchte mit ihr anzubändeln; doch sie ging immer scheu und fremd vorüber, indem sie tat, als verstünde sie ihn nicht, weshalb denn der geistliche Herr auf keine Weise mit ihr zum Ziele kommen konnte. Eines Tags, als der Pfarrer in der brennenden Mittagshitze untätig im Felde herumlungerte, begegnete er dem Bentivegna, der einen vollbeladenen Esel vor sich hertrieb. Diesen redete er an und fragte, wohin er ginge. »Gottstreu«, entgegnete Bentivegna, »bei meiner Seele, Herr, ich gehe nach der Stadt, um einer Angelegenheit willen, und bringe diese Dinge hier dem Herrn Bonaccorri da Ginestreto, daß er mir aus einer Geschichte helfe, um die ich von dem Herrn Perikulator des Aedifizgerichts im Parentorio zu erscheinen vorgefordert bin.« — Froh erwiderte der Priester hierauf: »Du tust recht, mein Sohn, und geh nur mit meinem Segen auf den Weg und kehre bald heim, und wenn dir der Lapuccio oder Naldino begegnet, so vergiß nicht, ihnen zu sagen, sie möchten mir bald die Riemen zu meinen Dreschflegeln bringen.« Bentivegna wollte es ausrichten. Und während der Bauer nun so nach Florenz weiterging, fiel es dem Priester ein, jetzt sei es Zeit, zur Belcolore zu gehen und sein Glück bei ihr zu versuchen. Schnell nahm er nun den Weg zwischen die Beine, und ohne anzuhalten ging er bis zu ihrem Hause. Hier trat er ein und sprach: »Gott zum Gruße — ist niemand daheim?« — Die Belcolore, die auf den Boden gegangen war, hörte ihn und antwortete: »O Herr, seid willkommen! Was streicht Ihr denn aber so müßig in dieser Hitze umher?« — »So wahr mir Gott helfe«, antwortete der Priester, »ich kam, um ein Weilchen bei dir zu bleiben, da ich deinen Mann nach der Stadt unterwegs fand.« — Nun stieg die Belcolore herab, setzte sich nieder und fing an, den Kohlsamen zu lesen, den ihr Mann kurz vorher gedroschen hatte. Der Pfarrer begann das Gespräch: »Nun, Belcolore, willst du mich denn immer auf diese Art schmachten lassen?« — Belcolore fing an zu lachen und sprach: »Was tu' ich Euch denn?« — »Nichts tust du mir«, sagte der Priester; »aber du lässest mich

auch nicht tun, was ich dir gern tun möchte und was der
Himmel geboten hat.« — »Geht, geht«, sprach Belcolore,
»tun denn die geistlichen Herren dergleichen?« — »Besser
als andere Menschen tun wir es«, versetzte der Priester.
»Und warum auch nicht? Ich sage dir, wir besorgen die
Arbeit weit besser als andere, und weißt du warum? Weil
wir mit aufgespeichertem Wasser mahlen! Aber wahrhaftig, dein Schade soll's nicht sein, wenn du reinen Mund
hältst und mich gewähren lässest.« — Nun sprach die Belcolore: »Und was soll's mein Schade nicht sein? Seid ihr
nicht allesamt knauseriger als der Gottseibeiuns?« — »Ich
wüßte nicht«, sprach der Pfaffe hierauf, »fordere nur,
auch wenn du ein Paar neue Schuhe willst oder ein Stirn-
band, oder ein schönes Stück feines Tuch oder was sonst.«
— Nun erwiderte die Belcolore: »Schon gut, Herr; dergleichen Dinge habe ich auch. Aber wenn Ihr mich doch
so lieb habt, warum erweist Ihr mir nicht einen Dienst,
wofür ich tun würde, was Ihr wollt?« — »Sprich nur«,
sagte der Priester, »sag, was du verlangst, und gern will
ich es tun.« — Darauf sagte die Belcolore: »Sonnabend
muß ich nach Florenz gehen und Wolle abgeben, die ich
gesponnen habe, und meine Spindel ausbessern lassen;
und wenn Ihr mir nun fünf Lire borgt — ich weiß, Ihr
habt sie — so kann ich meinen schwarzblauen Rock von
dem Pfandleiher wieder einlösen, und meinen ledernen
Festtagsgurt mit der Schnalle dazu, den ich meinem Mann
in die Ehe gebracht habe; Ihr seht ja, ich kann wahrhaftig
nicht mehr in die Kirche gehen, noch sonst irgendwohin,
wenn ich ihn nicht habe; und dann will ich auch immer
tun, was Ihr wollt.« — »So wahr mir Gott gute Zeit be-
schere«, antwortete der Pfaffe, »ich habe nicht soviel Geld
bei mir: aber verlaß dich darauf, ehe der Sonnabend
kommt, will ich es einrichten, daß du die fünf Lire haben
sollst, und das gern.« — »Ja«, sprach die Belcolore, »im
Versprechen seid ihr alle groß, aber hinterher haltet ihr
keinem Menschen Wort. Denkt Ihr's mir zu machen, wie
der Biliuzza, die Ihr mit leeren Worten heimschicktet? Bei-

leibe nicht; wegen dieser Geschichte ist die eine Hure geworden! Habt Ihr keine fünf Lire bei Euch, so geht und holt sie.« — »Ach«, sprach der Priester, »schick mich nicht jetzt heim; du siehst, ich halte das Glück eben fest, und kein Mensch ist da, und vielleicht, wenn ich wiederkehre, ist jemand in die Quere gekommen, der uns hindert, und ich weiß dann nicht, wann es mir wieder so gut glückt, wie eben jetzt.« — »Schon recht«, entgegnete sie, »wollt Ihr gehen, so geht; wollt Ihr nicht, so haltet aus!« Der Pfaffe, der sie nicht geneigt sah, außer dem »Erlöse mich vom Bösen«, zu tun, was er wünschte, und der doch gern »sine custodia« bleiben wollte, sagte nun: »Wie, du glaubst mir also nicht, daß ich sie dir bringe? Damit du mir trauest, will ich dir diesen meinen blauen Mantel zum Pfande lassen.« — Da blickte die Belcolore hoch und sprach: »Nun, den Mantel — was ist denn der wohl wert?« — »Wie«, sprach der Priester, »was ist der wert? Du mußt wissen, daß er von niederländischem Tuche ist, ja mehr noch, aus mittelländischem, ja, und daß mancher es gar für oberländisches hält, und noch sind's nicht vierzehn Tage her, daß er mir beim Trödler Lotto gute sieben Lire kostete, und ich hab' ihn noch um fünf Soldi zu wohlfeil gekauft, wie mir Buglietto sagte, der sich ja auf solche farbigen Tuchsachen versteht.« — »Wahrhaftig?« rief die Belcolore. »Nun, bei Gott! das hätt' ich nimmermehr geglaubt. Aber gebt ihn nur zuerst her.« Der Herr Pfarrer, der den Bogen gespannt hatte, legte den Mantel ab und gab ihn ihr. Sie aber legte ihn weg und sagte dann: »Nun, Herr, laßt uns in den Speicher gehen; denn dahin kommt kein Mensch«, und so taten sie. Und hier freute sich denn der Pfaffe ihrer eine geraume Zeit, indem er sie mit den süßesten Schmätzen von der Welt zur Verwandten unsers Herrgotts machte. Dann ging er im Unterkleid, so daß es schien, als habe er bei einer Hochzeit geamtet, von dannen und kehrte zu seiner Kirche heim. Hier rechnete er nun nach: wieviel Lichterchen er auch im ganzen Jahr an Opfern sammelte, so waren diese doch nicht die Hälfte von fünf Liren wert, und nun sah er ein, daß er übel getan hatte, und es reute ihn so sehr, seinen Mantel zurückgelassen zu haben, daß er auf Mittel zu denken anfing, wie er ohne Kosten wieder zu ihm kommen könnte. Und weil er ziemlich gerieben war, fand er auch das wirksame Mittel, um ihn wiederzuerhalten. Am folgenden Tage, einem Festtage, schickte er den kleinen Knaben eines seiner Nachbarn zu Monna Belcolores Haus und ließ sie bitten, sie möchte doch so gut sein, ihm ihren Steinmörser zu leihen; diesen Morgen seien Binguccio dal Poggio und Nuto Buglietti bei ihm zu Gast, und er wünsche eine Brühe zu bereiten. Die Belcolore schickte ihm den Mörser; als es nun um die Essensstunde war, paßte der Priester es ab, daß Bentivegna und seine Frau zusammen aßen, und rief seinen Chorknaben, zu dem er sprach: »Nimm diesen Mörser, trag ihn zu Frau Belcolore zurück und sprich: Der Herr Pfarrer sagt Euch großen Dank, und Ihr sollt ihm doch seinen Mantel wiederschicken, den der Knabe Euch als Pfand zurückgelassen hat.« Der Chorknabe ging mit dem Mörser nach dem Hause der Belcolore und fand sie mit Bentivegna bei Tische essend. Hier setzte er den Mörser nieder und richtete die Bestellung aus. Als die Bäuerin sich den Mantel abfordern hörte, wollte sie antworten; aber Bentivegna sprach mit zornigem Gesicht: »Also, nimmst du ein Pfand von unserm Herrn Pfarrer an? — Bei Christi Leib, ich schwöre, daß ich Lust habe, dir eine tüchtige Kopfnuß zu versetzen. Mach, gib ihm den Mantel zurück, daß dich der Henker, und daß du ihm ja nicht nein sagst, was er auch jemals fordert, und begehrte er selbst unsern Esel, geschweige denn etwas anderes.«

Brummend stand die Belcolore auf, ging nach dem Bettschrank hin, zog den Mantel hervor und gab ihn dem Chorknaben, indem sie sagte: »Sprich so in meinem Auftrag zu deinem Herrn: die Belcolore gelobt zu Gott, daß Ihr nie wieder eine Brühe in ihrem Mörser stoßen sollt, weil Ihr mit dieser ihr so schlechte Ehre erwiesen habt.« —

Da ging der Knabe mit dem Mantel fort und richtete die Bestellung aus. Lächelnd sagte der Priester zu ihm: »Sag' ihr, wenn du sie siehst, wenn sie mir den Mörser nicht mehr borgen will, so leihe ich ihr auch den Stößel nicht mehr; eins mag fürs andere gehen.« Bentivegna glaubte, seine Frau habe das sagen lassen, weil er sie gescholten hatte, und kümmerte sich nicht weiter darum. Aber Belcolore grollte dem Pfarrer und sprach mit ihm kein Wort bis zur Weinlese; doch als ihr der Pfarrer drohte, sie geradeswegs dem Herrn Lucifer in den Rachen zu schicken, söhnte sie sich aus lauter Furcht zwischen Most und warmen Kastanien mit ihm wieder aus, und sie hatten nachher oft ihre Kurzweil miteinander. Statt der fünf Lire aber ließ der Pater ihre Zimbel mit neuem Pergament überziehen und ein Glöcklein daran hängen, und damit war sie zufrieden.

FIAMMETTA UND DER ARZT

In Florenz lebte ein Notar, Herr Anastasius. Der hatte im Lauf der Jahre in seiner Praxis viel Geld verdient. Erst als er schon ziemlich alt war, fiel ihm das Heiraten ein. Nach Mitgift brauchte er nicht zu fragen, und so fand sich auch glücklich ein junges, schönes Mädchen aus vornehmem Hause; dieses stellte er im Bett und außerhalb in allem zufrieden, was Fiammetta — so hieß sie — sich nur einfallen ließ. Der Herr Notar ward von ihr so bezaubert und so in sie verliebt, daß er der eifersüchtigste Ehemann der Welt wurde und auf ihre Hut mehr Mühe und Sorgfalt verwandte als auf neue Kunden und Ausklügeln von Verträgen.

Die junge Frau wurde bald des ängstlichen Mißtrauens ihres Gatten inne. Ihr edles Blut und ihre adelige Gesinnung empörten sich über diese Eifersucht so sehr, daß sie beschloß, ihm jetzt Anlaß zur Eifersucht zu geben. Nun war in der Nachbarschaft ein Arzt vor kurzem erst vom

Studium aus Paris zurückgekehrt, ein Mann von ungefähr
fünfunddreißig Jahren, voll Anmut und Grazie in seinem
Wesen. Als Fiammetta anfing, ihm ab und an ein heiteres
Gesicht zu zeigen, da kam Doktor Julius außer sich vor
Freude; er fand immer neue Anlässe, an ihrem Haus vor-
beizugehen, und dieweil sie ihn immer freundlicher ansah, verliebten sie sich ineinander. Sie wünschten glühend,
sich zusammenzufinden. Aber da war die alte Magd, die
der Herr nur dazu im Hause hielt, daß sie den Tag über
aufpaßte; nachts paßte der Herr selber auf. Damit waren
Fiammetta und Doktor Julius ganz unzufrieden. Um den
Weg zu ihrer Lust zu finden, kam Fiammetta auf eine
ganz neue List; der Doktor war mit der ihm auf den Leib
geschriebenen Rolle mehr als einverstanden.

Die gute Frau begann eines Nachts im ersten Schlafe laut
zu schreien und zu rufen: »O Herr Anastasius, o mein Gemahl, ich sterbe, ich sterbe! O weh, helft mir um Gottes
willen!«

Herr Anastasius sprang sofort im Hemd aus dem Bett. Er
rief die Mägde, die schnell mit der Lampe herbeieilten,
der Frau zu helfen, die ohne Aufhören schrie und klagte.
Sie sagte, der ganze Körper tue ihr weh, und sie fühle, wie
ihr Leib sich aufblähe. Die Mägde wärmten Tücher und
Kohlblätter, aber nichts half, und der Schmerz und das
Geschrei wurden schlimmer; sie schrie: »O ich Unglückliche, ich Arme! O mein lieber Gemahl, ich platze, mein
lieber, süßer Gemahl! Helft mir, helft mir, ich fleh' Euch
an«; und sie verdrehte die Augen auf die unwahrschein-
lichste Art.

Herr Anastasius weinte vor zärtlicher Angst, sie sterbe
ihm unter den Händen. Er sagte ihr zum Trost, er wolle
den Arzt holen. Sie drängte: »Macht schnell, mein guter
Gemahl, um Gottes willen! Nur schnell, damit es nicht zu
spät wird!«

»Beruhigt Euch«, erwiderte der Herr, »denn ich will nur
eben hier um die Ecke, zu unserm Nachbarn, dem Doktor
Julius!«

»Ja, gut«, sagte Fiammetta, »zögert nicht! O weh, ich werde sterben, wenn er nicht sofort kommt.«
Der Notar brauchte nicht allzulange zu klopfen, und so stand er mit dem Arzt in wenigen Augenblicken in dem Zimmer. Der Doktor grüßte die Verzweifelte und sprach ihr fürs erste Mut zu; dann untersuchte er sie am ganzen Körper und sagte zum Gatten: »Sie hat etwas Giftiges gegessen, oder es ist ein Frauenleiden. Wenn Ihr sie retten wollt, müßt Ihr zur Sternapotheke gehen und eine Arznei holen, die ich verordnen werde, ein hervorragendes Heilmittel gegen Gift wie gegen Frauenleiden.«

»Wenn Ihr sonst nichts wollt!« sagte der Notar, »das ist ja kein Opfer! Wachet hier, bis ich wieder da bin!«

»Seid versichert«, sagte der Doktor, »ich werde ihr inzwischen ein Hausmittel auf den Leib geben, das ich hier mit den Mägden zubereiten will.«

Man brachte ihm Schreibzeug, und er schrieb ein extra schwieriges Rezept und sandte ihn eiligst in die Sternapotheke. Als Fiammetta den Gatten das Tor schließen hörte, jammerte sie noch stärker und beherrschte das ganze Haus mit ihrem Geschrei, der Schmerz nehme noch zu. Da sagte der Arzt zu den Mägden, die Mehl und Öl für den Umschlag brachten, er wolle einen Zauber machen; er sehe kein anderes Mittel mehr, die Frau am Leben zu erhalten. Sie sollten ihm hurtig einen Becher Wein und einen Becher Wasser bringen. Der Arzt nahm in jede Hand einen, gab sich den Anschein, als spräche er über jedem einzelnen ich weiß nicht welche Formeln. Dann gab er sie der Fiammetta, den Wein mit der rechten Hand, das Wasser mit der linken, und gebot ihr, vier Schlucke von dem einen und vier von dem andern zu trinken; den Mägden machte er klar, sie müßten, wenn sie die Herrin am Leben erhalten wollten, sofort, die eine auf dem höchsten, die andere im tiefsten Punkt des Hauses vier Rosenkränze beten, je einen zu Ehren der vier Evangelisten. Er gebot ihnen sehr aufmerksam zu sein, ja langsam und vollständig zu beten und sich durch nichts abbringen zu lassen, bevor sie nicht fertig gebetet hätten. Die Mägde glaubten fest daran, und obwohl es ihnen verdrießlich war, gingen sie weg, ohne was anderes zu denken, die Alte hinab in den Keller, die Junge hinauf auf das Dach, jede mit ihrem Rosenkranz, um ihre Herrin zu heilen. Diese schrie ununterbrochen mit lauter Stimme und wollte im nächsten Augenblick sterben.

Kaum waren die Mägde aus dem Zimmer, ließ Doktor Julius Wein und Wasser und Zauber beiseite und sie das Schreien und Jammern. Ihr Vergnügen aneinander könnt ihr euch allein vorstellen. Und sie hatten viel Zeit dazu; Herr Anastasius war auf dem Weg nach Fiesole, und bevor er dort war und der Apotheker die Arznei fertig hatte, dauerte es eine gute Weile; er hoffte nicht mehr, seine Frau noch lebend anzutreffen. Auf diese Weise turnierte Herr Julius mit seiner schönsten Fiammetta dreimal mit unendlichem, wunderbarem Wohlgefallen von beiden Seiten. Aber als die Mägde und der Notar zurückkommen mußten, legte sich die Frau zurecht, als ob sie schliefe, und der Arzt ließ sich auf die Knie nieder und tat, als lese er in seinen Papieren.

Nachdem die Mägde ihre Rosenkränze beendigt hatten, betrat die Alte als erste das Zimmer, um nach der Herrin zu sehen. Sie fand den Arzt auf der Erde kniend murmeln und die Frau im Bette still und ruhig liegen, als ob sie schliefe; sie fürchtete, sie sei gestorben, und wollte schreien und Lärm machen; aber der Doktor hieß sie schweigen; ihre Herrin sei geheilt und ruhe sich schlafend aus. Er fragte die Mägde, ob sie die Rosenkränze beendet hätten; auf ihr »Ja« erhob er sich, gerade als Herr Anastasius an das Tor klopfte. Ganz aufgeregt und schwer atmend erschien er sofort im Zimmer mit der Arznei, voll Furcht, seine Frau nicht mehr lebend anzutreffen.

Doktor Julius rief dem Mann gleich zu: »Eure Gemahlin befindet sich sehr wohl. Durch Gottes Gnade ist sie geheilt, daß wir keine Arzneien mehr brauchen.« Und er erzählte ihm, wie er gezwungen ward, zu einem Zauber Zu-

flucht zu nehmen. Inzwischen wandte sich jene, indem sie
tat, als ob sie erwache, ganz heiter und lächelnd an ihren
Gatten und sagte:»Mein süßester Gemahl, Ihr habt Eure
Fiammetta aus dem Grabe zurück! Sagt Dank fürs erste
Gott dem Herrn und zum andern dem Doktor Julius!«
Herr Anastasius wollte voller Freuden dem Magister einen
Goldgulden verehren. Aber der Arzt antwortete, daß er
für *solche* Behandlung niemals Geld nehme. Nach vielen
Höflichkeiten und Danksagungen nahm er schließlich Ab-
schied. Der Hausherr und die Frau schickten die Mägde
ins Bett und legten sich vergnügt schlafen.

Am andern Morgen hatte Herr Anastasius bei dem Oberrichter wegen bestimmter wichtiger Rechtsfälle zu verhandeln. Er stand früh auf, ließ aber seine Frau schlafen;
er dachte, sie müsse nach den Beanspruchungen der vergangenen Nacht größtes Bedürfnis danach haben. Er zog
sich hastig an, um wegzugehen; aber in der Eile stürzte er
von der ersten Stufe die ganze Treppe hinab; dabei schlug
er sich neben andern Verletzungen eine Schläfe so sehr
auf, daß ihm die Sinne schwanden. Beide Mägde liefen bei
dem Lärm herbei und ebenso Fiammetta; sie fanden ihn
unten bewußtlos liegen und ganz blutig; sie glaubten fest,
er sei schon tot. Weinend erhoben sie ein Wehgeschrei;
davon lief die ganze Nachbarschaft herbei, und sogleich
trug man den Herrn so zerschlagen und blutig auf das
Bett und schickte nach zwei Chirurgen, den ersten von
Florenz. Inzwischen rieben sie ihm die Pulse mit kaltem
Wasser und Essig, so daß ihm die geschwundenen Sinne
zurückkehrten gerade in dem Augenblick, als die Ärzte
kamen. Nachdem ihn diese genau angesehen und den
Bruch mit der Sonde untersucht hatten, gaben sie ihn auf:
man solle ihn beichten lassen, er habe nur noch kurz zu
leben.

Fragt nicht, welchen Schmerz Fiammetta darüber zeigte!
Dies machte dem Gatten mehr Not, als sein verzweifelter
Zustand selbst. Er empfing zunächst die Sakramente und
machte dann sein Testament. Andere gesetzliche Erben

hatte er nicht; so hinterließ er alles seiner Frau zur freien
Verfügung und machte sie zur Alleinerbin, um offen die
glühende und unvergleichliche Liebe zu zeigen, die er für
sie hegte. Fiammetta, innerlich hocherfreut, heulte darob,
als ob sie mit den Tränen zugleich sich die Seele aus dem
Leibe weinen wollte; Herr Anastasius mußte, seiner selbst
vergessend, sie stärken und trösten. Sie sei ja eine reiche
Witwe; er bitte sie nur um *eine* Gunst: Falls sie sich nicht
wieder verheirate, solle sie nach ihrem Tode alles dem
Waisenhause hinterlassen; oder falls sie sich wieder verheirate, möge sie dem ersten Sohn, der ihr geboren würde,
den Namen Anastasius geben, damit sie sich immer an ihn
erinnere. Unter strömenden Tränen versprach ihm die
Frau alles vielmals; dann verlor der Herr, da sich sein
Zustand stark verschlimmerte, bei Sonnenuntergang die
Sprache und verschied in derselben Nacht.

Fiammetta teilte ihre heftige Betrübnis mit ihrem Vater
und den Brüdern, die sie besuchen gekommen waren, und
ließ ihn anderntags aufs ehrenvollste begraben. Die alte
Magd schickte sie aus dem Dienst; die junge verheiratete
sie. Reich und jung, wie sie war, heiratete sie in ehrbarster
Form ihren Lebensretter, der während des Trauerjahrs
sich immer wieder bewährt hatte. Da sie ihren Magister
in allen Liebesproben als tüchtigen und freimütigen Liebhaber befunden hatte, so unterhielt sie mit ihm im geheimen ein sehr enges Verhältnis. Schließlich schlossen sie
in der ehrbarsten Weise die Ehe. Fiammetta hielt ihrem
ersten Gatten das Versprechen: ihr Erstgeborener bekam
den Namen Anastasius.

SCHEINTOT

Ihr jungen Damen, ich will euch erzählen, wie Großmut
Schätze opfert, Feindschaften vergißt, das eigne Leben
und sogar Ehre und guten Ruf tausend Gefahren aussetzt,
nur um den geliebten Gegenstand zu gewinnen.

In Bologna lebte ein junger Ritter, Herr Gentile Carisendi, der wegen seiner Tapferkeit und seiner edlen Geburt hochgeachtet war. Er hatte sich in eine edle Dame verliebt, Madonna Catalina, die Gemahlin des Niccoluccio Caccianimico. Für eine Erwiderung seiner Liebe schien die Aussicht so gering, daß er halb aus Verzweiflung einem Ruf als Gerichtsherr nach Modena folgte. In dieser Zeit, da auch Niccoluccio nicht in Bologna war, reiste seine Frau — sie war guter Hoffnung — auf eines ihrer Güter, das etwa drei Meilen von Bologna entfernt lag. Plötzlich bekam sie dort einen heftigen Anfall; jedes Lebenszeichen erlosch, und auch ein Arzt erklärte sie für tot. Ihre nächsten Verwandten glaubten zu wissen, die Schwangerschaft sei noch zu kurz, um ein lebensfähiges Kind erwarten zu lassen; so setzte man sie, ohne das Kind herauszuschneiden, in einer Gruft der nahen Kirche bei unter großer Trauer. Diese ganze Begebenheit wurde Messer Gentile alsbald von einem Freund berichtet. So karg sie auch im Leben gegen ihn gewesen war mit ihrer Gunst, so schmerzte ihr Tod aufs tiefste. Endlich faßte er sich, die ferne Geliebte anzureden: »So bist du nun tot, Catalina! Im Leben hast du mir niemals auch nur einen Blick gegönnt; darum will ich jetzt, da du es mir nicht mehr wehren kannst, der Toten ein paar Küsse rauben.« Noch in dieser Nacht ritt er mit einem Diener weg — für die Geheimhaltung des Ritts hatte er gesorgt —, und kam, ohne sich aufzuhalten, zu der Begräbniskirche. Er ließ die Gruft öffnen, stieg behutsam in die Tiefe und legte sich der Toten zur Seite. Unter vielen Tränen küßte er das Gesicht der Dame; da aber das Begehren des Menschen an jedem Ziel schon nach dem nächsten ausschaut, was für Liebende besonders gilt, so sagte er sich, als er schon weggehen wollte: »Ach, warum berühre ich ihr nicht ein wenig die Brust, wenn ich schon da bin? Ich darf sie künftig nie mehr anrühren und habe sie nie angerührt.« Seine sehnsüchtige Gier siegte; er griff ihr mit der Hand in den Busen; und während er sie eine Zeitlang dort hielt, war es

ihm, als schlage das Herz ganz schwach. Er bekämpfte sein
Grauen und untersuchte sie noch aufmerksamer; sie
schien nicht tot, wie schwach auch der geringe Lebens-
hauch sein mochte. Er hob sie, ohne durch Geräusch auf
sein Tun aufmerksam zu machen, mit seinem Diener aus
der Gruft, nahm sie vor sich aufs Pferd und kam unbe-
schrien mit seiner Bürde nach Bologna. In seinem Haus
traf er seine Mutter, eine verständige ältere Dame; die
Geschichte aus dem Munde ihres Sohnes rührte sie tief an,
und sie rief durch heiße Ziegelsteine und heiße Bäder das
fluchtbereite Leben langsam zurück. Als Catalina wieder
zu sich kam, seufzte sie tief auf und fragte hauchend:
»Mein Gott, wo bin ich?« Gentiles Mutter antwortete ihr:
»Tröstet Euch, Madonna, Ihr seid an einem guten Ort!«
Als die Dame wieder ganz bei sich war, schaute sie umher,
konnte aber nicht erkennen, wo sie sich befand; nur Gentile schien ihr ein bekanntes Gesicht. In tiefem Staunen bat
sie seine Mutter, ihr zu sagen, wie sie hergekommen. Gentiles Erzählung war ihr ein großer Schmerz, aber ihm
dankte sie aus der Fülle ihres Herzens. Sie beschwor ihn
bei der Liebe, die er früher für sie gehegt, und bei seiner
Ritterlichkeit, in seinem Hause sie vor allem zu bewahren, was ihre Ehre oder die ihres Gatten befleckte; sie
schloß mit der Bitte, sie bei Tagesanbruch in ihr eigenes
Haus zurückzuführen. »Madonna«, antwortete Messer
Gentile, »was auch in vergangener Zeit mein Wunsch war;
da mir Gott die Gnade gewährt hat, Euch aus dem Tode
ins Leben zurückzurufen, um mich für mein früheres Lieben zu lohnen, so will ich Euch weder heute noch künftig,
weder hier noch dort anders ansehen als eine teure Schwester. Doch ein wenig Lohn verdient die Wohltat, die ich
in dieser Nacht Euch gewähren durfte. Schlagt mir darum
eine Gunst nicht ab, um die ich Euch bitte!« Aufs gütigste
versicherte ihn die Dame ihrer Zustimmung, wenn es
nicht über ihre Macht gehe und die Ehrbarkeit nicht ver-
letze. »Madonna«, versetzte Gentile, »all Eure Verwandten und mit ihnen ganz Bologna glauben, ja sind felsen-

fest überzeugt, daß Ihr tot seid; niemand erwartet Euch mehr daheim, und so ist das die Gunst, die ich von Euch fordere: laßt es Euch gefallen, hier bei meiner Mutter so lange zu weilen, bis ich, was bald geschieht, von Modena heimkehre. Wenn ich dies von Euch fordere, so geschieht es, weil ich in Gegenwart der angesehensten Bürger unsrer Stadt Eurem Gemahl das kostbarste, feierlichste Geschenk spenden will, Euch!« Das Gefühl der Verpflichtung gegen Gentile und die Ehrbarkeit seiner Forderung hieß sie Gentiles Wunsch erfüllen; die Sehnsucht, ihre Verwandten durch ihr neues Leben zu beglücken, mußte schweigen, und sie gab Messer Gentile ihr Wort. Dieses erregende Gespräch war kaum vorüber, da spürte sie die Zeit der Entbindung nahen; unter dem liebevollen Beistand von Gentiles Mutter genas sie eines schönen Knaben. Das verdoppelte ihrer aller Glück und Freude, und Gentile hieß alles Nötige für das Wochenbett besorgen und sie so pflegen, als wäre sie seine eigene Frau. Dann ritt er heimlich nach Modena zurück.

Als dort seine Amtszeit ablief und er nach Bologna zurückkehren konnte, bestellte er für den Morgen seiner Rückkehr in seinem Haus ein großes, herrliches Festmahl; viele angesehene Männer aus der Stadt, darunter auch Niccoluccio, Catalinas Gatte, waren seine Gäste. Bei einem Besuch gleich nach seiner Ankunft fand Messer Gentile die Dame schöner und gesünder als je, und dem Neugeborenen ging es gut. Er begrüßte seine Gäste und führte sie voller Freude an die Tafel, die mit vielen Gängen üppig besetzt war.

Die Tafel neigte sich schon ihrem Ende zu; Messer Gentile, der zuvor mit der Dame seine und ihre Rolle verabredet hatte, nahm das Wort: »Ihr Herren, ich habe einmal von einem hübschen Brauch, den man in Persien übt, erzählen hören. Wer dort seinen Freund aufs höchste ehren will, der lädt ihn zu sich und zeigt ihm das Teuerste, was er hat, sei es die Frau oder die Geliebte, sei es die Tochter oder wer sonst, und er versichert, er zeigte ihm noch viel

lieber sein Herz, wenn dies anginge. Diesen Brauch will
ich in Bologna einführen. Ihr habt mir die Ehre erwiesen,
meiner Einladung zu folgen, und darum will auch ich euch
ehren, auf persische Art. Aber ehe ich euch das Teuerste
zeige, was ich auf Erden habe oder jemals haben kann, be-
ratet mich zuvor über einen Zweifel, den ich euch vortragen will. Es besitzt jemand in seinem Haus einen guten,
getreuen Diener; der wird schwer krank, und sein Herr
wartet sein Ende gar nicht ab, sondern läßt ihn mitten auf
die Straße legen und kümmert sich weiter nicht mehr
um ihn. Ein Fremder kommt dazu und nimmt aus Mitleid
den Kranken mit sich nach Hause und pflegt ihn mit viel
Mühe und großen Kosten wieder so gesund, wie er zuvor
war. Dies ist nun meine Frage an euch: darf der erste
Herr mit Fug und Recht über den Fremden sich beklagen
oder beschweren, wenn dieser den Diener bei sich behält
und seine Dienste nutzt und ihn auf eine Rückforderung
nicht herausgibt?«
Die Edelleute hatten darüber unter einander dies und jenes
zu sagen, aber sie wurden doch *einer* Meinung und wähl-
ten Niccoluccio zu ihrem Sprecher, da er ein guter, geschickter Redner war. Im Eingang seiner Ansprache lobte
er den persischen Brauch, dann gab er im Namen der andern Herren das Rechtsgutachten ab: der frühere Herr
hat kein Anrecht mehr auf den Diener, dieweil er ihn bei
einem solchen Sachverhalt verlassen, ja geradezu weggeworfen hat; der Diener scheint durch die Wohltaten des
Fremden mit Fug und Recht dessen Eigentum geworden;
wenn er ihn behält, darf der erste weder über Gewalt
noch Besitzbeeinträchtigung noch sonstiges Unrecht klagen. Die anderen Gäste — und es waren ausgezeichnete
Männer darunter — erklärten Niccoluccios Gutachten für
recht und billig. Messer Gentile, den diese Antwort und
gerade aus Niccoluccios Munde besonders befriedigte, bekannte sich auch zu dieser Meinung, und er fuhr dann
fort: »Jetzt ist es Zeit, daß ich euch nach meinem Versprechen in persischer Art ehre.« — Durch zwei Diener

ließ er die Dame herbitten, die er köstlich katte kleiden und schmücken lassen: sie möge geruhen, die Herren mit ihrer Gegenwart zu erfreuen. Und sie erschien in dem Saal, ihr schönes Söhnlein auf dem Arm, im Geleit von zwei Dienern, und nahm auf Messer Gentiles Wunsch Platz zur Seite eines würdigen Mannes, während Gentile sie so vorstellte: »Meine Herren, dies ist der Gegenstand, den ich für teurer halte und immer halten werde als irgendeinen andern. Sehet nun zu, ob euch dünkt, daß ich recht habe!«

Die edeln Herren ehrten und priesen sie sehr und versicherten dem Ritter, einen solchen Gegenstand müsse er allerdings wert halten; als sie darnach sie genauer zu betrachten begannen, war allerdings mancher unter ihnen, der wohl gesagt hätte, sie sei Catalina; aber alle hielten jene bestimmt für tot. Vor allen andern aber schaute Niccoluccio sie an; seine Neugierde ließ ihm keine Ruhe, und unfähig, noch länger zu warten, fragte er sie, als Gentile sich etwas entfernt hatte, ob sie aus Bologna sei oder von auswärts. Als die Dame ihres Mannes Frage hörte, unterdrückte sie mit Mühe die Antwort, blieb aber bei der getroffenen Verabredung und schwieg. Ein anderer der Gäste fragte sie hierauf, ob dies Knäblein das ihrige sei, und ein dritter, ob sie Gentiles Frau oder auf andere Art ihm verwandt sei. Auch allen diesen gab sie keine Antwort. Als Herr Gentile dazu kam, sagte deshalb einer der Gäste zu ihm: »Herr, ein schönes Frauenbild ist es wohl, das Ihr da besitzt, aber es scheint stumm zu sein: ist es das wirklich?« — »Ihr Herren«, antwortete Gentile, »daß sie bis jetzt nicht gesprochen hat, ist kein geringer Beweis ihrer Tugend.« — »So sagt uns denn«, fuhr der andere fort, »wer sie ist!« — »Gern will ich es tun«, antwortete der Ritter, »aber ihr müßt mir versprechen, daß sich keiner, was ich auch sage, von seiner Stelle bewegt, bis ich mit Erzählen ganz fertig bin.«

Jeder versprach ihm dies, und als die Tische weggeräumt waren, begann Herr Gentile, sich an die Seite der Dame setzend, folgendermaßen:

»Ihr Herren, diese Dame ist jener gute und treue Diener, über den ich euch eben vorhin die Frage vorlegte. Von den Ihrigen wenig wert gehalten und wie ein geringes und unnütz gewordenes Ding auf die Straße geworfen, wurde sie von mir aufgenommen und durch meine Sorge und Hilfe dem Tode aus den Händen gerissen; und Gott sah meine gute Absicht mit an, ließ sie deshalb aus einem abschreckenden Leichnam mir zur Freude wieder so schön werden, wie ihr sie sehet. Doch damit ihr klarer erkennt, wie dies alles zugegangen, will ich es euch in Kürze berichten.«

Und nun erzählte er, von seiner Liebe für sie anhebend, zum großen Erstaunen seiner Zuhörer, ausführlich alles, was bis dahin geschehen war, und schloß: »Aus diesen Gründen ist diese Dame, sofern ihr nicht etwa eure Meinung seit kurzem geändert habt, und besonders Nicco-

luccio, von Rechts wegen die meine, und niemand darf sie
mit gerechtem Anspruch von mir zurückfordern.«
»Hierauf antwortete niemand, und alle erwarteten aufmerksam, was er weiter zu sagen habe; Niccoluccio aber
und andere, die zugegen waren, sowie auch die Dame,
weinten vor Rührung. Doch nun erhob sich Herr Gentile,
nahm den kleinen Sohn in seine Arme und die Dame bei
der Hand, und indem er mit ihnen vor Niccoluccio hin-
trat, sprach er:»Stehe auf, Gevatter; wiedergeben will ich
dir deine Frau nicht, die deine und ihre Verwandten weg-
warfen, schenken will ich dir diese Dame, meine Gevat-
terin, mit ihrem kleinen Sohn, der, wie ich gewiß bin, von
dir erzeugt wurde; ich hielt ihn über die Taufe und nannte
ihn Gentile, und ich bitte dich, laß sie dir darum nicht
minder wert sein, weil sie in meinem Hause nahe an drei
Monate verweilt hat; denn ich schwöre dir bei dem Gott,
der mir vielleicht einst die Liebe zu ihr einflößte, damit
diese meine Liebe, wie es geschehen ist, die Ursache ihrer
Rettung werde – ich schwöre dir: niemals, weder bei ihrem
Vater, noch bei ihrer Mutter, noch auch bei dir hat sie ehr-
barer gelebt, als sie es bei meiner Mutter in meinem Hause
getan hat.« – Nach diesen Worten wandte er sich zu der
Dame und sagte:»Madonna, jetzt löse ich Euch von jedem Versprechen, das Ihr mir gegeben habt, und überlasse
Euch aus freien Stücken dem Niccoluccio.« – Damit gab
er die Dame mit dem Kind in Niccoluccios Arme und
kehrte zu seinem Platz zurück.

Voller Sehnsucht empfing Niccoluccio Gattin und Sohn,
um so glücklicher, je ferner er aller Hoffnung gewesen
war, und dankte dem Ritter nach bestem Können und
Wissen. Auch die andern, die alle vor Mitgefühl weinten,
lobten und priesen ihn gar hoch, und gepriesen ward er
von jedem, der dies hörte. Die Dame aber wurde mit unsäglicher Freude in ihrem Hause empfangen und lange
Zeit hindurch wie eine Wiedererstandene von ganz Bologna mit Verwunderung betrachtet; Messer Gentile aber
lebte immer als ein Freund des Niccoluccio und der Dame

mit allen Verwandten. – Was, ihr gütigen Damen, werdet ihr nun hierüber sagen? Denkt ihr etwa, daß irgendeiner der Männer, von deren Taten heute erzählt wurde, an Großmut mit Messer Gentile zu vergleichen ist: jung und feurig und in dem Glauben, ein gutes Recht auf den Gegenstand zu haben, den die Unachtsamkeit anderer weggeworfen hatte und den er zu seinem Glück aufhob, hat er nicht nur ehrbarerweise seine Glut gemäßigt, sondern hat, was er seit Jahren mit aller seiner Sehnsucht erstrebte und zu rauben suchte, als er es besaß, freiwillig zurückgegeben?

WIE TALANOS TRAUM IN ERFÜLLUNG GING

Schon früher, meine anmutigen Damen, haben wir unter uns von Träumen gesprochen; da viele ihre Zuverlässigkeit verlachen, will ich euch in einer kurzen Geschichte erzählen, wie es einer meiner Nachbarinnen vor nicht allzu langer Zeit erging, weil sie einem Traum ihres Mannes nicht glauben wollte. Vielleicht habt ihr Talano di Molese gekannt; er war hier in Florenz ein sehr ehrenwerter Mann. Talano hatte ein junges, ungewöhnlich schönes Mädchen, Margarita, geheiratet. Aber sie war ein solcher Bosnickel, unfreundlich und widersetzlich, daß sie keinem Menschen etwas nach seinem Wunsch und Willen tat und kein Mensch ihr etwas recht machen konnte. Talano fiel es oft schwer, dieses Wesen zu ertragen; aber er konnte es nicht ändern und fand sich damit ab.

Nun geschah es in einer Nacht – Talano war mit Margarita auf einem seiner Güter in der Umgegend –, daß Talano im Traum seine Frau durch ein schönes Wäldchen, nah' am Haus, gehen sah. Und während er sie so gehen sah, kam in seinem Traum ein Ungetüm von einem wilden Wolf dahergerannt; der packte die Frau am Hals, riß sie zu Boden und suchte sie trotz ihres Hilfeschreiens wegzuschleppen. Endlich entwand sich Margarita seinem Rachen und konnte sich retten, aber Hals und Gesicht waren ganz

zerfleischt. Beim Aufstehen am nächsten Morgen sagte
Talano:»Margarita, deine Widersetzlichkeit hat mich noch
nie einen vergnügten Tag mit dir genießen lassen; aber es
wäre mir doch leid, wenn dir ein Unglück zustieße: folge
meinem Rat und geh' heute nicht aus dem Haus!« Sie
fragte nach dem Warum; als er seinen Traum ausführlich
erzählte, warf sie im Antworten den Kopf hoch:»Wer
Böses wünscht, träumt Böses: du stellst dich weiß Gott
wie besorgt um mich, und dabei ist das doch nichts anderes
als ein Wunschtraum. Du kannst dich darauf verlassen, *die*
Freude werde ich dir nicht machen, weder heut' noch morgen, weder mit diesem Unglück noch mit einem andern!«
— »Ich hätte es mir denken können«, sagte Talano,»daß
ich diese Antwort bekomme. Wenn man einer ihren Weich-
selzopf auskämmt, erntet man Teufels Dank! Aber, glaub
was du willst, ich sage es dir zu deinem Besten, noch einmal, laß dir raten, bleib heut' daheim, oder geh wenigstens
nicht in unser Wäldchen!« — »Gut«, sagte die Frau,»ich
will es tun.« Aber dann sagte sie bei sich:»Hast du nicht
gesehen, wie dieser Heimtücker dir hat Angst machen
wollen! Ich soll heute nicht in unser Holz gehen! Da hat
er sich doch bestimmt mit irgendeinem Weibstück verabredet und will nicht, daß ich ihn dabei überrasche! Natürlich, wer mit Blinden zusammen ißt, kann sich die besten
Stücke aussuchen. Ich wäre ja dumm, wenn ich ihm über
den Weg traute; dafür kenn' ich ihn zu gut! Ich werde ihm
einen Strich durch die Rechnung machen; auch wenn ich
den ganzen Tag draußen warten muß, ich will doch sehen,
was er heute wieder vorhat.« Ihr Mann hatte das Haus
inzwischen verlassen; da ging sie zur andern Seite hinaus
und eilte, so heimlich sie konnte, zu dem Gehölz. Sie suchte
sich als Versteck das dichteste Unterholz, spitzte die Ohren
und guckte überall umher, ob sie jemand kommen sähe.
Und während sie so lauert — an den Wolf denkt sie nicht
einmal —, da bricht dicht neben ihr aus dem Gestrüpp
wirklich ein entsetzliches Wolfsungetüm hervor; sie hat
kaum noch Zeit zu dem Stoßseufzer:»Herr, steh' mir bei!«,

da packt sie der Wolf schon an der Kehle und schleppt sie weg, als wäre sie ein kleines Lamm. Er hatte sie so fest gepackt, daß sie nicht mehr schreien konnte, und sie hatte auch sonst nicht die Kraft, sich zu helfen. Der Wolf hätte sie noch im Wegschleppen ohne Zweifel erwürgt, da stieß er auf ein paar Hirten; die zwangen ihn durch ihr Brüllen, die Frau loszulassen. Die Hirten erkannten die Ärmste und trugen sie heim. In langem Bemühen heilten sie zwar die Ärzte, aber es blieben so häßliche Narben über den ganzen Hals und ein gut Teil des Gesichts, daß die früher so strahlende Schönheit jetzt und für immer widerwärtig verunstaltet war. Sie traute sich nicht mehr unter Menschen und sie weinte oft bitterlich, daß Eigensinn und Widerspruchsgeist sie dahin gebracht. Hätte sie sich doch *einmal* überwunden und dem Warntraum ihres Mannes geglaubt!

Eudosia, die Tochter des Grafen von Vancastro, war so reich an Leib und Seele, Geld und Gut, daß sich schon viele Männer um sie mühten, als sie kaum dreizehn Jahre zählte. Das Geschick bescherte dies liebreizende Kind dem Evandro, dem edelsten, aber auch dem ältesten der Freier. Der Welt erschien diese Ehe ganz unnatürlich, da Evandro dem Grab weit näher stand als dem Hochzeitsbette. Eudosia selbst fügte sich leicht in die kalten Umarmungen eines greisen Mannes: ihre Jugend gestattete stärkere Begierden noch nicht, auch genoß sie alle Vorteile der reichen Ehe: prunkvolle Kleider, Kleinodien in Fülle, Reichtum an Gold, die große Dienerschaft. Ihr Gatte las ihr jeden Wunsch von den Lippen, doch wachte er eifersüchtig über sie und glaubte sie schon verloren, wenn sie ihm nur einen Augenblick aus dem Gesicht kam.

Aber das beständige Zusammensein verleitete ihn zu Anstrengungen, die über seine Kraft gingen, und die Hochzeit war noch nicht lange vorüber, als man schon die Leichenfeier beging.

Evandro ward von Eudosia so innig betrauert, daß Tränen, Seufzen und Wehklagen nur die äußeren Zeichen ihres echten Schmerzes waren. Gerne wäre sie ihm in das Grab gefolgt, aber die nahe Entbindung ließ sie hoffen, in einem Knaben den Gatten wieder ins Leben zu rufen. Eitles Hoffen: sie gebar nur ein Mägdlein, Dercella getauft; aber schon als ganz kleines Kind versprach sie, eine ausgezeichnete Schönheit zu werden.

Eudosia begrub sich aus freiem Entschluß in ihrem Hause und lebte nur der Erziehung ihrer Tochter; es herrschten die strengsten Grundsätze: fast dreizehn Jahre alt hatte Dercella noch keine anderen Männer gesehen als die Diener ihrer Mutter. Sie kam nur zwei- oder dreimal im Jahr aus dem Haus, und dann so bedeckt und so vielfach behütet, als könnte die Luft sie entführen. Ihr Zimmer gab kaum der Sonne Zutritt, geschweige Männeraugen; auch erlaubte die beständige Anwesenheit der Mutter keine andern Zerstreuungen als kindliche Spiele.

Aber das Schicksal, der gewöhnliche Vermittler der Liebe, fügte es, daß Eudosia und Dercella einmal unwillkürlich an das Fenster traten, da ein heftiges Geschrei ihre Neugierde reizte. Sie sahen Assirdo, ihren Nachbar, von vielen Degen bedroht, während er sich mit einer für seine Jahre ungewöhnlichen Kühnheit verteidigte. Die Jugend und Schönheit Assirdos flößte Eudosia plötzlich Mitleid ein. Daher ließ sie ihn in ihr eigenes Haus bringen und befreite ihn dadurch aus den Händen jener Meuchelmörder, die ihn an einer Hand und besonders schwer an der Seite verwundet hatten und nahe daran waren, ihn umzubringen. Assirdo legte sich nach kurzer Begrüßung zu Bett. Man rief seine Mutter herbei, welche seine Heilung mit ihrer Pflege unterstützte; die Ärzte erlaubten ihm aber nicht, Eudosias Haus zu verlassen, um nicht durch die Bewegung und die Luft seine Wunden gefährlicher zu machen.

Dercella kannte Liebe nicht einmal dem Namen nach; aber sie verliebte sich beim ersten Anblick in Assirdo, ehe sie merkte und wußte, daß sie liebe. Und da sie sich dieses ersten Dranges nicht erwehren konnte, lauschte sie bald begierig den Reden der Ärzte, bald fragte sie die Mägde, bald wußte sie, obgleich mehrmals von der Mutter getadelt, unter dem und jenem Vorwand das Krankenzimmer zu betreten. Die Nacht steigerte ihre Unruhe; und wenn einmal die Augen der Müdigkeit nachgaben, so mußten sie doch gleich wieder sich öffnen, um die Schreckbilder loszuwerden, welche sie im Schlaf noch mehr als im Wachen quälten.

Dercella schwebte mehrere Tage in diesem Liebeswahnsinn, bis Assirdo, da die Heilung fortschritt, in sein eigenes Haus übersiedelte. Er hatte in den Augen des Kindes oft mehr Liebe als Mitleid gelesen; aber selbst noch unerfahren, verbannte er alle diese Gedanken, die ihn überzeugen konnten, daß er geliebt sei, als sündhaft. Doch lockte ihre Schönheit, die jede Kühnheit entschuldbar machte, und da

er das Haus hüten mußte, um seine Gesundheit sich erst
wieder festigen zu lassen, wich er nicht von einem Fenster,
das nach Dercellas Wohnung schaute. Auch diese hatte nur
den einen Wunsch, ihn zu sehen. Sie konnte ein Fenster
gegenüber dem ihres Geliebten öffnen, das sonst verschlossen war, und hatte so Gelegenheit, ihn nach Her-
zenslust anzuschauen; mit ihm zu sprechen, daran hinderte
sie ihre eigene Sittsamkeit und die Angst vor der Mutter.
Auch Assirdo war vor lauter Liebe stumm geworden; endlich gewann er es über sich, Dercella seine glühende Liebe
wenigstens mit der Feder zu gestehen. Ohne Schwierigkeit
kam der Brief in ihre Hände: als sie einmal gerade am
Fenster stand, warf er ihn geschickt in ihren Busen. Das
Mädchen, ebenso neugierig wie verliebt, lief weg, um ihn
zu lesen, merkte aber in ihrer Versunkenheit nicht, wie die
Mutter sie beobachtete. Diese riß ihr den Brief aus der
Hand und schalt und drohte dazu so heftig, daß Dercella
bitterlich weinte. Eudosia ging in ein andres Zimmer, um
bei genauerem Lesen herauszubringen, wie er in Dercellas Hand kommen konnte. Kaum merkte sie, daß er von
Assirdo war, da begannen in ihrem Herzen tausend Gedanken sich zu kreuzen. Jugend und Schönheit bahnten
dem Verlangen den Weg. Es reute sie, so viele Jahre ihr
Leben nicht mehr gelebt zu haben. Alle Freuden der Liebe
sind ihr eitel, außer denen der ehelichen Liebe. Aber was
wird die Welt sagen, nachdem sie dreizehn Jahre gezaudert
hat! Auch Dercellas Verwegenheit und Assirdos Jugend
steigern die Ratlosigkeit. Eine zweite Ehe wird jetzt das
Urteil der Welt herausfordern und wird ihr dazu die lang-
gewohnte Freiheit rauben. Aber Sinne und Sinnlichkeit
regieren uns Menschen! Eudosia setzt alles aufs Spiel, um
Assirdo zu gewinnen. Sie schreibt unter dem Namen der
Tochter dem Geliebten eine Antwort und bestellt ihn für
diese Nacht an die Gartenpforte.
Der Brief wurde Assirdo vorsichtig in die Hände gespielt,
erregte aber statt Freude in seiner Seele nur eine Wirrnis
von Gedanken, die ihm alle Ruhe raubten. Er gestand sich

selbst seine Reue darüber, so weit gegangen zu sein. Während er noch ohne festen Entschluß mit tausend Zweifeln kämpfte, kam zu ihm auf Besuch der Graf von Bellombra, ein Jüngling von hoher Geburt, aber von geringem Vermögen. Gleich bei der Begrüßung bemerkte er, daß Assirdo irgend etwas Unangenehmes begegnet war, und fragte nach der Ursache seiner Verstimmung. Assirdo sagte dem Grafen alles, was ihn aufregte, und bat ihn um seinen Freundesrat. Der Graf witterte alsbald eine Gelegenheit, seine Verhältnisse emporzubringen, und begehrte für sich selbst, was das Geschick andern bot. Er mahnte Assirdo, der Einladung nicht zu folgen; ein Mädchen, das so bereitwillig sich dem Verlangen eines Liebhabers füge, verdiene eher Verachtung als Liebe. Der Graf setzte Assirdo so zu, daß der sich entschloß, das Unternehmen ganz aufzugeben, um so mehr, da seine Mutter ihm nur ungern erlaubt hätte auszugehen. Der Graf verabschiedete sich kurz darauf, er habe Geschäfte; und als die Nacht kam, stand er schon an der Gartentür Eudosias. Diese empfing ihn mit offenen Armen, in der Meinung, es sei Assirdo, während er seinerseits glaubte, es sei Dercella. Nach kurzer Begrüßung mit gedämpfter Stimme — beide fürchteten erkannt zu werden — zogen sie sich im Dunkeln in ein Gemach im Erdgeschosse zurück, wo ein prachtvolles Lager ihnen Raum gab, die Früchte der Liebe zu pflücken.

Unterdessen glaubte Dercella, ihre Mutter schlafe; sie verließ das Bett, das ihr die Ruhe weigerte, und trat an das Fenster, im gleichen Augenblick, da auch Assirdo in der gleichen Pein ans Fenster kam. Die beiden kamen ins Gespräch, und Assirdo erklärte Dercella seine Liebe und Treue. Er suchte alle ihre Einwände zu widerlegen; aber Dercella fertigte ihn ab: »Das sind Worte, die in der Luft zerfließen, wie sie daraus gebildet sind.«

»Ich bekräftigte sie gern mit der Tat«, antwortete er, »wenn ich nicht glaubte, wegen meiner Kühnheit bestraft zu werden.«

»Und wie würdet Ihr das anstellen?« fragte sie.

»Ich möchte«, erwiderte er, »auf einem Brette in Euer
Zimmer hinüberkommen, um unsere Liebe zu Ende zu
führen und mein Herz zu retten aus dem Schiffbruch der
Hoffnung und der Furcht.«
Dercella wollte ihn hinhalten. Aber er hatte durch die
Kraft der Liebe alle Furcht in einem Augenblicke von sich
geworfen: »Liebe läßt keine langen Überlegungen zu. Hier
ist kein Mittelweg: entweder sagt ja zu meinem Vorschlag
oder bekennt, daß Ihr nicht liebt!«
Dercella antwortete: »Mein Verlangen, Euch zu gehören,
ist weit größer, als mein Mund auszudrücken vermag;
aber ich werde niemals Euch auffordern, durch dieses Fenster herüberzukommen; meinen guten Ruf und Euer Leben will ich nicht so leichtsinnig gefährden.«
Assirdo sah in diesen Worten eine versteckte Einladung,
legte ein Brett hinüber und kam in Dercellas Zimmer.
Nach einigem Unwillen, nach Abweisungen, die zur Tat
einluden, ließ ihn Dercella die Früchte pflücken, nach welchen Liebende sich so sehr sehnen.
Unterdessen hatte Eudosia einigermaßen den Kitzel ihrer
Sinne befriedigt. In Besorgnis, ihr Tun möchte belauscht
werden, überließ sie den Grafen der Ruhe und durchspähte
mit leisen Tritten das ganze Haus. Zuletzt kam sie in das
Zimmer der Tochter gerade in dem Augenblick, wo unter
lautem Geräusche neckischer Küsse die Liebenden sich zu
neuem Pflücken vorbereiteten. Es erschien ihr empörend,
daß ihre Tochter in so zartem Alter die Keckheit habe, sich
einem Liebhaber hinzugeben. Doch war sie in der Stim-
mung, für Verirrungen der Liebe verstehendes Mitleid
zu fühlen, zumal sie sich desselben Vergehens schuldig
fühlte. Sie hätte aber gern gewußt, wer der Buhle der
Tochter sei, um zu sehen, ob sie durch eine würdige Wahl
ihre Unbesonnenheit wieder etwas gut machte. Kaum hatte
sie aber den Assirdo erblickt, als sie, getäuscht von dem
Wahne, es sei *ihr* Liebhaber, sich ganz der Wut und der
Verzweiflung hingab. Sie kratzte sich das Gesicht, raufte
sich das Haar und schlug sich an die Brust, um ihrer Em-

pörung Luft zu machen. Endlich verriet sie unter Vorwür-
fen und Schmähungen die eigne Leidenschaft und fluchte
ihm schließlich: »Treuloser, nachdem du die Mutter genossen hast, kommst du, um die Unschuld der Tochter zu
beflecken? Sollen diese Verrätereien dein Gelübde bekräftigen? O Himmel, zerschmettre diesen Gottlosen, diesen
Verräter, diesen Tempelschänder!«
Dercella mußte nach diesen Worten der Mutter glauben,
Assirdo habe sie hintergangen; sie jammerte laut: »Du
Grausamer! Warum die Einfalt, die Unschuld eines Mädchens verraten? Mutter, verzeih meiner Leidenschaft! In
allem Sinnentaumel, ich wollte nicht der die Freuden
schmälern, die mir das Dasein gegeben!«
Assirdo, der bis dahin unbeweglich wie ein Stein geblieben
war, unterbrach sie: »Dercella, wer an meiner Treue zwei-
felt, der kann auch zweifeln, daß er lebt. Ich erkläre mich
für den Eurigen und erbiete mich, meine Rede mit der
Ehe zu bekräftigen.«
Eudosias Unwille wuchs bei diesen Worten noch mehr.
Sie schrie noch lauter und lief hinzu, um Assirdo die Augen
auszukratzen. Dercella versuchte vergebens, die Mutter
zu beruhigen. Da kam im rechten Augenblick der Graf. Er
hatte ungeduldig auf die Rückkehr der Geliebten geharrt;
da sie nicht wiederkam, suchte er sie im Hause. Kaum
hatte er das Geschrei gehört, als er plötzlich in Dercellas
Zimmer trat. Alle waren höchst erstaunt über sein Er-
scheinen.
Eudosia gewann Zeit, ihn zu fragen, wie er in diesem
Hause Zutritt gefunden habe. Er antwortete: »Auf die
Einladung Dercellas.«
»Das lügst du«, antwortete das Mädchen. »Kein Mann lebt
außer Assirdo, der sich des Geschenks meiner Ehre und
meiner Liebe rühmen könnte.«
»Diese Lügen«, versetzte er, »sind aus dem Munde eines
Mädchens keine Beleidigung, zumal da diese Schriftzüge
Euch schuldig sprechen.«
Bei diesen Worten zog er den Brief hervor und wollte ihn

vorlesen, wurde aber von Assirdo unterbrochen: »Treuloser Freund, mir gehört dieser Brief.«

»Allerdings«, fügte der Graf hinzu; »aber da Ihr Euch geweigert habt, herzukommen, habe ich Euch vertreten und mit ihr unter dem Versprechen der Ehe die Frucht der Liebe gepflückt.«

»Sonach«, antwortete Assirdo, »wird Dercella zwei Männer bekommen, da auch ich sie genossen habe unter demselben Versprechen.«

Eudosia merkte, daß sie getäuscht war, während sie täuschte, und da sie nicht wünschte, daß diese Vorfälle müßigen Kreisen zur Unterhaltung dienten, sagte sie zum Grafen und zu Assirdo: »Meine Herren, wenn ihr ritterlich euer gegebenes Eheversprechen aufrechterhalten wollt, so will ich dafür sorgen, daß jeder *die* zur Frau bekommt, die er genossen hat.«

»Ich bestätige«, versetzte der Graf, »was ich versprochen habe, und halte mich dadurch für geehrt.«

Dasselbe sagte Assirdo, beide mit großem Wundern, da sie wußten, daß Dercella doch nur *einem* angehören könne. Das Wunder hörte aber auf, als die Mutter gestand, sie habe den Brief geschrieben und habe sich dem Grafen hingegeben im Glauben, es sei Assirdo.

Der Graf, der ja auch mit der Mutter das Ziel erreichte, reich zu werden, war mit dem Tausch zufrieden, der kein Tausch war. Mit aller Pracht und Herrlichkeit feierten sie die Doppelhochzeit. An Eudosia und Dercella bewährte sich, was die Alten lehren: Ein geküßter Mund büßt nichts ein, sondern wird neu wie der Mond.

DER MÜLLER UND DER ABT

Messer Bernabo, Herr von Mailand, war zu seiner Zeit bei all seiner Gerechtigkeitsliebe gefürchteter als irgendein andrer Fürst. Er hatte einem reichen Abt zwei Doggen zur Pflege übergeben; als sie wegen schlechter Wartung

räudig wurden, verurteilte Bernabo den Abt zu vier Goldgulden Strafe. Der Abt jammerte sehr über die Ungnade
seines Schirmherrn und über die Strafe. Da sagte ihm dieser: »Wenn du mir vier Fragen beantwortest, so will ich
dir ganz und gar vergeben. Es sind folgende: Wie weit ist
es von hier bis zum Himmel; wieviel Wasser ist im Meer;
was geschieht in der Hölle; und wieviel ist meine Person
wert?«
Der Abt fing an zu seufzen, und es schien ihm, als sei er
nun schlimmer daran als zuvor. Um indes Zeit zu gewinnen und den Zorn des Herrn sich abkühlen zu lassen, sagte
er, er möge ihm gnädigst eine Frist für die Antwort ver-
statten. Der Herr gab ihm den ganzen folgenden Tag Be-
denkzeit, und begierig, den Ausgang der Geschichte zu
hören, verlieh er ihm sicheres Geleit zur Rückkehr.
Der Abt kehrte zu seiner Abtei zurück, und vor Sorgen
und Gedanken keuchte er wie ein Pferd, wenn es scheu
wird. Da begegnete er einem seiner Müller. Als der ihn so
niedergeschlagen sah, fragte er: »Was ist Euch, Herr, daß
Ihr so keucht?«
Der Abt antwortete: »Ich habe wohl Ursache dazu, denn
der Fürst hat stark im Sinn, mich dem Teufel in den Rachen zu jagen, wenn ich ihm nicht vier Fragen beantworte,
die selbst dem weisen Salomo zu hoch gewesen wären.«
Der Müller sagte: »Und was sind das für Fragen?«
Der Abt nannte sie ihm. Darauf meinte der Müller nach
einigem Nachsinnen: »Wenn es Euch recht ist, Herr Abt,
so will ich Euch wohl aus dieser Verlegenheit helfen.«
»Das walte Gott«, sprach der Abt.
»Gott und alle Heiligen«, sprach der Müller, »werden es,
denke ich, schon walten.«
Da begann der Abt, der vor Freude nicht wußte, wie ihm
geschah: »Wenn du das ausrichtest, so nimm dir von mir,
was du willst; denn alles in der Welt kannst du von mir
fordern, was ich überhaupt beschaffen kann.«
Der Müller versetzte: »Dies will ich Eurem Belieben überlassen.«

»Wie willst du es aber anfangen?« fragte der Abt.
Da antwortete der Müller: »Ich will mir Euren Rock und
Mantel anziehen, mir den Bart scheren und morgen früh
bei guter Zeit als Abt vor ihn treten. Dann will ich ihm
die vier Fragen so beantworten, daß ich denke, er soll zufrieden sein.« Der Abt konnte die Zeit nicht erwarten, bis er den Müller
an seine Stelle geschoben. Der Müller verwandelte sich
in einen Abt und kam bei guter Zeit am Morgen zum
Palast. Der Herr, begierig zu hören, was der Abt sagen
könne, und verwundert, daß er so bald wieder da war,
ließ ihn zu sich rufen. Der Müller trat vor ihn und machte
seine Verbeugung; er stellte sich ein wenig in den Schatten
und hielt die Hand öfters vor das Gesicht, um nicht erkannt zu werden; und als der Herr ihn nun fragte, ob er
ihm über die vier Fragen Bescheid sagen könne, antwortete er: »Ja, Herr! Ihr fragtet mich, wie weit es von hier
bis zum Himmel ist. Nachdem ich nun alles wohl ermessen,
so ist es bis da oben sechsunddreißig Millionen achthun-
dertvierundfünfzigtausendzweiundsiebzig und eine halbe
Meile und zweiundzwanzig Schritte.«
Der Herr sprach: »Du hast es sehr genau untersucht. Aber
wie beweisest du das?«
»Laßt es ausmessen«, antwortete er; »und wenn dem nicht
so ist, so hängt mich an den Galgen! – Zum andern fragtet
Ihr mich, wieviel Wasser das Meer enthält. Dies ist mir
sehr sauer geworden herauszubringen, denn es bewegt
sich, und außerdem kommt immer neues hinzu. Aber ich
habe doch ermittelt, daß im Meere fünfundzwanzigtau-
sendneunhundertundzweiundachtzig Millionen Fuder, sieben Eimer, zwölf Imi, zwei Maß sind.«
Da sprach der Herr: »Wie weißt du das?«
Er antwortete: »Ich habe es nach bestem Vermögen untersucht. Wenn Ihr es nicht glaubt, so laßt Eimer holen und
nachmessen! Findet Ihr es anders, so laßt mich vierteilen!
– Drittens fragtet Ihr mich, was sie in der Hölle machen:
In der Hölle köpfen, vierteilen, zwicken und hängen sie

nicht mehr und nicht minder, als Ihr hier auf der Erde tut.«

»Welchen Beweis hast du dafür?«

Er antwortete: »Ich habe einmal einen gesprochen, der da gewesen war, und von dem hatte der Florentiner Dante, was er über die Dinge in der Hölle geschrieben. Aber jetzt ist er tot. Wenn Ihr es also nicht glauben wollt, so schickt hin und laßt nachsehen! — Viertens endlich fragtet Ihr mich, wieviel Ihr wert seid. Und ich sage: Neunundzwanzig Silberlinge.«

Als Messer Bernabo dies hörte, wandte er sich voll Wut zu ihm und sagte: »Daß dich der Donner und das Wetter! Bin ich nicht mehr wert als ein Topf?«

Nicht ohne große Furcht gab der Müller zur Antwort: »Gnädiger Herr, vernehmt den Grund! Ihr wißt, daß unser Herr Jesus Christus um dreißig Silberlinge verkauft wurde; ich rechne, daß Ihr einen Silberling weniger wert seid als er.«

Als der Herr dies hörte, ward es ihm auf einmal klar, daß dies nicht der Abt sei. Er sah ihm starr ins Gesicht, und fest überzeugt, daß dies ein Mann von viel höhern Einsichten sei als der Abt, sprach er dreist: »Du bist nicht der Abt!«

Man kann sich den Schrecken denken, welchen der Müller hatte. Er warf sich mit gefalteten Händen vor ihm auf die Knie, bat um Gnade und gestand dem Herrn, daß er der Müller des Abtes sei, und daß er alles dies mehr zum Spaß als aus böser Absicht gesagt habe.

Als Messer Bernabo dies vernahm, sprach er: »Wohlan denn, da er dich zum Abt gemacht hat und du mehr wert bist als er, so wahr Gott lebt, will ich dich bestätigen. Du sollst also hinfort der Abt sein und er der Müller. Auch sollst du alle Einkünfte des Klosters haben und er die der Mühle.«

Und so mußte es gehalten werden, solange Bernabo lebte, daß der Abt Müller war und der Müller Abt.

Auf Befehl der Königin Elisa begann Pampinea also ihre
Betrachtung:
Ich für mein Teil, ihr schönen Damen, ich wüßte nicht zu
entscheiden, wen der größere Tadel treffen muß, die Mutter Natur, wenn sie eine edle Seele in einen mißgestalteten
Leib sperrt, oder die Dame Fortuna, wenn sie einem Leib
mit edler Seele ein niedriges Gewerbe aufzwingt; dies
zweite konnten wir an unserem Mitbürger Cisti und an
manchem andern beobachten. Obgleich Cisti ein hoher
Sinn eignete, hatte Fortuna ihn doch nur zum Bäcker gemacht. Wir möchten wohl für beides beide verwünschen;
aber Mutter Natur ist sonst nur verständige Liebe, und
Dame Fortuna ist beileibe nicht blind, sondern hat tausend
Augen. Die tiefere Weisheit beider vergleicht sich unserer
menschlichen Umsicht: auch wir erwägen die Ungewißheit
der Zukunft und vergraben das Wertvollste zur besseren
Sicherung an unscheinbaren und darum unverdächtigen
Stellen des Hauses, um es bei dringendem Bedarf hervor-
zuholen. So hat der verachtete Ort besser verwahrt, was
das schönste Gemach nicht verwahren konnte. So verbergen
auch die beiden Frauen Natura und Fortuna im Dunkel
der niedrigsten Gewerbe häufig ihr Wertvollstes, damit
sein Glanz um so leuchtender erscheine, wenn jene beiden
es ans Licht holen, wo es not tut. Wie Bäcker Cisti dies bei
einer Kleinigkeit bewährte, und wie dabei Herrn Geri
Spina die Augen aufgingen, das will ich euch, ihr schönen
Damen, jetzt erzählen.
Als Papst Bonifaz wegen etlicher Angelegenheiten von
großer Bedeutung einige Edelleute als seine Gesandten
nach Florenz schickte, stiegen diese ab im Hause des
Messer Geri Spina, der beim Papst besonders geschätzt
war, um mit ihm über die Geschäfte ihres Vollmachtgebers
zu verhandeln. Messer Geri ging nun aus irgendwelchem
Anlaß fast jeden Morgen vorüber vor der Kirche Santa
Maria Ughi mit den Gesandten des Papstes, alle zu Fuß.

Neben der Kirche hatte der Bäcker Cisti seine Backstube, wo er sein Handwerk persönlich ausübte.

Obgleich Dame Fortuna diesem Manne ein gar bescheidenes Gewerbe beschieden hatte, so war sie doch insofern ihm günstig gewesen, daß er sehr reich geworden war und deshalb, ohne aber sein Geschäft gegen irgendein anderes vertauschen zu wollen, mit erheblichem Aufwande lebte. Insbesondere führte er, neben andern guten Dingen, stets die besten weißen und roten Weine, die in Florenz oder in der Umgegend zu finden waren. Wie nun Cisti jeden Morgen Messer Geri und die Gesandten des Papstes vor seiner Tür vorübergehen sah, meinte er, daß es bei der damaligen großen Hitze eine willkommene Aufmerksamkeit wäre, wenn er ihnen von seinem guten Weißwein zu trinken gäbe; zugleich aber gedachte er des Unterschiedes zwischen seinem Stande und dem des Messer Geri, und so schien es ihm wieder nicht ziemlich, daß er sich herausnehme, ihnen einen Trunk anzubieten. Daher ersann er sich ein Mittel, das Messer Geri bewegen sollte, sich selbst einzuladen. Deshalb setzte er sich jeden Morgen vor sein Haus um die Stunde, da er Messer Geri mit den Gesandten erwarten durfte; in seiner schneeweißen Jacke und einer frisch gewaschenen Schürze sah er eher einem Müller als einem Bäcker ähnlich; er ließ einen neuen verzinnten Eimer voll frischen Wassers vor sich hinstellen, dazu ein kleines, gleichfalls neues, Bologneser Krüglein seines guten weißen Weines nebst zwei Bechern, so blank, daß sie wie von Silber schienen. Wenn er die Erwarteten kommen sah, spülte er sich ein- oder zweimal den Mund, und begann darauf mit solchem Ausdruck des Behagens von diesem Wein zu trinken, daß er selbst einem Toten Appetit gemacht hätte. Messer Geri sah dies den ersten und den zweiten Morgen mit an; am dritten sagte er: »Nun, Cisti, wie ist er; ist er gut?« Cisti erhob sich sogleich und antwortete: »Herr, gut ist er; wie gut aber, kann ich Euch nicht deutlich machen, wenn Ihr ihn nicht versuchen wollt.« Ob nun das Wetter in Messer Geri Durst erweckt hatte, ob eine mehr als ge-

wöhnliche Anstrengung, oder auch das Wohlbehagen, mit
dem er Cisti trinken sah, ihm Lust machte, genug, er sagte,
zu den Gesandten gewandt, mit Lächeln: »Ihr Herren, es
wird gut sein, daß wir den Wein dieses wackern Mannes
versuchen; vielleicht finden wir ihn gut, daß wir es nicht
zu bereuen haben.« Und somit gingen sie gemeinsam zum
Cisti. Dieser ließ aus der Backstube eine saubere Bank herbringen und lud die Herren zum Sitzen ein. Zu ihren Dienern indes, die schon anfangen wollten, die Becher zu
waschen, sagte er: »Kameraden, bleibt mir davon weg und
überlaßt es mir, diesen Dienst zu besorgen! Ich verstehe
mich ebensogut darauf, Wein in die Becher zu schenken,
als Brot in den Ofen zu schieben; bildet ihr euch aber nicht
ein, von meinem Weine einen Tropfen zu kosten!« Während er so sprach, schwenkte er selbst vier schöne, neue
Becher aus, ließ ein kleines Krüglein seines guten Weines
bringen und schenkte Herrn Geri und seinen Gefährten
fleißig ein. Alle erkannten den Wein für den besten, den
sie seit langer Zeit getrunken hatten, und lobten ihn; weshalb denn auch Messer Geri mit den Gesandten fast jeden
Morgen dorthin zum Trinken ging. Als diese ihre Geschäfte beendet hatten und wieder abreisen wollten, richtete Messer Geri noch ein glänzendes Festmahl her, zu
dem er viele der angesehensten Bürger einlud. Auch den
Cisti hatte er laden lassen; doch wollte dieser auf keine
Weise der Einladung folgen. Da hieß Messer Geri einen
seiner Diener zum Cisti gehen wegen einer Flasche jenes
Weines, dann kam auf jeden Gast ein halbes Glas voll, das
beim ersten Gerichte gereicht werden sollte. Der Diener,
den es vielleicht verdroß, daß er noch nie von dem Weine
zu trinken bekommen hatte, nahm eine große Flasche mit
auf den Weg. Als Cisti diese gewahrte, sagte er: »Mein
Sohn, Messer Geri schickt dich nicht *zu mir*.« Zwar versicherte der Diener wiederholt, daß es sich wirklich so verhalte; da indes Cisti zu keiner anderen Antwort sich verstand, kehrte er zu Messer Geri zurück und meldete ihm
Cistis Worte. Messer Geri erwiderte: »Geh noch einmal

hin und sage, daß ich allerdings dich schicke; und wenn er
dir dann wieder so antwortet, so frage ihn, zu wem ich
denn, seiner Meinung nach, dich schickte.« Zu Cisti zu-
rückgekommen, sagte der Diener: »Gewiß, Cisti, Messer
Geri schickt mich doch zu dir.« Hierauf antwortete Cisti:
»Gewiß, mein Sohn, er tut es nicht.« — »Nun«, sagte der
Diener, »wohin schickt er mich denn sonst?« — »Zum
Arno«, entgegnete Cisti.

Der Diener berichtete diese Antwort dem Messer Geri,
und sobald dieser sie vernahm, gingen ihm plötzlich die
Augen auf, und er sagte zum Diener: »Laß mich doch die
Flasche sehen, die du hingetragen hast.« Als er sie gesehen
hatte, fügte er hinzu: »Cisti spricht die Wahrheit.« Dann
schalt er den Diener und hieß ihn eine angemessenere
Flasche nehmen. Kaum erblickte Cisti diese, so sprach er:
»Nun sehe ich wohl, daß er dich zu mir schickt«, und füllte

sie ihm bereitwillig. Noch an demselben Tage aber ließ er
ein Fäßlein voll ähnlichen Weines füllen und dies in der
Stille dem Messer Geri ins Haus tragen. Bald darauf ging
er dann selber zu ihm und sagte: »Herr, ich wünsche nicht,
daß Ihr glaubt, die große Flasche von heute morgen habe
mich erschreckt. Es schien mir nur, als ob Ihr vergessen
hättet, was ich Euch durch meine kleinen Krüglein früher
angedeutet hatte, nämlich, daß dieses kein Tischwein ist,
und darum wollte ich Euch heute früh daran erinnern.
Weil ich aber hinsichtlich dieses Weines nicht mehr Euer
Kellermeister zu sein gedenke, habe ich Euch das ganze
Faß hergeschickt; nun tut damit inskünftig, wie es Euch
beliebt.«
Messer Geri hielt das Geschenk des Cisti äußerst wert; er
dankte ihm so angelegentlich, wie es solcher Gabe ge-
ziemte, und achtete ihn von da an stets als einen Ehrenmann und Freund.

DER GONDOLIERE

Vor einigen Jahren lebte in Venedig ein junger Edelmann,
Herr Alessandro; lustwandelnd erblickte er zufällig eine
sehr schöne junge Frau, die Gattin eines Seemanns mit
Namen Rado von Cattaro. Da sie ihm sehr wohl gefiel,
schickte er ein altes Mütterchen zu ihr, um mit ihr zu
sprechen. Der jungen Frau hatte Alessandro gleichfalls
gefallen; so hielt sie das Mütterchen nicht mit langen Vorreden auf: sie sei bereit, die Wünsche des jungen Mannes
zu erfüllen. Nur sehe sie keinen sicheren Weg; bei Nacht
lasse sie der Mann nie allein, und bei Tage wolle sie ihn
der Nachbarn wegen nicht im Hause empfangen; in ihrer
Straße könne man nicht unbemerkt aus noch ein gehen.
Alessandro kam nun ein wunderschöner Gedanke. Er ließ
das junge Weib von seinem Plane unterrichten, und als es
Zeit schien, ließ er Rado zu sich in sein Haus berufen. Mit
aller Höflichkeit bat er ihn, ihm am nächsten Abend mit

seiner Gondel zu dienen; er habe eine Zusammenkunft
mit einer Edelfrau verabredet. Rado war bereit, und sobald es Nacht wurde, kam er, ihn mit seiner Gondel abzuholen; seiner Frau sagte er, sie möge ihn erst spät
erwarten. Alessandro stieg ein und ließ sich von Rado an
einen Landungsplatz bringen, an dem die Alte ihn erwartete, zwar gegenüber von Rados Haus; das hatte aber
einen andern Landungsplatz, so daß man zu Wasser nur
auf einem starken Umweg dahin gelangen konnte, während es zu Lande nur ein paar Schritte waren.

Alessandro bat den Rado, ihn zu erwarten, trat in das
Haus der Alten und schlüpfte sofort durch ein Gäßchen zu
dem jungen Weibe hinüber. Sie führten ihre Liebe zu
einem anmutigen Ziele, daß ihnen nichts zu wünschen
übrigblieb, und verabredeten das Nötige für die Zukunft,
worauf Alessandro auf demselben Wege in die Gondel
zurückkehrte; Rado war ahnungslos beim Warten eingeschlafen. Er nahm Alessandro in die Gondel, und während
sie nach dessen Haus hinsteuerten, fragte er ihn, ob er
seine Sehnsucht ganz gestillt habe. Alessandro bejahte es:
»Ich kann dir versichern, ich habe nie in meinem Leben
eine solche Lust genossen; sie ist so schön und hat mich
auch noch mit Liebkosungen überhäuft, daß ich kaum
begreife, wie ich von ihr loskam.«

Rado antwortete: »Herr, als ich daran dachte, was für ein
Vergnügen Ihr jetzt mit Eurer Geliebten habt, kam mich
so gewaltige Fleischeslust an, daß ich mehrmals versucht
war, nach Hause zu gehen und mit meinem Weib eine
Fahrt zu machen; ich bin nur geblieben, um Euch nicht zu
versetzen.«

Als Alessandro dies hörte, überlief es ihn im Gedanken
an die Gefahr, wenn jener unvermutet heimgekommen
wäre. Um neue Gefährdung zu vermeiden, sagte er
lachend zu Rado: »Ich wußte gar nicht, daß du verheiratet
bist; sonst hätte ich dich heimgeschickt; du hättest ja zu
bestimmter Stunde wieder zurück sein können.«

Rado antwortete: »So, das habt Ihr nicht gewußt, daß ich

vor einigen Tagen ein schönes Mädchen aus einer guten
Familie geheiratet habe?«
»Nein«, versetzte Alessandro, »das wußte ich nicht; aber
die Frauen, so schön sie sind, hat man zu Hause, weil man
sie braucht: man darf aber nicht unterlassen, auch draußen
fremdes Brot zu suchen. Da du heute so geduldig warst,
hoffe ich morgen abend meine Liebste nebst einer ebenso
schönen Gefährtin in der Gondel umherzuführen, und
diese wird sicher gegen dich gefällig sein.«
Rado antwortete heiter, das nehme er gern an, bedankte
sich auch sehr, und unter diesen Gesprächen hatten sie
Alessandros Haus erreicht. Alessandro tat der jungen Frau
zu wissen, was er für den folgenden Abend plane, und
bestellte den Rado, der verabredetermaßen die Gondel
mit einem Zeltverdeck ausgestattet hatte. Er führte Alessandro an den gewohnten Ort; dieser wollte sogleich mit
den beiden Mädchen zurück sein. Alessandro hieß die
Geliebte sogleich das seidene Kleid anziehen, das er ihr
schon bei Tage geschickt hatte, und verhüllte sie so, daß
Rado sie nicht erkennen konnte.
Als dieser den Alessandro mit einer einzigen Frau kommen sah, sagte er zu ihm: »Herr, wo ist denn die meinige,
die Ihr mir gestern abend versprochen habt?«
Alessandro antwortete: »Sie konnte plötzlich nicht kommen; aber du sollst dich dennoch nicht über mich beklagen,
und ich glaube, diese hier wird für uns beide genügen;
wenn ich mit ihr fertig bin, überlasse ich sie dir; obschon
ich deine Gattin nicht kenne, so hoffe ich doch, daß diese
ebenso schön und sauber ist.«
»Das glaube ich gern«, meinte Rado; »aber Euch so ins
Gehege kommen! Das bringe ich nicht übers Herz.«
Alessandro versetzte: »Zier dich doch nicht so! Wenn ich
es nicht gern täte, so hätte ich es dir nicht angeboten. Aber
so wird es dich nichts kosten, als an einem Festtag ein
Fischfrühstück, und die Humpen dazu liefere ich.«
Rado zierte sich nochmals; aber Alessandro beharrte bei
seinem Willen, und so gab Rado nach. Er hielt daher die

Gondel an, nahm die Zither in die Hand und fing an zu spielen; Alessandro ging unter Rados Zelt und gab sich seiner Lust hin, wozu Rado aufspielte. Als er mit seiner Lust am Ende war, sagte Alessandro: »Nun los, nimm auch dein Teil! Aber mach keinen Versuch, ihr Gesicht sehen zu wollen! Sie ist aus einer ehrenwerten Familie, und ich habe ihr weisgemacht, du seiest ein Edelmann von hier!«

Rado antwortete: »Fremde Suppen blase ich nicht; ich will mich ja nicht mit ihr verschwägern«, und ging zu der Frau hinein. Er kam bald wieder heraus und meinte: »Herr, das ist in der Tat ein ganz nettes Mädchen. Es war mir beinah, als läge ich bei meinem eigenen Weib, so viel Ähnlichkeit hat sie mit ihr im Geruch des Fleisches und ihres Mundes. Dafür will ich Euch auch gern mit Fischen aufwarten.«

Alessandro trieb unter großem Gelächter allerhand Scherz mit ihm, bis sie endlich die Frau wieder an die frühere Stelle zurückbrachten. Jeder ging nach Hause, und Rado fand seine Frau sehr ärgerlich, daß er sie so allein lasse. Er entschuldigte sich aber und schob alle Schuld auf Alessandro.

Am nächsten Samstag gab Rado Herrn Alessandro und seinen Freunden das versprochene Frühstück. Dieser hatte ihnen die Geschichte zuvor erzählt; sie lachten daher immerzu und wurden zu Alessandros Ärger in ihren Witzen so deutlich, daß Rado endlich Unrat witterte. Er eilte wütend nach Hause, um seiner Frau zu einem andern Tänzchen aufzuspielen. Alessandro hatte das Unwetter kommen sehen und ließ die Frau noch rechtzeitig wegbringen. Wie Rado sie nicht mehr antraf, lief er schmerzerfüllt und vor Scham außer sich davon, und Alessandro genoß von nun an seine schöne Geliebte in aller Ruhe, sicher vor Störungen durch den Gondoliere.

Das Hemd der Glücklichen

In Neapel war eine edle Dame, Frau Corsina genannt, aus Capovana gebürtig, mit einem vornehmen Ritter, Ramondo del Balzo, vermählt. Nach Gottes Willen ward sie Witwe und ihr blieb ein einziger Sohn namens Carlo; der glich im Sprechen und in Bewegungen auffallend seinem Vater, weshalb ihn die Mutter zärtlich liebte. Sie schickte ihn nach Bologna, da zu studieren und ein tüchtiger Mann zu werden, und gab ihm einen Lehrer bei, versah ihn auch mit Büchern und allem, was er bedurfte. In Bologna studierte der Jüngling manches Jahr mit vielem Erfolge und ward ein tüchtiger Gelehrter; fast alle Studierenden Bolognas schätzten ihn seiner guten Eigenschaften wegen, und weil er ein schönes, anständiges Leben führte.

Als der Jüngling sich ausgebildet und die juristische Prüfung erfolgreich abgelegt hatte und eben wieder nach Neapel zurückzukehren gedachte, da verfiel er einer tödlichen Krankheit. Alle Ärzte Bolognas bemühten sich um seine Heilung und Rettung, fanden aber den Weg dazu nicht. Carlo sah, daß ihm nicht zu helfen sei, und sprach zu sich selber: »Ich traure und betrübe mich nicht so sehr um mich als um meine Mutter, die alles an mich gewandt hat, was sie besaß, auf daß ich sie dereinst dafür entschädigte: ohne Zweifel hoffte sie, ich würde als Stütze ihres Alters auch die Ehre unseres Hauses aufrechterhalten. Wenn sie nun hört, daß ich gestorben bin und sie mich nicht einmal hat wiedersehen dürfen, so wird ihr das gewiß ein tausendfacher Tod sein.« So ging ihm der Mutter Leid mehr zu Herzen als sein Sterben. Indem er nun diesen Gedanken nachhing, glaubte er ein Mittel gefunden zu haben, seiner Mutter über seinen Tod hinwegzuhelfen, und schrieb ihr diesen Brief: »Liebe Mutter, ich bitte Euch, mir doch ein Hemd zu schicken, das von der Hand der muntersten, kummerfreisten und schönsten Frau in ganz Neapel genäht ist.«

Auf diesen Brief machte sich die Mutter sogleich auf,

Erkundigungen einzuziehen, wo sie eine Dame, die von allem Kummer frei sei, in kurzer Zeit fände: dies letzte schien das Schwierigste, da sie doch voll Eifer war, ihrem Sohn zu dienen. Nun suchte sie so lange, bis sie eine Dame fand, die ihr schöner und heiterer schien, als sie sich eine zu finden getraute. Demgemäß begab sich Frau Corsina zutraulich in das Haus dieser jungen Frau; die empfing sie sehr freundlich und hieß sie tausendmal willkommen. Da sprach Frau Corsina zu ihr: »Ihr erratet wohl nicht, warum ich zu Euch komme. Aus keinem andern Grunde, als weil ich bei mir erwogen habe, daß Ihr die heiterste Frau in ganz Neapel seid und meines Erachtens am wenigsten mit Kummer und Trübsal zu schaffen habt; und darum wollte ich Euch um eine große Gefälligkeit ersuchen, nämlich, daß Ihr mir mit eigener schöner Hand ein Hemd säumt; das will ich meinem Sohne schicken, der mich darum gebeten hat.«

Die junge Frau versetzte: »Ihr denkt, sagt Ihr, ich sei die glücklichste Frau in ganz Neapel?«

»So ist es«, sprach Frau Corsina.

»So will ich Euch denn zeigen«, fuhr jene fort, »daß gerade das Gegenteil der Fall ist, indem ich Euch den Beweis liefere, daß nie ein unglücklicheres Weib geboren ward, ein Weib, das mehr Herzeleid und Kummer hatte als ich. Und damit Ihr Euch davon überzeugt, so kommt mit!« Hiermit nahm sie die Fremde bei der Hand und führte sie in ein Vorzimmer und zeigte ihr einen Jüngling, der mit dem Hals an einem Balken hing.

»O Gott, was ist das?« rief Frau Corsina.

Die junge Frau seufzte tief und sprach: »Frau Corsina, das war ein trefflicher Jüngling, der sich in mich verliebt hatte. Mein Gemahl fand ihn eines Tages bei mir und hing ihn hier auf, wie Ihr ihn da seht; und was mich noch mehr schmerzt, jeden Abend und jeden Morgen führt er mich hin, und ich muß ihn sehen. Deshalb, wenn Ihr aus einem andern Grunde wünscht, daß ich Euch das Hemd nähe, so will ich es gerne tun, aber nicht, weil ich die glücklichste

Frau sei: ich bin vielmehr die unseligste und beklagens-
werteste, die je auf der Welt gelebt hat.«
Hierüber wunderte sich Frau Corsina sehr und sprach:
»Ich sehe wohl, daß es keine Frau gibt, die nicht Leid und
Kummer trägt, und die am meisten, die am heitersten
scheint.« Und so nahm sie Abschied von der jungen Frau,
ging nach Hause und schrieb ihrem Sohne, er möge ent-
schuldigen, daß sie ihm das Hemd nicht schicken könne;
sie finde keine, die nicht Kummer und Leid habe, so viel
sie nur tragen könne.
Wenige Tage darauf aber meldete ihr ein Brief den Tod
ihres Sohnes. Da sprach sie als eine verständige Frau zu
sich selber: »Ich habe ja gesehen, daß es keine Frau in der
Welt gibt, die ohne Kummer ist. Auch die Jungfrau Maria
hatte Kummer, die doch die Frau aller Frauen war. Darum will ich mich in Geduld fassen. Gott verzeihe ihm und
vergesse meiner nicht!«

DER FALKE

Einst lebte in Florenz ein junger Edelmann, Federigo di
Messer Filippo Alberighi genannt, den man in ritterlichen
Übungen und adeligen Sitten höher hielt als irgendeinen
seiner Standesgenossen in Toskana. Wie es nun edlen
Jünglingen zu widerfahren pflegt, so verliebte sich auch
Federigo in eine Edelfrau, Monna Giovanna, die zu jener
Zeit für eine der holdseligsten und schönsten in Florenz
galt. Um ihre Liebe zu gewinnen, scheute er in Turnieren
und Kampfspielen keinen Aufwand, richtete Feste aus
und spendete Geschenke, ohne auf sein Vermögen zu
achten. Die Dame jedoch, die ebenso sittsam war wie
schön, kümmerte sich so wenig um dies alles, was ihr zu
Ehren geschah, wie um den Jüngling, von dem es ausging.
Da Federigo über seine Kräfte hinaus große Summen ver-
tat und nichts erwarb, verfiel er in kurzem in Armut, daß
er von all seinem Besitz nur ein kleines Bauerngut behielt,

dessen Einkünfte ihm kümmerlichen Unterhalt gewährten, und einen Falken, wohl den edelsten auf der Welt. Inzwischen war seine Liebe nur noch glühender geworden als zuvor; er glaubte jedoch, als Städter nicht mehr so leben zu können, wie er es wünschte, und zog sich auf das Landgütchen zurück; indem er auf die Vogelbeize ging, trug er, ohne fremde Hilfe in Anspruch zu nehmen, mit Ergebung seine Armut.

Während Federigos Umstände sich so verschlechtert hatten, wurde Monna Giovannas Gemahl schwer krank. Als er sein Ende nahe fühlte, machte er sein Testament: Das schon ziemlich herangewachsene Söhnlein ernannte er zum Erben seines großen Reichtums; für den Fall, daß der Knabe ohne gesetzliche Erben abscheide, setzte er Giovanna als Nacherbin ein, da er sie auf das zärtlichste geliebt hatte. Bald darauf starb er; die Witwe zog, wie es unter den Frauen in Florenz üblich ist, für den Sommer dieses Jahres auf das Land nach einer ihrer Besitzungen. Da diese in der Nähe von Federigos Gütchen lag, so machte es sich, daß jener Knabe bei seiner Freude an Hunden und Vögeln mit Federigo vertraut wurde. An Federigos Falken, den er öfters fliegen sah, fand der Knabe so unglaublichen Gefallen, daß er voll Sehnsucht ihn zu besitzen trachtete; doch traute er sich nicht, darum zu bitten, da er wohl sah, wie wert er dem Federigo war. Um diese Zeit ereignete es sich, daß der Knabe erkrankte. Die Mutter, die nur dies eine Kind hatte und es von ganzer Seele liebte, betrübte sich unsäglich; und wie sie den ganzen Tag um den Kranken geschäftig war, sprach sie ihm guten Mut zu und frug ihn, unter dringenden Bitten, es ihr zu sagen, ob er nach irgend etwas vielleicht besonderes Verlangen hege; sie wolle, wenn es nur immer möglich sei, ihm das sicher verschaffen. Schon mehrmals hatte der kranke Knabe dies Versprechen vernommen, bis er endlich antwortete: »Mutter, könnt Ihr bewirken, daß ich Federigos Falken erhalte, so glaube ich, in kurzem wieder gesund zu werden.« Nach diesen Worten blieb die Edeldame eine

Zeitlang in sich gekehrt und erwog, was sie tun solle. Sie
wußte wohl, daß Federigo sie lange geliebt hatte, ohne
von ihr jemals auch nur einen Blick zu erlangen; daher
hielt die Mutter sich selber vor: »Wie darf ich zu Federigo
wegen dieses Falken senden, oder gar selbst deshalb zu
ihm gehen? Wie ich höre, ist sein Falke der edelste, der
je einem Jäger diente, und er verhilft überdies seinem
Herrn noch zum Lebensunterhalt. Und wie könnte ich so
rücksichtslos sein, einem Edelmann, dem sonst keine
Freude mehr blieb, diese einzige rauben zu wollen?« Obgleich sie gewiß war, den Falken zu erhalten, sobald sie
darum bat, gab sie, in jene Gedanken versunken, ihrem
Söhnlein keine Antwort auf sein Verlangen, sondern
schwieg. Endlich trug die Liebe zu dem Knaben doch den
Sieg davon, und um ihn zufriedenzustellen, entschloß sie
sich, was auch die Folge wäre, nicht zu Federigo zu senden, sondern selbst zu ihm zu gehen, um den Falken zu
erbitten. Deshalb sagte sie: »Mein Kind, gib dich zufrieden, und sorge nur, daß du gesund wirst! Ich verspreche
dir, daß morgen früh mein erster Gang wegen des Falken
sein wird, und gewiß, ich werde ihn dir bringen.« Schon
diese Antwort erfreute den Knaben so sehr, daß noch an
demselben Abend in etwas sein Zustand sich besserte. Am
nächsten Morgen nahm Monna Giovanna eine andere
Dame zum Geleite und spazierte mit dieser bis zu Federigos kleinem Häuschen. Zum Vogelstellen war es nicht
die Zeit, und schon seit mehreren Tagen war er deshalb
nicht ausgegangen; so war er, als sie nach ihm fragte,
gerade in seinem Garten und ließ dort etliche kleine Arbeiten besorgen. Als er vernahm, sie sei an seiner Tür
und verlange nach ihm, war er nicht wenig darüber erstaunt und eilte ihr mit ehrfurchtsvollem Gruße freudig
entgegen; sie erhob sich, ihn mit freundlicher Anmut zu
begrüßen, und sagte: »Guten Morgen, Federigo!« Dann
fügte sie hinzu: »Ich bin gekommen, dich für all das Ungemach zu entschädigen, das du seither um meinetwillen
erduldet hast, weil du mich leidenschaftlicher liebtest, als

es dein Vorteil erheischte; die Entschädigung aber besteht
darin, daß ich mit dieser meiner Begleiterin heute vertraulich bei dir zu Mittag zu essen gedenke.« Hierauf antwortete Federigo in Demut:»Madonna, ich weiß von keinem
Ungemach, das mir je durch Euch zuteil geworden wäre,
wohl aber von vielem Heile; wenn jemals an mir irgend
etwas Lob verdiente, verdanke ich dies nur Eurer Trefflichkeit und meiner Liebe zu Euch. Und wahrlich, Euer
Besuch, den Ihr aus freier Güte mir gewährt, ist mir, obgleich Ihr zu einem ärmlichen Wirte gekommen seid, gar
sehr lieb; er ist mir weit lieber, als wenn mir diese Mittel
zurückkämen, mit denen ich einst den größten Aufwand
trieb.« Nach diesen Worten führte er sie schüchtern in
sein Haus und von diesem in den Garten. Weil er aber
sonst niemand hatte, der ihr hätte Gesellschaft leisten
können, sagte er:»Madonna, da kein anderer hier ist, so
wird dies guteWeib, die Frau des Mannes, der hier meinen
Acker bestellt, Euch zur Gesellschaft bleiben, während ich
den Tisch besorge.«
Wie groß auch seine Armut sein mochte, so war er bis
dahin noch nie so recht gewahr geworden, wie sein ungeordnetes Verschwenden von früher ihn jetzt Mangel leiden ließ. Diesen Morgen aber, als es an allem gebrach, um
die Dame zu ehren, für die er einst Unzählige bewirtet
und geehrt hatte, da erkannte er so recht seine Armut. In
der peinlichsten Herzensangst lief er wie außer sich hin
und her; er verwünschte sein Schicksal, daß er weder Geld
noch irgend etwas, das er hätte beleihen können, vorfand.
Inzwischen war die Stunde schon vorgerückt, und so groß
auch sein Verlangen war, die edle Dame wenigstens einigermaßen zu ehren, so konnte er sich doch nicht entschlie
ßen, irgend jemand, nicht einmal seinen Gartenarbeiter,
um etwas anzusprechen. Da fiel sein Blick auf seinen guten
Falken, der im Eßzimmer auf seiner Stange saß, und wie
er sonst nirgends eine Aushilfe zu entdecken vermochte,
faßte er ihn, und erachtete das edle Tier, als er es wohlgenährt fand, für eine würdige Speise solch edler Dame.

Und ohne weiteres Besinnen drehte er ihm den Hals um und ließ ihn dann eilig von seiner Magd gerupft und hergerichtet an den Spieß stecken und sorgsam braten. Dann breitete er schneeweiße Tücher, deren ihm noch einige geblieben waren, über den Tisch und ging mit frohem Gesicht wieder hinaus zu seiner Dame, um ihr zu sagen, das Mittagessen sei bereit, so gut er es zu bieten vermöge. So erhoben sich denn die Dame und ihre Begleiterin und gingen zu Tische; ohne zu wissen, was sie aßen, verzehrten sie mit Federigo, der sie mit der größten Sorgfalt bediente, den guten Falken. Als sie nach Tisch noch einige Zeit in freundlichen Gesprächen mit ihm herumstanden, schien es der Dame an der Zeit, ihr Anliegen vorzutragen, und freundlichen Blickes zu Federigo gewandt, begann sie also: »Federigo, gedenkst du deiner früheren Schicksale und meiner Sittenstrenge, die du vermutlich für Härte und

Grausamkeit erachtet hast, so mußt du über meine Drei-
stigkeit erstaunen, wenn du vernimmst, warum eigentlich
ich hierher gekommen bin. Hättest du aber Kinder, oder
hättest du deren besessen, daß du die Liebe für sie auch
verspürtest, so glaube ich mit Zuversicht, daß ich dir
wenigstens zum Teil entschuldigt erscheine. Du hast nun
keine Kinder; aber ich habe einen Sohn, und ich vermag
mich dem Gesetz, dem alle Mütter unterliegen, nicht zu
entziehen; so muß ich, zufolge seines Gebotes, gegen
meine Neigung, ja gegen Anstand und Pflicht, dich um
ein Geschenk bitten, von dem ich weiß, wie teuer es dir
ist. Auch hast du allen Grund, es so wert zu halten, da die
Ungunst des Schicksals dir keine andere Freude, keine
Zerstreuung, keinen Trost, als diesen einen gelassen hat.
Dieses Geschenk aber ist dein Falke; nach dem trägt mein
Knabe so unmäßiges Verlangen, daß ich fürchten muß,
seine schwere Krankheit wird sich, wenn er den Falken
nicht erhält, um vieles verschlimmern, ja eine Wendung
nehmen, die ihn mir entreißt. So beschwöre ich dich denn,
nicht bei der Liebe, die du für mich hegst — denn um
derentwillen hast du gegen mich keinerlei Verpflichtung —, sondern bei deiner adeligen Gesinnung, die du in
Hofsitte und Freigebigkeit mehr als irgendein anderer
bewährt hast, laß es dir gefallen, mir deinen Falken zu
schenken, damit ich sagen kann, du habest mir durch diese
Gabe das Leben meines Sohnes erhalten, und damit er dir
immerwährenden Dank schuldig bleibt.«
Als Federigo vernahm, was die Dame begehrte, und als
es ihm bewußt wurde, ihr nicht genügen zu können, da
er ihr den Falken zur Mahlzeit vorgesetzt hatte, kamen
ihm bittere Tränen in ihrer Gegenwart, bevor er noch ein
Wort erwidern konnte. Anfangs glaubte die Dame, diese
Tränen gälten dem Schmerz, sich von dem guten Falken
trennen zu sollen, und sie war schon im Begriff zu sagen,
daß sie ihn lieber nicht haben wolle; doch bezwang sie
diese Empfindlichkeit und erwartete Federigos Antwort.
Nachdem er seine Tränen bemeistert hatte, sprach er also:

»Madonna, seit es Gott gefallen hat, daß ich Euch meine Liebe zuwendete, habe ich bei vielen Gelegenheiten das Schicksal mir feindlich gesinnt gefunden und über seine Ungunst mich zu beschweren gehabt; alles war aber nur gering im Vergleich mit dem, was mir jetzt widerfährt. Wie sollte ich wohl mit meinem Geschick je mich wieder aussöhnen, wenn ich seine Tücke bedenke. Ihr seid zu meinem verarmten Hause gekommen, das Ihr in seiner Fülle nie Eures Besuches gewürdigt habt, und ich bin außerstande, Euch das kleine Geschenk zu geben, das Ihr begehret. Warum ich dies aber nicht vermag, will ich Euch kurz berichten: Als ich vernahm, Ihr wolltet — dank sei Eurer Güte — bei mir zu Mittag speisen, gedachte ich Eures Adels und Eurer Trefflichkeit und glaubte, es sei würdig und angemessen, nach meinen Kräften Euch durch eine wertvollere Speise zu ehren, als die sind, mit denen man andere Menschen zu bewirten pflegt. Da sah ich den Falken an, den Ihr jetzt von mir begehrt, wie vorzüglich er sei, und hielt ihn für eine Speise, Euer würdig; so habt Ihr ihn denn heute mittag gebraten auf der Schüssel gehabt, und ich glaubte, ihn auf die beste Art verwendet zu haben. Und nun begehrt Ihr seiner in anderer Weise, und ich kann Euern Wunsch nicht mehr erfüllen; das schmerzt mich so heftig, daß ich nicht glaube, mich je wieder darüber beruhigen zu können.« Nach diesen Worten ließ er zum Beweise des Gesagten ihr Federn, Fänge und Schnabel des Falken vorzeigen.

Als die Dame dies alles hörte und sah, tadelte sie ihn anfangs, daß er zur Bewirtung eines Weibes einen so edeln Falken getötet habe; dann aber bewunderte sie im stillen die Größe seiner Gesinnung, welche die bittere Armut nicht abzustumpfen vermocht hatte, noch gegenwärtig vermochte. Da ihr jede Hoffnung benommen war, den Falken zu besitzen, und die Angst um die Genesung ihres Knaben in ihr aufstieg, schied sie voller Betrübnis und kehrte zurück zu ihrem Sohne. War es nun die Wirkung des Kummers, daß der Falke nicht mehr sein werden

konnte, oder hätte die Krankheit auch ohnehin zu solchem
Ende geführt: genug, nur wenig Tage verstrichen, bis er
zum größten Leidwesen seiner Mutter aus diesem Leben
schied. Infolge dieses Verlustes verbrachte sie geraume
Zeit in Tränen und Traurigkeit; da sie jedoch noch jung
war und in den Besitz eines glänzenden Vermögens ge-
langte, drängten ihre Brüder sie vielfach zu einer zweiten
Ehe. Obwohl sie nun am liebsten darauf verzichtet hätte,
so gedachte sie doch bei solchem Drängen Federigos Trefflichkeit und seiner hochherzigen Gesinnung, die er ihr
zuletzt noch bewiesen, indem er, allein um sie zu ehren,
einen solchen Falken tötete. Darum sagte sie zu ihren
Brüdern:»Am liebsten bliebe ich, wolltet ihr es gestatten,
unvermählt; ist es aber euer Begehren, daß ich mich zu
einer zweiten Ehe entschließe, so werde ich wahrlich keinem andern mich vermählen, als Federigo degli Alberighi.«
Auf diese Rede verhöhnten sie ihre Brüder und sprachen:
»Törichte, was schwatzest du da; wie kannst du ihn nehmen wollen, der nichts auf der Welt hat?«
Sie aber antwortete:»Meine Brüder, wohl weiß ich, daß
es sich so verhält, wie ihr sagt; ich aber will lieber den
Mann ohne Vermögen als das Vermögen ohne den Mann.«
Als die Brüder diese ihre Gesinnung vernahmen, und da
sie die Überzeugung gewannen, daß Federigo trotz seiner
Armut ein höchst ehrenhafter Mann sei, vermählten sie
ihm nach Giovannas Wunsch ihre Schwester.
Im Genuß eines großen Reichtums schenkten Federigo
und Giovanna einander noch viele Jahre Friede und
Freude.

GOTTES WILLE GESCHIEHT

Der König von Frankreich führte Krieg mit dem Grafen
von Flandern; zwei Schlachten waren schon geschlagen, in
denen viel gute Ritter und eine große Menge Volks von
beiden Seiten den Tod gefunden, der König aber meist

den kürzeren gezogen hatte. Um diese Zeit pflegten zwei
Blinde auf der Straße vor Paris zu stehen, um Almosen zu
ihrem Lebensunterhalt zu sammeln. Unter diesen erhob
sich ein lebhafter Streit: den ganzen Tag sprachen sie über
den König und den Grafen und ihren Krieg. Einer sagte
zum andern: »Du, was sagst du? Ich sage, der König wird
siegen.« Der andere erwiderte: »Nein, der Graf«, und setzte hinzu:
»Aber Gottes Wille geschieht.« So stritten sie manchen
Tag darüber, wie der Krieg ausgehen werde.

Ein Edelmann vom Hofe, der mit seinen Leuten entlang
kam, blieb eines Tages stehen, um den Streit der Blinden
mit anzuhören; dann ging er an den Hof zurück und erzählte dem König zu großer Belustigung der Anwesenden,
wie die beiden Blinden den ganzen Tag über ihn und den
Grafen in Streit lägen. Der König lachte und schickte-
einen Edelknecht ab, um dem Streit zuzuhören und sich
zu merken, wer von beiden das eine und wer das andere
behaupte. Dieser ging, horchte genau zu und stattete dem
König Bericht ab.

Alsbald berief der König seinen Haushofmeister und befahl ihm, zwei große Brote aus feinem Mehl backen zu
lassen. Bevor sie in den Ofen kämen, solle er in dem einen
zehn Goldstücke in geraumer Entfernung voneinander
verbergen, in dem andern aber nichts: wenn sie dann aus-
gebacken seien, solle der Edelknecht sie den beiden Blinden als Almosen schenken, und zwar das Brot mit den
Goldstücken dem, der den Sieg des Königs von Frankreich
behauptete, das andere dem, der meinte, daß Gottes Wille
geschieht.

Der Edelknecht tat nach des Königs Befehl. Als der Abend
kam, kehrten die Blinden nach Hause; der mit dem Brot
ohne Geld sprach zu seiner Frau: »Gott hat uns heute
wohlbedacht: genießen wir seine Gaben!« Sie setzten sich
und aßen das Brot rein auf, so wohl schmeckte es ihnen.
Der andere Blinde, der das goldbeschwerte Brot erhalten
hatte, sprach am Abend zu seinem Weibe: »Frau, laß uns

dies Brot aufbewahren und morgen verkaufen, damit wir
etwas Bargeld in die Hände bekommen: wir können ja
heute von den Brotscheiben zehren, die wir erbettelt
haben.«

Am Morgen standen sie auf, und jeder begab sich mit
seiner Frau dahin, wo sie gewöhnlich standen und die
Vorübergehenden ansprachen. Als sie dahin kamen, sprach
der eine, der sein Brot verzehrt hatte, zu seinem Weibe:
»Frau, unser Gefährte dort, der wie wir von Almosen lebt
und mit dem ich immer streite, hat doch auch ein Brot von
dem Edelknecht erhalten?« — »Allerdings«, antwortete
die Frau. — »Nun«, fuhr jener fort, »so geh doch zu seiner
Frau und höre, ob sie es verkaufen wollen? Du kannst
schon etwas daranwenden: das unsrige schien mir sehr
schmackhaft.« — »Denkst du denn«, entgegnete die Frau,
»sie werden es nicht ebensogut wie wir haben essen mögen?« — »Wer weiß?« sagte ihr Mann; »vielleicht haben
sie es aufbewahrt, um einige Batzen dafür zu lösen, weil
es so schön war und so groß und weiß, und sich nicht ge-
traut, es gleich uns zu verspeisen!«

Da die Frau den Willen des Mannes vernahm, ging sie zu
der Frau des andern Blinden und fragte, ob sie das Brot
vom Edelknecht des Königs schon verzehrt hätten, und
wenn es noch da sei, ob sie es verkaufen wollten? »Wir
haben es noch«, gab jene zur Antwort, »ich werde fragen,
ob mein Mann es noch verkaufen will, wie er gestern
abend sagte.«

Gleich darauf kehrte sie zurück und erklärte, sie wolle es
verkaufen, allein nur für vier Silberbatzen Pariser Geld,
die es wohl wert sei. Der Handel ward richtig, und die
Frau kehrte mit dem erkauften Brote zu ihrem Manne
zurück; der freute sich, als er das hörte. »Heute abend«,
sagte er, »werden wir wieder so gut leben wie gestern.«
Der Tag verging und die Blinden begaben sich nach Hause.
»Laß uns zu Nacht speisen«, sagte der eine, der das Brot
gekauft hatte, zu seiner Frau. Sie nahm ein Messer, um
das Brot anzuschneiden: schon bei der ersten Scheibe fiel

ihr ein Goldstück vor die Füße; sie schnitt weiter, und jede Scheibe enthielt eine Goldmünze. Der Blinde hörte den Klang und fragte, was er da klingen höre, und die Frau erzählte ihm, was sie gefunden. Der Blinde ließ sie weiterschneiden, und als alles zerschnitten und jede Scheibe durchsucht war, fanden sich die zehn Goldstücke, die der König hatte einbacken lassen. Der Blinde war außer sich vor Freude:»Siehst du nun«, sprach er zu seiner Frau, »daß ich die Wahrheit sagte, daß Gottes Wille geschieht, und daß er hilft, wem *er* will?« Darauf gingen sie schlafen. Am Morgen standen sie auf, um ihrem Gefährten die Nachricht von dem Glücksfunde mitzuteilen. Aber der König hatte schon beizeiten hingesandt, um zu erfahren, wie es mit dem goldbeschwerten Brote gegangen sei; denn tags zuvor hatte er nicht nachforschen lassen, weil er dachte, sie hätten es noch nicht verzehrt. Der Edelknecht verbarg sich hinter einem Pfeiler, um sich von den Frauen nicht sehen zu lassen. Als die Blinden an ihre gewohnten Plätze kamen, rief der eine, der das Brot erkauft hatte, den andern beim Namen.»Noch immer behaupte ich, daß Gottes Wille geschieht! Gestern kaufte ich von dir ein Brot für vier Pariser Silberbatzen; darin fand ich zehn Goldstücke von gutem Gepräge, und so hatte ich einen guten Abend und werde auch ein gutes Jahr haben.« Wie dies der andere hörte, erschrak er heftig; er wolle nicht länger mit ihm streiten, denn das Recht sei zu offenbar auf des Gegners Seite. Auch er bleibe dabei: Gottes Wille geschieht!

Dies hörte der Edelknecht, kehrte eiligst an den Hof zurück und brachte dem Könige die Neuigkeit. Da ließ der König die Blinden vor sich kommen und sich alles auch von ihnen erzählen: wie jeder das ihm bestimmte Brot von dem Edelknecht erhalten und der eine sein Brot dem andern verkauft habe; wie sie vorher lange Zeit miteinander gestritten und wie der, welcher sagte, der König werde siegen, das ihm zugedachte Geld nicht behalten habe, sondern der andere es erhalten habe, der immer predige: Gottes Wille geschieht. Daran ergötzte sich der König weidlich mit seinen Baronen und Edelleuten:»Wahrlich«, rief er aus,»dieser Blinde hat recht, und alles Volk der Erde kann kein Tüttelchen daran ändern, daß Gottes Wille geschieht!«

DAS EVANGELIUM BEIM WORT GENOMMEN

Vor wenig Jahren war in Florenz ein Minoritenmönch Inquisitor für die Greuel der Ketzerei. Aber wie sehr er auch für heilig und dem christlichen Glauben inbrünstig ergeben gelten wollte, so glich er doch der Mehrzahl seiner Genossen: die Fülle im Beutel spürte er ebenso gewissenhaft auf wie die Leere im Glauben. In diesem Eifer stieß er einmal auf einen Ehrenmann, der mehr vor sich als Vorsicht hatte. Nicht etwa aus ruchloser Gottlosigkeit, sondern in aller Harmlosigkeit, vielleicht im Rausch oder in der Ausgelassenheit, war ihm einmal unter Freunden entschlüpft, er habe einen Wein von solcher Güte, daß Christus selbst davon trinken möchte. Kaum war dies dem Inquisitor hinterbracht worden, da hatte der ehrliche Mann auch schon einen peinlichen Prozeß am Hals: in Erwägung seiner ansehnlichen Besitzungen und seines geschwollenen Geldsacks gab es im Schnellverfahren einen Prozeß cum gladiis et fustibus; dabei war es dem Inquisitor kein Anliegen, dem Delinquenten seinen Glauben zu flicken, vielmehr die eigene Hand zu vergolden. Er ließ ihn vorladen und vernahm ihn zur Sache. Der gute Mann bestätigte die Äußerung und erzählte den ganzen Hergang. Der fromme Inquisitor, der vor allen Heiligen den Johannes Goldmund verehrte, entgegnete:»Also zu einem Säufer, zu einem Weinkoster machst du den Herrn Christus, als wäre er ein Trunkenbold oder einer von euch versoffenem Kneipengesindel. Und nun möchtest du mit demütigen Redensarten die Sache gern als unbedeutend hinstellen. Das geht aber nicht so, wie du dir einbildest. Wollen wir nach Pflicht und Gewissen mit dir verfahren, so bist du dem Scheiterhaufen verfallen.« Mit viel derartigen Drohungen und mit erzürntem Gesicht setzte er ihm zu, als wäre der arme Mann der Epikur in Person, der die Unsterblichkeit der Seele leugnete. Auch gelang es ihm bald, den Beschuldigten so in Angst zu versetzen, daß dieser, um Barmherzigkeit zu finden, durch Vermittlung hilfsbereiter Menschen ihm die Hände mit der Salbe des heiligen Johannes Goldmund salben ließ. Solche Salbe tut bei pestilenzartigem Geizbefall wahre Wunder, besonders bei Bettelmönchen, die ja *Geld* nicht anrühren dürfen. Obgleich Galenus in seiner ganzen Medizin nirgends dieser Salbe Erwähnung tut, so bewies sie doch ihre ungemeine Wirkung auch hier und so stark, daß sie den drohenden Scheiterhaufen mit einem Bußkreuz — auf dem Rock zu tragen! — vertauschen half; als gelte es einen Kreuzzug übers Meer, verlieh dies der Inquisitor in Gelb auf schwarzem Grund, zur besseren Hervorhebung! Überdies behielt er ihn, trotz richtiger Anwendung der Salbe, noch einige Tage bei sich und legte ihm während der Zeit als Buße auf, alle Morgen die Messe vom Heiligen Kreuz zu hören und sich gegen Mittag bei ihm zu melden. Den Rest des Tages war er dann frei und durfte tun, was ihm beliebte.

Unser Büßer tat gewissenhaft, wie ihm geheißen ward. Dabei hörte er eines Morgens in der Messe das Evangelium, in dem gesungen wurde: »Ihr werdet es hundertfältig nehmen und das ewige Leben ererben.« Der ehrliche Mann merkte sich den Text ganz genau, und als er, wie befohlen, zur Essenszeit sich bei dem Inquisitor meldete, fand er ihn gerade bei Tisch sitzen. Der Inquisitor frug ihn, ob er am Morgen auch die Messe gehört habe. »Ja, Herr«, erwiderte der Büßer sogleich. »Hast du dort nichts gehört«, frug der Inquisitor weiter, »was dir Zweifel erregt oder worüber du Belehrung brauchst?« »Nein«, entgegnete der Brave, »ich zweifle an nichts von dem, was ich hörte, und glaube an alles wie an die vollkommene

Wahrheit. Aber ich habe dabei etwas gehört, weshalb ich Euch und Eure Brüder von Herzen bedaure, wenn ich das jämmerliche Elend bedenke, das Euch in jener Welt bevorsteht.« Da fragte der Inquisitor: »Was für eine Stelle hat dich denn zu solchem Mitleid mit uns gerührt?« »Ach, Herr«, sagte jener, »die Worte des Evangeliums, in denen es heißt: ›Ihr werdet es hundertfältig nehmen‹.«

»So steht allerdings geschrieben«, sagte der Inquisitor, »aber was hat dich dabei so gerührt?«

Da sagte der Büßer: »Das will ich Euch sagen, Herr; seit ich bei Euch bin, habe ich gesehen, daß Ihr alle Tage den armen Leuten manchmal ein, manchmal auch zwei große Kessel übrige Suppe als Almosen hinausgebt. Wenn Ihr nun dort für jeden Kessel hundertfältig wiederkriegt, so müßt Ihr ja alle miteinander in der Suppe ersaufen.«

Die ganze Tischgesellschaft lachte hell auf; aber der Inquisitor fühlte wohl den beißenden Tadel für die Heuchelei mit den Suppen und erboste sich gewaltig. Am liebsten hätte er dem ehrlichen Mann einen zweiten Prozeß angehängt, dafür daß er ihn und seine Mitfaulpelze so aufzog. Aber der erste Prozeß hatte dem Inquisitor schon genug Schande gebracht; so hieß er ihn ärgerlich tun, was er wolle, und ihm nicht mehr vor die Augen kommen.

DIE MUTIGE EHEBRECHERIN

Gut reden zu können, ihr ehrenwerten Damen, ist bei jeder Gelegenheit ein schönes Ding; am schönsten aber dünkt mich solche Redegabe, wenn sie in zwingender Not sich bewährt. Eine solche besaß die Edelfrau, von der ich erzählen will, in besonderem Maße. Mit dieser Gabe brachte sie die Zuhörer zu einem fröhlichen Lachen und — das werdet ihr hören — befreite sich selber aus den Schlingen eines schimpflichen Todes.

In der Stadt Prato galt einst, ebenso grausam wie tadelnswert, das Gesetz: eine Ehefrau, die ihr Mann im Ehebruch mit ihrem Geliebten betrifft, wird verbrannt. Diese Strafe wurde ohne den geringsten Unterschied vollstreckt an der Frau, die aus Liebe sich hingab, wie an einer Frau, die dem ersten besten für Geld sich preisgab. Während dies Gesetz noch in Kraft war, wurde eine schöne Edelfrau, Madonna Filippa, die liebebedürftiger war als jede andere, eines Nachts dabei ertappt; in ihrer eigenen Schlafkammer fand sie ihr Mann, Rinaldo de Pugliesi, in den Armen des Lazzarino de Guazzagliotri, eines jungen, schönen Edelmanns aus Prato, den sie liebte wie das eigene Leben. Bei diesem Anblick kam Rinaldo derart außer sich, daß er sich kaum bezwang, über sie herzufallen und sie zu töten; und wäre er nicht wegen der Folgen besorgt gewesen, so hätte er seinem wilden Zorn gehorcht und sie erschlagen. So verzichtete er zwar auf die Selbstrache, aber nicht auf den Tod seiner Frau: was ihm selber zu tun verboten war, das sollte das grausame Gesetz für ihn vollstrecken. Da er den Fehltritt seiner Frau durch ausreichendes Zeugnis beweisen konnte, so erhob er schon am Morgen Klage gegen sie, ohne auf guten Rat zu hören, und ließ sie vorladen. Voll kühnen Mutes, wie man ihn bei allen wahrhaft Liebenden findet, beharrte die Frau dabei, so eindringlich auch viele Freunde und Verwandte ihr das Erscheinen vor Gericht widerrieten: lieber die Wahrheit starken Geistes gestehen und sterben, als sich in Abwesenheit verurteilen lassen und nach feiger Flucht in der Verbannung leben müssen und dadurch bekennen, sie sei des edeln Geliebten nicht wert, in dessen Armen sie die vergangene Nacht ruhte.

Sie erschien also in stattlicher Begleitung von Frauen und Männern, die sämtlich ihr zu leugnen rieten, vor dem Podesta, und fragte diesen mit furchtlosem Blick und fester Stimme, was er von ihr begehre. Als der Podesta sie ins Auge faßte und gewahrte, wie schön sie war und wie edel sie sich zeigte, als er zugleich aus ihren Worten entnahm, welch hohen Sinn sie hegte, bekam er Mitleid mit ihr und

hatte nur die Sorge, sie könnte Dinge gestehen, die ihn zu
einem Todesurteil nötigten, um seinen Ehrenschild rein-
zuhalten. Deshalb sagte er zu ihr, da er nicht umhin
konnte, sie über den Klagepunkt zu befragen: »Madonna,
wie Ihr seht, ist Rinaldo, Euer Mann, hier gegenwärtig
und führt Klage gegen Euch, da er Euch mit einem andern Manne im Ehebruche betroffen hat. Er begehrt nun,
daß ich Euch nach dem Gesetz dafür mit dem Tode bestrafe; ich kann dies aber nur dann tun, wenn Ihr selbst
Euch schuldig bekennt. Habt denn also wohl acht, was
Ihr antwortet, und sagt mir, ob das wahr ist, dessen Euer
Mann Euch beschuldigt?«

Hierauf antwortete die Dame, ohne die Fassung zu verlieren, mit heiterer Stimme: »Messer, es beruht vollkommen auf Wahrheit, daß Rinaldo mein Ehemann ist, und
daß er in der vergangenen Nacht mich in Lazzarinos Armen
betroffen hat, in denen ich, wie ich niemals leugnen werde,
aus wahrer und inniger Liebe oftmals geweilt habe. Des
bin ich sicher, auch Ihr wißt, daß die Gesetze gemeinsam
sein und unter Zustimmung derer beschlossen werden
müssen, die sie betreffen. So verhält es sich aber mit diesem Gesetz nicht: es tut allein den armen Weibern Zwang
an, obwohl sie doch weit besser als die Männer mehreren
nebeneinander zu genügen vermögen. Außerdem hat, als
dies Gesetz gegeben wurde, keine Frau ihre Einwilligung
dazu gegeben; ja, es ist auch nicht *eine* darum *befragt*
worden; mit Recht also kann man es aus diesen Gründen
ein arges Gesetz nennen. Wollt Ihr indes, meinem Leben
und Euerm Gewissen zum Schaden, Euch dazu hergeben,
es zu vollstrecken, so steht dies in Euerm Belieben; bevor
Ihr aber weiter vorschreitet und irgendein Urteil fällt, er-
suche ich Euch um die kleine Gunst, meinen Mann zu
fragen, ob ich jedesmal und sooft er darnach begehrte,
ohne Widerrede ihm zu Willen war oder nicht?«

Ohne die Frage des Podesta abzuwarten, antwortete
Rinaldo hierauf alsbald, die Frau habe ihm allerdings auf
jedes Begehren volle Befriedigung seiner Wünsche ge-

währt. »Wohlan denn«, fuhr sogleich die Dame fort, »so frage ich Euch, Herr Podesta, wenn er zu jeder Zeit sich genommen hat, wessen er bedurfte und wessen ihn gelüstete: was sollte ich mit dem machen, was er übrig läßt? Soll ich es vielleicht den Hunden vorwerfen? Ist es nicht besser, es einem Edelmann zu schenken, der mich mehr liebt als sich selbst, statt es verlorengehen und umkommen zu lassen?«

Es waren zu diesem Verhör einer so ausgezeichneten und namhaften Dame fast sämtliche Bewohner von Prato herbeigekommen; alle riefen, als sie diese ergötzliche Frage vernahmen, nach vielem Gelächter, wie aus einem Munde, daß die Dame recht habe und wohl spreche. Bevor sie also noch von dort sich entfernten, änderten sie auf Anraten des Podesta jenes unbillige Gesetz und bestimmten, daß es in Zukunft nur auf die Frauen angewandt werden dürfe, die für Geld sich gegen ihre Männer vergingen. So verließ denn Rinaldo, beschämt über sein törichtes Unterfangen, das Gericht; die Dame aber kehrte fröhlich und frei, als wäre sie vom Scheiterhaufen erstanden, siegreich in ihr Haus zurück.

DIE GRÄFIN VON TOULOUSE

In Toulouse lebte ein Graf namens Renatus, der die schönsten und wohlerzogensten Kinder besaß von allen französischen Fürsten. Außer zwei Söhnen hatte er eine Tochter, die jünger als diese war und bei allen für eines der schönsten, sittsamsten und anmutigsten Fräulein jener Zeit galt. Seine Frau, die Schwester des damaligen Grafen von Provence, hatte ihm der Tod früh entrissen. Als sie zu sterben kam, rief sie ihren Gemahl zu sich und empfahl ihm unter Tränen ihre Kinder, besonders aber die Tochter Bianka: »Ich bitte dich um eine letzte Gunst in diesem Leben: versprich mir ganz fest, unsre Tochter nur einem Freier zu vermählen, auch wenn der König von Frank-

reich selbst erscheint, den sie zuvor gesehen und kennengelernt hat, und mit dem sie einverstanden ist.«
Der Graf versprach ihr unter vielen Tränen und Beteuerungen, es werde geschehen, wie sie wünsche.
Don Fernando war zur selben Zeit Graf von Barcelona. Er lebte lange in Fehde mit dem Grafen von Toulouse; schließlich verständigten sie sich, und um die neue Freundschaft enger zu knüpfen, verabredeten sie eine Heirat zwischen Bianka und dem Sohn des Grafen von Barcelona. Der Graf von Toulouse erklärte im Gedenken an das Versprechen, das er seiner Gemahlin gegeben, alles habe erst dann seine Richtigkeit, wenn das Wesen des jungen Grafen seiner Tochter gefalle; sie habe sein Wort, nur unter ihrer Beistimmung vermählt zu werden. Dieser Vorbehalt schien aber beiden unerheblich: der junge Graf war durch Reichtum und Adel der Verlobten völlig würdig und überdies so schön und voll guter Eigenschaften, wie je ein Edelmann in der Christenheit.
Der junge Graf von Barcelona wurde also von seinem Vater zur Einholung der Braut unter großem Prunk mit schönem, ehrenvollem Geleite nach Toulouse entsandt. Dort wurde er mit der Ehre und Liebe aufgenommen, die einem großen Herren und geliebten Sohne gebührte; nichts wurde versäumt, was französische Höflichkeit und spanischer Anstand forderten. Nach den ersten Begrüßungen wurde dem Freier im Palast die schöne Bianka in königlichem Schmuck vorgestellt. Sie wußte ihre wunderbare Schönheit durch seltene Anmut und Würde zu erhöhen und empfing ihn so freundlich und so liebreizend, daß der junge Graf vor Staunen, Liebe und Wonne wie überwältigt war und sich sehr zusammennehmen mußte, um Ort und Zeit für weitere Schritte noch abzuwarten. Der Vater hatte seine Tochter zuvor über alles unterrichtet; sie sah den Freier von allen Seiten sich genau an, doch mit jener größeren Verschämtheit und Verstellung, die der weiblichen Sittsamkeit ziemt.
Nach dem ersten Empfang wurden die Tafeln gedeckt mit

den ausgesuchtesten Speisen und Leckerbissen, wie sie
Ort und Jahreszeit nur boten. Nach Beendigung der kostbaren Mahlzeit trug man nach Landessitte in den reichsten
Gefäßen Granatäpfel auf, die in jener Gegend sehr schön
wachsen und die den Mund von dem Geschmack der vielen Speisen reinigen sollen. Der Graf hatte auch einige genommen; zufällig war ihm einer aus der Hand entwischt.
Um seine Gewandtheit zu zeigen, fing er ihn sehr geschickt auf, noch ehe er den Boden berührt hatte, und
führte ihn zum Mund.
Die junge Braut sah darin ein Zeichen von unwürdiger
Knickerei und machte sich arge Gedanken. »Da haben
wir's, was ich so oft habe sagen hören; die Katalonier sind
die filzigsten Menschen. Er tut sich sicher nur Zwang an,
um mich über seinen wahren Charakter zu täuschen, aber
der Granatapfel hat ihn verraten. Ist der Graf von der
Art, was soll dann aus mir werden? Gibt es ein größeres
Elend für ein edles, hochherziges Mädchen, als einen reichen, aber geizigen Gemahl zu bekommen? An seiner Seite
müßte ich in beständiger Qual und Reue über meinen Unverstand leben. Mein alter Vater mag sagen, was er will!
Ich gebe dem Katalonier einen Korb!«
Der Graf von Toulouse nahm nach der Festtafel seine
Tochter bei der Hand und befragte sie in seinem Gemach
unter den väterlichsten Ermahnungen um ihre Meinung.
Sie erwiderte entschlossen, ja heftig, lieber wolle sie immer unverheiratet bleiben, als einen Gemahl haben, der
ihrem Wesen so sehr entgegen sei. Der alte Vater, der ganz
das Gegenteil erwartet hatte, war tief betrübt. Er hatte
gehofft, durch diese Ehe Glück und Frieden des ganzen
Landes zu befestigen, und nun konnte es leicht zu neuer
Fehde kommen. Seine Tochter sagte ihm, was sie abge-
stoßen hatte. Der Vater mußte über diese Kinderei lachen
und suchte auf alle mögliche Weise sie davon abzubringen,
aber umsonst: ihr letztes Wort blieb die entschiedene Antwort, wenn sie merke, er wolle sie gegen sein feierliches
Versprechen dazu zwingen, so werde sie lieber von eigener

Hand sterben. Der alte Graf erinnerte sich, was er seiner verstorbenen Frau versprochen, und in zärtlicher Sorge um seine Tochter antwortete er fast weinend: »Wenn dein Entschluß fest ist, so zu handeln, so geschehe es! Erwarte von mir keine andere Gewalt als die, die du dir selbst antust!«

Nun blieb ihm die peinliche Pflicht, den Gast von der Absage zu verständigen. Mit den ehrenvollsten Entschuldigungen und in den höflichsten Worten sprach er zuerst allgemein von dem Wankelmut der Frauen, insbesondere der jungen Mädchen; seine Tochter wolle aus Eigensinn ihrem Glück im Wege stehen und den Grafen nicht heiraten. Der Graf verbarg Groll und Schmerz in seiner Brust, lächelte nur bitter und meinte, es sei dies nicht das erstemal, daß ihm eine Hoffnung fehlschlage. Er gedenke, mit Erlaubnis des Grafen von Toulouse den Tag darauf nach Barcelona zurückzukehren; für die Reisebeschwerden wünsche er aber wenigstens zu erfahren, was seiner Tochter so besonders an ihm mißfalle; er wolle für die Zukunft seine Fehler bessern. Der Alte schämte sich der Kinderei, die er erzählen mußte, doch gab er endlich der Wahrheit die Ehre. Der Katalonier konnte es nicht ohne Lachen hören und antwortete: »Fällt es mir wieder einmal ein, auf Brautschau zu gehen, so wähle ich dazu gewiß die Jahreszeit, wo die Granatäpfel noch nicht reif sind; sonst bringen sie mir wieder einen Korb ein!«

Unter Lobeserhebungen für des Grafen Treue und Liebe gegen Gattin und Tochter versicherte er, er dürfe darum nicht an der Aufrichtigkeit ihres neuen Friedens- und Freundschaftsbundes zweifeln. Dann ging er auf anderes über und brachte so, freilich ohne großes Vergnügen, diesen Tag hin. Dem Anschein nach ganz freundlich beurlaubte er sich am folgenden Tag auch von Bianka und trat eilends den Rückweg nach Katalonien an.

Hinter der Grenze seines eigenen Landes entließ er das ansehnliche Gefolge, weil er eine Wallfahrt machen wolle. Dabei muß man ja allen weltlichen Prunk ablegen; so be-

hielt er nur zwei seiner treuesten Freunde bei sich, um sein
Gelübde in aller Demut und mit frommem Eifer zu erfüllen. Sobald er mit den beiden allein war, verriet er
ihnen seinen Plan erst ganz. In Kleidung, Haltung und
Gestalt völlig verändert, machten sie zu Fuß sich wieder
auf den Weg nach Toulouse.
Der Graf trug ein Kästchen unter dem Arm wie ein Juwelenhändler; diese kann man in Paris so die Ware umher-
tragen sehen, überhaupt in ganz Frankreich und Italien.
Solche Händler bieten dann ihre Ware aus an Edelfrauen
und Edelherren. Der Katalonier kaufte also viele Juwelen und Goldarbeiten von hohem Wert, füllte damit sein
Kästchen und legte ein paar seiner schönen Edelsteine bei;
deren hatte er viele von der größten Schönheit mitgebracht, um sie seiner Braut am Verlobungstage zu schenken. Die Edelsteine vom allerhöchsten Wert tat er aber
nicht in sein Kästchen, um nicht durch allzugroßen Reichtum aufzufallen. Er schor sich den Bart, den man damals
in Katalonien zu tragen pflegte, und ging ganz allein nach
Toulouse hinein in der festen Hoffnung, dort seine Geliebte noch einmal sehen und sprechen zu können.
Vom Morgen bis zum Abend ging er in der Stadt umher
und verkaufte seine Waren an diesen und jenen, wie es
der Zufall gab. Besonders oft ging er in die Nähe des
gräflichen Palastes, um mit der wenigstens sprechen zu
können, die seine Gedanken unaufhörlich umkreisten.
Und nicht lange, da sah er nach einem sehr heißen Tage
abends die schöne Bianka im weißen Kleide anmutig unter
den edelsten Frauen des Landes auf der Terrasse sitzen.
Zitternd grüßte er und fragte demütig, ob eine der Damen
etwas von seinen Waren wolle; sie seien besonders gut
und preiswert. Bianka und ihre Frauen verschmähten,
wie es Landessitte ist, sein Angebot nicht; sie riefen ihn
her, fragten, was er habe, und standen ringsherum. Die
eine griff nach diesem Stück, die andre nach jenem; sie be-
stürmten ihn mit Fragen, so daß er bei seiner geringen
Warenkenntnis gar nicht recht zu antworten wußte. Er

richtete daher seine Worte mit Vorliebe an Gräfin Bianka und zog sich bei den Fragen so gut es ging aus der Schlinge. Nachdem er einiges ziemlich billig an sie verkauft hatte, ging er gegen die Vesperzeit fort. Lange kam er fast täglich zu der Gesellschaft; er war bald so bekannt mit all den Damen, daß es ihnen großes Vergnügen machte, mit ihm zu plaudern. Um dies Glück beneideten den Grafen seine Handwerksgenossen nicht wenig; sie bekamen immer zu hören: »Wir wollen unserm Navarresen treu bleiben!« Aus Navarra behauptete er zu stammen; er hatte die Sprache nicht so in der Gewalt, um als Franzose zu gelten, und wollte seine spanische Abkunft nicht bekennen.

Nach einigen Tagen paßte der Graf den rechten Augenblick ab, um insgeheim der Lieblingskammerfrau der Gräfin anzuvertrauen, er habe eines der schönsten Kleinode auf der Welt; er trage es aber aus Furcht vor Räubern nicht so offen herum, und es sei ihm so teuer, daß er selbst für sein Leben das Kleinod nicht hergeben möchte. Die Kammerfrau konnte es gar nicht erwarten, bis sie davon ihrer Herrin erzählen konnte. Während sie ihr beim Auskleiden half, plauderte sie von der wundersamen Schönheit des Juwels, erfand noch etliches hinzu und schloß: »Wenn ich Gräfin wäre, fände ich gewiß Mittel und Wege, das Kleinod zu bekommen, auch wenn der Händler es nicht verkaufen wollte. Es gibt für alles ein Mittel, außer für den Tod!«

Die Gräfin dachte im Wachen und sah im Träumen nichts anderes als dies Juwel. Kaum war es Tag, da schickte sie die Kammerfrau zu dem Navarresen; sie solle ihn so lange in ihrem Namen bitten und beschwören, bis er es verkaufe oder wenigstens vorzeige. Vielleicht werde ihre Sehnsucht, es zu besitzen, dadurch schwächer. Die Kammerfrau trug dem Navarresen das Anliegen vor. Der versicherte unter tausend Schwüren, eher sein Leben hinzuschenken, als das Juwel zu verkaufen; er sei aber bereit, es vorzuzeigen, doch nur den beiden Frauen ganz allein.

Zur verabredeten Zeit kam er auch mit dem schönen
Kleinod, einem spitzigen Diamanten von außergewöhn-
licher Größe und von so seltener, schöner Gestalt, daß
man wohl nie etwas Ähnliches gesehen hat. Der Juwelenhändler pries mit tausend Vorreden und der bekannten
spanischen Wichtigtuerei das Juwel an, ehe er es vorzeigte,
und beteuerte, er schätze seine Schönheit doch weniger
als seine Zauberkraft. Dann zeigte er ihnen den Stein vor.
Die Gräfin Bianka hielt das unvergleichliche Kleinod in
der Hand. Je genauer sie es betrachtete, desto schöner kam
es ihr vor, und ihre Sehnsucht darnach wurde unwider-
stehlich; allerdings suchte sie diese nicht zu deutlich merken zu lassen. Gräfin Bianka fragte, was für eine Zauber-
wirkung er dem Juwel denn zuschreibe. Wie mit innerem
Widerstreben antwortete der Graf schließlich: »Gnädiges
Fräulein, wenn einer im Zweifel ist, zu was er in wichtiger
Sache sich entschließen soll, und er schaut hinein, so sieht
er, wenn es ihm frommen soll, diesen Stein so hell werden, als wäre die Sonne darin verborgen; wo nicht, so
wird er dunkler als eine mondlose Nacht. Einige haben
behauptet, dies sei der Stein der Weisen; andere meinen,
er sei mehr ein Werk der Alchimie als der Natur. Manche
sagten, er habe Alexander dem Großen gehört, und der
habe nie ohne ihn dem Kriegsglück vertraut; dann sei er
in Julius Cäsars Besitz gekommen. Nur durch die Kraft
dieses Steines waren beide unüberwindlich, wie auch Ihr
wohl oft habt rühmen hören.« Damit packte der Navarrese das Juwel wieder ein und nahm Abschied. Gräfin
Bianka blieb mit der Kammerfrau allein und rief einmal
und noch einmal: »Hätte ich doch dies köstliche, seltene
Stück, um es ganz nach Bequemlichkeit zu beschauen und
zu tragen! Wie schön wäre das, von ihm untrüglichen Rat
zu erhalten, falls wieder ein Freier kommt!«
Sie schickte zuletzt ihre Kammerfrau wieder zu dem
Händler, um den Stein zu jedem Preis zu kaufen. Der
schlug es ihr einmal, das zweitemal rundweg ab. Das
drittemal schien es ihm an der Zeit, zum Ziel zu kommen.

Er fing also an: »Liebe Frau, Eure dringenden Bitten und die Schönheit und Anmut Eurer Herrin hat endlich meinen Willen gebrochen. Ich bin entschlossen, dieses teuren Kleinods mich zu entschlagen; geht hin und sagt ihr, ich wolle es ihr geben, wenn sie mich statt der Bezahlung eine einzige Nacht so vertraut bei ihr ruhen läßt wie einen Gemahl! Will sie dies nicht, so mag sie mich nicht länger mit Bitten belästigen!«

Diese Zumutung erzürnte die Gräfin aufs äußerste. Ihre Ehre schien schwer gekränkt; sie drohte heftig, sie sprach von zuchtloser Verwegenheit, von Verletzung ihrer Würde und ihrer Schamhaftigkeit. Sie schalt aber auch die Kammerfrau aus, daß sie ihm nicht nachdrücklichst solche Reden untersagte. Die Kammerfrau lächelte ein wenig: »Madame, als ich das erstemal zu ihm geschickt wurde, meinte ich, meine Pflicht sei, Euch und ihm alles auszurichten, was man mir aufträgt. Seid Ihr unzufrieden mit dem, was ich Euch berichtet habe, so müßt Ihr mich entsprechend anweisen. Übrigens hätte ich, wenn Ihr mir *diese* Auflage gemacht hättet, die ganze Sendung jemand anderem überlassen; unser Herr Gott läßt sich gerechte wie ungerechte Wünsche vortragen, von Guten wie von Bösen, erhört aber freilich nur jene, wenn es ihm gut dünkt, und diese nicht. Ich konnte nicht wissen, daß Ihr höher gehalten sein wollt als Gott. Womit hat Euch der Navarrese beleidigt? Überall in der Welt hat man das Fragen umsonst! Ihr seid noch zu jung, um das Gute und Böse recht zu unterscheiden. Man muß allerdings oft streng reden. Aber wo und zu wem? Weder zu mir noch zu den Frauen, die Euch ergeben sind, sondern zu Männern und zu fremden Frauen, die Euch, wenn sie Euch auch nicht glauben, wenigstens für klug halten und für eine Frau, die sich auf die Frauenkunst, auf das Heucheln, wohl versteht. Mir kommt nicht so! Ich weiß recht wohl, die größte Ehre und das größte Vergnügen, das man uns Frauen machen kann, besteht doch darin, sie um das zu bitten, ohne das wir ein Tag ohne Licht, ein Meer ohne

Wellen sind. Ich entschuldige Euch mit Eurem zarten Alter und habe deshalb mit Eurem Zorn Geduld. Aber das sage ich noch: Befriedigt Ihr den Navarresen auf kluge Weise, bekommt Ihr den Edelstein zu eigen, und mir scheint, recht wohlfeil! Könnt Ihr ihm denn Geringeres geben als eine Münze, von der uns um so mehr übrigbleibt, je mehr wir ausgeben? Ja, aber die Sünde! Das wollen wir den Betschwestern und den alten Mütterchen überlassen, die sonst nichts mehr zu tun haben; für junge Mädchen ist das nichts, die noch tausend Jahre Zeit haben, um ihre Fehler gegen ihren Herrn Gott zu bereuen. Und die Ehre! Um die Ehre zu verlieren, muß die Sache bekannt werden; halten wir es geheim, so geht die Ehre nicht verloren. Ich sage Euch meine Ansicht wie eine Mutter; Ihr mögt jetzt tun, was Ihr wollt.«

Mit diesen und noch vielen andern Gründen bestürmte die alte Kammerfrau das junge Mädchen, und fing so oft von neuem an, bis die Gräfin, des Verweigerns, Streitens und Nachdenkens müde, am Ende sagte: »Nun so geh und tue, was dir gut scheint! Aber nicht mehr als *eine* Nacht, und die muß so spät anfangen, daß ich nicht viel Ärger habe und du nicht viel Gefahr.«

Die Kammerfrau suchte den Navarresen auf, sobald sie konnte, und verabredete, daß er sich in der folgenden Nacht um die Zeit der Frühmesse an einer Hintertür des Gartens einfinde und den Edelstein mitbringe. Und so geschah es. Der Navarrese gab in der Nacht der Gräfin den Edelstein, sagte auch beiläufig, er habe noch einige andere von nicht geringerem Werte; die seien um denselben Preis feil. Die Kammerfrau setzte ihrer Gebieterin unaufhörlich zu: was einmal geschehen sei, werde dadurch nicht schlimmer, wenn es öfter geschehe; einmal sei ebensoviel wie viermal. Die Dame wußte es so gut anzugreifen, daß sie außer jenem großen Diamanten noch einen sehr schönen Rubin gewann und einen Smaragd. Der Navarrese wußte es auch so gut anzugreifen, daß die Gräfin gerade das gewann, was sie am wenigsten suchte: Einige

Wochen darauf war sie zu ihrem größten Entsetzen schwanger. Die Kammerfrau sagte, sie müsse Geduld und Mut haben; wenn man es nur geheimhalte, finde sich schon eine Abhilfe. Sie sei übrigens nicht die erste und werde auch nicht die letzte sein, die nach einem solchen Unfall noch als Jungfrau verheiratet werde. Wenn jedem Weib daraufhin die Haare ausgingen, so müßten die meisten Frauen auf der Welt eine Perücke tragen!

Dies leichtfertige Gerede weckte aber in der Gräfin allen Adel und alle Größe der Gesinnung: »Mögen andere immerhin tun, was *ihnen* das Beste dünkt! *Mich* aber soll Gott davor bewahren, daß ich den ersten Fehltritt mit einem zweiten zudecke! Ich werde nimmer einem Mann angehören, den ich durch Lug und Trug glauben mache, er besitze etwas, was ich ihm doch nicht gebe. Die Buße, das ist mein Wille, falle auf den Sünder, und die Frucht ernte der, der den Samen streute! Ich habe deinen Rat bisher leider nur zu treu befolgt. Verschone mich also damit und bring mir den Navarresen her! Ich bin entschlossen, den Weg zu verfolgen, auf den mich das Schicksal, deine verkehrten Einflüsterungen und meine Unvorsichtigkeit geführt haben.«

Die Kammerfrau versuchte vergeblich, die Entschlossenheit ihrer Dame zu überwinden; endlich führte sie den Navarresen herbei. Dieser war nicht überrascht; die veränderten Gesichtszüge, die andere Hautfarbe hatten ihm schon gezeigt, daß seine Bemühungen nicht ohne Erfolg geblieben. Schmerzgebeugt, aber ohne auch nur eine Träne zu vergießen, empfing sie ihn mit starkem Geiste. Wie ein erfahrenes, kräftiges Weib sprach sie zu ihm: »Mein Freund, dein Glück und mein Unglück, deine Klugheit und meine Unvorsichtigkeit haben mich soweit gebracht; wenn ich nicht Gott und die Menschen betrügen will, muß ich eines Juweliers Weib werden und du der Gatte einer Grafentochter; verstoße mich bitte nicht und entschließe dich, mich völlig als die Deinige hinzunehmen! Ich fühle mich schwanger von dir und bin bereit, mit dir zu ziehen und in einem Leben der Armut lieber zu büßen, als in leiblichem Behagen tausendmal die Stunde meine Seele und die Seele vieler anderer mit mir zu kränken. Richte dich ein, daß wir morgen, ehe die Nacht herankommt, von hier weg sind! Ich nehme deine und überdies viele andere meiner eigenen Juwelen mit, dazu einiges Geld; so wollen wir hinwegziehen und uns, so gut wir können, gegen den Hunger schützen, bis ich begreife, warum die Sterne mich in diese Welt gesetzt haben.«

Der Graf von Barcelona (wir wollen ihn nicht mehr den Navarresen nennen) hatte sich gar nichts anderes gewünscht; aber er bedachte, wenn er wirklich der gewesen wäre, für den sie ihn hielt, wie weit uns oft das Schicksal führen kann, wieviel Gewalt der Himmel über uns hat, und wie oft es vorkommt und wie leicht es ist, Frauen, zumal junge Mädchen, zu betrügen. Da überkam ihn ein solches Mitleid mit ihr, daß er nahe daran war, trotz all seiner Mannheit um sie zu weinen. Er sagte in starker innerer Bewegung: »Edles Fräulein, ich bin nur ein niedriger, armer Handelsmann und Ihr eine große Dame; aber trotzdem, mein Sinn stand immer darauf, unbeweibt zu leben und zu sterben; darum bitte ich Euch, fallet mir nicht zur Last und stürzt Euch nicht selbst in dieses Mißgeschick!«

Er hätte gerne noch weitergesprochen; aber sein Mitleid mit ihr und der Wunsch, sie ganz zu besitzen, sowie die Besorgnis, es möchte sie reuen, schlossen ihm den Mund. Sie antwortete ihm: »Mein Freund, bedenke, das Glück bietet auch dem gesegnetsten Menschen auf dieser Welt in seinem ganzen Leben nicht mehr als *eine* Sternstunde! Daß nur nicht das Glück sich über deinen Unverstand erzürnt, wenn der Juwelenkrämer die Hand einer Gattin verschmäht, die vor wenigen Monaten die Bewerbung des Grafen von Barcelona zurückwies!«

Diese letzten Worte fachten den alten Groll im Herzen des Grafen wieder an und trieben ihn zur geplanten rohen Rache. Er erklärte, da es so ihr Wunsch sei, füge er sich ihrem Befehl; sie müsse sich aber darauf gefaßt machen, in allem wie *seine* Frau zu leben und nicht wie die Tochter ihres Vaters, und müsse mit ihm ohne Begleitung und zu Fuß wandern, wie sein Stand und seine Gewohnheit es erfordere.

Die Kammerfrau blieb weinend zurück, als die beiden wie Jakobspilger gekleidet unerkannt in der nächsten Nacht aufbrachen. In Toulouse und im ganzen Lande war das Aufsehen groß, als bekannt wurde, die Gräfin sei verschwunden. Manche glaubten, sie sei plötzlich von Gott getrieben in ein heiliges Kloster geflohen; denn seit der Zeit, da sie sich schwanger fühlte, hatte sie größere Frömmigkeit als früher bewiesen und, soviel sie konnte, jede Gesellschaft gemieden; die Kammerfrau wußte so klug zu reden, daß die Leute davon überzeugt wurden; alles Nachspüren blieb ohne Erfolg.

Der mühevollen langen Prüfungen sind zuviele, die der Graf seine betrübte Gattin unterwegs bestehen ließ: Sie mußte unter der heißesten Julisonne auf scharfen Steinen einhergehen, bereits gedrückt von der Bürde ihres Leibes, alle mögliche Mühsal ertragend, wie nur das ärmste Geschöpf, das auf Erden wandelt; nur dann und wann, sooft es notwendig war, ließ ihr Mann sie ruhen; aber mit rauhen Worten scheuchte er sie bald wieder auf. Seit dem Tag, da sie Toulouse verließen, hatte sie sich damit abgefunden, jeden Hohn des Geschicks gelassen zu tragen; aber schwer war es doch. Unterwegs waren die Gasthäuser nach spanischer Art nur erbärmlichste Herbergen, so daß die Nachtruhe ihren Namen gar nicht verdiente.

Endlich kamen sie nach Barcelona. Der Juwelenhändler bezog mit seiner Frau eines der ärmlichsten, schlechtesten Gasthäuser der Stadt. Aber dies Gasthaus führte eine brave, fromme Frau, deren es in diesem Gewerbe dort wenige gibt, da die meisten lieber der Taufe als der Kuppelei entsagen. Er schlief hier die erste Nacht mit ihr und leistete ihr auch den folgenden Tag Gesellschaft; am Abend eröffnete er ihr, er habe in der Stadt Geschäfte und könne nur noch nachts bei ihr sein; bei Tag sei er ganz von seiner Arbeit in Anspruch genommen. Sie solle mit der Alten hier im Hause die Arbeit teilen; dadurch könne sie ihren Unterhalt verdienen. Er sei nicht gewillt, ihretwegen Geld auszugeben; wie er stets durch seine Betriebsamkeit etwas erübrige, so habe sie es auch zu halten, sonst sei es mit dem Frieden aus. In ihrem Herzen seufzte die unglückliche Gräfin schwer, doch versprach sie es mit heiterer Miene.

Der Graf verließ seine Frau und ging im Pilgergewand nach seiner Wohnung, wo er beinahe für verloren galt; denn seine Pilgerfahrt hatte sich um viele Wochen gegen seine frühere Angabe verlängert. Um so größer war das Glück seiner Eltern. Der Graf blieb den ganzen Tag in festlichem Genusse bei seinen Freunden und Hofleuten, in der Nacht suchte er heimlich in der früheren Tracht die Gräfin auf, um bei ihr zu schlafen; er legte ihr beständig neue Lasten und ärmliche Geschäfte auf und ermahnte sie, in der Küche und im Zimmer der guten Wirtin immer zu helfen. Noch nicht zufrieden mit dem Schimpf beschloß er, sie noch in Versuchung und Schmach zu führen. Darum sagte er eines Nachts zu ihr: »Ich will morgen einem Rauchwarenhändler, meinem Freunde, in der Bude eines Schneiders eine Trinkpartie geben, wozu ich nun Brot kaufen müßte. Das ist doch hier so teuer, und da ist mir etwas eingefallen; morgen früh, wenn die Wirtin das Brot backt, und du ihr dabei hilfst, tust du so, als sei dir etwas hinuntergefallen; dabei kannst du vier Brote in deine Tasche unter dem Unterrock stecken und sie mir aufheben. Ein paar Stunden nach dem Morgenessen will ich sie abholen.«

Der hochherzigen Gräfin erschien dies über alle Maßen erniedrigend; aber sie war ja schon in Toulouse zu ihrem Unglück überzeugt, die Spanier seien schmutzige Geizhälse, und nahm es ernst. So bat sie ihn aufs demütigste, ihr dies zu ersparen.

Ihr Mann tat aber so zornig und drohte, sie zu verlassen,

daß sie es ihm schluchzend versprach. Am nächsten Morgen tat sie nach seinem Geheiß; es sollte aber noch viel schlimmer kommen. Der Graf verabredete mit einem seiner Begleiter einen teuflischen Plan: als an dem Morgen dieser mit vielen Edlen an dem Wirtshaus vorüberritt, stand die Wirtin mit der Frau des Händlers vor der Tür. Er stieg vom Pferd, als müsse er nachsatteln, und rief der Wirtsfrau zu: »Wer ist das Mädchen da neben Euch, liebe Frau?«

Die Wirtin antwortete ihm, wer sie sei, und wann und wie sie zu ihr gekommen.

»Ei, ei«, sagte der Edelmann, »Ihr seht doch aus, als lebtet Ihr schon lang genug in der Welt, und habt noch nichts darin gelernt! Dies Mädchen ist sicher das schlaueste, böseste Geschöpf auf der Welt, und wenn Ihr nicht aufpaßt, so stiehlt sie Euch noch alles.«

Die Alte erteilte ihr das größte Lob; da sagte der Edelmann: »Ich will Euch die Augen öffnen: Hebt ihr doch vorn ein wenig die Röcke auf und schaut ihr in die Tasche darunter; da werdet Ihr etwas finden! Ja, ja, es ist doch gut, wenn man wie ich die schwarze Kunst studiert hat.« Da er Miene machte, selbst den Beweis zu führen, sah die gute Frau, um ihrem Gast dies zu ersparen, die Tasche nach und fand die vier Brote. Sie war darüber äußerst verwundert, entschuldigte aber doch freundlich die Fremde vor dem Ritter; der ritt hohnlachend von dannen.

Vor Schmerz sank die arme Gräfin fast zu Boden, sich vor einer so edeln Gesellschaft wegen einer so niedrigen Handlung verhöhnt zu sehen. Die Wirtin wies sie mit mütterlicher Milde zurecht; die Gräfin bat fast unter Tränen um Verzeihung und versprach ihr, nie wieder ähnliche Fehltritte sich zu erlauben; sie verschwieg jedoch, wer sie zum Stehlen gezwungen. Der Graf stellte sich in der folgenden Nacht sehr unzufrieden; sie sei selbst an allem schuld, da sie die Sache so ungeschickt angegriffen habe.

Der grausamen Quälereien war es noch nicht genug. Der Graf hatte bei seiner Mutter viele Perlen gesehen, aus

denen ein Gewand für ein Heiligenbild genäht werden
sollte. Da fiel ihm ein neuer Schimpf ein. Er sagte seiner
Mutter, er wisse eine arme Französin, die dergleichen Arbeiten gut verstehe; die wolle er für den folgenden Tag
herbestellen. In der Nacht befahl er seiner Frau, ohne
Weigern soviel als möglich von den Perlen zu stehlen. Die
Arme widersetzte sich unter bitteren Tränen, teils wegen
der frischen Schmach mit dem Brote, teils um nicht dessen
Haus betreten zu müssen, dem sie neun Monate früher
schnöde einen Korb gegeben hatte. Doch der Graf drohte
mit Schlägen, und so verstand sie sich endlich dazu. Sie
sollte die Perlen in den Mund nehmen und unter der
Zunge verbergen; sie seien so schön, daß auch wenige
schon lohnten.

Gleich am andern Morgen wurde sie von der Mutter des
Grafen beschäftigt, und ihr Benehmen gefiel der Mutter
wie allen, die sie sahen — jeder hielt sie für eine verarmte
Edelfrau, was sie war —, ganz abgesehen davon, daß sie in
solchen Arbeiten, die einer Edelfrau ziemen, sich sehr
gewandt und erfahren zeigte. Sie selbst hörte kaum hin
auf die Worte der andern; so sehr bekümmerte sie der
Befehl ihres Mannes. Schon hatte sie drei der allerschönsten Perlen unter die Zunge gebracht, als eben der Ritter,
der ihren Brotdiebstahl verraten, ins Zimmer trat. Er
fragte die Gräfin sehr verwundert, warum sie ein solches
Weib in ihrem Hause habe. Er erzählte den Brotdiebstahl
und entlarvte sie dazu durch seine schwarze Kunst als
Perlendiebin. Der Unglücklichen verursachte dies unsag-
bare Scham und Betrübnis. Des Grafen Mutter maß aber
alle Schuld ihrer Armut bei und entließ sie ehrenvoll von
ihrer Arbeit.

Jetzt glaubte der Graf, sich genügend gerächt und ihr
Vorurteil gegen ihn gehörig bestraft zu haben. Auch nahte
ja die Zeit ihrer Entbindung; so dachte er hinfort nur auf
seine Freude und ihre Zufriedenheit. Er erzählte seinen
Eltern alles, sagte, sie sei durch seine Verführung und
nicht durch Habsucht dahin gebracht worden, bei ihm zu

schlafen; viel Verdruß, Qual und Schmach habe er ihr
bereitet zur Strafe für den früheren Hochmut; er beabsichtige jetzt, mit der Eltern Genehmigung sie am folgenden Tag als Tochter des Grafen von Toulouse und als
seine Gemahlin heimzuführen. Die Eltern des Grafen
waren hierüber ebenso erfreut, wie sie früher über das
Scheitern des Verlöbnisses sich betrübt hatten. Ohne die
Veranlassung zu sagen, gaben sie Befehl zu einem kostbaren Festmahle.

In der Nacht vor dem Feste sagte der Graf: »Morgen gibt
es im Hause des Grafen dieses Landes ein großes Hochzeitsfest: sein Sohn hat die älteste Tochter des Königs von
Aragon geheiratet, eine der reizendsten und schönsten
Frauen, die man seit langer Zeit gesehen; er darf Gott
danken, daß du ihn ausgeschlagen hast; denn hier ist er,
was Verwandtschaft, Reichtum und Schönheit anbelangt,
weit besser gefahren.« Einen flüchtigen Seufzer konnte
die Gräfin nicht unterdrücken, wenn sie das Jetzt mit dem
Einst verglich.

»Morgen«, fuhr der Graf fort, dem plötzlich einfiel, sie
noch ein allerletztesmal zu prüfen, »morgen ist allgemei-
ner Festtag, wo man nicht arbeitet. Da du also nichts zu
tun hast, so gehst du zum Zeitvertreib mit dieser guten
Frau hin; allein würdest du hier Langeweile haben. Zugleich wirst du dich umsehen, ob du nicht drinnen etwas
unbemerkt stehlen kannst. Du bist ein Weib, dazu schwanger; dir kann also nichts geschehen außer ein wenig
Schande, und an die muß der Arme sich gewöhnen.«

Dies kam der Gräfin nun ganz unerträglich vor; sie beteuerte jetzt unter jammervollsten Tränen, lieber sterben
zu wollen. Der Graf zwang ihr unter heftigsten Drohungen seinen Willen auf. Um die Lösung vorzubereiten,
hatte er der Wirtin insgeheim schon alles gesagt; sie wußte,
wann und wohin sie am andern Morgen die Gräfin zu
führen habe. Die vornehmsten Ritter und die edelsten
Frauen von Barcelona fanden sich zur bestimmten Stunde
zum Fest ein, und ehe die Speisen aufgetragen wurden,

belebten sie mit anmutigstem Geplauder und muntern
Tänzen die fürstliche Wohnung. Die alte Wirtin führte
fast mit Gewalt auch die Gräfin hin, etwa eine Stunde vor
dem Gastmahl. Sobald sie unter andern sehr armen Leuten versteckt im Saale erschien, schritt der Graf strahlend
vor Freude auf sie zu und sagte laut, so daß alle es hören
konnten: »Willkommen, edle Gräfin, mein geliebtes Weib!
Es ist endlich an der Zeit, daß aus dem Juwelenhändler
der Graf von Barcelona wird und aus der armen Pilgerin
die Tochter des Grafen von Toulouse.«
Fassungslos, voll Scham über diese Worte, blickte sie umher, ob er nicht jemand anders meine. Aber bald erkannte
sie ihren Gatten an Stimme und Bewegungen; sie ver-
stummte, unentschlossen, was sie zu tun habe.
Der Graf fuhr fort: »Edle Frau, da Ihr mich ohne Recht
und Billigkeit verschmäht habt, ward ich gegen Euch vielleicht etwas grausamer, als Ihr für schicklich erachtet.
Aber bei der Hoheit und dem Seelenadel, den ich an Euch
in Eurem niedern Stand besser kennenlernte als in Eurem
Glanz, bitte ich Euch, wie ich Eure frühere Beleidigung
verzeihe, daß Ihr mir die meinigen vergebet; und so möge
es Euch in Gegenwart meines Vaters und meiner Mutter
und aller hier anwesenden Herren und Frauen gefallen,
mir in Barcelona ganz aus freien Stücken Herz und Hand
zu schenken.«
Die Gräfin gewann ihren verlorenen Mut wieder und erwiderte in der Haltung einer Fürstin: »Es ist mir in der
Tat lieb, mein Gebieter, heute zu erfahren, wieviel größer
mein Glück gewesen ist als mein Verstand, da ich sehe,
daß Ihr Ihr seid und nicht der, den ich mir vorstellte. Ich
verzeihe Euch alles, wenn ich etwas zu verzeihen habe,
und bin bereit, Euch zu gehören; ich wünsche nur Eurem
Willen Genüge zu tun und Eurem Herrn Vater und Eurer
Frau Mutter zu Gefallen zu leben. In ihrem Edelmut
mögen sie mir vergeben, daß ich in Euch sie kränkte; ich
will wie eine Tochter sie allzeit lieben und ehren.«
Sie hätte noch weitergesprochen, aber die Tränen des

alten Grafen und der Gräfin, die laute Teilnahme und die
Freudenrufe der Umstehenden unterbrachen sie. Man
führte sie weg, zog ihr die ärmlichen Kleider aus und
hüllte sie in königliche Gewänder. Ein glänzendes Fest
ward gefeiert, Jubel und Glück waren übergroß. Die
Gräfin gebar nach kurzer Zeit einen schönen Knaben;
nach diesem kamen noch viele Söhne und Töchter, und sie
lebte lange in Glück und Frieden mit ihrem Manne, geachtet und geliebt vom ganzen Lande.

DER BETROGENE UND GEPRÜGELTE GATTE

Einst lebte in Paris ein Florentiner Edelmann, der aus
Armut Kaufmann geworden war; aber das Glück war ihm
so hold, daß er bald sehr reich wurde. Von seiner Frau
hatte er einen einzigen Sohn namens Lodovico. Damit
dieser nun nach der edlen Abstammung des Vaters, und
nicht nach seinem Stand als Kaufmann sich bilde, hatte er
ihn nicht in einen Laden gesteckt, sondern zu andern Edelleuten in den Dienst des Königs von Frankreich gegeben,
wo der junge Mann denn auch feine Sitten und viele
andere gute Dinge lernte. Da begab es sich, daß einige
Ritter, die eben von Jerusalem heimgekehrt waren, zu den
jungen Leuten sich gesellten, während diese sich gerade
über die schönen Damen in Frankreich, England und wo
sonst unterhielten. Da sagte einer der Ritter, nachdem
er eine Zeitlang zugehört hatte: »Soweit ich auch in der
Welt herumgekommen bin, und so viele Frauen ich auch
gesehen habe — keine hält den Vergleich aus mit der
Schönheit der Gattin des Egano de' Galluzzi in Bologna,
Madonna Beatrice.« Alle seine Gefährten, die mit ihm in
Bologna gewesen waren, stimmten ihm zu. Als Lodovico
dies vernahm, der noch niemals ein Weib geliebt hatte,
sehnte er sich so danach, sie zu sehen, daß sein Dichten und
Trachten fortan ganz davon eingenommen war. Völlig

entschlossen, um ihretwillen nach Bologna zu gehen und,
wenn sie ihm gefalle, dort zu bleiben, gab er dem Vater
als Grund seiner Reise an, er wolle nach Palästina, um das
Heilige Grab zu besuchen, und erlangte mit vieler Mühe
die Erlaubnis. So kam Lodovico als ein Messer Anichino
nach Bologna; er hatte das Glück, schon am folgenden
Tage bei einem Feste jene Dame zu sehen; in der Wirklichkeit schien sie ihm viel, viel schöner, als er sich vorgestellt hatte. Auf das glühendste in sie verliebt, beschloß
er, Bologna nicht eher zu verlassen, als bis er ihre Liebe
erworben habe. Er überlegte nun hin und her, wie er sein
Ziel erreichte; schließlich schien ihm der Plan am sicher-
sten zum Ziel zu führen, in der großen Dienerschaft des
Egano, ihres Mannes, einen Platz zu suchen. In dieser
Absicht verkaufte er seine Pferde, brachte seine Leute
schicklich unter und befahl ihnen, sich zu stellen, als kenn-
ten sie ihn nicht. Dann fragte er seinen Wirt, ob er ihn bei
einem anständigen Herrn als Diener anbringen könne.
Der Wirt erwiderte: »Du solltest einem Edelmann hier in
Bologna, namens Egano, zum Diener eben willkommen
sein; denn er hält ihrer viele, und jeder muß gut aussehen
wie du. Ich werde mit ihm von dir reden.« Wie gesagt so
getan: noch ehe der Wirt Egano verließ, hatte er den
Anichino bei ihm untergebracht, worüber denn dieser sich
unsäglich freute.
Als er nun im Hause war und seine Geliebte sehen konnte,
sooft er immer wollte, da wußte er alles dem Egano so
nach Sinne zu machen, daß dieser ihn über die Maßen
liebgewann, nichts ohne ihn tat und alle seine Angelegenheiten nur von ihm leiten ließ. Madonna Beatrice hatte
seine Liebe noch nicht wahrgenommen, obgleich sie ihn
und seine guten Sitten oft beachtete, ihn im stillen lobte
und an ihm Gefallen fand. Aber eines Tages, während
Egano auf der Vogelbeize war, setzte sie mit Anichino
sich zum Schachspiel nieder. Anichino ließ, um sie zu erfreuen, auf sehr geschickte Weise sich besiegen, und die
schöne Frau war ganz glücklich darüber. Da die Dienerin-

nen Beatrices, als sie die beiden spielen sahen, sich entfernten und sie allein ließen, seufzte Anichino laut. Die
Schöne sah ihn an und sagte: »Was fehlt dir, Anichino,
tut dir's so leid, daß ich gewinne?« — »Madonna«, antwortete Anichino, »viel Ernsteres als dies war es, wes-
wegen ich seufzte.« — »Nun«, erwiderte sie, »so sage
mir's, wenn du mich lieb hast.« Als sich Anichino von der,
die er über alles andere liebte, bei seiner Liebe zu ihr
beschwören hörte, da seufzte er wohl noch lauter als zuvor. Die Dame bat ihn aufs neue, ihr zu sagen, was der
Grund seiner Seufzer sei. Anichino antwortete: »Madonna, ich fürchte sehr, wenn ich es sage, möchte es Euch
mißfallen, und dann sorge ich, daß Ihr es sonst jemand
wiedererzählt.« Die Dame erwiderte: »Ich nehme es dir
gewiß nicht übel, und sei überzeugt, was du mir auch
sagst, davon erfährt durch mich niemand mehr als du
wünschest.«

»Wohlan denn«, sagte Anichino, »weil Ihr mir das ver-
sprecht, so will ich es Euch gestehen.« Und nun erzählte
er ihr, fast mit Tränen in den Augen, wer er sei, was er
von ihr gehört, wo und wie er sich in sie verliebt habe,
und warum er ihres Mannes Diener geworden sei. Dann
aber bat er sie demütig, wenn sie es irgend über sich
gewinnen könne, möge es ihr gefallen, Mitleid für ihn zu
haben und sein geheimes, glühendes Verlangen zu erfüllen. Sollte sie das aber nicht wollen, so möge sie ihm dennoch gestatten, das zu bleiben, was er sei, und seine Liebe
dulden.

O wunderbare Huld des bolognesischen Blutes, wie warst
du immerdar in solchen Drangsalen zu preisen! Zu allen
Zeiten warst du für Bitten empfänglich und ergabst dich
willig den Wünschen der Liebe. Während Anichino redete,
blickte die schöne Frau ihn an, und im vollen Vertrauen
auf die Wahrheit seiner Worte und gerührt von seinen
Bitten empfing sie im Herzen die Liebe zu ihm so plötzlich, daß nun sie es war, die seufzte; und nach einigen
Augenblicken sagte sie: »Mein süßer Anichino, sei guten

Muts. Niemals vermochten Geschenke oder Versprechen
oder Liebeswerben von Rittern und Herren, und von
wem sonst — viele trugen und tragen ihre Liebe mir an —
so viel über mich, daß ich je einen von ihnen liebgewann;
aber während deiner kurzen Erzählung hast du es dahin
gebracht, daß ich viel mehr dir als mir gehöre. Du hast
meine Liebe zur Genüge verdient, und ich schenke sie dir,
und verspreche, ihre Früchte dir zu gewähren, noch ehe
die nächste Nacht ganz vergangen ist. Richte dich ein, daß
du um Mitternacht in meine Kammer kommst. Die Tür
werde ich offen lassen; auf welcher Seite im Bett ich liege,
weißt du; dahin komme, und sollte ich schlafen, so berühre
mich nur, bis ich erwache, und dann will ich dich trösten
über die lange Zeit, die du geschmachtet hast. Damit du
mir aber auch glaubst, so nimm diesen Kuß als Unter-
pfand.« Dabei schlang sie den Arm um seinen Hals, und
sie küßten sich voller Liebe. Darnach verließ Anichino die
Dame, und während er einige Geschäfte besorgte, erwartete er mit höchster Lust die Nacht. Egano kam von der
Jagd zurück, und, müde wie er war, ging er nach dem
Abendessen zu Bette; seine Frau folgte ihm dahin, vergaß
aber nicht, ihrem Versprechen gemäß die Kammertür
offen zu lassen. Anichino kam auch zur bestimmten Stunde
und trat leise ein; nachdem er hinter sich den Riegel zu-
geschoben hatte, ging er nach *der* Seite des Bettes, wo die
Dame lag, und fühlte, als er ihren Busen berührte, daß sie
nicht schlafe. Sie aber ergriff seine Hand mit ihren beiden,
ließ ihn nicht mehr los und warf sich im Bette so lange hin
und her, bis Egano aufwachte. »Gestern abend«, sagte sie,
»wollte ich nicht erst anfangen, denn du schienst mir
müde; aber Egano, sage mir doch einmal ernsthaft, wen
von allen Dienern im Hause hältst du für den besten, den
rechtschaffensten und den treusten?« — Egano erwiderte:
»Frau, was soll's, daß du mich so fragst? Weißt du's denn
nicht? Ich habe und hatte nie zu einem so viel Vertrauen
und Liebe wie zu meinem treuen und lieben Anichino.
Aber weshalb fragst du danach?«

Als Anichino sah, daß Egano wach war, und als er von
sich reden hörte, fürchtete er, die Dame werde ihn verraten, und wollte sich frei machen, um zu fliehen. Aber
sie hielt ihn so fest, daß er auf keine Weise sich losmachen
konnte. Inzwischen antwortete sie ihrem Manne: »Das
will ich dir sagen. Ich glaubte das auch, er sei dir treuer
als irgendein anderer; aber mich hat er eines besseren
belehrt; heute, während du auf der Jagd warst, blieb er
hier, und als die Zeit ihm gelegen schien, scheute er sich
nicht, von mir zu begehren, ihm den Willen zu tun. Damit
ich dir diese Geschichte nicht erst lange zu beweisen
brauchte und sie dir handgreiflich machte, sagte ich ja; ich
wolle ihn diese Nacht nach zwölf in unserm Garten unter
dem Pinienbaum erwarten. Ich denke nicht daran hinaus-
zugehen; aber wenn du Lust hast, die Treue deines Dieners kennenzulernen, so kannst du's leicht haben. Du
brauchst dir nur ein Oberkleid von mir anzuziehen, einen
Schleier umzutun und dort unten zu warten, ob er kommt;
ich wette, er tut es.« Als Egano dies hörte, sprach er:
»Wahrhaftig, das muß ich sehen«, und so stand er auf
und zog sich, so gut es im Dunkeln ging, einen Oberrock
von seiner Frau an, zog einen Schleier über den Kopf und
ging hinunter, um unter der Pinie auf Anichino zu warten.
Als die Dame Egano aufstehen und fortgehen hörte, stieg
sie aus dem Bette und riegelte von innen die Tür ab. Anichino hatte in der ganzen Zeit die schrecklichste Angst
ausgestanden und aus Leibeskräften sich bemüht, den
Händen der Dame zu entgehen; er hatte zu Anfang wohl
hunderttausendmal sie und seine Liebe und sich selbst
verwünscht, daß er so übereilt gewesen sei, ihr zu glauben;
hernach aber sah er, wie sie zuletzt tat, und da dünkte er
sich der glücklichste aller Menschen. Wie nun seine Geliebte wieder im Bett war, entkleidete auch er sich, und
beide genossen nach ihrem Willen eine gute Weile alle
Lust und Freude. Als die Dame endlich glaubte, Anichino
dürfe nicht länger bleiben, hieß sie ihn aufstehen und sich
wieder ankleiden; dann sagte sie: »Nun, mein süßes Herz,

geh in den Garten hinunter und nimm einen tüchtigen
Stock mit; tue, als hättest du mich nur auf die Probe gestellt; schimpfe den Egano aus, als hieltest du ihn für mich,
und laß auch den Stock wacker auf seinem Rücken tanzen!
Das soll uns noch unmäßige Freude und Ergötzen bereiten.«
Als Egano den Anichino mit einem Weidenstock in der
Hand in den Garten kommen sah, erhob er sich und ging
zu freundlichem Empfang ihm einige Schritte entgegen.
Anichino aber rief: »O du verworfenes Weib, bist du denn
wirklich gekommen und hast glauben können, ich wollte
also an meinem Herrn freveln? Alles Unheil tausendmal
in deinen frechen Hals!« Und damit hob er den Stock
und fing an, den Egano zu bearbeiten. Wie dieser ihn
hörte und den Stock spürte, lief er davon, ohne ein Wort
zu sagen; Anichino war indessen hinter ihm her und rief

immer fort: »Lauf, du liederliches Weibstück, und alle
Teufel über dich; morgen früh erzähle ich wahrhaftig alles
deinem Manne.« Egano lief, was er konnte, nach der
Kammer zu; er bekam aber doch, bevor er sie erreichte,
noch einige tüchtige Hiebe ab. Die Dame fragte ihn, ob
Anichino in den Garten gekommen sei. Egano antwortete:
»Ich wünschte, nein! Denn weil er mich für dich hielt, hat
er mit seinem Stock mich so zerschlagen und mich ärger
gescholten, als je eine schlechte Dirne ausgeschimpft wurde.
Es war mir ja gleich verwunderlich, daß er mir zur Un-
ehre derlei Reden gegen dich geführt haben sollte; aber
weil er dich immer so aufgeweckt und scherzend sieht, hat
er dich einmal prüfen wollen.« — »Gott sei Lob und
Dank«, sagte die Dame, »daß er mich nur mit Worten
und dich mit Taten geprüft hat; ich glaube, er wird mir
nachrühmen, daß ich die Worte geduldiger ertrage als du
die Taten. Aber weil er dir so treu ist, so wird man ihn
wohl lieb haben und ihm Ehre antun müssen.« Egano
sagte: »Wahrlich, du hast recht«; und aus dem Vorgefal-
lenen zog er den Schluß, die keuscheste Frau und den
treuesten Diener zu haben, die je ein Edelmann besessen.
Anichino aber und seine Dame lachten zwar noch oft über
diesen Vorfall; aber solange es jenem gefiel, bei Egano in
Bologna zu verweilen, verdankten sie ihm größere Freiheit, zu tun, woran sie Lust und Gefallen fanden, als ihnen
sonst vermutlich gewährt worden wäre.

DIE EIFERSÜCHTIGE NACHBARIN

Graf Paolo Colonna, der durch Abstammung und persön-
liches Verdienst ausgezeichnet war, verließ die Heimat
wegen vieler gefährlicher Feindschaften und zog mit seiner Gemahlin Anna nach Padua. Es begeisterte ihn zwar
die Schönheit der Stadt, ihre gesunde Luft, die Artigkeit
der Bürger und die Pracht der Hochschule; aber auch in

Padua konnte er dem nicht entgehen, was der Himmel über ihn beschlossen: er ward von seinen Feinden auch dahin verfolgt, und zwei Pistolenschüsse streckten ihn vor seiner eigenen Türe kläglich zu Boden. Gräfin Anna betrauerte den Gatten so heftig, daß ihr Herz in Tränen hätte zerschmelzen müssen. Aber der Tränenquell versiegte bald. Sie gab sich ganz den Freuden der Sinne hin und verpfändete ihr Herz dem Grafen Foresto, einem jungen Mann, der die Zuneigung aller Damen genoß und verdiente.

Gräfin Anna gehörte seine Liebe einige Monate lang allein. Aber der Jugend oder Menschennatur überhaupt wird ein langer Besitz über. Foresto schenkte seine Neigung der Gattin eines berühmten Arztes, der einer der vornehmsten Professoren der Universität war. Frau Candida — so hieß die Gattin des Arztes — ließ sich von Foresto leicht erobern: von Natur sanftmütig und weichherzig, konnte sie dem Schmachten solcher Männer, wie Graf Foresto, nicht lang widerstehen. Sich in dem Haus der Geliebten einzuführen war leicht; unter dem Vorwand der Studien gingen auch viele Studenten dort ein und aus, sogar mit Zustimmung des Professors; dieser wünschte sogar, daß seine Frau mit allen Besuchern sich gut stelle. Diese benutzten die Freiheit zu Besuchen auch in *den* Stunden, wo den Gemahl Vorlesungen oder Sitzungen außerhalb in Anspruch nahmen. Bei Frau Candidas ausgezeichneter Klugheit bildete sich jeder ein, er sei Hahn im Korbe.

Gräfin Anna merkte endlich, daß bei Graf Foresto die erste Glut erloschen war, und geriet in ihrer Verlassenheit in verzweifelte Eifersucht. Sie lauerte ihm auf und sah bald, daß Graf Foresto das Haus des Arztes gegenüber öfters als sonst besuchte und mit vielem Hin- und Herspazieren die Stunden aufspürte, wo der Professor sich entfernte. Mit diesen Beobachtungen überfiel sie eines Tages den Grafen und bat ihn, Tränen in den Augen, wenn er durchaus sie aufgeben wolle, sie doch wenigstens nicht einer Frau Candida aufzuopfern. Der Graf leugnete jeden verliebten Umgang mit dieser Dame; er verkehre dort, um den Arzt und seine Freunde aufzusuchen, und nur zu harmloser Unterhaltung. Ihm die ungeeignete Besuchsstunde vorzuwerfen, zeige ihre blinde Eifersucht; denn er sei nur dorthin gegangen, wenn der Professor oder Freunde da gewesen seien. Er könne aber den Umgang nicht ganz aufgeben; doch wolle er so selten hingehen, daß selbst sie damit zufrieden sei. Diesen Gründen fügte er nach Art der Liebenden so viele Beteuerungen bei, daß sie, mehr überwältigt als überzeugt, sich für befriedigt erklärte.

Der Graf richtete einige Tage seine Besuche bei Frau Candida ganz vorsichtig ein; aber ob die Leidenschaft ihn hinriß, oder ob er allzu eifrig beobachtet wurde, — er kam nie hinein, ohne gesehen zu werden, und ohne daß ihm nachher die Gräfin eine Szene machte. Das erbitterte den sonst so sanften Grafen, daß er öfters nahe daran war, durch eine offene Erklärung Gräfin Anna zu enttäuschen, zumal auch Frau Candida ihn mit Klagen folterte, weil sie ebenfalls keine Nebenbuhlerin dulden wollte. Eines Morgens trat der Graf in Frau Candidas Haus; er hoffte, man habe ihn bei dem Regenwetter nicht gesehen. Aber Gräfin Anna wachte über allem, was der Graf tat, und hatte ihn auch heute mit ihren eigenen Augen in das Haus des Professors eintreten sehen. Sie weinte, sie schrie, sie stieß Verwünschungen aus und gebärdete sich völlig wie eine verratene Liebende. Endlich, als sie das Gift nicht mehr aushielt, öffnete sie ein Fenster nach Donna Candidas Haus hinüber und erwartete hier eine Gelegenheit, ihren Rachedurst zu stillen.

Während sie so in ihrem Herzen den Groll hegte und pflegte, erblickte sie Frau Candidas Zofe, der die Herrin ihre Geheimnisse vor allen anvertraute; die war vielleicht auf den Balkon geschickt worden, um irgendwas auszukundschaften. Gräfin Anna fragte sie höhnisch lächelnd: »Andriana! Sagt mir doch, wie viele Herren habt Ihr, und wie viele Männer hat Eure Frau Candida?«

Die Magd sagte ebenfalls lachend, wiewohl mit hochrotem
Gesichte: »Ich habe einen einzigen Herrn, das ist der Herr
Professor, der einzige Mann meiner Frau, bis es einmal
Mode wird, daß eine Frau mehr als einen Mann nimmt.«
»Ihr täuscht Euch, Andriana«, versetzte Gräfin Anna.
»Eure Gebieterin hat diese neue Mode schon eingeführt;
sie hat einen Mann auswärts und einen in ihrem Zimmer,
vielleicht im Bette.«
Andriana versetzte: »Ich weiß, daß Euer Gnaden solches
zum Scherze redet. Aber diese Dinge sind doch so zarter
Natur, daß der Kluge auch im Scherze dergleichen nicht
sagen sollte. Doch ich will mich entfernen; ich möchte
sonst die Rücksichten vergessen, die ich Euer Gnaden
schulde. Ergebenste Dienerin!«
»Schämt Euch, liebe Andriana«, entgegnete Donna Anna,
»von Ehre zu sprechen vor jemand, der alle Schande
Eures Hauses kennt! Geht in das Schlafzimmer! Der Graf
Foresto ruft Euch. Es ist in der Tat ein schönes Bürsch-
chen, es verdient Eure Liebe; Ihr solltet nur mit etwas
mehr Schamhaftigkeit zu Werke gehen.«
Währenddem stand der Graf hinter einem andern Fenster
neben Frau Candida; sie klagte mit Tränen in den Augen:
»Seht, lieber Schatz, wie es mir um Euretwillen ergeht!«
Der Graf antwortete nichts, sondern öffnete das Fenster
und sprach mit gedämpfter Stimme: »Frau Anna, mäßigt
gefälligst Eure Leidenschaft und sprecht keine Dinge, die
eine so edle Frau wie Eure Freundin entehren! Dürfen die
andern nicht auch tun, was Ihr getan habt?«
Gräfin Anna ließ allen Schmähworten freien Lauf, wie sie
nur einem zornigen, rachsüchtigen Weibermaul entströ-
men können. In dieser Not riß dem Grafen die Geduld;
da er auch merkte, daß Worte, sie zu beschwichtigen, nichts
halfen, nahm er einige Quitten, die zufällig dalagen, und
warf nach Gräfin Anna. Diese verließ den Fensterplatz;
aber der Graf gefiel sich darin, ihr die Scheiben einzuwer-
fen und die Bälle mit Schmähungen und Drohworten zu
begleiten. Um sich übrigens nicht doch vom Doktor antref-

fen zu lassen, verabschiedete er sich, nachdem er zuvor
mit Frau Candida alles Nötige verabredet hatte.

Gräfin Anna wartete voll Wut, bis der Doktor nach Hause
käme; sie wollte sich seiner bedienen, um sich doppelt zu
rächen. Als die Mägde ihn von ferne bemerkten, ließ sie
ihn zu sich in ihr Zimmer bitten und sagte: »Herr Professor, die Gunst, welche Ihr immer diesem Hause erwiesen habt, verpflichtet mich zu allen Beweisen der Dankbar-
keit eines edelgeborenen Herzens. Ich sehe, wie man Eurer
Ehre nachstellt; diesen ganzen Morgen ist Graf Foresto
bei Eurer Frau gewesen; und da ich Euch zuliebe mich
darüber etwas ausließ, überhäuften sie mich beide mit
tausendfacher Schmach.«

Der Doktor ließ Gräfin Anna gar nicht zu Ende reden,
sondern ging voll Grimm in größter Eile nach Hause, so
daß die Gräfin überzeugt war, er werde die äußersten
Mittel anwenden. Der Professor fragte zu Hause, noch
ehe er vor seiner Frau sich sehen ließ, ob Graf Foresto
diesen Morgen ihn habe besuchen wollen. Alle Diener
antworteten, wie es Frau Candida zuvor angeordnet hatte,
sie hätten ihn diesen Morgen noch nicht gesehen. Dieselbe
Antwort gab auch die Zofe Andriana. Beruhigt ging der
Professor zu seiner Frau und gestand, nur seine gewohnte
Vorsicht habe ihn vor einem sehr schlimmen Fehlgriff
bewahrt. Über seinen ausführlichen Bericht, was Gräfin
Anna ihm gesagt hatte, geriet Frau Candida in Wut und
bettelte und weinte so heftig, daß der Professor ganz fest
glaubte, es sei eine Verleumdung von Gräfin Anna. Dafür
wollte er sie totstechen. Er steckte den nackten Dolch ein
und betrat das Haus der Donna Anna. Sie und die Mägde,
die freilich alles andere erwarteten, hatten ihn beobachtet;
sie ließen ihn, den Dolch in der Faust, die Treppe halb
heraufkommen; dort aber begrüßten sie ihn mit einem
solchen Prügelregen, daß der Professor, von Natur schon
ein Angsthase, seinen Dolch ganz und gar vergaß und floh.
Zu Hause kamen ihm Frau und Dienerschaft entgegen.
Er sagte in stolzem Tone, er habe gezeigt, wie man Ver-

leumder züchtigen müsse; an Gräfin Anna werden schlechte
Personen fortan ein warnendes Beispiel haben und es
sich erst gründlich überlegen, ehe sie mit solchen Lügen
den guten Namen ehrenwerter Leute antasten. So betrog
sich der Doktor selbst; seine Frau durfte in Zukunft ihre
Liebeshändel noch ungezwungener betreiben, da der
Ehemann ihr den schönsten Freibrief dafür ausgestellt
hatte. Und das erreichte mit ihren Anstalten die eifer-
süchtige Nachbarin.

DER BILDSCHNITZER UND SEINE FRAU

In Florenz lebte ein ehrwürdiger Pater, Magister Tiberio.
Er war ein gebildeter Mann, ein machtvoller Prediger
und überall sehr geachtet und verehrt.
Aus Gründen, die ich nicht kenne, legte er das Ordens-
kleid ab und wurde Weltpriester. Doch stand er nach dem
Verlassen des Ordens nicht mehr in derselben Verehrung
wie früher; nur bei einigen wenigen Edelleuten und vor
allem beim Volke blieb er in Ansehen. Und da er ein guter
Beichtvater war, so erschien vor ihm zur Beichte auch eine
sehr schöne Frau, Savia genannt, bescheiden und fraulich
im Wesen. Ihr Gatte war ein Bildschnitzer, Meister
Cechino, der in dieser Kunst zu seiner Zeit von keinem
übertroffen wurde. Savia kniete also vor Magister Tiberio
nieder und sagte: »Mein Beichtvater, dem ich meine geheimen Sünden bekannte, ist mir gestorben, und da habe
ich Eure Heiligkeit besonders rühmen hören. So habe ich
Euch zu meinem geistlichen Vater erwählt und bitte, Ihr
mögt Euch meiner Seele annehmen.«
Magister Tiberio sah sie vor sich, schön und frisch, wie
eine Rose am Morgen. Er fühlte sich strotzen von einer
Kraft, die in der allerschönsten Blüte stand, und fing richtig Feuer an ihr. Als er bei den Beichtfragen zur Sünde
der Wollust kam, sagte er: »Hattet Ihr niemals, liebe Frau,

besondere Zuneigung zu irgendeinem Priester oder
Mönch, in den Ihr verliebt gewesen seid?«
Sie ahnte nicht, worauf er hinaus wollte, und antwortete
in aller Reinheit:»Doch, Vater, ich liebte meinen Beichtiger sehr, wie einen Vater, und brachte ihm die Verehrung und Ehrfurcht entgegen, die ihm zukam.«
Als Magister Tiberio diese erfreuliche Auffassung der
Frau merkte, sprach er mit süßen, geschickten Worten zu
ihr, ließ sich Namen und Stand sagen und das Haus bezeichnen, in dem sie wohnte, empfahl sich ihr und bat sie,
sie möge ihm so gewogen sein wie ihrem verstorbenen
Beichtvater; und im Zeichen der christlichen Liebe wolle
er nach dem Osterfest sie besuchen, um ihr einige geistliche Tröstung zu geben. Sie dankte ihm sehr dafür und
ging fort, nachdem er sie von ihren Sünden losgesprochen
hatte. Als Savia weg war, nahm sich Tiberio vor, ihre
Liebe zu erlangen; aber da war guter Rat teuer. Nach dem
Osterfest begann Magister Tiberio vor dem Haus der
Savia zu promenieren, und wenn er sie sah, machte er ihr
ein Zeichen und grüßte sie in bescheidener Weise. Aber sie
hielt die Augen niedergeschlagen und tat, als sähe sie ihn
nicht. Wie Magister Tiberio fortfuhr, sie nach seiner Art
zu grüßen, wollte die Frau sich nicht mehr sehen lassen,
damit sie nicht in irgendeinen finstern Verdacht gerate.
Das mißfiel ihm nicht wenig; aber da er von der Liebe
nicht mehr loskommen konnte, schickte er einen kleinen
Kleriker zu ihr, um sie zu bitten, einen beichtväterlichen
Besuch anzunehmen.
Savia gab als kluge Frau gar keine Antwort auf den Vorschlag des Kleinen. Als Magister Tiberio, schlau wie er
war, das hörte, da dachte er, man müsse mehrmals an das
Tor klopfen; ein starker Turm will oft berannt werden. Er
gab darum sein Unternehmen nicht auf, sandte ihr ständig
Botschaften und folgte ihr überallhin.
Savia sah Magister Tiberios Ausdauer, entrüstete sich sehr,
weil sie für ihre Ehre fürchtete, und sagte eines Tages zu
ihrem Gatten:»Cechino, seit vielen Tagen schickt mir Ma-

gister Tiberio, mein Beichtvater, verschiedene Boten, um
mich zu sprechen, und wo er mich sieht, grüßt er mich;
auch verfolgt er mich, indem er von hinten auf mich ein-
redet. Wegen dieser Belästigungen lasse ich mich am liebsten nirgends mehr sehen; wenn ich es nicht durchaus
muß, wage ich nicht mehr den Blick zu erheben.«
»Und du«, sagte Meister Cechino, »was antwortest du
ihm?«
»Nichts«, antwortete seine Frau.
»Klug, wie du bist, hast du dich benommen; aber mache es
nun so: wenn er dich wieder grüßt und dir irgend etwas
sagt, so antworte ihm klug auf eine ehrbare Weise, wie es
dir am angemessensten erscheint, und erzähle mir später,
was dann geschieht!«
Als Savia eines Tages nach dem Essen in der Werkstatt
war (Meister Cechino war in Geschäften weggegangen),
da erschien Magister Tiberio und sagte, als er sie allein
sah: »Guten Tag, meine liebe Frau!« — und sie antwortete
ihm freundlich: »Guten Tag und ein gutes Jahr, mein
Vater!« — Da Magister Tiberio sie den Gruß erwidern
hörte, was sie bisher noch nie getan, glaubte er, ihre große
Härte mildere sich, und er entbrannte noch glühender für
sie. Er trat in die Werkstatt und begann liebevoll mit ihr
zu plaudern und blieb länger als eine Stunde. Aber da er
fürchtete, Meister Cechino kehre nach Hause zurück und
finde sie beim Plaudern, nahm er Abschied und bat sie,
ihm ihre Huld zu bewahren; dabei erbot er sich, ihr in
jeder Hinsicht dienstbar zu sein. Dafür dankte sie ihm
vielmals und bot ihm ihre Gegendienste an.
Als Magister Tiberio gegangen war, erschien Meister
Cechino und bekam genauestens erzählt, was vorgefallen
war. Er sagte: »Du hast dich gut betragen und klug geant-
wortet; wenn er aber noch einmal zu dir kommt, mache
ihm ein freundliches Gesicht und bereite ihm die Auf-
nahme, die dir ehrbar erscheint!« Die Frau sagte, sie werde
so tun.
Magister Tiberio, den schon die süßen Reden der gelieb-

ten Frau entzückt hatten, begann ihr schätzbare Geschenke zu senden, und Savia nahm sie an. Und dann erbat er mit sehr wenig heiligmäßigen Worten ihre Liebe und flehte, sie ihm nicht zu versagen; er müsse sonst sterben. Die Frau antwortete: »Mein Vater, ich würde Euren Willen erfüllen und den meinen; aber ich fürchte, von meinem Gatten entdeckt zu werden und Leben und Ehre zusammen zu verlieren.«

Bei diesen Worten wäre Magister Tiberio in Gegenwart der Frau fast gestorben. Aber er faßte sich doch wieder und bat, sie möge sich doch nicht an seinem Tod schuldig machen. Savia tat, als ob sie Mitleid mit ihm habe und ihn zufriedenstellen wolle; sie verabredete für den andern Abend ein Zusammensein, da ihr Gatte morgen fortreise, um außerhalb Holz einzukaufen. Da ging Magister Tiberio weg als der zufriedenste Mensch, den es je gegeben hat. Meister Cechino kam nach Hause, und seine Frau erzählte ihm ohne Umschweife, was sie gemacht habe. Er sagte: »Das genügt nicht; ich will ihm einen Schimpf antun, daß ihm dies Haus aus dem Kopf kommt und er nie wieder wagt, dich zu belästigen. Geh und richte das Bett großartig her und räume alles weg, was sich im Zimmer befindet, außer den Kasten, die da herumstehen, und dann bringe die zwei Schränke in Ordnung, daß nichts oben darauf bleibt, und ich werde die Werkstatt ebenso herrichten und alles wegräumen! Wir wollen ihm einen Streich spielen, den ich dir jetzt erklären werde.« Cechino sagte ihr genau, was sie zu tun hätte, und Savia versprach, alles recht zu machen. Dem Magister Tiberio schienen es tausend Jahre zu sein, bis jene Nacht kam, die ihm die enge Umarmung der heftig begehrten Frau brachte. Er ging auf den Marktplatz und kaufte viele Delikatessen, sandte sie Savia ins Haus und ließ ihr sagen, sie solle alles sorgfältig zubereiten; er werde zur richtigen Stunde kommen, um mit ihr zu Abend zu speisen. Savia begann das Nachtmahl vorzubereiten, und ihr Mann verbarg sich in Erwartung des Magisters Tiberio.

Wie nun Meister Cechino im Hinterhalt lag, siehe, da kam
Magister Tiberio und ging ins Haus. Als er die Geliebte
sah, die die Mahlzeit bereitete, wollte er ihr einen Kuß
geben; aber sie wehrte sich und sagte: »Leidet nur noch
ein wenig, meine gute Seele, die Ihr so viel durchgemacht
habt: denn es ist unpassend, daß ich im Küchenschmutz
Euch berühre«, und dabei steckte sie die Hühner auf den
Bratspieß und tat das Kalbfleisch in die Pfanne. Meister
Cechino hatte sich an ein geheimes Guckloch gestellt, das
in das Zimmer ging, um zu hören und zu sehen, vielleicht
auch, damit der Streich nicht doppelseitig würde. Während Savia in den angemessenen Grenzen blieb und so tat,
als ob sie nun dies und jetzt das verrichtete, da war es dem
Magister Tiberio, als ob seine Seele den Körper verließe,
und damit Savia schneller zu Rande käme, legte er mit
Hand an, aber sie beeilte sich nur noch weniger. Magister
Tiberio sah, daß sich die Sache in die Länge zog; wie die
Zeit ungewöhnlich dahineilte, sagte er zu der Frau: »Ich
habe solches Verlangen, mit Euch zusammen zu sein, daß
mir der Appetit vergangen ist, und ich möchte heute abend
überhaupt nicht zu Nacht essen«, zog sich die Kleider vom
Leibe und ging ins Bett.
Savia, die sich über ihn lustig machte, sagte schalkhaft:
»Nur eine Törin würde das Nachtessen aufgeben: wenn
Ihr, Vater, so töricht seid, nicht essen zu wollen, so ist es
Euer Schaden; *ich* will das Abendessen nicht entbehren«,
und fuhr dabei fort, ihre Arbeiten zu besorgen.
Magister Tiberio flehte sie sehr an, sie möchte ins Bett
kommen, aber sie trödelte noch mehr herum. Schließlich
sah sie ihn mißlaunig werden und sagte: »Mein Vater, ich
werde nie mit einem Manne schlafen, der nachts ein Hemd
anhat; also wenn Ihr wollt, daß ich zu Euch ins Bett
komme, zieht es aus — dann bin ich bereit zu unserm gemeinsamen Vergnügen!«
Das schien Tiberio eine Kleinigkeit; er streifte sofort das
Hemd ab und blieb nackt, wie er geschaffen war. Savia sah,
daß sie den guten Vater dahin gebracht hatte, wohin sie

ihn bringen sollte, nahm das Hemd mit seinen Kleidern,
tat alles in eine Truhe und verschloß diese. Dann stellte sie
sich, als wollte sie sich entkleiden, waschen und parfümie-
ren, und erledigte dazwischen einige Haushaltsgeschäfte,
so daß der verliebte Tor sich im Bett vor Gier verzehrte.
Meister Cechino, der durch das Guckloch alles gesehen
hatte, ging ganz leise aus dem Hause und pochte ans Tor.
Als die Frau das Pochen hörte, tat sie ganz bestürzt und
sagte, an allen Gliedern zitternd: »Ach Gott, mein lieber
Herr, wer klopft da an unsere Tür? Sicher ist es mein
Mann! Ach ich Arme, wie machen wir es, daß er Euch hier
nicht trifft und nicht sieht?«
Da sagte Magister Tiberio: »Gebt mir schnell meine Gewänder, daß ich mich anziehe: dann werde ich mich un-
term Bett verstecken.«
»Nein«, sagte die Frau, »sucht nicht erst die Kleider, das
dauert zu lange; steigt auf diesen Schrank da in der rechten
Ecke des Zimmers! Ich helfe Euch hinauf, stellte Euch
dort mit geöffneten Armen hin! Wenn mein Mann ins
Zimmer kommt und Euch in Kreuzform stehen sieht, dann
meint er, Ihr seid eines von den Kruzifixen, an denen er
bei Tag arbeitet, und er wird weiter nichts denken.«
Indem pochte der Gatte heftiger an das Tor. Magister
Tiberio, der die böse List nicht durchschaute, stieg auf
den Schrank und stellte sich in der Form eines Kreuzes mit
ausgebreiteten Armen auf, ohne sich zu rühren.
Savia ging hinunter und öffnete dem Gatten das Tor; der
tat zornig, sie habe ihm nicht schnell genug geöffnet. Er
kam in das Zimmer, und als ob er Magister Tiberio nicht
sähe, setzte er sich mit seiner Frau zum Abendessen, und
als sie gespeist hatten, gingen sie beide zu Bett. Wie un-
angenehm dies für Magister Tiberio war, lasse ich euch,
die ihr heftige Liebesqualen kennt, beurteilen: Er mußte
mit anhören, wie der Gatte *die* Speise genoß, nach der er
sich so glühend verzehrte, und obendrein hatte er noch
den Schaden und den Spott.
Schon begann sich die Morgenröte zu zeigen, als Meister

Cechino sich sein Werkzeug herrichtete und mit der Arbeit beginnen wollte. Doch kaum hatte er angefangen, als zwei Nonnen aus einem Kloster in der Nähe kamen und sagten: »Meister, unsere Mutter Äbtissin hat uns hergeschickt und bittet Euch, uns das Kruzifix zu geben, das sie schon so lange bei Euch bestellte.«

Da antwortete Meister Cechino: »Liebe Schwestern, sagt der Mutter Äbtissin, daß das Kruzifix angefangen, aber noch nicht vollendet ist; doch binnen zwei Tagen längstens wird sie es erhalten!«

Darauf sagten die Nonnen: »Lieber Meister, nehmt es nicht übel, unsere Mutter hat uns ausdrücklich befohlen, daß wir es ihr bringen, fertig oder unfertig; Ihr habt sie schon zu lange hingehalten!«

Meister Cechino tat, als ob ihn der lästige Vorwurf der Nonnen erregte, und rief wie im Zorn: »Liebe Frauen, kommt herein in dieses Gemach, damit ihr es sehen könnt — angefangen, aber nicht fertig!«

Die Nonnen gingen in das Zimmer, und Meister Cechino sagte: »Seht hinauf zu jenem Schrank und schaut es an und überzeugt euch selbst, daß es ziemlich weit gediehen ist, und wie wenig fehlt, um das Kruzifix fertig zu machen, und berichtet der Mutter Äbtissin, daß ihr es mit eignen Augen gesehen habt!«

Die Nonnen blickten hinauf, sahen den Kruzifixus und sagten mit größter Bewunderung: »O Meister, wie habt ihr ihn der Natur ähnlich gemacht! Er scheint wirklich lebendig und aus Fleisch zu sein wie wir! Sicher ist er sehr schön und wird der Mutter und den Schwestern wohl gefallen. Aber eine einzige Sache«, sagten die Nonnen, »mißfällt uns sehr daran, an die Ihr nicht gedacht habt; dieser Unrat da vorn darf nicht so unbedeckt zu sehen sein; daraus könnte dem ganzen Kloster sehr viel Ärgernis kommen.«

Cechino erwiderte: »Sagte ich euch nicht, daß er nicht ganz fertig ist? Aber nehmt daran keinen Anstoß! Könnte man den Tod so einfach beseitigen, wie ich dies hier beseitigen kann; und gleich in eurer Gegenwart werde ich dem abhelfen.«

Er nahm eines seiner Eisen zur Hand, schliff es und sagte zu den Nonnen: »Tretet näher und paßt gut auf, wie ich ihm alles entferne, ohne etwas zu verunstalten!«

Magister Tiberio stand bis dahin still da, fast wie tot. Wie er die verheißungsvollen Worte hörte und Meister Cechino mit dem frischgeschliffenen Messer in der Hand herkommen sah, warf er sich sofort vom Schrank herunter und machte sich so, wie er war, auf die Flucht, hinter ihm her Meister Cechino, das Messer in der Hand, um ihm den Unrat da vorn zu entfernen. Savia fürchtete Schlimmes; sie hielt ihren Mann am Schurzfell zurück, damit der Priester anständigerweise entfliehen könne. Die Nonnen sperrten Mund und Nase auf, glotzten wie nicht klug und begannen laut zu rufen: »Ein Wunder! Ein Wunder! Der Gekreuzigte ist entflohen!« und konnten sich gar nicht fassen. Die Leute, die auf ihr Geschrei zusammenliefen, hatten großen Spaß an der Geschichte, Magister Tiberio sehr viel weniger: er nahm andere Kleider und verließ die Stadt. Wohin er ging, weiß niemand, aber in Florenz ließ er sich nie wieder blicken; er war zu sehr zum Sprichwort geworden.

DER EREMIT ALS ESEL

In vielen Gegenden Italiens sah man in früheren Zeiten auf dem Gipfel eines entlegenen Hügels eine einsame Hütte, die man Einsiedelei nannte; sie sind heutzutage sehr selten geworden. Diese Hütten waren bewohnt von einem oder von zwei, höchstens drei Männern; die lebten dort einsam und erwarben ihren Unterhalt durch Almosen, die sie von Woche zu Woche in den umliegenden Dörfern und in den benachbarten Städten einsammelten. Sie bekannten sich zu keiner Ordensregel, wiewohl sie Mönchskleider trugen, sondern erklärten für gut und heilig, was mit ihren Wünschen übereinstimmte, und für unerlaubt, was ihnen nicht behagte. Manche von ihnen lebten allerdings untadelhaft in ihren Einsiedeleien; aber deren Zahl war nicht bedeutend.

In der Mark von Treviso lebte vor nicht gar langer Zeit in einer solchen Einsiedelei ein ehrwürdiger Greis, der sich zurückgezogen hatte, um Buße zu tun für seine jugendlichen Sünden; er hatte ganz allein daselbst wohl fünfzig Jahre hingebracht in langen Entsagungen und fortwährender Selbstpeinigung. Weil er aber in seinen gebrechlichen Tagen fremden Schutzes bedurfte, entschloß er sich, in seine ärmliche Wohnung zwei andere Eremiten aufzunehmen, von denen einer Teodelindo, der andere Arsenio hieß. Teodelindo war ein allerliebstes Eremitchen und gewann sich durch die Holdseligkeit seines Wesens alle Herzen und erhielt von jedem, was er wollte. Der andere, Arsenio, war ein lebenslustiger, heiterer Spaßvogel, dessen Kopf voll Schnurren und wunderlichen Einfällen steckte; er überlistete die Leute und brachte sie dahin, ihm seine Wünsche zu erfüllen, ohne daß sie es nur merkten. Die beiden lustigen Brüder durchzogen die Umgegend an bestimmten Tagen, um Brot, Wein und alles, was ihnen sonst vonnöten war, zu erbetteln, und ich kann versichern, daß sie mit guter Ernte in ihre Einsiedelei zurückkamen. Eines Tages gingen die zwei Einsiedler, die nach ihrer Gewohnheit Almosen suchend durch das Land gezogen waren, gegen Abend nach ihrer Behausung zurück; da erblickten sie einen Esel, der an einen Baum gebunden war, aber von niemand bewacht wurde. Er gehörte einem armen Landmann jener Gegend, namens Gianni, der sich und seine kleine Familie von einem kleinen Gütchen unterhielt. Alle Zeit, die er erübrigte, brachte er in einem nahen Wäldchen zu, um Holz zu machen. Er belud damit seinen Esel und führte das Holz nach Haus; von Zeit zu Zeit brachte er es nach der Stadt und kaufte mit dem Erlös seine sonstigen Bedürfnisse. Dieser Gianni war so plump und so einfältig, man hätte ihm weismachen können, in

gewissen Ländern hätten die Esel Flügel und flögen wie
die Adler. Dieser Mensch hatte sein Lasttier vor dem
Walde stehenlassen und war bereits drin, als die Eremiten dort ankamen. Sie waren heute schon lange zu Fuß
gewandert, und zwar auf schlüpfrigen und schmutzigen
Pfaden. Da sie nun volle Quersäcke trugen, waren sie
müde und konnten kaum noch weiter. Wie Arsenio den
Esel sah, fiel ihm ein völlig neuer Kniff ein. Er wandte
sich zu seinem Gesellschafter und sagte lachend: »Was
würdest du zahlen, Teodelindo, wenn du das Tier be-
kämest, um dir diesen Quersack zu tragen?«

»Wahrhaftig«, antwortete dieser, »das käme mir jetzt gerade gelegen; ich kann fast nicht mehr weiter.«

»Nun sage mir, Bruder«, fügte der andere hinzu, »scheint
es dir angemessen, daß ein rüstiges Lasttier in Ruhe und
müßig dasteht, während wir, müde, wie wir sind, zu Fuß
diese Last nach unserer Einsiedelei schleppen sollen? Siehst
du nicht, daß die göttliche Vorsehung selber uns auf diesen Esel hat stoßen lassen? Wir wollen das Gute, das sie
uns vorsetzt, nicht im Undank ausschlagen.«

Er trat zu dem Eselein hin, legte seinen Quersack auf seinen Rücken und forderte den andern Eremiten auf, das
gleiche zu tun. Dann band er das Tier vom Baume los und
zog ihm die Halfter ab, legte diese dann um seinen
eigenen Hals und band sich selbst hin in der Weise, wie
früher das Lasttier angebunden gewesen war. Darauf
wandte er sich zu Teodelindo und sprach: »Geh, Bruder,
und bringe die Last in die Einsiedelei! Dort sagst du dem
Alten, ich sei vor Müdigkeit nicht mehr vorwärtsgekom-
men und habe mich bei einem braven Manne einquartiert,
der mich menschenfreundlich aufgenommen hat; dir habe
er, damit du alles Brot mitnehmen könnest, freundlich diesen seinen Esel geliehen, den wir ihm künftige Woche,
wenn wir wieder des Weges kehren, zurückbringen können. Ich hoffe, im Laufe des morgenden Tages mit Gottes
Hilfe nachzukommen.«

Teodelindo kam die Sache so seltsam vor, daß er zu träumen glaubte; und wiewohl er von dem andern schon allerhand tolle Streiche gesehen hatte, so schien ihm doch dieser so eigentümlich, daß er fürchtete, der arme Arsenio habe den Verstand verloren. Er sah ihm fest mit weit aufgerissenen Augen ins Gesicht und konnte nichts sagen und tun.

»Nun vorwärts«, fuhr jener halb erzürnt fort, »mach, daß du weiterkommst! Jede kleine Zögerung könnte unsere Sache verderben. Für mich laß du nur mich selber sorgen! Vielleicht steht mir diese Halfter nicht so übel zu Gesichte, wie du glaubst. Ich habe dir mehr als einmal bewiesen, was ich durchzuführen imstande bin. Verlaß dich vollständig auf mich und tue, was ich dir aufgegeben habe!« Er sprach dies mit solcher Entschlossenheit und Zuversicht, daß der andere sich sogleich fügte und sprach: »Nun gut, da du es willst, will ich es auch. Denke du an das übrige!«

Er trieb das Eselein vor sich hin und ging seines Weges; und daheim richtete er genau aus, was ihm sein Genosse aufgetragen hatte. Dem alten Eremiten tat es erst leid um Arsenio; doch kam er am Ende zu dem Schlusse, da Gott die Dinge immer aufs beste lenke, müsse man sich in allen Stücken seiner Fürsorge fügen; man müsse Gott danken, daß er dem mitleidigen Bauern ins Herz gegeben habe, einen so erschöpften Einsiedel aufzunehmen und dem andern seinen Esel zu leihen, damit schnell der so nötige Mundvorrat herbeigeschafft werden könnte.

Gianni hatte unterdessen sein Holz gesammelt und in kleine Bündel gebunden und verließ den Wald, um den Esel zu beladen. Als er nun einen Eremiten an seiner Stelle sah, rief er: »Herr Gott, steh mir bei!«

Er war ganz außer sich, die Haare standen ihm zu Berge, er schlug ein Kreuz und fürchtete allen Ernstes, es möchte ein Possen sein, den ihm der Teufel spiele. Aber des Teufels Großmutter hätte doch nicht die Gestalt eines frommen Einsiedlers angenommen, und so beruhigte er sich einigermaßen: doch ließ sein Erstaunen noch nicht nach, ja er glaubte, er sei verrückt geworden. Als der Einsiedel die Verwunderung und das Entsetzen Giannis wahrnahm, hielt er mit Mühe das Lachen zurück: »Du wunderst dich höchlich, mein Sohn, über das, was du jetzt siehst, und du hast wohl Ursache dazu. Wie sehr wirst du dich aber nun erst wundern, wenn du hörst, was ich dir jetzt sagen will. Tritt zu mir her ohne Furcht, mein Sohn! Hier ist nichts für dich zu fürchten, wiewohl wir unsern Herrn Gott sehr preisen und seine geheimen Gerichte bewundern dürfen. Du glaubtest einen Esel in deinem Stalle zu haben und besaßest in seiner Gestalt ein armes Eremitchen, wie ich bin.«

»Was sagt Ihr?« rief Gianni, den Einsiedler unterbrechend, »was sagt Ihr, mein Vater?«

»Ich sage dir nichts als die Wahrheit«, versetzte Arsenio. »Aber wenn du willst, daß ich dir erzähle, wie dies zugegangen ist, so mache mich zuerst von dem schimpflichen Bande los, das mir noch um den Hals geschlungen ist! — Denke nicht«, fuhr er fort, als ihm die Halfter abgenommen war, »daß der Mensch, so heilig er hienieden auch lebt, sündenfrei werden kann! Die menschliche Hinfälligkeit ist so groß, die Gelegenheiten zum Sündigen sind so zahlreich, die Versuchungen so stark und anhaltend, daß der Mensch kaum widerstehen kann. Auch wenn er aus der Welt flieht und in der Einsamkeit lebt, so geht doch das Fleisch mit ihm und stachelt ihn mit seinen Verführungen überall. Daher ist es kein Wunder, wenn er manchmal der Versuchung erliegt und in Sünden verfällt, selbst in den zur Frömmigkeit bestimmten Freistätten. Auch ich hatte das Unglück zu sündigen, und meine Sünden waren so, daß die Gerechtigkeit Gottes, um mich zu strafen, mich in ein gemeines Lasttier verwandelte. In diesem Zustand leistete ich die schwere Buße, die du weißt, bis es der himmlischen Barmherzigkeit am Ende gefiel, mich aus einem so verworfenen Zustande zu erheben und mich zur Würde der menschlichen Natur wieder herzustellen.«

Gianni schenkte Arsenios Worten vollständig Glauben; er erinnerte sich an alles das, was das unglückliche Tier von

ihm zu leiden gehabt hatte, und spürte darüber bittere
Reue. Er warf sich vor ihm auf die Knie und sprach fast
weinend: »Mein Vater, wollt Ihr mir die Schläge verzeihen, die Ihr von mir bekommen habt und deren Zahl un-
endlich war, und ebenso all die Flüche, die aus meinem
Munde über Euch ausgestoßen wurden? Dies tut mir nun
um so mehr leid, als ich für die frommen Eremiten die
tiefste Verehrung hege.«
Arsenio hob ihn freundlich auf und antwortete lächelnd:
»Betrübe dich nicht, lieber Sohn: denn indem du auf meinem Rücken trommeltest und mir mit dem Stecken die
Rippen zähltest, wie du oft tatest, peinigtest du eben nur
mein Fleisch, wie es Gottes Wille war. Dieses war auf-
rührerisch wider ihn geworden und mußte gezüchtigt
werden, um zu seiner Pflicht zurückzufinden. Und ich sage
dir, daß du mir vortreffliche Dienste geleistet hast; denn
je rauher und rüstiger du den Stock führtest, um so mehr
beschleunigtest du den Zeitpunkt meiner Befreiung, indem sich meine Buße um so schneller vollendete. Weit entfernt daher, dir darüber böse zu sein, muß ich dir dafür
ja vielmehr Dank wissen. Und ich verspreche dir, wenn
ich in meine Zelle zurückkomme, will ich deiner gedenken;
ich werde nie unterlassen, Gott die heißesten Gebete für
dein Bestes darzubringen; wenn du auch jetzt den Schaden hast, ohne Esel sein zu müssen, soll der himmlische
Segen dir das reichlich einbringen, der sich auf deine kleine
Hütte herablassen wird, um deine Tage zu erfreuen und
zu erheitern. Darum, mein Sohn, nimm frohen Mutes
dein Holz auf den Rücken und zieh hinweg! Gott sei mit
dir!«
Gianni versetzte: »Ei, wollt Ihr nicht heute nacht bei
mir herbergen? Der Himmel wird schon dunkel, und
Ihr tut nicht wohl daran, Euch um diese Stunde auf den
Weg zu machen.«
»Du hast recht«, antwortete der Einsiedler; »aber wie
sehr muß mir der Anblick der Herberge zur Beschämung
gereichen, wo ich so schmählich lange Zeit verlebt habe?

In jedem Falle aber, da die Erduldung einer solchen
Schande mir ein Anlaß sein wird zum Verdienste vor Gott,
bin ich gerne damit einverstanden. Gehen wir!«
Nach diesen Worten machte er sich mit Gianni auf den
Weg nach seiner Behausung. Während sie nun in heiteren
Gesprächen des Weges gingen, lenkte Arsenio listig das
Gespräch auf Giannis Familie und erlangte, ohne daß dieser es merkte, allmählich Kunde von seinem Weibe, seinen
Kindern und seinem Vater. Als sie in das Haus traten, tat
er, als kenne er alle Anwesenden, und fing an, bald mit
diesem, bald mit jenem zu sprechen, als bestünde zwischen
ihnen eine lange Bekanntschaft. Darüber waren alle erstaunt, und um seine Freude noch zu erhöhen, sagte der
Einsiedler, er wundere sich höchlich, daß er ihnen unge-
wohnt vorkomme, da er doch lange Zeit in diesem Hause
gelebt habe. Gianni bekräftigte diese Aussage des Eremiten, und nachdem er sie alle eine Weile ihrem Staunen
überlassen hatte, erzählte er ihnen, wer das gute Eremitchen sei, und unter welcher Gestalt es bei ihnen geweilt
habe. Ein hochbetagter Mann, der Vater Giannis, ein junges Weib, seine Frau, und zwei Knäbchen, ihre Kinder,
bildeten die ganze einfältige Familie. Alle standen da mit
offenem Munde und verzogen keine Miene, als sie diese
Erzählung vernahmen. Man hätte in diesen bäuerischen
Gesichtern eine Mischung von Verwunderung, Andacht
und Heiterkeit und gleichzeitig von Reue und Mitleid
lesen können. Sie bedachten die endlose Mühsal, die der
arme Esel erduldet hatte, die spärliche Nahrung von
schlechtem Stroh oder noch schlechterem Heu oder den
geringsten Kräutern, wie man sie als Unkraut aus dem
Garten ausgerissen hatte, und die Prügel, womit ihn jeder
von ihnen zerschlagen und zerschunden hatte. Zum Ersatz
dieser schlechten Behandlung bemühten sie sich alle, ihm
den freundlichsten Empfang zu bereiten. Sogleich wurden
zwei Hühner geschlachtet, die einzigen, die sie im Stall
hatten; mit ihnen und anderem, was im Hause war oder
was von anderwärts besorgt wurde, wurde ein leckeres

kleines Abendessen veranstaltet und erheitert durch einen
würzigen Wein, den Gianni eifersüchtig in einem Fäßchen
verwahrte, den er aber seinem Gaste zu Ehren heute nacht
springen ließ.
Inmitten der Speisen und vollen Becher gab sich der von
Natur heitere Eremit der Freude dermaßen hin, daß er
alle auf das höchste ergötzte durch seine artigen Witze und
Erzählungen von den seltsamsten und wunderlichsten
Dingen von der Welt. Und obgleich er die Klugheit hatte,
von Zeit zu Zeit durch erbauliche Worte die heitere Gesellschaft zum Ernste zurückzurufen, um sich als ebenso
fromm und gottesfürchtig wie lustig und spaßhaft zu erweisen, konnte er sich doch nicht ganz bewachen; so lebte
mit der Zeit in Gianni sogar ein gewisser Verdacht gegen
seinen Gast auf, vor allem darum, weil Arsenio mit Frau
Cecca sich lieber zu unterhalten schien als mit den andern.
Andererseits war auch Cecca neben ihrer Verehrung für
Mönche überhaupt auch noch von den lustigen Späßen
Arsenios aufgeregt und schoß ihm feurige Blicke zu, was
ihr Mann, Gott weiß wie, mehr als einmal bemerkt hatte.
Deshalb konnte er sich am Ende nicht mehr halten und
sprach zu dem Einsiedler: »Mein Vater, man sieht wohl,
wie sehr Ihr nötig habt, Euer Fleisch zu kreuzigen. Heute
abend ist es, da Ihr ihm ein wenig nachgegeben habt, wieder störrisch geworden und bringt Euch in Gefahr, wieder in Sünde zu verfallen. Wenn das frische Gedächtnis
Eurer überstandenen Erniedrigung Euch so schlecht bewahrt vor den Reizen des Fleisches, so prophezeie ich
Euch mit großem Bedauern, daß Ihr große Gefahr lauft,
wieder Eselsgestalt anzunehmen und vielleicht in ganz
kurzem. Daher rate ich Euch, morgen früh in Eure heilige
Einsiedelei zurückzukehren und diese nie mehr zu verlassen, vielmehr ohne Unterbrechung Euer Fleisch selbst
zu peinigen, wenn Ihr nicht wollt, daß andre es wieder
peinigen.«
Es ist in der Tat zu verwundern, wie die Lebendigkeit
mancher Leidenschaft oft den Verstand auch bei solchen

schärft, bei denen er sonst ganz trübe und stumpf ist. Den
Gianni, über dessen Lippen sonst nie ein kluges Wort gekommen war, stachelte die Eifersucht dermaßen auf, daß
er durch eine Art von Wunder wie ein listiger und höchst
umsichtiger Mann sprach. Der Eremit merkte aus Giannis
unerwartetem Reden, daß er auf seiner Hut sein müsse
und mit zuchtvollen Reden und wohlbewachten Handlungen der angedrohten Abtötung des Fleisches auswei-
chen, und nahm sich den Rest des Abends zusammen.

Am folgenden Morgen nahm er nach einem kleinen Frühstück Abschied, kehrte in die Einsiedelei zurück und sagte
zu dem ehrwürdigen Alten, dem braven Manne, der ihn
heute nacht aufgenommen, sei hernach noch die Eingebung
geworden, ihnen das Eselchen zu schenken, das er gestern
Teodelindo geliehen. Der ehrliche Einsiedel pries die Handlung der Christenliebe; aber wenn sie sich einen Esel zur
Erleichterung ihrer Mühen hielten, so paßte das nicht recht
zu dem harten Leben, das sie führten; die Liebe der Gläubigen könnte sich darob abkühlen, und es sei also besser,
den Esel zu verkaufen, da sie ja auch bisher ohne einen
solchen ausgekommen seien. Er übergab ihn daher einem
ehrlichen Manne, der ihn auf den Markt führte.

Zufällig war an demselben Tage auch Gianni daselbst. Er
sah seinen Esel und erkannte ihn alsbald wieder an dem
einen Ohr, das etwas verstümmelt war. Er war sehr betrübt, trat zu ihm hin, näherte sich seinem Ohre, um insgeheim mit ihm zu sprechen, und sagte ganz leise: »Ach,
lieber Vater, hat das aufrührerische Fleisch Euch schon
wieder einen schlimmen Streich gespielt? Ich hab' es Euch
doch vorhergesagt, es werde so kommen.«

Als der Esel das Geflüster in seinem Ohr vernahm, schüttelte er den Kopf, als wollte er nein sagen.

»Leugnet es nicht«, antwortete Gianni wieder ihm ins Ohr.
»Ich erkenne Euch nur zu gut: Ihr seid derselbe.«

Der Esel schüttelte den Kopf.

»Ei, so lügt doch nicht«, versetzte der ehrliche Kerl mit
gehobener Stimme, »lügt nicht, Vater! Das Lügen ist eine

Sünde. Ihr seid es; ich erkenne Euch gegen Euern Willen. Es ist viel besser, Ihr gesteht es. Ihr wißt ja, eine Sünde, die man gebeichtet hat, ist schon halb vergeben.« Die Leute, die einen Menschen mit einem Esel ein Zwiegespräch führen sahen, hielten jenen für verrückt und stellten sich um ihn her; um ihn zu foppen, fragte ihn einer dies, der andere das. Gianni gab nun Antworten zum Totlachen und behauptete steif und fest, es sei kein Esel, sondern ein unglücklicher Einsiedel, der durch die Gebrechlichkeit des Fleisches wenigstens zweimal schon in einen Esel verwandelt worden sei. Er fing dann von vorne an und erzählte die ganze Geschichte von dem Eremiten, der wegen seiner Sünden zum Esel geworden sei. Bei dieser Erzählung entstand denn ein schallendes Gelächter, und Gianni war den ganzen Tag das Gespött aller Marktleute. Am Ende redete ihm einer im Scherze zu, das unglückliche Tier wieder anzukaufen, es mit Korn und dem besten Heu, das er habe, zu füttern, und ihm eine möglichst gute Behandlung angedeihen zu lassen zum Ersatz der Unbilden, die er ihm zuvor angetan. Der Rat gefiel Gianni; er kaufte den Esel und nahm ihn mit nach Hause.

Wie staunten der Alte, Cecca und die beiden Knaben, als sie ihren alten Esel wiedersahen! Wer vermöchte den freundlichen Empfang zu schildern, den sie ihm widmeten, und die Pflege, die sie ihm angedeihen ließen! Nie ward ein Esel auf der Welt besser genährt und mehr gehätschelt. Auch ward in kurzem sein Fleisch fett, seine Haut glatt und glänzend. Allein das schändliche Tier war nun so unverschämt und nahm so üble Gewohnheiten an, daß es nicht allein dem Alten, sondern auch dem Weibe, den beiden Söhnlein, ja Gianni selbst sehr zur Last zu werden begann. Es biß heftig, stieß mit den Füßen und schrie so laut Tag und Nacht ohne Aufhören, daß es wirklich unausstehlich war. Gianni hatte sich unterdessen eine Eselin zu seinen Geschäften gekauft; der gemästete Esel zerriß aber mehr als einmal den Strick, womit er an die Krippe gebunden war, und belästigte die gute Eselin. Am Ende

sah Gianni ein, daß das schlimme Tier alle Tage böser wurde
und, wenn das gottlose und garstige Leben fortdauerte,
nie wieder in seinen früheren Zustand zurückkäme; er
fürchtete, sich selbst die Schuld daran beimessen zu müssen, da weder Eremiten- noch Eselsfleisch das Verzärteln
leiden können; er erkannte die Notwendigkeit, dieses
Fleisch recht tüchtig zu peinigen, wie er zuvor mit so großem Vorteil und mit Billigung Arsenios selber getan hatte;
er nahm daher von neuem seine Zuflucht zum Prügel und
zu Hieben. Aber sei es, daß der Herr Esel, allzu weichlich
gewöhnt, eine übermäßig zarte und feine Körperbeschaf-
fenheit bekommen hatte, oder daß Gianni im Eifer mit
seiner Strenge etwas über die Pflicht hinausging, — der
unglückliche Esel konnte eine so harte Zucht nicht ertragen und war in kurzem Todes verblichen. Die ehrlichen
Leute beweinten die ewige Verdammnis des unglücklichen
Einsiedels, der zweimal, wie sie glaubten, zum Esel geworden und ohne Reue gestorben war über ein ver-
wünschtes Laster, gegen das die armen Einsiedler nie genug auf der Hut sein können, dieweil auch sie aus Fleisch
und Bein gebaut sind, wie andere Menschenkinder.

Alle Glocken läuten

Francesco de Manfredi, Herr von Faenza, herrschte als
ein weiser und würdiger Fürst so prunklos, daß er mehr
ein reicher Bürger als ein regierender Herr schien. Zu
seiner Zeit geschah es, daß einer der angesehensten Männer der Stadt ein Landgut besaß, an welches das Ackerland
eines armen Bauern stieß. Oftmals hatte er es kaufen wollen und ihm deshalb Anträge gemacht, aber stets war ihm
dies fehlgeschlagen: denn der Arme, dem es seinen Unterhalt lieferte, hätte lieber sich selbst als sein Stück Land
verkauft. Da nun der reiche Bürger sah, daß er in Güte
nicht zu seinem Ziel gelangen könne, gedachte er Gewalt

zu gebrauchen; und da nur ein kaum merklicher Graben
zwischen seinem Ackerland und dem des Armen die Grenze
bildete, so pflügte er alle Jahre, wenn er sein Feld bestellen
ließ, einige Furchen darüber hinaus, wodurch er ihn jähr-
lich um mehr als Armeslänge verkürzte. Der arme Mann,
der das wohl bemerkte, wagte es doch nicht, ein Wort zu
sagen, außer daß er einigen Freunden heimlich sein Leid
klagte. In einigen Jahren aber rückte die Sache so weit
vorwärts, daß er in kurzer Zeit sein ganzes Eigentum allmählich eingebüßt hätte, wenn nicht ein Kirschbaum auf
seinem Felde gestanden, den zu überschreiten doch allzu
gewagt schien, weil jedermann wußte, der Kirschbaum
stehe auf dem Acker des Armen.
Der gute Mann wollte vor Unmut und Ärger vergehen;
da er sich aber nicht beschweren, ja nicht einmal murren
durfte, steckte er sich eines Tages zwei Goldgulden in
Scheidemünze in die Tasche und lief zu allen großen Kirchen in Faenza, wo er sich für Geld und gute Worte versprechen ließ, daß zu einer bestimmten Stunde am frühen
Abend alle Glocken geläutet werden sollten.
So geschah es wirklich: die Geistlichen nahmen das Geld
an, und zur bestimmten Stunde erklangen alle Glocken in
hellem Geläute, so daß alles aufhorchte und einer den andern ansah und fragte: »Was bedeutet das?«
Unterdessen lief der arme Mann wie außer sich durch die
Straßen. Ein jeder, der ihn sah, rief ihm zu: »Heda, was
lauft Ihr? Weshalb läuten die Glocken?« Er aber antwortete: »Weil die Gerechtigkeit gestorben ist«, und an einer
andern Stelle gab er zur Antwort: »Für die Seele der Gerechtigkeit, welche gestorben ist.« Und so verbreitete er
diese Antwort mit dem Schall der Glocken durch die ganze
Stadt, so daß man endlich auch dem Fürsten sagte: Man
wisse keinen andern Grund für das Läuten als den, welchen ein Mann angebe, den man durch die Stadt laufen
sehe. Darauf schickte der Fürst nach ihm, und er stellte
sich, nicht ohne große Furcht.
Der Fürst redete ihn an: »Nun sprich, was soll das heißen,

was du in der ganzen Stadt aussprengst, und was bedeutet das Glockengeläute?« Er antwortete: »Mein Gebieter, ich will es Euch sagen; zuvor aber bitte ich, laßt mich Euch empfohlen sein! Euer Bürger, Herr So-und-So, hat meinen Acker kaufen wollen; da ich ihn aber nicht verkaufen wollte, hat er mir alle Jahre, wenn er sein Feld bestellen ließ, bald eine, bald zwei Ellen abpflügen lassen, bis er an einen Kirschbaum gekommen ist: denn da konnte er nicht weitergehen, wenn es nicht zu auffallend werden sollte. Gott habe ihn selig, der ihn gepflanzt hat! Wenn der Baum nicht dagewesen wäre, so hätte mein Nachbar jetzt das ganze Land. Da mir nun von einem so reichen und mächtigen Mann mein Eigentum genommen wurde und ich ein armer Teufel bin, so entschloß ich mich nach langem Kummer und Leidwesen aus lauter Verzweiflung, jene Kirchen zu bezahlen, damit sie für die Seele der gestorbenen Gerechtigkeit läuten.«

Der Fürst ließ den reichen Bürger herbeiholen, und als sich die Wahrheit der Beschuldigung erwies, gab er dem armen Mann nicht nur sein Eigentum zurück, sondern schickte auch Feldmesser dahin, welche ihm von dem Acker des reichen Mannes so viel zumessen mußten, wie ihm dieser abgepflügt hatte. Überdies ließ er den Reichen die zwei Goldgulden zurückzahlen, die der Arme für das Läuten der Glocken ausgelegt hatte.

WIEVIEL BEINE HAT DER KRANICH?

Neifile begann also zu sprechen:

Ihr lieben Damen, ein schneller Verstand gibt oft dem Redenden je nach den Umständen treffende und kluge Einfälle an die Hand; aber zuzeiten kommt das Glück auch den Furchtsamen zu Hilfe und legt ihnen plötzlich Worte auf die Zunge, die sie in ruhigen Augenblicken nie zu ersinnen vermocht hätten. Davon denke ich euch durch meine Geschichte ein Beispiel zu geben.

Currado Gianfigliazzi war stets ein gar freigebiger und gastfreier Edelbürger unserer Stadt und führte, ganz abgesehen von seinen sonstigen Verdiensten, ein ritterliches Leben und vergnügte sich fortwährend mit Hunden und Jagdvögeln. Als dieser nun eines Tages unfern von Peretola mit einem seiner Falken einen Kranich getötet hatte und diesen jung und fett fand, schickte er ihn voraus zu seinem guten Koch, der Chichibio hieß und ein Venetianer war, und ließ ihm sagen, er solle ihn zum Abendessen braten und wohl zubereiten. Chichibio, der so leichtsinnig, wie er aussah, auch wirklich war, rupfte den Kranich, steckte ihn an den Spieß und begann ihn sorgsam zu braten. Fast war er schon gar und verbreitete einen starken Duft, als eine Dirne aus der Umgegend, die Brunetta genannt wurde und in die Chichibio gewaltig verliebt war, in die Küche trat. Kaum roch sie den Duft des Bratens und sah den Kranich am Spieße, so gab sie dem Chichibio die besten Worte, er möchte ihr einen Schenkel davon abschneiden. Chichibio antwortete singend: »Ihr kriegt ihn nicht, Donna Brunetta, Ihr kriegt ihn nicht von mir.« Darüber wurde denn die Dirne ganz zornig und sagte: »Nun, so wahr wie Gott lebt, gibst du mir nicht eine Keule, so kriegst du von mir nie das Kleinste, wozu du Lust hast.« Am Ende löste Chichibio, um sein Mädchen nicht böse zu machen, wirklich eine Keule ab und gab sie ihr. Als indes dem Currado und seinen paar Gästen der Kranich ohne diese Keule vorgesetzt wurde, ließ jener voll Erstaunen den Chichibio rufen und fragte ihn, was mit der andern Keule geworden sei. Der lügenhafte Venetianer antwortete sogleich: »Herr, die Kraniche haben nur eine Keule und ein Bein.« Zornig erwiderte Currado: »Was zum Teufel, sie hätten nur eine Keule und ein Bein? Als ob das der erste Kranich wäre, den ich zu sehen bekomme!« Chichibio aber blieb dabei und sprach: »Herr, es ist so, wie ich Euch sage, und beliebt es Euch, so werde ich es Euch an den Lebendigen zeigen.« Currado wollte, aus Rücksicht auf die fremden Gäste, den Wortwechsel nicht weiter fortsetzen; darum antwortete

er: »Weil du denn sagst, daß du mir an den Lebendigen
zeigen willst, was ich allerdings noch nie gesehen oder von
andern gehört habe, so will ich morgen früh die Sache mir
ansehen; aber beim Leibe Christi schwöre ich dir zu, wenn
es sich nachher anders herausstellt, so lasse ich dich in einer
Weise zurichten, daß du an mich denken sollst, so lang du
lebst!«

So endete der Streit für diesen Abend; am andern Morgen
aber mit Tagesanbruch erhob sich Currado, den der Ärger
nicht hatte schlafen lassen, noch gar zornig und gebot, die
Pferde vorzuführen. Dann ließ er den Chichibio auf ein
Rößlein aufsitzen und ritt mit ihm nach einer Niederung,
wo man am Flußufer in der Morgenfrühe Kraniche anzutreffen pflegte; im Reiten aber sagte er: »Nun werden wir
ja sehen, wer gestern gelogen hat: ich oder du.« Als Chichibio gewahrte, daß Currados Zorn noch fortdauerte und
daß er seiner Lüge überführt werden sollte, ohne daß er
sich zu rechtfertigen wüßte, ritt er in der größten Angst von
der Welt hinter Currado her, und wenn es sich hätte tun
lassen, wäre er gern geflohen. Da sich aber dazu keine Gelegenheit bot, blickte er bald vor- und bald rückwärts und
bald zu den Seiten, und alles, was ihm vor die Augen kam,
sah ihm aus wie Kraniche, die auf zwei Beinen ständen.
Endlich, als sie schon in die Nähe des Flusses gelangt waren, erblickte er, früher, als einer der übrigen, am Ufer
wohl ein Dutzend Kraniche, die sämtlich, wie diese Vögel
schlafend zu tun pflegen, auf einem Beine standen. Da
zeigte er sie schleunig dem Messer Currado und rief: »Herr,
nun könnt Ihr deutlich erkennen, daß ich Euch gestern
abend die Wahrheit sagte, wenn ich behauptete, die Kraniche hätten nur einen Schenkel und ein Bein. Seht nur die
alle, die dort stehen!« Wie Currado sie gewahrte, sagte er:
»Warte nur; ich will dir schon zeigen, daß sie ihrer zwei
haben.« Und indem er ein wenig näher heranritt, rief er:
»Oh, oh!« — Aufgeschreckt durch diesen Ruf, ließen die
Kraniche alsbald den andern Fuß nieder und flogen nach
wenigen Schritten alle davon. Da wandte Currado sich zu

Chichibio und sprach: »Nun, du Näscher, glaubst du nun,
daß sie zwei Beine haben?« Chichibio war ganz bestürzt,
und ohne selbst zu wissen, woher die Antwort ihm komme,
entgegnete er: »Freilich, Herr, freilich; aber dem Kranich
von gestern habt Ihr nicht ›Oh, oh!‹ zugerufen; hättet Ihr
das getan, sicher würde er das andere Bein ebenso ausge-
streckt haben, wie vorhin diese hier taten.«
Currado freute sich über diese Antwort so sehr, daß all
sein Zorn sich in Scherz und Lachen verkehrte, und er antwortete: »Chichibio, du hast recht, das hätte ich freilich
tun sollen.« So also entging Chichibio durch eine schnelle
und scherzhafte Erwiderung seinem Unheil und lenkte den
Zorn seines Herrn von sich ab.

Ein Hüter seiner Ehre

Zu der Zeit, da Lorenzo de Medici regierte, lebte in Florenz ein sehr vornehmer Edelmann, der wegen seiner ausgezeichneten Fähigkeiten unter den höheren Beamten von Florenz eine ehrenvolle Stelle einnahm. Seine Frau, die schönste Dame jener Zeit in Florenz, verdiente wegen ihrer Schönheit allen Ruhm und galt daneben auch allgemein für das Muster einer gesitteten, ehrbaren Frau. Aber obwohl offenkundig in ihr die Schönheit und die Schamhaftigkeit, diese großen Feindinnen, friedlich vereinigt waren, gab es doch Männer, die mehr ihre Schönheit lockte als ihre Ehrbarkeit einschüchterte; sie hofften, diese zwei Feindinnen könnten nicht lange Frieden halten. Aber was sie auch versuchten, dies Herz hielt stand. Die Dame zeigte alle Strenge in ihrem Urteil über Frauen, die sich fremden Männern hingeben; sogar die Koketten, die nur durch Blicke oder Zeichen andrer Art unkeusche Glut nähren, verfielen ihrem Tadel.

Nun schlenderte einmal durch ihre Straße ein junger Mensch von ziemlich niederer Herkunft, der aber hübsch und anziehend war. Die Dame stand gerade am Fenster; als sie ihn sah, und er sie, da hatten die ersten Blicke solche Gewalt über beide, daß in beider Herzen das Bild des andern sich einprägte. Ihre Liebe schleppte sich viele Tage hin ohne jede Frucht und nährte sich nur aus ihren Augen. Jetzt zeigte sich, daß die so lang gezeigte Keuschheit der Frau nur eine Maske war, und daß sie für die Unzucht geboren war. Doch aus Angst vor ihrem Mann, er möchte Verdacht schöpfen, redete sie ihm ein, der junge Mensch sei in ihre Magd verliebt. Der Mann ließ sich das leicht einreden; er kannte den niederen Stand des jungen Menschen und wußte auch, wie leicht die Magd Feuer fing. Er konnte einfach nicht auf den Gedanken kommen, seine Frau, die edles Blut, glühendes Liebeswerben und reiche Geschenke bisher verschmäht hatte, werde der Versuchung erliegen und eine so niedere Person liebgewinnen.

Und so geschah es nun: wenn sie mit ihrem Mann am
Fenster stand, lachten sie beide über den Anbeter an der
Straßenecke; er glaubte ja, er warte auf die Magd. Die
verschlagene Frau freute sich der Täuschung; denn so
war es auch in des Mannes Gegenwart dem Galan erlaubt,
ohne Argwohn zu erregen, ihr den Hof zu machen, und
ihr gleichfalls, ihn anzuschauen.

Bisher hatten sie beide weder Brief noch Botschaft gewagt;
denn sie fürchteten, ihre Neigung, die bei der hohen Stellung des Edelmanns sehr gefährlich war, könnte entdeckt
werden; deshalb zogen sie es vor, ihre Liebe in größter
Heimlichkeit fortzusetzen, um jede Gefährdung zu vermeiden. Beide suchten aber sehnsüchtig nach einer Gelegenheit, miteinander zu plaudern oder wenigstens durch
Briefe oder Vermittler das Feuer zu offenbaren.

Es schien also dem Jüngling, ihm fehle nichts anderes, um
sein Wünschen zu verwirklichen, als ein passendes, heim-
liches Mittel, seine leidenschaftliche Glut der Frau zu gestehen. Noch im Zweifel darüber, ob er sich jemand an-
vertrauen solle, hörte er, einige Klosterschwestern seien
mit der Dame befreundet und schickten ihr öfters eine
Kleinigkeit ins Haus. Unter diesen hatte er eine Verwandte, die ebenfalls eine Freundin der Dame und Nonne
in diesem Kloster war. Er besuchte sie eines Tages, und
nach den üblichen Begrüßungen redete er ihr ein, zwischen
ihm und dem Gatten seiner Geliebten sei einiger Streit
entstanden, der großes Unglück herbeiführen könnte; auch
werde er selber von einem hochstehenden Edelmann be-
günstigt, dessen Ansehen nicht geringer sei als das des Gatten der Dame; deshalb wolle er auf jede Weise den Streit aus
der Welt schaffen; man habe ihm gesagt, um jeden Grund
zum Zwist zu beseitigen, brauche er nur mit der Frau seines
Gegners zu sprechen. Aber das sei für ihn nicht möglich;
so wolle er in einem Brief der Dame alles Notwendige
mitteilen; er sei überzeugt, daß sie bei ihrer Klugheit ihren
Mann besänftigen werde. Doch habe er keine Möglichkeit,
ihr den Brief zu übersenden; er bitte seine Base also in-

ständig, ihn der Dame durch eine der Klosterschwestern
zu übermitteln, wie wenn *sie* und nicht er der Absender
wäre; abgesehen von dem frommen Werk einer solchen
Aussöhnung werde er auch ihr immer zu Dank verpflichtet sein.

Die Nonne, die einfältig und von derbem Schlage war —
auch eine klügere Frau als sie hätte sich durch solche Fabe-
leien täuschen lassen —, dachte, ein gutes Werk zu tun, versprach es, nahm den Brief des Jünglings, schrieb die
Adresse eigenhändig auf den Umschlag, pflückte auch ein
paar Suppenkräuter und ein paar Blümchen, legte sie unter
den Brief und schickte ihn der Dame durch die gleichen
Klosterschwestern zu, die sie gewöhnlich besuchten.

Die Frau nahm den Brief in Empfang, und als sie merkte,
er stamme von ihrem Liebhaber, lobte sie ihn innerlich
sehr für seine kluge Vorsicht, und sie sagte zu den Klosterschwestern: »Sagt eurer Schwester meinen Dank! Ich will
mich aufrichtig bemühen, ihr Anliegen zu erfüllen; wenn
ich so gut schreiben könnte wie lesen, hätte ich ihr die
Antwort gleich gesandt; es wird aber jemand für mich an
sie schreiben, und ich kann euch die Antwort morgen mitgeben.«

Die Schwestern waren kaum weg, da rief die Frau, deren
zügelloses Verlangen ihren Scharfsinn auf die Spitze trieb,
ihre Magd Gitta zu sich; sie unterhielten sich wie oft zusammen von diesem Jüngling — sie hatte der Magd kluger-
weise eingeredet, der Jüngling sei in sie verliebt —, und
sie sprach: »Was denkst du von deinem Galan, Gitta?
Glaubst du jetzt, daß er dich liebt? Diesen Brief hat er dir
geschickt; aber der dumme Bote hat mich für dich gehalten
und ihn mir gegeben. Wir wollen ihn lesen!«

Darauf las die Frau den Brief zusammen mit dem Mäd-
chen, und beide hatten viel Vergnügen daran. Aber der
Frau stand, wie sie wußte, ohne Gefahr für ihren guten
Ruf kein Weg offen, ihm zu antworten; so sagte sie:
»Wahrhaftig, diesmal muß der Herr dir als Sekretär
dienen; er soll an ihn schreiben; wir wollen diesem Tölpel

einen Possen spielen, der glaubt, seine Hübsche müsse alle
Frauen fesseln.«

»Das soll ihm nicht gelingen«, erwiderte Gitta; »Ihr wißt
doch, gnädige Frau, ich spekuliere auf jenen reichen Sei-
denhändler, den Ihr mir zum Manne geben wollt. Aber
wenn Ihr meint, wir sollten diesem Dummkopf einen
Possen spielen — meinetwegen!«

Als der Mann heimkam, gingen beide lachend zu ihm, der
Verehrer habe an Gitta geschrieben, und sie gaben ihm
den Brief zum Lesen. Der Edelmann war gut gelaunt; daher las er ihn, lachte und sprach: »Gitta, sicher würde
dieser Verehrer verdienen, daß wir uns einen Scherz mit
ihm machen!«

»Ach ja, bitte, das wollen wir tun!« rief die Frau; »ich sage
Euch, wenn ich so hätte schreiben können, wie ich nicht
kann, hätte ich für Gitta die Antwort verfaßt. Aber nun
seid so gut und schreibt Ihr ihm den Brief, damit er den
Weg dazu gebahnt findet, wenn er denn durchaus den Verstand verlieren will.«

Der Mann, selber noch jung und einem Spaß nicht abge-
neigt, schrieb eine Antwort, wie die Frau es vorschlug:
»Hier hast du die Antwort, Gitta! Wenn er nun durchaus
den Narren machen will, so halte du ihn auch ordentlich
zum Narren!«

Als der Herr fort war, sagte Gitta zu der gnädigen Frau:
»Was sollen wir nun mit dem Brief tun?«

»Gib ihn mir«, erwiderte sie; »der Bote, der mich für dich
gehalten hat, kommt ja wieder, und dann werde ich ihn
abgeben; ich will die Anführerin bei diesem Scherze sein.«

Am folgenden Tag kamen die Schwestern; sie bekamen
den Brief und brachten ihn der Nonne; die gab ihn wieder
dem Liebhaber. Und so ging es viele Male: der eine
schrieb, die andere antwortete, und der Ehemann (diese
Verschlagenheit und Gemeinheit!) wurde sein eigener
Kuppler und die Nonne die Kupplerin.

Die Sache schien dem Jüngling zu gehen, wie er es
wünschte; zum besonderen Vergnügen der geliebten Frau,

die ihn leidenschaftlich liebte, und zur Freude der Magd, die ihn keineswegs liebte, machte er seine Fensterpromenaden. Eines Tages hörte er, die Geliebte wolle im Kloster der Ordensschwestern einen Besuch machen. Auch er ging hin, aber früher als die Dame, fragte nach einer Verwandten und unterhielt sich mit ihr. Mittlerweile kam die Dame, und die Nonne, mit der sie ja gut bekannt war, stieß ihren Verwandten an: »Vetter, da kommt ja die Frau jenes Edelmannes, mit dem Ihr Streit habt! Ich werde Euch hier mit ihr sprechen lassen, damit Ihr Frieden schließen könnt!«

»Aber ich möchte lieber auch Euch dabei haben; vielleicht bringt Eure Vermittlung zustande, was mir allein nicht gelingt.«

So fingen also alle drei eine Unterhaltung an. Die Dame wollte nicht mit dem Jüngling allein reden, um sich keinem Verdacht auszusetzen, und die Nonne bat die Dame mit liebenswürdigen Worten, ihrem Verwandten den Gefallen zu tun und ihm die Gunst ihres Mannes wiederzugewinnen; das sei ein gottgefälliges, ein ihres Adels würdiges Werk.

Die Frau legte den Worten der Nonne eine andere Bedeutung bei als diese meinte; sie erwiderte, nach Möglichkeit und bei Gelegenheit wolle sie sehr gern diesem Jüngling einen Gefallen tun. Sie fügte aber hinzu, ihr Mann folge leider mehr seinem eigenen Kopf, als andere dächten; doch schlage sie ihrem Verwandten vor, sich gegen Abend in der Halle am Garten einzufinden; da könne er in ihrer Gegenwart mit ihrem Manne in der gehörigen Bescheidenheit sprechen; sie werde sich kräftig bei ihrem Manne für den Frieden verwenden.

Der Jüngling begriff und war mehr als geneigt, zu gehorchen. Sie trafen also ihre Verabredung, deren geheimer Sinn der Klosterfrau verborgen blieb.

Da im Staate Dinge von großer Bedeutung vorgingen, hielt sich der Mann mit seinen Kollegen bis drei oder vier Uhr nachts im Rate auf, um die dringenden Geschäfte zu

erledigen. Am folgenden Abend ging der Jüngling an eine
Seite des Gartens, an der nie ein Mensch vorbeikam, und
sah vom Fenster schon eine Strickleiter herabhängen. Er
kletterte hinauf und betrat ein Zimmer; die Dame kam
mit dem Gebetbuch und einem Licht in der Hand, als
wolle sie dort ihre Gebete sagen. Sie empfing den Liebhaber höchst liebevoll; sie küßten sich zärtlich, dann
gingen sie beide ins Bett und vergnügten sich geraume
Zeit. Zuletzt verabredeten sie sich umsichtig für die Zukunft, und der Jüngling verließ das Haus auf dem gleichen
Wege. Dieses Spiel setzten sie unbemerkt viele Tage fort.
Nun griff das Schicksal ein, der Störenfried der Freuden,
oder auch Gott (wie mehr zu glauben ist), zu dem der
Gestank der Arglist gedrungen war, mit der diese Frau
ihres Mannes Liebe vergalt: ein alter Diener des Hauses
sah eines Tages, wie die gnädige Frau im Zimmer sich mit
jenem jungen Mann die Zeit vertrieb. Treu und eifrig auf
die Ehre seines Herrn bedacht hielt er sich mit Mühe zurück, die Frau auszuschimpfen und den Ehebrecher zu
töten. Da der Wein ihm oft den Verstand raubte, und er
in der Trunkenheit so viel Dummes sagte und tat, so
glaubte man ihm nichts, auch wenn er nüchtern die Wahrheit sagte; darum sollte der Herr diesmal selbst das Huhn
auf dem Ei vorfinden. Mit diesem Gedanken ging er zum
Rathaus, ließ seinen Herrn herausrufen und sagte ihm,
was er zu seinem größten Bedauern von der gnädigen
Frau gesehen habe; wenn er gleich nach Hause komme,
werde er finden, daß diesmal nicht der Wein aus ihm rede.
Es fiel dem Mann schwer, das von seiner Frau zu glauben,
die ihm wie eine Heilige war; und da ihm das von dem
Trunkenbold berichtet wurde, war er erst recht im Zweifel. Er ließ es sich aber ein- und zweimal erzählen, und
weil es ihm vorkam, als ob der Diener bei gesundem Ver-
stande sei, beschloß er, sich Gewißheit zu verschaffen.
Zunächst sagte er zu ihm: »Du bist wieder betrunken; ich
glaube dir kein Wort!«
Darauf entgegnete der: »Das habe ich mir schon gedacht,

daß Ihr so zu mir reden würdet; aber kommt mit! Ihr werdet das sehen, was ich lieber nicht gesehen hätte.«

»Dir wird es schlecht gehen«, sagte der Mann, »wenn ich jetzt zu Hause finde, daß du lügst. Wahrhaftig, ich werde dir den Weindunst aus dem Kopf blasen.«

Aber als jener bei seiner Nachricht beharrte, sagte der Herr: »Nimm diesen Dolch (und dabei gab er ihm einen Degen, wie ihn die Beamten trugen), geh nach Hause und stelle dich an den Fuß der Treppe, wo man zur Tür herunterkommt; kommt er herunter, bevor ich eintreffe, töte ihn, ohne irgendwelche Rücksicht; kommt er aber nicht herunter, so rühre dich nicht und warte auf mich!«

Der Diener ging zurück, schlich abermals ganz leise an das Zimmer und hörte das Geräusch der beiden Liebenden. Der Ehebrecher war also noch da; der Diener kehrte mit dem Dolch zur Treppe zurück, um zu tun, wie sein Herr ihm gesagt hatte; er wartete nur darauf, daß der Herr bald komme. Der Edelmann wurde indessen von widerstreitenden Gedanken hin- und hergerissen: bald wollte er nicht glauben, daß seine ehrbare Frau sich zu so einer schmutzigen Handlung hatte treiben lassen, bald machte ihm doch die Beharrlichkeit Eindruck, mit der sein Diener ausgesagt hatte. Daher entschloß er sich, nach Hause zu gehen, und war auf das eine wie das andere Schicksal vorbereitet. Zunächst ging er zu einem Seilermeister, und weil er wußte, wie hoch das Fenster über dem Garten war, kaufte er ein entsprechendes Seil und gab so viel zu, daß es auch noch für einige Knoten reichte zum Hinauf- und Hinabsteigen. Dies Seil versteckte er unter seinem Mantel, und so ging er nach Hause. Er fragte den Diener, der auf ihn wartete, ob der Galan noch da sei.

»Ja, gnädiger Herr«, war die Antwort, »er ist noch da.«

»Kehrt marsch«, sagte der Herr, »und sieh genau nach, ob du dich nicht irrst!«

Der Diener kam bald zurück: er sei noch da, und die gnädige Frau und er umarmten sich im Bett. Da ließ der Edelmann den Diener am Fuß der Treppe mit dem Dolch in der Hand, um den Ehebrecher zu töten, wenn er die Treppe herunterkäme; er selbst ging in das Zimmer und fand seine Frau im Arm des Liebhabers.

Wer von ihnen war in größeren Nöten, die Liebenden, die den Edelmann vor ihren Augen sahen, und besonders die Frau, die von ihrem Mann bei solchem Fehltritt ertappt war, oder der Ehemann, der sich so schwer beleidigt sah und merkte, daß er selbst durch das Schreiben der Briefe seine eigene Schande gefördert hatte? Die beiden Liebenden fürchteten für ihr Leben, da sie auf frischer Tat sich ertappt sahen: halb tot vor Angst warfen sich beide mit Tränen in den Augen dem Edelmann zu Füßen und baten ihn um Gottes willen um Gnade und Schonung.

Der Edelmann, der überhaupt klug und verständig war, hatte schon bei den ersten Worten des Dieners sich das Nötige überlegt; er tat also nicht wie so viele, die lärmen, schreien, zuschlagen oder offen töten — und dadurch erst jedem das bekanntmachen, was sie mit allem Eifer geheimhalten müßten, wenn sie nur ein Fünkchen Verstand besäßen. Er wandte sich vielmehr zu dem Jüngling, der am ganzen Leibe zitterte: »Die Schmach, die du mir angetan hast, du Ruchloser, verdiente, daß ich dir das Leben raubte; aber ich möchte dir in meiner Güte vergeben, wenn du zwei Dinge tust: erstens, du versprichst mir, niemals mit irgend jemand hiervon zu sprechen; zweitens, du steigst mit dieser Strickleiter« — während er dies sagte, zeigte er ihm die Strickleiter, die er mitgebracht hatte — »geräuschlos aus diesem Fenster in den Garten hinab und gehst fort, um im ganzen Lauf deines Lebens niemals mehr hierher zurückzukehren. Willst du diese beiden Dinge nicht tun, so empfiehl deine Seele Gott und mach dich bereit, jetzt den Tod zu leiden!«

Der Jüngling beschwor, alles geheimzuhalten. Aber er zeigte sich ängstlich, die andere Strickleiter hinabzuklettern. Daher sagte er: »Ich werde mich, wenn es Euch, mein Herr, gefällt, auf dieser Strickleiter entfernen, auf der ich heraufgestiegen bin, und die noch am Fenster hängt.«

Da erkannte der Edelmann, daß der Ehebrecher nicht, wie er gedacht hatte, durch die Tür, sondern durch das Fenster eingestiegen war; er sagte ihm, er solle hinabklettern und seinen Schwur halten. Der Jüngling entfernte sich. Nun wendete sich der Edelmann an die Frau; sie zitterte und weinte heftig und bat um Erbarmen und Verzeihung. Er nahm sie bei der Hand und sagte zu ihr: »Die Liebe, die ich dir entgegenbringe, verdiente nicht solche Beschimpfung von dir; nun ist es gegen alle Pflicht doch geschehen, und ich halte dein Vergehen deiner Jugend zugute. Hüte dich aber vor einem neuen Fehltritt; du findest mich nicht immer so nachsichtig wie heute! Wisch dir also die Tränen ab und beruhige dich, und werde deswegen jetzt nur nicht schwermütig, sondern tue so, als ob du diesen Fehltritt nicht begangen hättest!«

Mit diesen heuchlerischen Worten beruhigte er die Frau. Sie mußte sich so zurechtmachen, daß sie weder betrübt noch verstört aussah, und sich mit dem Gebetbuch in der Hand hinsetzen in der Haltung des Betens. Dann verbarg ihr Mann die Strickleiter und auch das Seil in einem Versteck, das er allein kannte. Er ging zu dem Diener hinunter und fragte ihn, da er selbst den Ehebrecher nicht gefunden, ob er vielleicht die Treppe heruntergekommen sei; denn soviel er ihn auch gesucht, so habe er ihn doch nirgends gefunden. Der Diener antwortete, er sei nicht die Treppe herabgekommen. Da fragte der Herr, ob es noch einen andern Weg, das Haus zu verlassen, gebe außer durch die Tür. Nein, sagte der Diener; der Fremde müsse noch im Hause sein.

Wie der Edelmann seine Hartnäckigkeit sah, die ja doch auf der Wahrheit der beobachteten Tatsache beruhte, hieß er ihn selbst das ganze Haus durchsuchen: »Wenn du ihn findest, mach mir ein Zeichen; denn ich will ihn mit meinen eigenen Händen töten! Und wenn er zufällig hier herunterkommt, wo ich stehenbleibe, werde ich ihn ebenfalls töten«; und so stellte er sich an den Fuß der Treppe, seinen Dolch in der Hand.

Der Diener ging nach oben und erblickte die Frau ganz gleichmütig in der Haltung des Betens; da geriet er außer sich vor Erstaunen und suchte an allen Ecken und Enden, wo jener stecken könnte, fand ihn aber nirgends. Er kehrte mit langem Gesicht zu seinem Herrn zurück: »Herr, so wahr mir Gott helfe, er war mit der gnädigen Frau im Zimmer, als Ihr nach Hause kamt, — und wie Ihr mich nach oben schicktet, habe ich ihn nicht mehr gefunden; auf welchem Wege er das Haus verlassen hat, das kann und kann ich mir nicht vorstellen.«

Jetzt wandte sich der Edelmann mit bösem Gesicht zu ihm: »Trunkenbold, ich weiß nicht, warum ich dir nicht mit diesem Dolch eins auf den Kopf versetze, daß der Wein herausströmt, und warum ich dich nicht lehre, ein ander Mal die Augen so weit aufzumachen, daß du nicht Gespenster siehst! Du dummes Tier, scher dich aus dem Hause und geh zum Henker! Wenn du jemals ein Wort von dieser Geschichte redest, ja mir nur wieder vor die Augen kommst — es wird dir leid tun!«

Er gab ihm das Geld, das er ihm noch schuldete, und jagte ihn fort. Betrübt und traurig zog der Diener von dannen; zu spät merkte er zu seinem Schaden, wieviel besser es ist zu schweigen, wenn man solches sieht, als durch Aussprechen Herzen zu durchbohren, die lieber rascher den Tod erleiden möchten, als das Herzeleid hören und sehen.

Der Edelmann wahrte seine Ehre und nach außen auch die der Frau; aber er vergaß seine Schmach nicht und wartete nur auf eine günstige Gelegenheit zur Rache an den beiden. Ein unerwarteter Zufall schaffte ihm den Ehebrecher bald aus den Augen: als dieser im Arno badete, ertrank er jämmerlich.

So war allein die Frau noch zu strafen, wie es ihr Vergehen verdiente. Als der Mann hörte, der Ehebrecher sei im Arno ertrunken, sagte er zu sich selbst: »Und du, schändliches, treuloses Weib, wirst dich in den Wellen des Arno mit ihm vereinigen.«

Kurze Zeit danach sagte er zu seiner Frau, er wolle mit

ihr am 1.Juli in die Sommerfrische auf ihr Landgut gehen. Als das verabredet war, ließ er ihrem Maultier vielleicht acht Tage lang nur Hafer reichen, aber keinen einzigen Tropfen Wasser; es sei krank und müsse so geheilt werden. Am Reisetag fragte er die Frau, ob sie lieber auf dem Pferd reiten wolle.

»Ich werde wie gewöhnlich mein Maultier reiten; es ist für mich bequemer und geeigneter als die Pferde.«

»Es hat aber seit einigen Tagen nur Hafer gefressen und nichts zu trinken bekommen. Ich möchte nicht, daß deswegen irgendein Unglück geschieht.«

»Es wird schon keins geschehen«, meinte sie. Er bestieg also sein Pferd, und sie ihr Maultier. Zu ihrer Hut gab er ihr einen Reitknecht bei und schärfte ihm ein, er dürfe die Frau nicht verlassen.

Wie sie scherzend und heiter plaudernd am Arno entlang ritten, kamen sie an eine Stelle, wo das Ufer zerfallen und das Wasser sehr tief ist. Da blieb der Edelmann hinter allen anderen zurück und glitt vom Sattel herab, als habe ihn das Pferd abgeworfen. Das glaubte man um so leichter, als das Pferd zu springen begann und davonlief. Sowie die Diener das sahen, liefen sie ihrem Herrn zu Hilfe. Auch der Reitknecht, der auf das Maultier der Frau achten sollte, lief hinter dem Pferd her.

Das Maultier, das vor Durst brannte, war kaum den Reitknecht los, da stürzte es, den Zügel zwischen den Zähnen und die Frau auf dem Rücken, mit einem Sprung ins Wasser. Wie das Maultier zum Fluß hinlief, begann die Frau zu schreien. Als der Mann hörte, das Maultier sei mit der Frau in den Fluß gesprungen, befahl er sofort, alle sollten ihn lassen — er tat so, als ob er sich noch nicht rühren könne und beim Sturz vom Pferde alle Knochen gebrochen habe — und der Frau zu Hilfe eilen. Aber bevor jemand sie erreichen konnte, ertrank die Frau.

Darüber zeigte sich der Ehemann äußerst betrübt und tobte: an dem Unglück sei nur der Reitknecht schuld. Ihm sei der Schutz der Frau anbefohlen gewesen, er sei aber

pflichtvergessen weggelaufen. Der Mann war tiefste
Trauer: er wollte nicht weiterleben ohne die teure Gattin,
und der Schmerz drückte ihn zu Boden! Er kleidete sich
und die Dienerschaft in Trauerkleidung. Als man die Tote
geborgen hatte, ließ er sie mit allem Gepränge begraben,
auch darin: Ein Hüter seiner Ehre.

Die Entbindung

Zu meiner Zeit war Ser Tinaccio Pfarrer der Kirche in
Castello im Gebiet von Florenz. Der war schon alt; aber
in vergangenen Zeiten hatte er als Freundin ein schönes
Mädchen aus der Vorstadt besessen; die Tochter von ihr
war jetzt sehr schön und heiratsfähig, und überall redete
man davon, die »Nichte« des Pfarrers sei ein hübsches Ding.
In der Nähe wohnte ein Jüngling, der sie öfter gesehen
hatte und sich in sie verliebte. Um mit ihr zusammenzu-
kommen, dachte er sich diese List aus.
Eines Abends, bei regnerischem Wetter, als es schon recht
spät war, verkleidete er sich als Bäuerin, legte sich ein
Halstuch um, stopfte sich mit Stroh und Tüchern aus, als
ob er schwanger sei und sein Leib bis zum Halse reiche;
dann ging er in die Kirche, um zu beichten, wie es die
Frauen tun, wenn sie unmittelbar vor der Entbindung
stehen. Er klopfte den Meßdiener heraus und fragte nach
dem Pfarrer. Der Meßdiener sagte: »Er ist vor kurzem
weggegangen, um jemand das Abendmahl zu geben, wird
aber bald wiederkommen.«
Die schwangere Frau klagte: »O weh, ich Unglückliche,
ich bin ganz schwach!« Und indem sie sich oft das Gesicht
mit einem Tuch abwischte, mehr, um nicht erkannt zu
werden, als wegen des Schweißes, den sie auf dem Gesicht
hatte, ließ sie sich ganz erschöpft nieder: »Ich werde auf
ihn warten; wegen der Schwere meines Körpers könnte
ich nicht nach Hause zurückkehren, und wenn ich sterben

müßte, ich möchte die Beichte nicht länger aufschieben!«
Der Meßdiener sagte: »Gott gebe dir seinen Beistand!«
Wie sie so wartete, erschien der Priester. Seine Gemeinde
war groß: daher hatte er genug Pfarrkinder, die er nicht
kannte, auch sah er sie nur im Dämmerlicht. Unter großer
Bedrängnis sich das Gesicht abwischend sagte die Frau, sie
habe auf ihn gewartet, um vor der Entbindung zu beichten. Der Priester begann ihr die Beichte abzunehmen. Die
männliche Frau dehnte sie sehr lang aus, damit die Nacht
ganz hereinbräche.
Nach der Beichte fing die Frau unter Seufzen an: »Ich
Unglückliche, wohin werde ich heute abend gehen?«
Ser Tinaccio antwortete: »Es wäre eine Dummheit, jetzt
fortzugehen. Es ist dunkle Nacht und regnerisch, und es
sieht nach stärkerem Regen aus; bleibt heute abend bei
meinem Mädchen; morgen früh könnt Ihr weiterziehen.«
Als die männliche Frau dies hörte, glaubte sie, glücklich
das erreicht zu haben, worauf sie hinauswollte, und sagte:
»Mein Vater, ich werde tun, wie Ihr mir ratet; ich bin von
dem Wege hierher schon so außer Atem; ich könnte keine
hundert Schritte mehr ohne große Gefahr gehen, und das
Wetter ist schlecht, und die Nacht ist da; also, ich werde
tun, wie Ihr sagt. Aber entschuldigt mich bitte, wenn mein
Mann irgend etwas sagen sollte!«
Der Priester versprach es ihr.
Und sie aß in der Küche mit der »Nichte« Abendbrot, wobei sie ihr Gesicht oft hinter dem Taschentuch versteckte.
Dann gingen sie in einer Kammer schlafen, die nur durch
eine dünne Bretterwand von der Kammer Ser Tinaccios
getrennt war.
Das junge Mädchen war im ersten Schlaf, als die Mann-
frau anfing, ihre Brüste zu berühren; den Priester hörte
man durch die Wand kräftig schnarchen. Als nun die
schwangere Frau sich an das Mädchen anschmiegte und
diese merkte, wer sich an ihr aufrichtete, fing sie an, Ser
Tinaccio zu rufen, und sagte: »Es ist ein Junge!«
Mehr als dreimal rief sie ihn, bevor er wach wurde; beim

viertenmal sagte sie: »Ser Tinaccio, es ist ein Junge«, und
Ser Tinaccio fragte ganz verschlafen: »Was sagst du?«
»Ich sage, es ist ein Junge.«
Ser Tinaccio meinte, daß die gute Frau einen Jungen zur
Welt gebracht habe, und sagte daher: »Hilf ihm, hilf ihm,
liebe Tochter!«
Mehrmals wiederholte das Mädchen: »Ser Tinaccio, Ser
Tinaccio, ich sage Euch, es ist ein Junge!«
Und er antwortete: »Hilf ihm, meine Tochter, hilf ihm,
und Gott stehe ihr bei!«
Müde und vom Schlummer überwältigt schlief Ser Tinaccio
wieder ein; und da das Mädchen es ebenfalls müde war,
sowohl die schwangere Frau als auch den Schlaf abzu-
wehren, und da es ihr auch so vorkam, als ob der Priester
selber ihr zuredete, dem Jungen zu helfen, so verging die
Nacht, so gut sie konnte. Und bis Tagesanbruch hatte der
Jüngling sein Verlangen gestillt, sooft er wollte; das Mädchen hatte sich zufriedengegeben, als er ihr seine Liebe
gestand. Sie verabredeten für die Zukunft, wie sie häufig
zusammenkommen könnten, und darauf nahm er unter
vielen Küssen und Umarmungen Abschied: »Wenn Ser
Tinaccio nach der schwangeren Frau fragt, sage ihm: ›Sie
hat heute nacht einen kleinen Jungen zur Welt gebracht,
als ich Euch gerufen habe, und heute in aller Frühe ist sie
mit ihm nach Hause gegangen.‹«
Die schwangere Frau ging fort, wobei sie das Stroh aus
ihrem Busen in den Strohsack des Mädchens stopfte, dem
nach der Doppellast eine Auffüllung not tat.
Ser Tinaccio ging am Morgen in die Kammer des Mädchens und fragte: »Welch Unglück ist heute nacht geschehen, daß du mich nicht hast schlafen lassen? Die ganze
Nacht ging es: ›Ser Tinaccio, Ser Tinaccio!‹ — Was gab es
denn?«
Das Mädchen antwortete: »Jene Frau brachte einen schönen Jungen zur Welt.«
»Und wo ist sie?«
Das Mädchen antwortete: »Heute ganz früh am Morgen

ist sie – ich glaube, mehr aus Scham als aus einem anderen
Grund – mit dem Kinde fortgegangen.«
Worauf Ser Tinaccio meinte: »Gott strafe sie! Diese
Frauen warten so lange, bis sie ihre Kinder irgendwo wie
ihr Wasser abschlagen. Wenn ich erfahre, wer ihr Mann
ist, werde ich ihr tüchtige Grobheiten sagen.«
Das Mädchen erwiderte: »Daran werdet Ihr sehr recht
tun, denn sie hat auch mich die ganze Nacht nicht schlafen
lassen.«
Und so endete dies mit der Entbindung.

Der Widerspenstigen Zähmung

Wenn der weise umsichtige Arzt eine Krankheit im Ent-
stehen sieht, wartet er nicht erst ihren Gipfel ab; denn ein
frisches Übel ist leichter zu heilen als ein eingewurzeltes.
Ebenso (die Frauen wollen mir verzeihen!) muß es der
Mann machen, wenn er eine Frau nimmt, das heißt, er
darf sie nicht Herr über ihn werden lassen. Wer nachher
erst durch Schaden klug wird, kann nichts mehr tun und
muß seine Krankheit aushalten bis zum Tod. Das wider-
fuhr einem Soldaten, der sein Weib nachträglich erziehen
wollte; aber weil er zu lange gewartet hatte, mußte er
geduldig bis zum Tod alle ihre Fehler tragen.
Es ist nicht lange her, da lebten in Corneto zwei dicke
Freunde; die liebten sich nicht weniger, als hätte sie dieselbe Mutter geboren. Beide, Pisardo und Silverio, hatten
das Kriegshandwerk ergriffen und standen im Solde des
Papstes. So groß ihre Liebe zueinander war, so wohnten
sie doch nicht beisammen. Der jüngere, Silverio, heiratete
die Tochter eines Schneiders, mit Namen Spinella, ein
schönes, reizendes Mädchen, doch von sehr hitzigem Ge-
blüt. Als die Hochzeit gefeiert und die Frau ihm ins Haus
geführt wurde, nahm ihn ihre Schönheit zu sehr ein, daß
er ihr alle Wünsche erfüllte. Dadurch wurde Spinella so

übermütig und herrschsüchtig, daß sie ihren Gatten kaum oder gar nicht achtete. Durch seine Schwäche hatte er es schon soweit gebracht, daß sie jenes tat, wenn er ihr dieses befahl, und wenn er sagte: »Komm *daher*!« so ging sie *dort*hin und lachte ihn noch aus. Und weil der Laffe nicht durch fremde, sondern durch seine eigenen Augen sah, wagte er es nicht, sie zurechtzustutzen noch auf Heilung des Übels zu denken, sondern ließ sie tun, was ihr einfiel und beliebte.

Ehe das Jahr um war, nahm Pisardo die zweite Tochter des Schneiders, Fiorella, die ebenso schön von Angesicht und auch ebenso hitzköpfig war wie ihre Schwester Spinella. Nach der Hochzeit, als die Frau ihm ins Haus geführt wurde, ergriff Pisardo ein Paar Männerhosen und zwei Prügel und sprach: »Fiorella, das sind Mannshosen; fasse du dieses Ende, ich will das andere fassen! Wir wollen um die Hosen ringen, wer von uns sie tragen soll; wer Sieger bleibt, der zieht sie an, wer aber verliert, der muß dem andern gehorchen.«

Fiorella hatte kaum die Worte ihres Mannes gehört, so antwortete sie mit vieler Mäßigung: »Ach, mein Gemahl, was sind das für Reden, die Ihr führt? Seid nicht Ihr der Mann, und ich bin die Frau? Muß die Frau nicht dem Manne gehorchen? Wie sollte ich denn solche Torheit beginnen? Tragt Ihr also nur die Hosen: sie schicken sich besser für Euch als für mich.«

»Gut«, sprach Pisardo, »ich werde also die Hosen tragen und der Herr im Hause sein, und du wirst als mein liebes Weib mir Gehorsam leisten. Aber hüte dich, anderen Sinnes zu werden, daß du der Mann sein willst und ich die Frau werden soll, damit du dich nicht hernach über mich zu beklagen hast!«

Fiorella war klug, bestätigte nochmals, was sie gesagt hatte, und der Mann übergab ihr unter diesem Vorbehalt das Regiment des ganzen Hauses, überwies ihr die fahrende Habe und sagte ihr, wie er zu leben gewohnt sei. Darauf sprach er: »Komm mit mir, Fiorella, ich will dir meine Pferde zeigen und dich lehren, wie du sie behandeln mußt, wenn es not tut!«

Im Stall fragte er: »Was meinst du zu diesen Pferden, Fiorella? Sind sie nicht schön? Werden sie nicht gut gehalten?«

»Gewiß, Herr«, antwortete Fiorella.

»Aber gib acht«, sprach Pisardo, »wie lenksam und geschmeidig sie sind!«

Dann nahm er eine Peitsche zur Hand und schlug erst dieses, dann jenes und rief abwechselnd: »Rechts! Links!« Die Pferde nahmen den Schwanz zwischen die Beine, stellten sich alle in eine Reihe und gehorchten ihrem Herrn. Pisardo hatte aber ein Pferd, das ziemlich gut aussah, doch von Natur träge und widerspenstig war; deshalb hielt er wenig von ihm. Zu diesem ging er mit der Peitsche, hieß es sich rechts und links wenden und züchtigte es. Aber das Pferd ließ sich schlagen und tat nichts, was der Herr verlangte, sondern schlug bald mit dem einen Fuß, bald mit dem andern, bald mit beiden aus. Wie Pisardo das Pferd so ungebärdig sah, nahm er einen derben Knittel und gerbte ihm so das Fell, daß er selbst davon ermüdete. Aber das Pferd ward nur eigensinniger als bisher, ließ sich schlagen und rührte sich nicht. Über diese Hartnäckigkeit des Pferdes erglühte Pisardo vor Zorn, zog das Schwert und erstach es.

Fiorella, die dies mit ansah, hatte Mitleid mit dem Pferde und sprach: »Ach, mein Gemahl, warum habt Ihr das Pferd getötet? Es war doch ein so schönes Tier; ewig schade, daß Ihr es umgebracht habt!«

Aber Pisardo versetzte mit zornglühendem Antlitz: »Wisse, daß ich alle, die mein Brot essen und meinen Willen nicht tun, mit dieser Münze bezahle!«

Bei dieser Antwort erschrak Fiorella heftig und sprach bei sich:

»Ach ich Arme, ich Unglückliche, wie übel bin ich mit ihm angekommen! Ich glaubte, ich habe einen besonnenen Mann zum Gemahl, und bin an einen Wüterich geraten.

Wie hat er das schöne Pferd um nichts und wieder nichts
umgebracht!«

So klagte sie bei sich selbst, ohne zu ahnen, wozu ihr Mann
so sprach. Der Vorfall hatte aber Fiorella solche Furcht
und solchen Schrecken vor ihrem Manne eingeflößt, daß
er sich nur zu rühren brauchte, und sie zitterte an allen
Gliedern. Kaum hatte der Mann den Mund geöffnet, so
verstand sie, was sein Wille war, und nie gab es bei ihnen
ein unfreundliches Wörtchen.

Silverio, der den Pisardo sehr liebte, besuchte ihn oft und
aß zu Mittag und zu Abend bei ihm. Als er dabei Fiorellas
Betragen bemerkte, wunderte er sich sehr und sprach bei
sich: »O Gott, warum konnte ich nicht das Glück haben,
Fiorella zum Weibe zu bekommen? Wie gut sie das Haus
in Ordnung hält und ihren Pisardo ohne das geringste
Widerstreben bedient! Wie sie ihrem Mann gehorcht und
alles tut, was er befiehlt! Aber mein Besen tut genau das
Gegenteil und behandelt mich so übel wie er kann! Ich
Unglücksrabe!« Ein andermal war Silverio wieder bei
Pisardo, und im Lauf der Unterhaltung sagte er: »Lieber
Bruder Pisardo, du weißt, wie sehr wir uns lieben; sag mir
doch, wie hast du es nur gemacht, deine Frau so gut zu
ziehen, daß sie dir so unbedingt gehorcht und dir so viel
schmeichelt und dich liebkost? Ich mag Spinella eine Sache
noch so liebreich befehlen, so gibt sie mir eine freche Antwort und tut gerade das Gegenteil.«

Pisardo lächelte und erzählte ihm Wort für Wort, wie er
es gehalten, als er sein Weib heimgeführt habe, riet ihm
auch, ein Gleiches zu tun und zu sehen, ob es noch an-
schlage; sonst wisse er ihm weiter nichts zu raten. Silverio
gefiel dieser Rat äußerst wohl; er verabschiedete sich von
ihm und rief, gleich als er nach Hause kam, seine Frau,
nahm ein Paar Hosen und zwei Stöcke und tat, was ihm
Pisardo geraten.

Spinella fragte: »Was macht Ihr da für Streiche, Silverio?
Was für Grillen sind Euch in den Kopf gefahren? Solltet
Ihr etwa närrisch geworden sein? Glaubt Ihr, ich wisse

nicht, daß die Männer und nicht die Frauen Hosen tragen?
Wozu jetzt der Unsinn?«
Aber Silverio blieb in der einmal begonnenen Ordnung und
gab ihr jetzt die Regeln für die Führung des Hauswesens.
Spinellas Verwunderung stieg immer mehr; spöttisch
lächelnd sagte sie: »Glaubt Ihr vielleicht, Silverio, ich
wisse noch nicht Eure Sachen in Ordnung zu halten, daß
Ihr mich so ernstlich darüber belehrt?«
Aber der Ehemann schwieg und ging jetzt mit der Gattin
in den Stall, wo er mit den Pferden ganz so verfuhr, wie
Pisardo getan hatte, auch eines davon tötete. Als Spinella
diese Torheit erblickte, dachte sie bei sich, ihr Mann müsse
in Wahrheit den Verstand verloren haben, und sprach:
»Was sollen diese Unbesonnenheiten und Narrheiten?
Solltet Ihr etwa zu Euerm Unstern verrückt geworden
sein?«
Silverio antwortete: »Ich bin nicht verrückt; aber alle, die
mein Brot essen und meinen Willen nicht tun, bestrafe ich
so, wie du gesehen hast.«
Nun begriff Spinella den törichten Plan ihres Einfalts-
pinsels und sprach: »Du Tropf, man sieht wohl, daß Euer
Pferd ein dummes Tier war, weil es sich so jämmerlich
umbringen ließ. Aber wo denkt Ihr hin? Meint Ihr vielleicht, mit mir zu verfahren wie mit dem Pferd? Wenn
Ihr das glaubt, so irrt Ihr Euch gewaltig, weiß Gott, und
viel zu spät versucht Ihr jetzt dafür zu sorgen, wofür Ihr
früher hättet sorgen sollen. Aus Knorpel ist Knochen geworden, es gibt kein Mittel mehr für einen so alten Schaden. Hättet Ihr doch früher abzuhelfen gesucht! Und was
werden Euch jetzt noch diese Faxen helfen? Nichts und
wieder nichts.«
Als Silverio diese Worte des klugen Weibes vernahm,
merkte er wohl, daß seine allzu große Zärtlichkeit wenig
Gutes gestiftet habe. Er fand sich also damit ab, so schwer
es ihm auch fiel, sein trauriges Los lebenslänglich mit Geduld zu tragen. Spinella hatte nun gesehen, daß der Rat
Pisardos ihrem Manne wenig gefrommt habe, und wenn

sie sonst ihren Willen fingersdick durchsetzen wollte, so
machte sie ihn nun in der ganzen Armeslänge geltend;
denn das wißt ihr ja: Gibt man dem Teufel den kleinen
Finger, schwupp, da hat er die ganze Hand!

Die Ärztin Gillette

Im Königreich Frankreich lebte ein Edelmann namens Is-
nard Graf von Roussillon; weil er kränklich war, hatte er
immer einen Arzt bei sich, der Gerard von Narbonne hieß.
Der Graf hatte einen einzigen kleinen Sohn, mit Namen
Bertrand, der von großer Schönheit und guten Sitten war.
Mit ihm wurden mehrere Kinder seines Alters erzogen,
unter denen sich die Tochter des erwähnten Arztes, namens
Gillette, befand. Diese fühlte für den jungen Bertrand eine
unendliche Liebe, die viel glühender war, als es für ihre
Jugend sich gehörte. Bertrand aber mußte, als der Graf
gestorben war und in seinem Testament ihn den Händen
des Königs anvertraut hatte, nach Paris ziehen, worüber
das junge Mädchen unbeschreiblich trostlos war. Wie nun
bald darauf auch ihr Vater starb, wäre sie gar gern auch
nach Paris gegangen, um Bertrand wiederzusehen, hätte
sie nur einen schicklichen Vorwand gewußt. Da sie aber
als einzige Erbin des Reichtums von vielen beachtet ward,
so sah sie keinen anständigen Ausweg.
Inzwischen war sie schon mannbar geworden. Ihren Bertrand hatte sie noch immer nicht vergessen, durfte aber
diesen Grund nicht angeben, wenn sie die vielen Bewerber
abwies, die ihre Verwandten anbrachten. Gillette war
mehr als je in Liebe für Bertrand entbrannt, der, wie sie
hörte, ein schöner Jüngling geworden war. Zufällig vernahm sie nun, der König von Frankreich sei infolge eines
Geschwürs auf der Brust, das von den Ärzten schlecht
geheilt war, mit einer Fistel behaftet, die ihm große Un-
bequemlichkeit und heftige Schmerzen verursache. Auch

habe sich noch kein Arzt gefunden, so viele sich schon
daran versucht hätten, der imstande gewesen, ihn zu heilen, vielmehr hätten alle das Übel verschlimmert. Darum
wolle der König, der jetzt an der Heilung verzweifle, von
niemand mehr Rat oder Hilfe annehmen. Die Jungfrau
war hoch erfreut hierüber: nun glaubte sie den schicklichen Vorwand zu haben, nach Paris zu reisen; sie hoffte
auch, wenn diese Krankheit wirklich die von ihr vermutete
sei, es leicht dahin zu bringen, daß sie Bertrand zum
Manne bekomme. Da sie bei ihrem Vater in ärztlichen
Dingen viel gelernt hatte, rieb sie aus gewissen Kräutern,
die für die vermutete Krankheit dienlich waren, ein Pulver
an und reiste nach Paris. Hier war ihr erstes Geschäft, daß
sie Bertrand zu sehen suchte; erst als ihr dies gelungen
war, trat sie vor den König und bat es sich von ihm als
Gnade aus, daß er seinen Schaden ihr zeige. Der König
mochte bei ihrer Jugend, Schönheit und Anmut es ihr nicht
abschlagen, und er zeigte ihn der Jungfrau. Sobald sie ihn
gesehen hatte, ward ihr ein festes Zutrauen, ihn heilen zu
können, und sie sagte: »Gnädiger Herr, wenn es Euch
beliebt, so hoffe ich zu Gott, ohne Euch irgendwelche
Schmerzen oder Beschwerden zu machen, in acht Tagen
von dieser Krankheit Euch befreit zu haben.« Der König
lachte im stillen über ihre Worte und sagte zu sich: »Wie
soll ein junges Mädchen das erreichen, was die größten
Ärzte der Welt nicht vermocht und nicht verstanden
haben?« Darum dankte er ihr für den guten Willen, antwortete aber, er habe bei sich beschlossen, keinen ärztlichen Rat weiter zu befolgen. Darauf erwiderte das
Mädchen: »Gnädiger Herr, Ihr verschmäht meine Kunst,
weil ich ein Weib und noch jung bin. Ich erinnere Euch
aber daran, daß ich nicht durch *meine* Wissenschaft, sondern durch Gottes Beistand und durch die Wissenschaft
des Meisters Gerard von Narbonne, der mein Vater und
ein berühmter Arzt war, zu heilen verstehe.«
Der König sagte darauf in Gedanken: »Vielleicht ist dieses
Mädchen mir von Gott gesandt; warum sollte ich nicht

versuchen, was sie mir empfiehlt, da sie mir doch verspricht, mich ohne Beschwerde in kurzer Zeit zu heilen?« Und so sprach er, entschlossen, es mit ihr zu versuchen: »Jungfrau, wenn Ihr Uns nicht heilt, im Falle Wir um Euretwillen Unserm Entschlusse zuwiderhandelten, was wollt Ihr dann, daß mit Euch geschehe?« »Gnädiger Herr«, erwiderte das Mädchen, »laßt mich bewachen und, wenn ich Euch in acht Tagen nicht heile, so laßt mich verbrennen! Was soll ich aber als Lohn erhalten, wenn ich Euch heile?« Darauf antwortete der König: »Ihr scheint Uns noch unverheiratet. Wenn Ihr *das* tut, so werden Wir Euch einen guten und angesehenen Mann geben.« »Gnädiger Herr«, sagte das Mädchen. »wahrlich, mir ist es lieb, wenn Ihr mich verheiraten wollt; ich begehre aber *den* zum Manne, den ich mir von Euch erbitten werde, wobei ich keinen Eurer Söhne und keinen von dem königlichen Hofe fordern will.« Der König versprach ihr alsbald, ihren Wunsch zu erfüllen.

Das Mädchen begann nun ihre Behandlung und hatte binnen kurzem, noch vor der bestimmten Frist, den König wiederhergestellt. Wie dieser sich geheilt fühlte, sagte er: »Jungfrau, Ihr habt Euch den versprochenen Mann wohl verdient.« »Gut, gnädiger Herr«, sagte das Mädchen, »so habe ich denn Bertrand von Roussillon verdient, den ich schon in meiner Kindheit zu lieben begann und seit der Zeit immer von ganzem Herzen geliebt habe.« Dem König schien es ein Großes, ihr diesen geben zu sollen; da er es aber einmal versprochen hatte und sein Wort nicht brechen wollte, so ließ er ihn zu sich rufen und sprach zu ihm: »Bertrand, Ihr seid nun erwachsen und hinlänglich ausgebildet. Wir wollen, daß Ihr nun zurückkehrt, Eure Grafschaft selbst zu regieren; auch sollt Ihr ein Mädchen mit Euch heimführen, das Wir Euch zur Frau bestimmt haben.« Bertrand antwortete: »Und wer ist das Mädchen, gnädiger Herr?« »Dieselbe«, antwortete der König, »die mit ihren Heilmitteln unsere Gesundheit wiederhergestellt hat.« Bertrand hatte sie bereits gesehen und erkannt, und

obwohl auch er sie gar schön fand, sagte er dennoch in
dem Wissen, daß sie von keinem Geschlechte sei, welches
seinem hohen Adel gezieme, ganz zornig: »Gnädiger Herr,
wollt Ihr mir eine Quacksalberin zur Frau geben? Das
möge doch Gott verhüten, daß ich mir jemals solch ein
Frauenzimmer nehme.« Der König antwortete: »So wollt
Ihr denn, daß Wir Unserm Worte untreu werden, das Wir,
um Unsere Gesundheit wiederzuerlangen, der Ärztin
gaben; sie begehrt nun als Lohn Euch zum Manne.« »Gnädiger Herr«, sagte Bertrand, »Ihr könnt mir alles nehmen,
was ich besitze, und mich als Euern Vasallen verschenken,
an wen es Euch beliebt; das aber versichere ich Euch, daß
ich mich mit dieser Heirat niemals zufrieden geben werde.«
»Ihr werdet schon«, sagte der König; »denn das Mädchen
ist hübsch und verständig, und es liebt Euch sehr. Deshalb
hoffen Wir, daß Ihr mit ihr viel glücklicher leben werdet,
als mit einer Dame von höherer Abkunft.«
Bertrand schwieg, und der König ordnete große Vorbereitungen zum Hochzeitsfeste an. Als der festgesetzte Tag
herangekommen war, vermählte sich Bertrand, so ungern
er es auch tat, in Gegenwart des Königs mit dem Mädchen,
das ihn mehr als sich selbst liebte. Sobald dies geschehen
war, beurlaubte er sich beim König, wie er zuvor schon
beschlossen hatte; er wolle in seine Grafschaft zurückkehren und dort erst die Ehe vollziehen. Damit stieg er zu
Pferde, reiste aber nicht in seine Grafschaft, sondern nach
Toskana. Als er hier vernahm, daß die Florentiner mit den
Sienesen im Kriege begriffen seien, entschloß er sich, zu
ihren Gunsten am Streite teilzunehmen. Er wurde mit
großer Freude und Ehre von ihnen empfangen, und da
sie ihn zum Anführer einer Abteilung ihrer Kriegsleute
machten und ihm bedeutenden Sold aussetzten, blieb er
eine gute Weile in ihren Diensten.
Die junge Frau war darüber nicht sehr erfreut, reiste indes
in der Hoffnung, ihn durch ihr gutes Benehmen in seine
Grafschaft zurückzurufen, nach Roussillon, und sie wurde
dort von allen als die Gebieterin aufgenommen. Weil

nun während der langen Abwesenheit des Grafen alle
Geschäfte verwahrlost waren, brachte sie diese, vermöge
ihres großen Geschickes, mit viel Mühe und Fleiß wieder
in die beste Ordnung; darüber waren die Untertanen sehr
zufrieden; sie brachten ihr große Achtung und Liebe entgegen, während sie den Grafen wegen seines Benehmens
tadelten.Wie Gillette alles im Lande wieder in guten Stand
gesetzt hatte, gab sie dem Grafen durch zwei Edelleute
davon Nachricht und bat ihn, wenn er um ihretwillen
zögere, in seine Grafschaft zu kommen, so möge er sie
davon unterrichten; sie werde dann ihm zu Gefallen die
Gegend verlassen. Der Graf antwortete ihnen äußerst
hart: »Mag sie tun, wozu sie Lust hat; was mich aber betrifft, so werde ich nicht eher heimkehren, um mit ihr zu
leben, als bis sie diesen Ring am Finger und ein Kind, das
ich mit ihr gezeugt habe, auf dem Arme trägt.«
Eben den Ring aber hielt er sehr wert, auch trennte er
sich wegen einer gewissen Kraft, die er ihm zuschrieb,
niemals von ihm. Die Edelleute fühlten wohl die Härte
der Bedingung, die auf zwei fast unmöglichen Dingen beruhte; da sie aber sahen, daß sie ihn durch ihre Worte von
seinem Vorsatz nicht abbringen konnten, so kehrten sie
zu der Dame zurück und meldeten ihr des Grafen Antwort. Sie wurde darüber gar sehr betrübt, entschloß sich
jedoch nach langer Überlegung, zu versuchen, ob sie nicht
vielleicht jene Forderungen erfüllen könne. Um auf solche
Weise einmal ihren Gemahl wiederzugewinnen, versam-
melte sie etliche der ältesten und tüchtigsten Männer aus
der Grafschaft, sobald sie über die weiteren Schritte sich
klar geworden war; diesen erzählte sie ganz der Ordnung
nach, mit rührenden Worten, was sie alles aus Liebe zum
Grafen getan und was für einen Lohn sie dafür erhalten
habe. Zuletzt eröffnete sie ihnen, sie wolle nicht durch ihr
längeres Verweilen die Schuld an der Verbannung des
Grafen tragen; den Rest ihres Lebens werde sie vielmehr
allein zu Pilgerfahrten und Werken der Barmherzigkeit
zum Heil ihrer Seele verwenden. Deshalb bat sie jene

Männer, Wache und Verwaltung der Grafschaft zu übernehmen und den Grafen in Kunde zu setzen, wie sie den
Besitz frei und ledig gelassen habe, und in der Absicht, nie
wieder nach Roussillon zu kommen, fortgezogen sei.
Während sie also sprach, vergossen die guten Leute viele
Tränen und baten sie dringend, ihren Entschluß aufzugeben und bei ihnen zu bleiben. Alles war jedoch vergebens. Die Dame empfahl sich dem göttlichen Schutz,
und sie trat in Begleitung eines ihrer Vettern und einer
Dienerin in Pilgerkleidern, aber mit Geld und kostbaren
Steinen wohl versehen die Reise an, ohne daß jemand
gewußt hätte, wohin sie gingen. Sie verweilte auch nicht
eher, als bis sie in Florenz waren; hier kehrte sie zufällig
in einem kleinen Gasthof ein, der einer guten Witwe gehörte. Voller Verlangen, von ihrem Herrn Nachricht zu
erhalten, gab Gillette sich für eine arme Pilgerin aus. Nun
traf es sich, daß sie schon am andern Tage Bertrand mit
seinem Gefolge vor dem Gasthofe vorüberreiten sah. Obgleich sie ihn gar wohl erkannte, fragte sie doch die gute
Wirtin, wer es sei. Diese erwiderte: »Es ist ein fremder
Edelmann, der sich Graf Bertrand nennt, ein gefälliger,
freundlicher Herr, den man in unserer Stadt ausnehmend
gerne sieht, und der in eine meiner Nachbarinnen, ein
armes Edelfräulein, über alle Maßen verliebt ist. Das ist
ein gar sittsames, braves Mädchen, das nur um seiner
Armut willen noch nicht verheiratet ist, und mit der Mutter, einer trefflichen, klugen Dame, zusammenlebt. Aber
wer weiß, was das Fräulein diesem Grafen nicht schon
alles zu Gefallen getan hätte, wenn die Mutter nicht
wäre?«
Die Gräfin nahm diese Worte sorgfältig in sich auf, erkundigte sich noch genauer nach allen Umständen, und faßte
ihren Entschluß, da sie jetzt von allem Nötigen unterrichtet war. Sie ließ sich Namen und Wohnung jener Frau
und ihrer Tochter bezeichnen, in die der Graf verliebt
war, und ging eines Tages, ohne jemand etwas davon zu
sagen, in Pilgerkleidung zu ihnen. Sie fand Mutter und

Tochter recht ärmlich aussehend, begrüßte sie und sagte
zur Mutter, wenn es ihr gefiele, wünschte sie mit ihr allein
zu reden. Die Edelfrau stand auf und sagte, sie sei dazu
bereit, und so gingen sie in eine Nebenstube; als sie sich
dort niedergelassen hatten, begann die Gräfin: »Madonna,
Ihr gehört, wie es scheint, so gut wie ich, zu den Feinden
Fortunas; wenn Ihr aber wolltet, könntet Ihr Euch wie
mich glücklich machen.« Die Dame antwortete, sie wünsche nichts so sehr, als ihre Lage auf anständige Weise zu
verbessern. Die Gräfin fuhr fort: »Ich bedarf Eurer Verschwiegenheit. Verlasse ich mich auf sie, und verratet Ihr
mich dennoch, so schadet Ihr Euch ebensowohl als mir.«
»Vertrauet mir ruhig an«, erwiderte die Edeldame, »was
Euch immer gefällt; gewiß werdet Ihr Euch nie von mir
betrogen sehen.« Darauf erzählte ihr die Gräfin auf be-
wegliche Weise, wer sie sei und was sich alles zugetragen
habe, seit sie zuerst sich in den Grafen verliebte. Die Edeldame, die diese Begebenheiten zum Teil schon von andern
gehört hatte, glaubte ihren Worten und ward von Mitleid
erfüllt. Als die Gräfin mit ihrer Geschichte zu Ende war,
fuhr sie fort: »Ihr habt gehört, was für Dinge ich, zu meinem übrigen Unglück, besitzen muß, wenn ich meinen
Mann erlangen will. Ist es nun wahr, was ich vernehme,
daß der Graf Eure Tochter auf das zärtlichste liebt, so
sehe ich ein, daß niemand außer Euch mir diese Dinge
verschaffen kann.« Die Edeldame antwortete ihr: »Madonna, ob der Graf meine Tochter liebt, das weiß ich
nicht; aber sein Benehmen ist ganz danach. Was kann ich
aber dafür tun, um Euch zu verschaffen, was Ihr wün-
schet?« »Madonna«, erwiderte die Gräfin, »gleich will ich
es sagen; zuvor aber sollt Ihr hören, was Euch für ein
Vorteil daraus erwachsen wird, wenn Ihr mir dabei helft.
Ich sehe, Eure Tochter ist schön und alt genug zum Heiraten; aus dem, was ich gehört habe und selbst zu bemer-
ken glaube, muß ich schließen, daß Ihr sie nur aus Mangel
an einer anständigen Ausstattung noch im Hause behaltet.
So denke ich denn zum Dank für den Dienst, den Ihr mir

leisten sollt, Eurer Tochter von meinem Gelde eine Mitgift auszusetzen, wie Euch selbst sie angemessen scheint,
um sie ehrenvoll zu verheiraten.« Der Dame, die bedürf-
tig war, gefiel das Anerbieten sehr; dennoch antwortete
sie in ihrer adeligen Gesinnung: »Madonna, sagt mir, was
ich für Euch tun kann? Ziemt es sich für mich, so soll es
gern geschehen, und Ihr mögt nachher tun, was Euch
beliebt.«

Darauf sagte die Gräfin: »Um meinen Plan zu verwirklichen, ist folgendes nötig: Ihr laßt durch einen zuverlässi-
gen Menschen dem Grafen, meinem Manne, sagen, Eure
Tochter sei gesonnen, ihm allen Willen zu tun; aber sie
brauche Gewißheit, daß er sie wirklich so lieb habe, wie er
vorgebe. Das könne sie aber erst glauben, wenn er ihr den
Ring schicke, den er immer am Finger trage, und der ihm,
wie sie gehört habe, so teuer sei. Schickt er ihn, so werdet
Ihr den Ring mir geben und dem Grafen sagen lassen, daß
Eure Tochter bereit ist, alle seine Wünsche zu erfüllen.
Dann müßt Ihr ihn heimlich hierherkommen lassen und
mich unvermerkt statt Eurer Tochter ihm zur Seite legen.
Vielleicht gewährt mir Gott die Gnade, daß ich von ihm
empfange, und dann werde ich, seinen Ring am Finger
und sein Kind auf dem Arme, ihn wiedergewinnen und
mit ihm leben können, wie es Mann und Frau geziemt,
und das werde ich dann Euch verdanken.«

Der Edeldame schien es ein bedenkliches Ding, und sie
fürchtete sehr, daß große Schande für ihre Tochter daraus
entspringen könne. Sie bedachte aber auch, es ist löblich,
dazu mitzuwirken, daß die gute Frau ihren Mann wieder-
bekommt, und es ist auch eine löbliche Absicht, welche die
Gräfin dazu bewegt. So versprach sie im Vertrauen auf
deren gute und ehrbare Gesinnung, das Gewünschte zu
tun. Sie erhielt auch auf dem angegebenen Wege nach
wenig Tagen in aller Heimlichkeit jenen Ring, obgleich es
dem Grafen schwerfiel, sich von ihm zu trennen, und sie
legte mit großer Geschicklichkeit die Gräfin anstatt ihrer
Tochter dem Grafen zur Seite.

In diesen ersten Vereinigungen, die vom Grafen inbrünstig gewünscht waren, empfing, nach Gottes Willen, die Dame männliche Zwillinge, wie sich zur gehörigen Zeit bei der Entbindung zeigte. Die Edelfrau gewährte der Gräfin die Umarmungen ihres Gemahls nicht nur einmal, sondern vielemal, wobei sie so vorsichtig zu Werke ging, daß nichts von diesem Verhältnisse verlautete und der Graf fortwährend der Meinung war, die Geliebte zu umarmen, während es seine Gattin war. Deshalb schenkte er ihr morgens, wenn er sie zu verlassen hatte, schöne, kostbare Edelsteine in Menge, welche die Gräfin sämtlich sorgsam verwahrte. Als diese von ihrer Schwangerschaft überzeugt war, wollte sie der Edeldame nicht weiter mit diesen Diensten beschwerlich fallen, sondern sagte ihr: »Madonna, Gott und Euch sei Dank, ich habe erlangt, was ich wünschte, und so ist es Zeit, daß ich nun nach Euerm Verlangen tue, um dann wieder abzureisen.« Die Edelfrau erwiderte, es sei ihr lieb, wenn die Gräfin irgend etwas nach ihren Wünschen erreicht habe. Was sie selbst aber getan, sei nicht in Hoffnung irgendeines Lohnes geschehen, sondern allein, weil sie gemeint habe, sie müsse so handeln, um Gutes zu tun. »Madonna«, erwiderte die Gräfin, »ich lobe diese Gesinnung an Euch, und denke selber nicht, was Ihr von mir verlangen werdet, Euch als einen Lohn zu schenken, sondern allein um Gutes zu tun, wie man auch meiner Meinung nach es tun soll.« Hierauf bat die Edeldame notgedrungen und voller Scham um hundert Goldgulden zur Ausstattung ihrer Tochter. Die Gräfin bemerkte wohl ihre Scham und die Bescheidenheit ihrer Bitte, und schenkte ihr deshalb fünfhundert Gulden nebst schönem, kostbarem Geschmeide, das leicht ebensoviel wert sein mochte. Die Edelfrau war darüber hoch erfreut und dankte der Gräfin, wie sie nur immer wußte und konnte. Diese aber verließ die Edeldame und kehrte in ihren Gasthof zurück.
Um für die Zukunft Graf Bertrand allen Anlaß zu nehmen, ihr Haus zu besuchen, zog die Edelfrau bald darauf

nebst ihrer Tochter zu ihren Anverwandten aufs Land. Bertrand kehrte indes, von den Seinigen zurückberufen, und weil er erfuhr, die Gräfin sei weggegangen, selbst in seine Heimat zurück. Die Gräfin war sehr erfreut, als sie hörte, er sei von Florenz abgereist und in seine Grafschaft heimgekehrt. Sie verweilte in Florenz noch bis zu ihrer Niederkunft, in der sie von zwei Knaben entbunden ward, die ihrem Vater äußerst ähnlich sahen. Sie ließ die Kinder mit vieler Sorgfalt stillen, machte sich, als es ihr an der Zeit schien, auf den Weg und langte, ohne von jemand erkannt zu sein, glücklich in Montpellier an. Hier ruhte sie sich einige Tage lang aus, und sie erfuhr bei ihren Erkundigungen nach dem Grafen und seinem Aufenthalt, er werde am nächsten Allerheiligentage in Roussillon ein großes Gastmahl für Damen und Ritter geben. Zu diesem ging sie nun, immer noch in ihrer gewohnten Pilgertracht, und eilte, ohne sich umzukleiden, ihre beiden Kinder im Arm, hinauf in den Saal des gräflichen Palastes, weil sie hörte, die Damen und Ritter seien versammelt, um zu Tische zu gehen. Mitten durch die Gesellschaft drängte sie sich vor den Grafen, warf sich ihm zu Füßen und sagte weinend: »Mein Gebieter, ich bin deine unglückliche Gattin: um dich in deine Heimat zurückzuführen und ihr zu erhalten, bin ich lange Zeit in der Fremde umhergeirrt. Ich beschwöre dich bei Gott, daß du mir jetzt die Bedingungen hältst, die du mir durch die zwei Edelleute auferlegt hast. Siehe hier in meinem Arm nicht ein, sondern zwei deiner Kinder, und siehe hier deinen Ring! Nun ist es nach deinem eigenen Versprechen Zeit, daß ich als deine Frau von dir aufgenommen werde.«

Der Graf erschrak sehr; denn er erkannte den Ring, und die Kinder schienen ihm sehr ähnlich; doch sagte er: »Wie soll denn das geschehen sein?« Hierauf erzählte die Gräfin zu großer Verwunderung des Grafen und aller übrigen, die gegenwärtig waren, der Ordnung nach, was und wie es sich zugetragen hatte. Wie der Graf sich hierdurch überzeugte, sie rede die Wahrheit, und wie er ihre Ausdauer und ihren Verstand bedachte, und dann auch wieder die zwei schönen Kinder sah, legte er seinen hartnäckigen Stolz ab, nicht nur um seinem Worte treu zu bleiben, sondern auch den Seinigen, Rittern wie Damen, zu Gefallen, die ihn alle baten, er möge sie nun als seine rechtmäßige Gattin aufnehmen und ehren. So hieß er denn die Gräfin aufstehen, küßte und umarmte sie, erkannte sie als seine rechtmäßige Gemahlin und die Kinder als die seinigen an. Dann ließ er sie mit Gewändern, die ihrem Stande geziemten, bekleiden, und feierte zu großer Freude aller Gegenwärtigen, wie auch seiner sämtlichen Vasallen, die es erfuhren, diesen Tag und noch mehrere Tage lang ein glänzendes Fest. Graf Bertrand liebte die Ärztin Gillette von diesem Tage an auf das herzlichste, und er gewährte ihr alle Achtung, die einer in Leiden versuchten und bewährten Ehefrau gebührten.

In einem Königreich, den Ort will ich nicht nennen, begab es sich vor einigen Jahren, daß ein sehr vornehmer Ritter, einer der ersten Edelleute der Krone, eine junge, schöne Frau von edlem Blute zur Ehe nahm. Sie waren sehr glücklich miteinander, und ihre gegenseitige Liebe war so groß, daß der Ritter, sooft er in Geschäften des Königs außer Landes ging, immer bei der Rückkehr seine schöne Frau bald mißmutig, wie von Sehnsucht angegriffen, bald krank antraf. So wurde der Edelmann auch einmal vom König als Botschafter an den Kaiser geschickt; gegen seine Gewohnheit blieb er mehrere Monate aus, wichtiger Geschäfte halber, oder wie es nun sonst kam; da fügte es das Schicksal, daß seine Frau nach vielen schmerzlichen Seufzern und Klagen, als sie die Männer ihres Hofes wieder anschaute, sich heftig in ihren wohlgesitteten, vornehmen Pagen verliebte. Ohne sich der Sache erwehren zu können und ohne von dieser Liebe zu irgend jemand zu sprechen, schaute sie nach Gelegenheiten aus; eines Abends war ihr Plan reif. Sie schloß daher mit geschicktem Vorwand das Zimmer und ließ sich zur Einleitung einige Briefe zum Lesen reichen. Bei dieser Gelegenheit verlockte sie den Edelknaben, weiterzugehen als recht war, indem sie manchmal den weißen, zarten Busen plötzlich öffnete und schnell wieder schloß, oft den kleinen Fuß mit einem Teil des blendenden schneeweißen Beines aufdeckte, als ob sie über beengenden Gedanken sich Luft machen wollte: dies begleitete sie hin und wieder mit einem Seufzer, mit einem Blick, und griff die Sache so keck und listig an, daß der Page endlich schüchtern sagte:

»Ach, gnädige Frau, habt Erbarmen mit meiner Jugend! Hier so auf der Folterbank leben, das zersprengt mir das Herz!«

Bei diesen Worten sprang aus der Liebesflamme ihrer Brust ein Feuerfunke über in ihr Gesicht, daß es erglühte. Sie nahm ihn bei der fieberheißen Hand, und nach man-

chem Geplauder durfte er die Frucht pflücken, in deren
Verlangen jeder Liebende sich verzehrt.

Viele, viele Tage genossen sie mit großer Wonne ihr
Liebesglück; da traf sie ein unerwarteter Schlag. Ein Baron,
der vertraute Freund ihres Gatten, der fast wie ein Bruder
gehalten wurde, pflegte der Edelfrau oft seine Höflichkeit
und Verehrung zu bezeugen. Da ihm die Tür des Palastes
nicht verschlossen war, kam er eines Morgens bis zu dem
Zimmer der Dame, fand zum Unglück die Tür offen und
meinte, wie sonst eintreten zu dürfen, ohne zu stören. Die
junge Frau und der Edelknabe waren aber nach den anmutigsten Unterhaltungen in tiefen, wohltuenden Schlaf
versunken. Da der Baron die Frau nicht sah, hob er — eine
unerhörte Keckheit — den Zipfel des Bettvorhanges und
schrie in der Überraschung: »Verbrecherisches Weib, be-
nimmt sich so eine treue Gattin? Zügelloser Knabe, was
sehe ich hier?«

Bei seinem Schreien erwachten die Liebenden, und in star-
rem Staunen über den unerwarteten Schlag wußten sie
nichts anderes, als demütig unter heißen Tränen und dringenden Bitten bei Gottes Barmherzigkeit um Gnade zu
flehen. Ihr Schluchzen mußte jedes harte Herz erweichen;
der Baron, ohnehin nicht von Stahl und Eisen, fühlte sich
zwiefach verwundet, von Mitleid und Erbarmen und von
Liebe und Wollust; so beruhigte er sich unter der Bedingung, daß er einen Teil der Güter genießen dürfe, deren
glücklicher Besitzer der Page war. Damit war die Frau zufrieden, der Baron beruhigt, der Page heiter, und beide
genossen diese Wonne einen Tag um den andern.

Das Schicksal ist aber den Zufriedenen feindlich; so fügte
es zum ersten und zweiten Unrecht noch ein drittes, über
die Maßen häßliches. Ein Mönch, der Kaplan der Dame,
ein gesunder, rüstiger Mann, fand den gewohnten Weg ins
Vorzimmer verschlossen. Da ging er über eine Geheim-
treppe dorthin, lauschte mehrmals an der Tür, und fand
immer, daß sie offen, aber eng angelehnt war. Er öffnete
sie daher ganz sachte ein wenig mit der Hand und merkte,

daß der Baron in großen Ehren bei der Frau lag und alle seine Wünsche in Wonne befriedigte. Hierbei wurde auch ihm der Wunsch rege, denselben Weg zu gehen. Kaum hatte der Baron das Zimmer verlassen, stand der Mönch schon am Bett der Dame und sagte: »Es sind schon mehrere Jahre her, meine gnädige Frau, daß ich Euerm ehrenwerten Gemahl diene; der Dienst, den ich ihm geleistet, geschah nur wegen der Schönheit, die in diesem engelhaften Angesicht und in den glänzenden und blitzenden Lichtern Eurer schönen Augen ruht. Meine Liebe zu Euch hat nicht Ende noch Ziel, sie achtet nicht auf Gelübde noch Stand: ich war oft nahe daran, mich ums Leben zu bringen. Aber nun bin ich gerettet: dem Gott der Liebe sei Dank, daß ich mit eigenen Augen sehen durfte, was meine Rettung bedeutet.«

Er hielt sodann der Frau alle Einzelheiten vor; auf der einen Seite habe sie Schaden und Schande zu bedenken, wenn sie ihm sich versage; auf der andern Seite stehe das treuste Schweigen, ein ewiger Friede, eine ungestörte Ruhe in Aussicht. Die Frau nahm seine Drohung, er werde sich töten, ganz ernst; so fügte sie sich auch seinem Verlangen aus Mitleid, aus Furcht und vor Angst für ein einziges Mal mit großem Ekel und Zorn, und er wich erst aus dem Zimmer, als er am Ziel seiner Wünsche war.

Auch die längste Gesandtschaft findet einmal ihr Ende: der Edelmann kehrte zum König und in seine Heimat zurück und fand seine Gemahlin diesmal nicht nur gesund, sondern heiter und viel schöner und glücklicher. Bei aller Freude gab ihm das zu denken. So beschloß er, durch ein peinliches Mittel sich Klarheit zu verschaffen. Er suchte den braven Priester auf, bei dem die Frau immer beichtete. Sein Ansehen und die Drohung mit einer Gewalttat brachten den Beichtiger schließlich dazu, Gewand und Beichtstuhl ihm abzutreten. Die Frau kam mit ihren Jungfrauen eines Morgens beizeiten dahin, fiel andächtig auf die Knie und fing an, für ihre Sünden um Vergebung zu bitten. Als sie auf das Kapitel der Ehe kam, brach sie in heftiges

Weinen aus, und auf die Frage des Beichtigers und die Versicherung der Vergebung ihrer Sünde sagte sie ihm, wie sie in einen ehrenwerten, ihr teuern Edelknaben sich verliebte, was dann unerhörte, unerwartete und schwere Folgen gehabt habe. Nach diesen Worten brach sie von neuem und noch heftiger in Tränen aus, und der falsche Beichtvater wurde vom Unwillen so übermannt, daß er sich beinahe entdeckt hätte. Aber voll Begierde weiterzuhören, beruhigte er sie mit freundlichen Worten und machte ihr die Vergebung für diese Sünde leicht.

Die Frau fuhr daher fort: »Nach dem Edelknaben, mein Vater, und mit seiner Beistimmung mußte ich mich — Gott verzeihe es mir! Aber ich ward gezwungen — auch einem edeln Baron hingeben, sooft er wollte, und nach diesem Fehltritt ward ich zuletzt, was mich am meisten kränkt, unter Zwang und gegen meinen Willen die Beute eines Mönchs, den Gott verdamme; ich sehe ihn nie mit den heiligen Gewändern am Leib, ohne ihm alles Übel der Welt an den Hals zu wünschen!«

In ihrem Schmerz über die Sünde und vor Empörung über diese Erpressungen brach sie in so heftiges Schluchzen aus, daß sie durchaus nicht imstande war, weiterzusprechen. Der Gatte, vor Ärger und Empörung außer sich, riß sich die Kapuze vom Kopf, öffnete das Gitter, hinter dem sich die Beichtiger verbergen, und fing an: »Du verruchtes Weib, du hast wahrhaftig nicht umsonst gelebt und deine Tage nicht vergeudet, da du sie so sittenlos und unkeusch hingebracht hast!«

Wie betrübt war die schuldbeladene Frau, als sie sich so entdeckt und entlarvt und jede Ausflucht abgeschnitten sah! Es fehlte nicht viel, so wäre sie in Ohnmacht gesunken. Gott wollte aber den an ihr verübten Betrug strafen und verlieh ihr dazu Kraft wie Festigkeit. Sie erhob die Augen zu dem tobenden Gatten, als erwache sie aus einem seltsamen Traum, und sagte, die gekränkte Unschuld in Person: »Oh, ein edler Ritter, ein adeliges Blut, ein königlicher Baron! Weh meinem Schicksal! Ich weiß nicht, was ich an dir mehr tadeln soll, die niedrige Denkart in deiner Brust, oder den Argwohn gegen deine brave Frau, oder den Einfall, dich so gemein zu verkleiden! Nun, ich bin zufrieden, daß du endlich den gesuchten Lohn gefunden hast. Sag, bist du ganz von Sinnen? Bist du nicht Edelknabe des Königs? Bist du nicht Baron? Bist du nicht zuletzt ein verwünschter Mönch geworden? Welcher andere Edelknabe, welcher andere Baron, welcher andere Mönch hat mit mir zu tun gehabt als du? Bist du so hirnlos, daß du das nicht weißt? Gib diesen gräßlichen Verdacht auf und lege diese würdelose Maskerade ab! Ich schwöre dir bei Gott, daß ich nicht länger vor dir knien kann, so weh tut mir dieser Vorfall!«

Damit stand sie auf, Zornesglut im Gesicht, und kehrte ohne ein Wort weiter zu ihren Frauen zurück. Der Baron, der fest an die Worte der wackeren Frau glaubte, suchte alles zu verhüllen und wiedergutzumachen. So siegte denn wieder einmal Weibeslist über Mannesränke, und wer darum am Schluß Reu und Leid machen mußte, das war halt der Ehemann als Beichtvater.

DAS FASS

Zahlreich, ihr lieben Damen, sind die Streiche, welche die Männer, besonders aber die Ehemänner, euch spielen. Wenn es einmal einer Frau gelingt, ihren Mann anzuführen, solltet ihr euch billigerweise darüber nicht nur freuen, wenn ihr es miterlebt oder es euch von irgendwem erzählt wird, sondern ihr solltet euch selbst ein Geschäft daraus machen, dergleichen Streiche aller Welt zu erzählen; die Männer mögen ruhig erfahren, schlau wie sie sich vorkommen, daß die Weiber ihnen an Pfiffigkeit nicht nachstehen. Solche Erkenntnis aber kann euch nur von Nutzen sein: wer sich der Pfiffigkeit des andern bewußt ist, wird es sich zweimal überlegen, bevor er versucht, ihn zu betrügen. Es ist also kein Zweifel, wenn die Männer erfahren sollten, was wir heute zu diesem Thema hier erzählen, wird es ihren Hang, euch anzuführen, wirksam zügeln; sie müssen sich ja sagen, daß ihr, wenn anders ihr wolltet, sie ebensogut anführen könnt. Aus diesem Grunde gedenke ich denn zu erzählen, wie ein junges Weibchen, obwohl niederen Standes, so schnell ihre fünf Sinne beieinander hatte, daß sie sich herausschwindelte und ihren Mann hinters Licht führte.

Vor gar nicht langer Zeit hatte in Neapel ein armer Mann ein gar hübsches und munteres Mädchen, namens Peronella, zur Frau genommen, und mit dem Wenigen, was er durch sein Handwerk als Maurer, sie aber durch Spinnen verdienten, lebten sie kümmerlich genug von der Hand in den Mund. Nun geschah es eines Tages, daß ein junger Stutzer Peronella begegnete und, da sie ihm gar wohl gefiel, sich in sie verliebte. Auch brachte er es durch allerhand Kniffe und Pfiffe so weit, daß er mit ihr vertraut wurde. Um aber in Ruhe beieinander sein zu können, machten sie ab, Giannello Strignàrio, so hieß Peronellas Geliebter, solle sich am Morgen in der Nachbarschaft aufhalten und aufpassen, ob ihr Ehemann, der in aller Frühe immer auf Arbeit ging oder Arbeit suchte, wirklich ausging. Geschah dies, so kam Giannello — die Straße, auf der die Eheleute wohnten und die Avorio genannt wird, ist sehr einsam und abgelegen — geradewegs zu ihr ins Haus. So taten sie oftmals. Eines Morgens aber war der gute Mann wieder ausgegangen und Giannello vergnügte sich mit seiner Peronella: da kam der Maurer, der sonst den ganzen Tag über nicht heimkehrte, lange vor der Zeit nach Hause. Wie er die Tür von innen verschlossen fand, klopfte er, und als er eine Weile geklopft hatte, sagte er bei sich selbst: »Gott, dir sei doch immerdar Preis und Dank! Armut freilich hast du mir beschieden. Dafür hast du mich aber mit diesem braven Weib gesegnet. Hat sie doch, als ich kaum von Hause weg war, gleich die Tür verriegelt, daß niemand hineinkommt und zudringlich wird.«

Das Faß

Peronella erkannte ihren Mann gleich an der Art des Klopfens. Da rief sie:»Ach Gott, ach Gott, Giannello! Ich bin des Todes; da ist mein Mann, den der Kuckuck holen soll, schon wiedergekommen. Gott weiß, was das zu bedeuten hat; er ist um diese Stunde noch nie heimgekehrt. Hat er dich vielleicht gar gesehen, als du ins Haus tratst? Aber, sei es, wie es sei, um Gottes willen, krieche derweilen hier in das Faß da! Dann will ich aufmachen gehen, und wir werden ja hören, was das mit dem frühen Heimkommen heute auf sich hat.«

Giannello schlüpfte rasch in das Faß. Peronella ging an die Tür und öffnete ihrem Manne mit einem Spinnengesicht. »Nun«, sagte sie, »was sind denn das für neue Manieren, daß du heute so früh heimkommst? Das sieht ja so aus, als wolltest du heute blau machen, da du dein Handwerkszeug mitbringst. Wenn du es so treibst, wovon sollen wir dann leben, wo sollen wir Brot herkriegen? Meinst du etwa, ich werde mir's gefallen lassen, daß du mir den Rock vom Leib versetzest und mein bißchen Wäsche aufs Leihhaus trägst? Tag und Nacht vergeht mir mit Spinnen, daß mir das Fleisch von den Nägeln losgeht, nur um das Öl für unsere Lampe zu verdienen. Mann, Mann, alle Nachbarinnen können sich nicht genug darüber verwundern, wie sauer ich mir's werden lasse, und machen sich lustig über mich. Und du kommst am frühen Morgen mit schlenkernden Armen nach Hause, wo du bei der Arbeit sein solltest.« Als sie so gesprochen hatte, kamen ihr die Tränen, und sie schluchzte:»Ach, ich Unglücklichste, ach, ich Ärmste, zu meinem Elend bin ich geboren, wär' ich lieber gar nicht auf die Welt gekommen. Solch einen wackern Burschen hätte ich haben können, und wollte nicht, nur um diesen Menschen zu heiraten, der gar nicht begreift, was er an mir hat. Ja, andere Weiber, die verbringen ihre Zeit mit ihren Liebhabern. Da ist nicht eine, die ihrer nicht zwei, drei hätte, und ihren Männern reden sie ein, wenn der Mond scheint, es sei die Sonne. Aber ich Ärmste, weil ich so gut bin, und weil ich nichts wissen will von solchen Geschichten, habe ich nichts davon als Unglück und Verdruß. Wahrhaftig, ich weiß nicht, warum ich mir nicht auch so einen Galan nehme wie die andern. Damit du es nur weißt, Mann, finden würden sich genug Liebhaber, wenn ich nur wollte. Ich weiß welche, und Vornehme, die mich lieb-haben und mir nachgehen, die mir schon Geld die Menge haben bieten lassen, oder Kleider und Schmucksachen, was ich lieber wollte. Aber niemals konnte ich es über das Herz bringen, weil ich einer Mutter Kind bin, die so etwas nie gelitten hätte. Und du kommst mir nach Hause, wo du bei der Arbeit sein solltest!«

»Aber Frau, ums Himmels willen, ereifere dich darüber nicht so sehr«, sagte der Mann. »Glaube mir doch, ich weiß recht gut, was ich an dir habe, und du hast mir's eben nur noch deutlicher gemacht. Freilich wollte ich heute früh auf die Arbeit gehen; aber du hast vergessen, scheint es, so gut wie ich, daß heute Sankt Galleon ist, wo nicht gearbeitet wird, und darum bin ich zu so früher Stunde heimgekom-men. Trotzdem aber habe ich gesorgt, daß wir Brot haben auf länger als einen Monat; denn ich habe dem Manne, der hier mit mir gekommen ist, das Faß verkauft, das uns ja schon lange nur im Wege stand, wie du auch weißt, und dafür gibt er mir fünf Gilgengulden.«

Da sagte Peronella: »Nun ärgere ich mich erst recht. Du bist ein Mann, du kommst unter Leute und solltest dich auf Geschäftssachen verstehen, und verkaufst das Faß für fünf Gilgengulden, während ich armes Weib, das kaum vor die Tür kommt, für dies sperrige Faß sieben Gulden lösen konnte. Eben als du klopftest, war ich um diesen Preis mit einem Mann handelseins geworden; der ist jetzt hinein-gekrochen, um zu sehen, ob es noch fest ist.«

Als der Maurer dies hörte, war er mehr als zufrieden, und sagte zu dem Manne, den er mitgebracht hatte: »Guter Freund, geh mit Gott! Du hörst, meine Frau hat das Faß für sieben Gulden verkauft, wo du nur fünfe geben woll-test.« — »Meinethalben«, sagte der gute Mann und ging seiner Wege. Peronella aber sagte zu ihrem Mann: »Nun

du einmal da bist, gehe selbst hin, und bringe die Sache
mit dem Käufer in Ordnung.«
Giannello, der die ganze Zeit über die Ohren gespitzt
hatte, wie die Sache wohl ablaufe, und ob er Maßregeln zu
ergreifen habe, sprang bei Peronellas Worten rasch aus
dem Faß und sagte, als wüßte er gar nichts von der Heim-
kehr des Mannes: »Nun, gute Frau, wo bist du?« Der Ehemann ging hin und sagte: »Hier bin ich; was willst du?« —
»Wer bist du denn?« fragte Giannello. »Ich suche die Frau,
mit der ich über das Faß da einen Handel geschlossen
habe.« Darauf sagte jener: »Ihr könnt das Geschäft mit
mir machen; ich bin ihr Mann.« — »Fest ist das Faß wohl«,
antwortete Giannello; »aber Ihr habt wohl Hefe darin
gehabt. Das Faß ist ja inwendig ganz überzogen mit einem
zähen Bodensatz; der ist so festgetrocknet, daß ich ihn mit
den Nägeln nicht loskriegen kann. Ich nehme es nur, wenn

es sauber ist.« — »Nun«, sagte Peronella, »darum braucht der Handel nicht zurückzugehen. Mein Mann wird das Faß schon gehörig säubern.« — »Warum nicht?« sagte der Mann, legte das Werkzeug aus der Hand, zog die Jacke aus und ließ sich ein Licht anzünden, kroch hinein und machte sich ans Kratzen. Peronella aber beugte sich über das Faß und steckte den Kopf mit Arm und Schulter durch das Spundloch, das eben weit genug dazu war, als wollte sie nach seiner Arbeit sehen, und sagte dabei: »Kratze hier und kratze dort und auch drüben«, und »sieh, hier hast du noch ein bißchen sitzen lassen.«

Während sie in dieser Stellung mit ihrem Manne sprach und ihm Anweisungen gab, hatte Giannello einen Einfall: er war an diesem Morgen, als der Mann heimkehrte, noch nicht ganz an das Ziel seiner Wünsche gelangt, sah aber ein, daß es für diesmal so, wie er gewollt hatte, nicht zu machen war. Um das Ziel so zu erreichen, wie es eben ging, trat er dicht hinter sie und befriedigte seine Jugendlust in der gleichen Weise, wie auf den weiten Steppen die zügellosen, brünstigen Hengste über die parthischen Stuten herfallen. Peronella hielt während dieser Zeit das Spundloch wohl verschlossen; kaum aber war Giannello am Ziel und trat wieder beiseite, so war auch das Faß sauber gekratzt; Peronella zog den Kopf zurück, und ihr Mann kroch wieder heraus. Darauf sagte sie: »Nimm das Licht, guter Freund, und leuchte hinein, ob dir's nun rein genug ist.« Giannello fand es gut. Für die sieben Gulden trug ihm der Ehemann das Faß nach Hause.

GALGANOS ENTSAGUNG

In Siena lebte vor manchen Jahren ein Jüngling mit Namen Galgano, von edler Geburt und reich, in allem geschickt, was ein rechter Edelmann leisten soll, dazu rüstig und mannhaft, ein hochherziger Ritter guter Sitte und leut-

selig gegen jedermann. Dieser liebte eine Edelfrau aus
Siena mit Namen Madonna Minoccia, die Gattin eines
edeln Ritters, des Messer Stricca. Darum trug Galgano beständig an den Kleidern und sonst das Wahrzeichen seiner
Geliebten, machte ihr zuliebe oftmals Turniere und Waf-
fenspiele mit und gab kostbare Gastmähler. Bei alledem
wollte ihn aber Minoccia niemals erhören, und Galgano
wußte gar nicht mehr, was er noch tun und sagen sollte,
um diese Grausamkeit in der Brust seiner Gebieterin zu
mildern. Er hielt den Tag für verloren, an dem er sie nicht
zu sehen bekam. Oft schickte er an sie Geschenke und Botschaften, aber niemals wollte die Frau etwas in Empfang
nehmen noch anhören, sondern war jedesmal härter als
zuvor. So war der Liebende lange Zeit von der heftigsten
Liebe gequält, die er in seiner Treue für diese Frau hegte,
und wollte sich schon selber den Tod geben. Aber er trug
das Joch fort und gab die Hoffnung nicht auf. Er gab sich
alle Mühe, in Reden und Handlungen ihr gefällig zu sein,
aber sie blieb unbewegt.

Einst war Messer Stricca und seine Gemahlin auf einem
ihrer Güter bei Siena; der besagte Galgano kam vorüber,
einen Sperber auf der Faust, als ginge er auf die Vogeljagd;
er wollte aber nur die Frau sehen. Messer Stricca erkannte
ihn sogleich, ging ihm entgegen und nahm ihn freundschaftlich bei der Hand mit der Bitte, gefälligst mit ihm
und seiner Gemahlin zu speisen. Galgano dankte dafür auf
das verbindlichste, bat aber, ihn für entschuldigt zu achten,
er habe eine Verabredung.

Darauf sagte Messer Stricca: »So nehmt wenigstens einen
Trunk an!«

Der Jüngling aber antwortete: »Schönen Dank! Bleibt mit
Gott! Ich habe Eile.«

Als Messer Stricca ihn so entschlossen sah, drang er nicht
mehr in ihn. Galgano war kaum von Messer Stricca weg,
da sprach er bei sich: »Ich Unglücklicher, warum habe ich
nicht angenommen? So hätte ich sie wenigstens gesehen,
die mir teurer ist als die ganze Welt.«

Währenddessen stieg eine Elster auf. Er ließ den Sperber los; die Elster flog in den Garten Messer Striccas, und der Sperber packte sie. Als Messer Stricca und seine Frau den Sperber hörten, liefen sie an das Gartenfenster; die Frau fragte, wem der Sperber gehöre.

Messer Stricca antwortete: »Dieser Sperber gehört dem trefflichsten und vollkommensten Jüngling in ganz Siena.« Die Frau fragte, wer dies sei.

»Der Vogel gehört Galgano«, sagte ihr Gatte, »der eben vorübergegangen ist. Ich bat ihn, bei uns zu speisen, er nahm es aber nicht an. Weiß Gott, er ist der anmutigste und rechtschaffenste Jüngling, den ich je gesehen.«

Sie gingen vom Fenster weg zu Tische; Galgano lockte seinen Sperber und entfernte sich ebenfalls. Die Frau behielt aber jene Worte im Sinne. Als einige Tage darauf Messer Stricca für die Gemeinde von Siena als Gesandter nach Perugia ging, blieb seine Frau allein zu Hause; sie schickte eine Vertraute zu Galgano und bat ihn, er möge gefälligst zu ihr kommen, sie wolle mit ihm reden. Galgano antwortete, er komme sehr gerne; als er gar hörte, Messer Stricca sei nach Perugia, machte er sich am Abend zu passender Stunde auf in das Haus der Frau.

Er grüßte sie ehrerbietig; die Frau nahm ihn mit großer Freude bei der Hand, umarmte ihn und sprach: »Sei mir hundertmal willkommen, mein Galgano!«

Und ohne weitere Worte gaben sie sich mehrmals den Friedenskuß. Die Frau ließ dann Zuckerwerk und Wein kommen, und nachdem sie miteinander gegessen und getrunken hatten, nahm ihn die Frau bei der Hand und sprach: »Mein Galgano, es ist Zeit, sich schlafen zu legen. Gehen wir daher zu Bette!«

»Gnädige Frau, ganz nach Eurem Gefallen!«

In der Kammer führten sie noch schöne und anmutige Gespräche, bis die Frau sich entkleidete und in das Bett stieg. Dann fragte sie Galgano: »Es scheint mir, du bist ganz verschämt und schüchtern. Gefalle ich dir nicht? Bist du nicht zufrieden? Hast du nicht, was du willst?«

Galgano antwortete: »O ja, gnädige Frau, und Gott hätte mir keine größere Gnade erweisen können, als daß ich in Euren Armen ruhen darf.«

Während die Liebenden hierüber sprachen, zog auch Galgano sich aus, stieg in das Bett und legte sich neben die Frau, nach welcher sein Herz sich so lange gesehnt hatte. Als er die Decke über sie beide gespreitet, sagte er zu seiner Dame: »Madonna, ich bitte Euch von Herzen, mir eine Gunst zu gewähren.«

Die Frau antwortete: »Mein Galgano, begehre! Vorher aber wünsche ich, daß du mich umarmest.«

Er umfing sie und sagte: »Madonna, ich wundere mich sehr, wie Ihr Eurem früheren Betragen zuwider heute mich habt holen lassen, da ich mich so lange Zeit nach Euch sehnte und Euch nachfolgte, Ihr mich aber nie sehen und hören mochtet. Was hat Euch jetzt umgestimmt?«

»Das will ich dir sagen«, antwortete die Frau. »Vor wenigen Tagen kamst du mit einem Sperber hier vorüber. Mein Mann sagte, er habe dich gesehen und eingeladen, mit uns zu speisen; du nahmst aber nicht an. Nun flog dein Sperber einer Elster nach, und als ich ihn sich so gut halten sah, fragte ich meinen Mann, wem er gehöre. Er sagte, dem trefflichsten Jüngling von Siena; der Sperber habe an seinem Herrn ein gutes Vorbild; er habe nie einen vollkommeneren jungen Mann gesehen als dich. Als ich dich so loben hörte und da ich deine Neigung für mich kannte, nahm ich mir vor, dich holen zu lassen und meine Sprödigkeit aufzugeben. Dies ist der Grund.«

Galgano versetzte: »Ist das ganz wahr?«

»Allerdings«, sprach die Frau.

»Und ist sonst kein Grund dabei?«

»Nein«, antwortete die Frau.

»So verhüte Gott«, sagte Galgano, »daß ich Euerm Gatten, der mir so freundlichen Dienst erwies, eine Schmach antue!«

Er sprang schnell aus dem Bette, zog sich wieder an, nahm Abschied von der Frau und ging seiner Wege. Die Frau verfolgte er nie wieder mit gierigen Blicken, bewahrte aber Messer Stricca, ihrem Gatten, wie er es verdiente, fortwährend seine ganz besondere Liebe und Verehrung.

Die Müllerstochter

Alessandro von Medici, den Herzog von Florenz, macht vor allem die Liebe zur Gerechtigkeit im Volk beliebt; sie liegt ihm mehr als alles am Herzen. Unter vielen lobenswerten Taten der Gerechtigkeit will ich nur eine erwähnen, die um so rühmlicher ist, weil er bei dem Vorfalle voll Klugheit und Vorsicht handelte, was bei jungen Menschen selten ist: denn wo die große Erfahrung fehlt, fehlt die Klugheit des Alters.

Der Herzog Alessandro hielt einen schönen Hof mit vielen Edelleuten. Unter andern war daselbst auch ein junger Florentiner, des Herzogs Liebling; wir wollen ihn Pietro nennen. Auf einem seiner Güter in der Nähe von Florenz sah dieser ein junges Mädchen, eines Müllers Tochter, die sehr schön und zierlich war. Ihres Vaters Mühle war in der Nähe des Gutes, auf dem Pietro eine schöne, bequeme Wohnung hatte. Sobald er das Mädchen sah, lockte es ihn, die Frucht bei ihr zu pflücken, die man bei allen Weibern so eifrig sucht. Er nahm also von dem Herzog acht bis zehn Tage Urlaub auf das Land und fing nun an, sein Pfauenrad vor der Jungfrau zu schlagen, um sie seinen Wünschen gefällig zu machen. Doch sie zeigte sich der Liebe Pietros gerade so geneigt wie der Hund dem Knüppel. Aus Scherz wird oftmals Ernst: Pietro verzehrte sich vor Liebe zu der Müllerin, daß er seine Gedanken auf gar nichts andres richten konnte; er verzweifelte, seine Absicht zu erreichen und spürte doch die Lust und die glühende Gier nach dem geliebten Wesen fortwährend wachsen. Alles wurde versucht, Botschaften, Geschenke, große Versprechungen, Drohungen; alles blieb vergeblich. Da be-

schloß er, das Mädchen, es möge daraus werden, was da
wolle, zu entführen und den Genuß ihrer Schönheit der
Gewalt zu verdanken. Er ließ zwei junge Edelleute rufen,
seine Freunde, die zufällig auch auf ihren Gütern in der
Nähe waren. Diese bat er, mit Rat und Tat beizuspringen.
In jugendlichem Leichtsinn versprachen sie bei dem Unternehmen tätige Hilfe. Als die Nacht zu dunkeln begann,
zogen die drei gewaffnet mit ihren Dienern nach der
Mühle; der Müller tat für seine Tochter, was er konnte,
aber sie entführten sie ihm mit Gewalt. So sehr auch das
Mädchen weinte, schrie und um Gnade bat, sie schleppten
sie fort. Pietro pflückte in derselben Nacht noch zum großen Jammer der Tochter, die dabei immer schluchzte, die
Blüte ihrer Jungfräulichkeit; er vergnügte sich an ihr die
ganze Nacht hindurch, wollte sie dann auch auf einige Zeit
für sich haben. Der Müller wußte, daß er allein sie nicht
wieder bekommen konnte; so ging er am folgenden Morgen in der Frühe zum Herzog, um seine Gnade anzuflehen.
Sobald er den Herzog sah, warf er sich ihm mit Tränen in
den Augen zu Füßen und flehte um Gerechtigkeit.
Der Herzog sprach: »Steh auf und sage mir, was du von
mir verlangst!« Und damit sonst niemand hörte, was der
Müller zu klagen hatte, zog er ihn beiseite und befahl ihm,
alles leise zu erzählen. Der ehrliche Mann gehorchte, erzählte ihm die ganze Sache kurz und bestimmt und nannte
ihm auch die zwei Gefährten Pietros, die der Herzog ebenfalls gut kannte. Der Herzog sagte zu dem Müller: »Sieh
dich vor, guter Mann, daß du mir keine Lüge sagst: denn
das müßte ich streng bestrafen. Wenn aber die Sache sich
so verhält, wie du sie mir erzählt hast, so werde ich gehörig
für dich sorgen. Erwarte mich nach dem Mittagessen in
der Mühle! Wenn dir dein Leben lieb ist, laß niemand
etwas davon erfahren und vertrau auf mich!«
Durch diese freundlichen Worte getröstet, tat der Müller,
wie der Herzog befahl. Nach dem Essen hieß der Herzog
zu Pferde steigen: er wolle einen Ausflug auf das Land
machen. Er schlug den Weg nach der Mühle ein, ließ sich

dort den Palast Pietros zeigen, der in der Nähe war, und
verfügte sich dahin. Als Pietro und seine Freunde dies hörten, kamen sie ihm vor dem Hause auf dem schönen Platz
mit der frischen grünen Laube entgegen. Der Herzog stieg
ab und sprach zu Pietro: »Ich ritt auf der Jagd vorbei; da
sah ich den schönen Palast hier und fragte nach dem Besitzer; als ich hörte, er gehöre dir, bekam ich Lust, ihn zu
besichtigen.«

Pietro, der dies alles glaubte, dankte dem Herzog ehrerbietig für seine Herablassung und entschuldigte sich, daß
der Ort nicht so schön sei, wie man ihm vielleicht gesagt
habe.

Alle begannen, die Treppen hinaufzusteigen, und traten
in schöne, geräumige Zimmer. Der Herzog besah alles und
lobte bald dieses, bald jenes. Man kam auf die Galerie mit
der Aussicht auf den schönen Garten. Am Ende der Galerie war ein kleines Zimmer; der Herzog sagte, man solle
aufschließen. Pietro hatte das Mädchen hier versteckt, als
er den Herzog kommen hörte. Deshalb sagte er: »Gnädiger Herr, das ist eine übel geordnete Kammer. Auch wüßte
ich in der Tat nicht, wo der Schlüssel ist; den Schloßvogt
habe ich in Geschäften nach Florenz geschickt.«

Der Herzog, der sonst alle Gemächer des Hauses gesehen
hatte, vermutete hier drin die Müllerstochter und sagte:
»Wohl, öffnet mir, mit oder ohne Schlüssel!«

Pietro näherte sich dem Ohre des Herzogs und gab ihm
lächelnd zu verstehen, er habe ein Mädchen in der Kammer, mit der er die Nacht zugebracht habe.

»Das gefällt mir«, antwortete der Herzog; »doch laß mich
sehen, ob sie schön ist!«

Die Tür ward geöffnet, und der Herzog ließ das Mädchen
herauskommen. Sie warf sich verschämt und weinend ihm
zu Füßen. Der Herzog wollte wissen, wer sie sei und wie
sie in den Palast komme. Das Mädchen erzählte die Geschichte unter Schluchzen und Tränen, und Pietro konnte
nicht leugnen. Empört wandte sich der Herzog zu Pietro
und seinen Helfern: »Ich weiß nicht«, sagte er, »was mich

abhält, euch allen dreien auf der Stelle die Köpfe abhauen zu lassen; aber ich verzeihe euch die Schändlichkeit, die ihr begangen habt, unter einer Bedingung: du, Pietro, nimmst sogleich das Mädchen als deine rechtmäßige Gattin an und setzt ihr zweitausend Dukaten als Morgengabe aus, ihr zwei Mitschuldigen aber legt jeder eintausend Dukaten dazu; und kein Wort weiter! Ich übergebe sie dir, Pietro, als meine leibliche Schwester, und wenn ich höre, daß du sie im geringsten mißhandelst, so werde ich es rächen, als habest du meine eigene Schwester beleidigt.«

Pietro nahm sie sogleich zur Frau, und die drei entrichteten ihre viertausend Dukaten.

VERONICA

Ich erinnere mich, daß ich des öftern von einem uralten Großvater als völlig wahr habe erzählen hören, wie zur Zeit Karls II. in Salerno ein sonderbarer Ritter lebte aus edler Familie, namens Messer Mazzeo. Er war Oberrichter und reicher an Geld und Gut als irgendeiner seiner Landsleute. Als er schon betagt war, starb ihm seine Gattin, und es blieb ihm von ihr nur eine Tochter, namens Veronica, ein sehr schönes und verständiges Mädchen. Ob es wegen der übergroßen Liebe war, die der Vater zu seinem einzigen Kinde hegte, oder ob sie für irgendeine hohe Verbindung aufgehoben wurde, jedenfalls lebte sie unverheiratet zu Hause. Von ihrer Kindheit an war ein adeliger Knabe, Antonio Marcello, im Hause aus- und eingegangen wegen einer weitläufigen Verwandtschaft zwischen ihm und der Frau des Ritters. Veronica hatte auf diese Art eine solche Liebe für ihn gefaßt, daß sie gar keine Ruhe davor hatte. Antonio, ein gescheiter und sehr gesitteter Jüngling, ward von dem Vater des Mädchens als braver Sohn geliebt. Antonio merkte Veronicas Liebe, und da ein junger Mensch gegen die Angriffe der Liebe sich nicht recht schirmen kann, entbrannte er von gleicher Glut; die Gelegenheit war ihrem gemeinsamen Wunsche günstig, ungestört die süßen Früchte der Liebe zu kosten. In der Fortsetzung dieser Genüsse war ihre Klugheit und Vorsicht nicht stark genug: denn als sie eines Nachts arglos vergnügt beisammen waren, sah es ein Diener des Hauses; der rief eilends den Ritter herbei und erzählte ihm den Vorfall. Voll Zorn ging er mit seinen Dienern zu den Liebenden in die Kammer: gerade auf dem Gipfel der Lust wurden sie ohne Widerstand festgenommen. Antonio war aber mutig und kräftig genug, sich gleich wieder loszureißen, bahnte sich im Dunkel mit dem Schwert in der Hand den Weg und kehrte unerkannt und unverletzt nach Hause zurück.

Messer Mazzeo war bis in den Tod betrübt, da er sah, wie weit sie schon gekommen waren, und fragte die Tochter, wer der Liebhaber sei. Sie kannte aber ihres Vaters Wesen zu gut; überzeugt, er werde ihn töten, erklärte sie nach kurzem Überlegen, sie wolle lieber jede Qual, ja den Tod erdulden, als den Geliebten verraten. Der Vater wurde noch wütender; als sie trotz vieler Mißhandlungen doch hartnäckig blieb, kam er wider die natürliche Neigung schließlich dazu, sie umzubringen. Ohne sie weiter sehen zu wollen, hieß er zwei seiner liebsten Diener sie auf eine Barke schleppen, einige Meilen ins Meer hinausführen und dann ins Wasser werfen. Diese taten es ungern, fesselten aber doch das Mädchen und führten es schnell ans Meer. Beim Zurechtmachen der Barke kam dem einen das Mitleid; sein Genosse hatte nicht weniger Widerstreben gegen eine solche Grausamkeit. Sie wurden am Ende einig, das eigne Leben zu wagen, um ihr Leben und Freiheit zu schenken. Sie banden das Mädchen los und sagten ihr, aus Mitleid wollten sie das rohe Urteil nicht an ihr vollziehen; diese Wohltat möge die Jungfrau ihnen nach ihrem ganzen Werte dereinst vergelten. Das arme Mädchen flehte zum Vergelter alles Guten, daß er ihnen eine so unschätzbare Gabe ersetzen möge; und als sie sich von Angst und Schrecken ein wenig erholt hatte, schwur sie ihnen, kein

Lebender, geschweige ihr unbarmherziger Vater, werde je von ihrer Rettung erfahren. Sie schoren ihr die Haare, verkleideten sie als Mann, verschenkten an sie ihr weniges Geld und wiesen ihr den Weg nach Neapel. Sie trennten sich von ihr unter Tränen; die Kleider brachten sie ihrem Herrn und versicherten, sie hätten sie mit einem großen Stein um den Hals etwa zehn Meilen von der Küste ins Meer versenkt.

Das unglückliche Fräulein war noch nie aus der Stadt gekommen. So ward sie bei jedem Schritte mutloser; dazu kam der Gedanke, ihren Antonio ohne Hoffnung auf ein Wiedersehen zu verlassen. Sie spielte mit dem Gedanken zurückzugehen. Aber die empfangene Wohltat und ihr feierliches Versprechen verwehrten es. Sie nahm also den Weg unter die Füße, obwohl sie nicht sehr gewohnt war, zu Fuß zu gehen, befahl sich in Gottes Schutz und ging, ohne zu wissen wohin, den Rest der Nacht weiter mit großer Beschwernis.

Gegen Morgen traf sie bei Nocera einige Gesellschaften, welche nach Neapel gingen, und sie gesellte sich vertraulich zu ihnen. Darunter war auch ein kalabrischer Edelmann, der seinem Herzog ein paar Sperber überbrachte. Der Jüngling gefiel ihm, und er fragte, woher er sei und ob er in Dienste gehen wolle. Veronica hatte als Kind von einer alten Apulierin im Hause viele Wörter dieser Mundart gelernt; es fiel ihr also leicht, diesen Dialekt zu sprechen, und sie antwortete: »Messer, ich bin ein Apulier, und ich bin von Hause weg, um Dienste zu suchen. Als der Sohn eines edeln Vaters möchte ich mich aber nicht gern zu niedrigen Diensten verstehen.«

Der Kalabrier fragte: »Möchtet Ihr einen Sperber versorgen?«

Diese Frage kam Veronica sehr gelegen, da sie im Hause ihres Vaters sogar viele mit großer Zärtlichkeit besorgt hatte. Sie antwortete ihm daher, sie habe sich von Kindheit auf nur damit beschäftigt. Nach manchem Hin und Her wurden sie einig, daß sie ihm unterwegs die Sperber besorgen solle. In Neapel wurde sie von ihrem Herrn besser ausgestattet, daß sie wirklich wie ein schmucker Schildknappe aussah. Wie man dem Herzog die Sperber überreichte, wollte er zugleich mit den Sperbern den Apulier haben, der so gut mit ihnen umzugehen wußte. So wurde er auf die Liste der Hausdienerschaft gesetzt und ihm ein neapolitanischer Edelmann beigesellt. Er gab sich auch so viel Mühe, sich gut zu halten und seinen Dienst recht zu versehen, daß er bald die volle Gnade seines Herrn erwarb und zu den höchst geehrten und begünstigten Hofleuten gehörte. Aber das Schicksal hatte es noch besser mit ihm vor. Doch ehe wir davon berichten, müssen wir uns nach Messer Mazzeo und Antonio umschauen.

Der alte Vater hatte die Tochter umsonst geopfert. Die Sache war doch Stadtgespräch geworden, und er hielt sich darum die meiste Zeit still für sich und lebte in der Stadt oder auf einem Landgut ein einsames, düsteres Leben. Antonio, der mit blutigen Tränen den Tod seiner Veronica beweinte und bejammerte, war nach vorsichtiger Erkundung überzeugt, der Ritter habe nie erfahren, wer der Liebhaber war. Um jeden Verdacht von sich zu entfernen, überdies von Mitleid gerührt, besuchte er ihn einige Tage nach dem Vorfall, als fühle er wie immer die zärtlichste Liebe für ihn, reiste gewöhnlich mit ihm auf das Land und war gegen ihn nachgiebig und teilnehmend wie ein leiblicher Sohn. Messer Mazzeo schien Antonio der einzige, der ihm die Treue auch im Unglück halte. Aus diesem Grunde und wegen der besonderen Vorzüge des Jünglings gewann er ihn lieb wie einen eigenen Sohn und wollte keine Stunde ohne seinen Antonio bleiben. Weil ihm sein Unglück den rechten Erben geraubt hatte, bestellte er, kurz bevor er zu sterben kam, Antonio zum Erben aller seiner Habe.

Antonio zog als Besitzer der großen Erbschaft in das Haus des Ritters ein, und so viel erinnerte ihn hier an seine Geliebte. Er konnte nie vergessen, daß sie lieber sterben wollte als ihn verraten.

Aus Dank für ihr Opfer gelobte er, unvermählt zu
bleiben.

Unterdessen beschloß der Herzog eine Reise nach Kalabrien. Dies war dem Apulier überaus lieb; er durfte sein
Vaterland wiedersehen und konnte irgend etwas von dem
Geliebten erfahren und vom Vater, den Veronica doch
nicht zu hassen vermochte. Um sich nicht irgendwie zu verraten, hatte sie bisher niemand nach ihnen gefragt und
niemals etwas von ihnen erfahren. In Salerno wurde das
Gefolge des Herzogs nach Stand und Würden in verschiedenen Häusern untergebracht; das Schicksal wollte Veronica von dem langen Leiden befreien und mit ihrem Antonio in Freuden vereinigen: Marcello der Apulier kam
samt seinem Genossen zu Antonio ins Quartier.

Veronica und der Genosse wurden von Antonio sehr
freundlich und ehrenvoll aufgenommen, und am Abend
setzte er ihnen eine kostbare Mahlzeit vor. Veronica, die
sich in ihr eigenes Haus geführt sah, war so froh, ihren
treuen Liebhaber im Besitz von allem zu sehen; aber da
sie weder den Vater noch jemand von der früheren Dienerschaft erblickte, erfaßte sie Wehmut; sie wünschte Aufschluß, und doch scheute sie sich zu fragen. Während sie
so unentschlossen bei Tisch saß, erkundigte sich ihr Genosse
bei Antonio, ob das Wappen im Flur das seinige sei. Antonio antwortete, es gehöre einem sehr würdigen Ritter
namens Messer Mazzeo, dem Oberrichter, der in seinem
Alter keine Kinder mehr gehabt und ihn zum Erben aller
seiner Güter eingesetzt habe; darum habe er als ein ange-
nommener Sohn mit den Besitzungen auch den Namen des
Hauses und das Wappen wie von seinem leiblichen Vater
sich zu eigen gemacht.

Da fühlte sich Veronica plötzlich so voll Freude, daß sie
mit Mühe die Tränen zurückhielt, um die Mahlzeit nicht
zu stören. Nachher konnte sie nicht länger warten, ihr
unbestrittenes Besitztum, das ein gnädiges Geschick ihr
bis hierher bewahrt hatte, in ihre Arme zu nehmen: Sie
faßte Antonio bei der Hand, verließ ihren Begleiter und

die andere Gesellschaft, und sie traten in ein anderes Gemach. Dort wollte sie sagen, was sie vorher sich ausgedacht hatte, um ihn zu prüfen; aber vor Freudentränen konnte sie nicht sprechen, sank ihm kraftlos in die Arme und konnte nur hervorbringen:»O mein Antonio, ist's möglich, daß du mich nicht kennst?«

Dieser hatte gleich beim Empfang in Marcello seine Veronica zu erkennen gemeint; ihre Worte überzeugten ihn, und er stammelte in größter Rührung:»Ach, so lebst du denn noch, mein Herz?«

Lange hielten sie sich stumm in den Armen. Als sie wieder zu sich kamen und sich ihre Schicksale erzählten, wollten sie das erfreuliche Ereignis nicht länger verheimlichen. Sie verließen das Zimmer, und obwohl es spät war, beschickte Antonio schleunig die ganze Verwandtschaft Veronicas und seine eigene; ein Vorfall von höchster Wichtigkeit verlange ihr Erscheinen. In ihrem Geleit ging er zum Palast des Fürsten, um den Herzog mit ihrer Unterstützung um eine große Gnade zu bitten. Vor dem Fürsten nahm er Veronica bei der Hand, und vor allen Anwesenden erzählten die beiden ihre alten und neuen Begegnisse, ohne etwas auszulassen; sie erklärten dann, sie fühlten seit Anfang ihrer Liebe sich durch feierliches Wort und beiderseitige Zustimmung gebunden, und beabsichtigten, mit Genehmigung seiner fürstlichen Gnaden vor so würdigen Zeugen diesen Ehebund zu proklamieren. So sehr sich der Herzog mit seinen Baronen und der ganzen Verwandtschaft und allen andern Einheimischen und Fremden darüber verwunderte, so sah doch jeder voll Freude es ein gutes, ehrenvolles Ende nehmen. Der Herzog entließ sie mit großer Freude nach Hause und veranstaltete am andern Morgen eine feierliche prunkvolle Messe, der er selbst mit vielen Adeligen und andern Leuten beiwohnte. Bei dieser wurde zur allgemeinen Freude Veronica dem Antonio nach Stand und Würden angetraut. Sie teilten große Geschenke aus und lebten in Glück und Frieden und erfreuten sich bis an ihr seliges Ende ihrer schönen Kinder.

Drei heitere Burschen aus der Stadt Arezzo in Toskana — der eine hieß Giannozzo, der zweite Cechino, der dritte Simeone — die wollten gern die stolze Stadt Venedig sehen und machten sich zu Fuß auf den Weg, dort durch Arbeit oder Dienst bei einem Edelmann ihr Glück zu versuchen. Sie fanden Herberge im Hause einer ehrlichen, armen Frau; da sie nur noch wenige Gulden übrighatten, konnten sie keine großen Sprünge machen.

Es war gerade Fastenzeit, und wie sie da eines Abends spazieren gingen, sahen sie in einem Kramladen eine Frau allerlei Fettbackwerk machen; heiß, wie es aus dem Kessel kam, legte sie es in einem großen irdenen Napf auf ihrem Schautisch aus. Bei dem Anblick und dem Geruch lief den wackern Burschen das Wasser im Munde zusammen. Sie hatten kein Geld, um es sich zu kaufen, und waren doch nicht mit dem Anblick zufrieden; die Begier ließ ihnen keine Ruhe, und ihr Herz schmolz vor Verlangen, alle die Kuchen unter die Zähne zu bekommen und zu verschlingen. Da sagte Cechino, der jüngste, aber verschlagener als die andern: »Ihr würdet, so gut wie ich, euch gern den Bauch mit diesen Dingern füllen. Ich will euch zeigen, wie sie unser werden können.«

Die andern trauten dem Frieden nicht recht und hießen Cechino einen närrischen Großsprecher. Aber zuhören kostet nichts und verpflichtet zu nichts, meinten sie schließlich; Cechino solle den Sack aufbinden.

Der begann: »Du, Giannozzo, gehst in die Bude hinein; für deine sechs Kreuzer kaufst du Rosinen, von denen dort auf dem Vorsprung ein ganzer Korb voll steht. Nimm dabei ihre ganze Aufmerksamkeit in Anspruch. Während er einkauft, packst du, Simeone, die Schüssel mit den Kuchen, läufst damit davon und erwartest uns auf dem freien Platz, und wenn dir jemand nachläuft, halte ich ihn in dem dunkeln Gäßchen auf. Auf dem freien Platz wollen wir uns treffen und mit dir teilen.«

»Gut«, sagte Giannozzo, »ich werde meine Rolle schon spielen; bereitet ihr andern euch auf die eurige vor!«
Er trat in die kleine Bude und sagte: »He, Frau, gebt mir doch für zwei Groschen von diesen Rosinen! Wieviel verlangt Ihr denn für das Pfund?«

»Fünf Groschen«, antwortete sie, »aber weil Ihr es seid, will ich ein halb Pfund für zwei Groschen geben.«

»Wägt es«, sagte er, »aber seht zu, daß Ihr es mir nicht zu knapp macht!«

»Seid ruhig«, antwortete sie; »ich werde Euch geben, was Euch gehört!«

Als nun Simeone sie mit dem Abwägen der Rosinen beschäftigt sah, packte er rasch die Schüssel mit den Kuchen und lief damit fort an den verabredeten Platz; beim Warten aß er ein wenig davon, um zu sehen, ob sie gut ausgefallen.

Die arme Frau erhob ein Geschrei: »Packt ihn! Packt ihn, den Kuchendieb! Packt ihn!«

Sie lief eiligst aus dem Laden und wollte ihm nach, aber der schlaue Cechino vertrat ihr den Weg und sagte: »Was ist Euch widerfahren, gute Frau?«

»Der Schelm«, antwortete sie, »der dort läuft, eine ganze Schüssel voll Kuchen, frisch aus der Pfanne, hat er gestohlen. Wer sie wiederbringt, auch nur teilweise, dem lohne ich gut.«

»Gute Frau«, sagte er, »bleibt nur zurück! Der Kerl läuft schneller als der Wind und hat in seiner wahnsinnigen Hast mich fast über den Haufen gerannt.«

Während das arme Weib noch über ihre Pfannkuchen jammerte, kam auch Giannozzo, dem sie Zeit gelassen, sich die Taschen voll Rosinen zu stopfen: »Da, Mutter, nehmt Euer Geld! Ich hätte davonlaufen können, ohne zu zahlen; aber ich halte so etwas nicht für recht.«

»Gott segne Euch, mein Sohn«, antwortete sie. »Ihr seid doch keiner wie der Spitzbube. Ich bitte Gott, daß er am ersten Kuchen, den er in den Mund steckt, erstickt und krepiert!«

Nach diesen Worten ging sie wieder hinein und fing aufs neue an, Pfannkuchen zu backen. Die drei windigen Gesellen konnten kaum die Zeit erwarten, ihren Raub unter sich zu teilen, und trafen hinter der Kirche bei den drei Brücken zusammen, wo ihre leeren Mägen die Pfannkuchen alle in einem Augenblick verschlangen; da sie darauf vor Durst fast umkamen, machten sie sich über die Rosinen her, von denen Giannozzo für seine zwei Groschen mehr als sechs Pfund eingesteckt hatte. Während sie so speisten, hörten sie, wie sich vorsichtig über ihnen ein Fenster öffnete und eine leise Stimme sprach: »Liebes Herz, ich komme jetzt gleich und lasse Euch ein! Wartet nur noch ein bißchen, liebe Seele!«

Die Nacht war stockfinster, dazu ein dichter Nebel, und man konnte durchaus niemand unterscheiden. Der verwegene Cechino sprach: »Das ist gewiß irgendein gutes Abenteuer. Ich gehe hinein. Wer nicht wagt, gewinnt nicht.«

Seine beiden Gesellen redeten sich den Mund fransig, aber Cechino ließ sich nicht warnen:

»Nein, nein«, sagte er, »ich bin entschlossen, hineinzugehen. Ich weiß mein Verslein schon, und wer mir etwas anhaben will, der muß sehr schlau zu Werke gehen, wenn ich es nicht merken soll. Geht ihr immerhin in unsere Herberge! Ihr mögt für mein gutes Glück beten; wenn ich irgend etwas Hübsches daraus fische, so sollt auch ihr euer Teil abkriegen. Wartet in der Herberge auf mich; ich höre sie schon die Treppe herunterkommen.«

Die zwei Gesellen erkannten, daß sein Entschluß gefaßt war, kehrten in die Herberge zurück und ließen den verwegenen Cechino an der Tür warten, bis aufgemacht wurde.

In diesem Hause wohnte ein reicher portugiesischer Kaufmann; er war Witwer und hatte eine unglaublich schöne, reizende Tochter, seines Alters Freude und Trost. Ein Edelmann aus der Stadt hatte sich heftig in sie verliebt und durfte auch bald bei ihr die ersehnte Frucht der Liebe pflücken. Er fand sich fast jeden Montag abends um die erste Stunde der Nacht an ihrer Tür ein; sie räusperte sich dann; wenn er das Zeichen zurückgab, ließ sie ihn ein und führte ihn mit der größten Gefahr durch den Saal, an den das Schlafzimmer des Vaters stieß, und von da in eine Vorratskammer voller Baumwollballen. Mitten unter diesen hatte sie geschickt einen Raum wie ein kleines Zimmer zurechtgemacht; über die Wollsäcke hatte sie weiße Leintücher mit trefflichen seidenen Daunendecken gebreitet, in welchen sie miteinander die ganze Nacht, ja zuweilen den ganzen Tag in den Freuden der Liebe hinbrachten. Niemand im Hause außer ihr hatte den Schlüssel, und sie ließ auch nie jemand hinein. Sie hatte daselbst zur Erfrischung ihres Liebhabers immer ganz köstliche Weine, die schmackhaftesten Speisen und Zuckerwerk, damit er es aushielt, wenn sie ihn denselben Weg erst am folgenden Abend wieder wegbringen konnte. Nun hatte das schöne Mädchen das Geräusch und Geflüster der drei lustigen Pfannkuchenesser vernommen, und weil es gerade ihr Montagabend war, so dachte sie, es sei ihr Liebhaber. Sobald sie konnte, ließ sie Cechino ein, nahm ihn bei der Hand und führte ihn wie immer ohne ein Wort zu sprechen mit großen Schritten im Finstern weiter nach dem Boden, und in ihrer Liebeslaube schlang sie ihm die Arme um den Hals, küßte ihn zärtlich und sprach: »Meine süße Seele, während ich meinem Vater noch Gesellschaft leiste, könnt Ihr Euch erfrischen. Sobald er zur Ruhe gegangen ist, komme ich wieder zu Euch.«

Nach diesen Worten ging sie hinaus. Der unternehmende Cechino, der vom Wo und Wie und Wer keine Ahnung hatte, wurde doch etwas bedenklich und bereute fast, sich darauf eingelassen zu haben. Aber zu ändern war nichts mehr, jetzt hieß es, sich auf keine Weise einschüchtern zu lassen; dem empfangenen Kuß nach mußte das Mädchen ein äußerst feiner Bissen sein, und um rüstiger turnieren zu können, als seine Lenden ohnehin gewohnt waren, fing er an, wacker einzuhauen; seine Nase hatte ihm verraten, wo der Speisenkorb stand. Da gab es zwei Flaschen treff-

lichen Malvasier; die eine leerte er in ein paar Zügen fast
ganz, daß es seine Lebensgeister stärkte und die Kräfte
erhöhte. Im Korbe fand er auch noch viele Stücke Marzi-
pan, eingemachte Pinienkerne und Pistazien. Da er wußte,
daß diese Dinge schmecken, versorgte er ein gut Teil davon und bereitete sich auf diese Art vortrefflich zum Liebeskampf, dessen Anfang er kaum erwarten konnte. Nach
einer guten Weile kam das schöne Kind in das Zimmerchen und sprach: »Mein teures Leben, ich bitte Euch, verzeiht, daß es länger als sonst gedauert hat! Mein Vater
wurde von einigen Kaufleuten aufgehalten, die um diese
Baumwollballen mit ihm feilschten. Sie sind sich über den
Preis des ganzen Vorrats noch nicht einig; doch wollen
sie morgen früh zwei Ballen davon nehmen für einen
Kaufmann, der sie braucht; wenn sie ihm gefallen, so werden sie auch die übrigen übernehmen. Ich fürchte daher,
sie werden uns bald dies schöne Zimmerchen verderben;
wir wollen uns dann aber anders helfen. Deshalb habe ich
Euch warten lassen; Gott weiß, wie leid es mir gewesen
ist! Aber fürchtet nichts! Wir wollen den Verlust schon
einbringen, denn mein Vater kommt morgen nicht zum
Frühstück nach Hause; so gehört uns der ganze Tag.«
Sowie Cechino dies hörte, entkleidete er sich hastig, stieg
zuerst in das Bett, und sie folgte ihm. Er umarmte sie,
küßte sie tausendmal und fand sie äußerst weich und zart.
Endlich konnte er sich nicht länger halten, setzte sich aufs
Pferd und ritt fast die ganze Nacht Stafette; und wenn er
auch manchmal stillehielt, um aufzuatmen, so schöpfte er
doch um so früher wieder neuen Mut, den Weg fortzusetzen. Als ein starker und kräftiger Jüngling konnte er
die Kämpfe der Liebe trefflich bestehen. Weil das Mädchen ihn so über Pflicht und Schuldigkeit in ihrer Mühle
mahlen hörte, war sie im stillen ganz überrascht; denn ihr
Liebhaber war darin kein Held. Sie war mehrmals nahe
daran, ihm zu sagen, er solle sie für heute ruhen lassen,
aber ließ es jedesmal, um ihm nur nicht zuwider zu sein.
Der rüstige Cechino, an sich stark und mutig im Liebes-

turnier, wollte sich doch diesmal über seine Pflicht an-
strengen, zumal er wußte, daß man jungen, schönen Kindern nichts Angenehmeres tun kann:»Wenn mit dem Tag
die unvermeidliche Entdeckung kommt, wird sie mir vielleicht verzeihen, weil ich mich so rüstig gezeigt und als
mannhafter Held bewährt habe. Ach, ach«, redete er noch
weiter zu sich selbst,»warum bin ich nicht schöner und
anmutiger; dann schenkte sie mir auch ferner immer so
süße Nächte!«
Er wollte sie darauf von neuem in die Arme schließen;
da er aber bemerkte, daß sie schlief, gönnte er ihr den
Schlummer, ja, er legte ihren Kopf auf seine Brust. Nach
einer kleinen Weile kam zwischen den Ballen die Morgenröte hindurch. Nun sah er auch die außerordentliche
Schönheit des holden Mädchens, das noch immer schlief; es
war ihm, als schaue er eher ein göttliches als ein sterbliches
Wesen. Er begann deswegen am ganzen Leibe zu zittern.
Daran erwachte sie, und da sie sich in den Armen eines so
gewöhnlichen Menschen sah, fing sie an zu schreien. Er
schloß ihr alsbald den Mund mit den Händen und sprach:
»Schreit nicht, Fräulein, denn Ihr zögt Euch dadurch für
den ganzen Rest Eures Lebens Schmach zu. Ich kann nichts
für das, was geschehen ist; Ihr habt mich selbst zu Euch
hereingeführt. Ich dachte, Ihr seid eine meinesgleichen,
und ließ es mir gefallen. Hätte ich vorher gewußt, was
meine Augen jetzt sehen, so hätte ich wahrlich nie gewagt
hierherzukommen. Aber für Euch wäre es jetzt besser,
mich still von hier wegzuschaffen, als Euch durch Schreien
und Lärmen für immer in Verruf zu bringen.«
Das arme Mädchen erkannte recht wohl, daß seine Worte
nur allzu richtig waren. Aber ihr Zorn brach doch los:
»Ruchloser Verräter! Wenn du der nicht warst, den ich
rief, was mußtest du mit mir kommen? Sag es, Unseliger!«
»Was wußte ich«, antwortete er,»wer Ihr wart? Ich
meinte, Ihr seid irgendeine Magd, die mich früher schon
gesehen und sich in mich verliebt hat und mich nun ruft.
Darum wagte ich mitzukommen. Hätte ich aber gedacht,

eine Euresgleichen zu liebkosen, wäre ich gewiß nur mit
ihrem Willen hierhergekommen. Worin besteht also meine
Schuld? Da Ihr mich rieft, hättet Ihr mir ins Gesicht sehen
sollen und mich wieder fortschicken, wenn ich Euch nicht
gefiel.«

»Dich habe ich nicht gerufen«, sagte sie; »ich hätte mich
nie zu deinesgleichen herabgelassen, schmutziger, garstiger
Mensch! Dessen sei gewiß: wenn die Sache je sonst jemand
erfährt, so kostet es dich das Leben.«

Ihr Zürnen und Drohen gab dem Armen Mut und Fassung, wieder herzhaft zu antworten:

»Was einmal geschehen ist, kann niemand mehr rück-
gängig machen; und wenn Ihr Euch nicht zufrieden geben
wollt, so sollt Ihr erfahren, daß ich mir am Ende nichts
draus mache. Verfahrt also so schlimm wie Ihr wollt: aber
bedenkt; geht es mir schlecht, wird es Euch nicht gut
gehen! Wenn Ihr mir noch länger in den Ohren liegt, so
mache ich mir nicht viel daraus aufzustehen, an ein Fen-
stér zu treten und der ganzen Nachbarschaft Euern Irrtum kundzutun, wenn es auch das Leben kostet; bis dahin,
wenn es je so weit käme, hätte es noch eine gute Weile,
und auf jeden Fall muß ich ja einmal auch durch dieses
Loch hinaus.«

Als sie ihn in solchem Tone sprechen hörte und da sie ihn
für einen gemeinen Menschen hielt, versuchte sie es mit
Schmeicheln, um ihn zu beruhigen: »Mein schlimmes Geschick hat dies über mich verhängt; da ich das Geschehene
nicht ändern kann, will ich jetzt nur dein Leben und meine
Ehre erhalten; aber du mußt auch willig tun, was ich dir
vorschlage, um von hier wegzukommen.«

Sobald Cechino gut Wetter sah, antwortete er: »Ihr werdet mich stets bereit finden, jedes Wagnis und jede Gefahr Euch zu Gefallen zu übernehmen; Ihr seid so schön
und edel, da kann es nicht fehlen, daß Ihr nicht auch
freundlich und menschlich seid und mir die Keckheit und
den jugendlichen Irrtum verzeiht, den ich unvorsichtiger-
weise begangen habe.«

Er fügte noch die Versicherung bei:»Wenn ich Euch auch niemals wiedersehe, so werde ich in jeder Stunde dieser Nacht gedenken, in der ich so unvergleichliche Wollust und Liebesfreuden genossen habe. Darum, mein Fräulein, fügt Euch darein, mir das zu lassen, was mir niemand wieder nehmen kann, und was mir mein günstiger Stern vergönnt und in den Weg gelegt hat.«

Diese sanften, liebevollen Worte Cechinos rührten die Jungfrau vollends; und da sie in den Lumpen einen anmutigen Jüngling sah, erbarmte sie sich seiner und fragte ihn, wo er her sei und was er in Venedig wolle. Er setzte ihr nun anmutig und freundlich seine ganze Lage auseinander. Sie sagte mitleidig:»Seid fröhlich und guter Dinge: da der Himmel dies einmal zugelassen hat, so will ich mich gegen Euch am Ende freundlich und liebevoll erweisen.«

Cechino dankte ihr demütig und wagte in seinem freudigen Entzücken sogar, ihr einen Kuß zu geben; da sie ihn nicht verschmähte, fühlte er sich ermutigt, noch weiter zu gehen; am Ende pflückte er von ihr eine neue Liebesfrucht, die nicht weniger würzig schmeckte als die vielen anderen, die er in der letzten Nacht gestohlen hatte.

Bei alledem übersah sie nicht die Stunde, in der es an der Zeit war, ihn aus dem Hause zu schaffen:»Cechino«, sagte sie, »denn so sagt Ihr ja, daß Ihr heißet, jetzt ist es Zeit, daß Ihr fortgeht! Ehe ich über das Wie mit Euch rede, will ich etwas Geld für Euch holen. Ich werde im Augenblick wieder bei Euch sein.«

Als Cechino von Geld sprechen hörte, da spitzte er die Ohren. Das Mädchen kam zurück, einen Beutel mit fünfzig Goldstücken in der einen Hand, Hammer und Zange in der andern.

»Nehmt«, sprach sie, »dieses wenige, denn im Augenblick habe ich nicht mehr; aber kommt, ehe es zu Ende geht, in die benachbarte Kirche, die ich jeden Sonntag besuche, so werde ich Euch wieder mit anderem versehen!«

Der überglückliche Cechino nahm das Geld und dankte

ihr von Herzen. Da sie aber in der andern Hand Hammer
und Zange hielt, fragte er: »Fräulein, wozu sollen denn
diese Dinge dienen?«
»Das sollt Ihr sogleich erfahren«, antwortete sie. »Bald
wird der Kaufmann kommen, dem ich die zwei Ballen
übergeben soll. Da will ich Euch bitten, daß Ihr mir zuliebe und zur Erhaltung meiner Ehre und nicht minder
Eures Lebens in einem derselben Euch verbergt. Ich will
Euch darin eine ganz bequeme Lage bereiten.«
Sie sagte ihm, wie er sich zu gelegener Zeit wieder heraus-
helfen könne, und obwohl es dem armen Cechino gar seltsam vorkam, sich so in einen Ballen Baumwolle zu ver-
kriechen, so entschloß er sich doch dazu. Die Jungfrau berichtete, ihr Vater habe ihr beim Geldholen zu wissen getan, die beiden Ballen kommen in ein Magazin zu ebener
Erde, nach den Lastträgern sei schon geschickt; wenn ihn
diese hier versteckt fänden, so gäbe das die größten Un-
gelegenheiten. Sie ließ ihn sich satt essen, damit er nicht
Hunger bekäme, wenn er auch bis in die Nacht im Magazin bleiben müsse, küßte ihn darauf vielmals und erhielt
ihre Küsse zweifach zurück, bat ihn auch, sich wieder
sehen zu lassen, ließ ihn endlich in den Sack schlüpfen und
verbarg ihn so geschickt, daß er sehr gut Atem schöpfen
und alles, was vorging, sehen, aber auch auf jeden Fall, sobald er wollte, herausgehen konnte.
Nicht lange, da kam das Mädchen mit den Trägern und be-
zeichnete ihnen die beiden Ballen, in deren einem der
arme Cechino steckte. Sie wurden sofort hinuntergebracht
in eine Gondel und nach dem Magazin des andern Kaufmanns weggeführt, der sie zu andern Waren niederlegen
ließ. Das Schicksal wollte dabei Cechino so wohl, daß er
beim Ausladen auf die Füße gestellt wurde; denn darüber
hatte er gar nicht nachgedacht, als er hineinkroch, und auch
ihr war es nicht eingefallen.
Nachdem der Kaufmann seine Niederlage verschlossen
hatte, ging er weg und Cechino war in dem Baumwollballen allein. Er wollte etwa in der ersten Stunde der

Nacht sich befreien. Aber bald darauf kehrte der Besitzer des Magazins zurück, weil er die Baumwolle schon weiterverkauft hatte an einen anderen Kaufmann, der sie für eine Schiffsladung schnell benötigte. Der Schiffsschreiber kam gleich mit, um die Ballen zu sehen. Als er das Gewicht abgeschätzt hatte, sagte der Schreiber: »Ich werde sie gegen Betglockläuten abholen. Sie kommen unten im Schiff an einen passenden Platz. Sorgt dafür, daß um diese Zeit einer Eurer Diener mit den Schlüsseln hier ist und mir die Stücke übergibt!« Damit wurde das Magazin wieder verschlossen, und sie entfernten sich. Der arme Cechino hatte alles mitangehört; man braucht nicht zu fragen, wie ihm zumute war; denn das ging ans Leben. Er konnte wohl nach Belieben aus dem Ballen heraus; aber am Tag hätte man einen Ausbruch aus dem Magazin gehört, den er für die Nacht geplant hatte, und ihn als Einbrecher verhaftet und gehenkt. Wenn man ihn aber im Schiff unten hineinpackte, so kamen andere Waren oben auf seinen Ballen, er kam nicht mehr heraus und mußte ersticken oder Hungers sterben. Der Tod schien ihm sicher, und da er keine Rettung sah, verwünschte er Zeit und Stunde, da er in das Haus des Mädchens eingetreten war.

Einen letzten Versuch wollte er wagen: ihm fiel ein, daß er ja wohl hervorkriechen und sich hinter den Warenkisten verbergen konnte, um wenigstens der augenblicklichen Gefahr zu entgehen. Aber in demselben Augenblick kamen einige Kaufleute, die Waren aufluden, und blieben bis zur Nacht. Cechino war nahe daran, vor Kummer zu sterben. Die Kaufleute waren endlich mit dem Aufladen ihrer Waren fertig; aber da erschien auch schon der Schreiber, um die Baumwollballen abzuholen. Er hatte den Diener mit einer Laterne bei sich, zündete damit die Lampe an, die mitten in der Niederlage hing, und sagte zu dem Diener: »Das Boot soll gleich vom Schiffe abstoßen, um die beiden Ballen zu laden! Ich erwarte dich hier.« Der Schreiber zog sein Oberkleid aus, legte es auf eine

Kiste mit Gewürznelken neben Cechinos Baumwollballen, schlug sodann die Hände auf dem Rücken übereinander und ging in der Niederlage auf und nieder. Er bemerkte, daß die beiden Baumwollballen gar nicht bezeichnet waren und ergriff das Tintenfaß, um mit dem Pinsel ein Zeichen darauf zu malen. Cechino sah ihn auf sich zukommen, und sein gutes Glück gab ihm den Gedanken ein, dem Schreiber Furcht einzujagen und so vielleicht das Leben zu retten. Sobald also der Schreiber seinen Pinsel an den Ballen brachte, erblickte ihn Cechino, der die Augen unter einigen kleinen Rissen in der Leinwand des Ballens verborgen hatte, um hier durchzusehen und Atem zu holen. Der Schreiber hob mit dem Pinsel einen der Lappen auf; sobald er ein Gesicht erblickte, fuhr er jäh zurück. Cechino fing an, seltsam zu stöhnen und die furchtbarsten Gebärden und Gesichter von der Welt zu schneiden, bei deren Anblick dem armen Schreiber die Haare zu Berg standen. Er glaubte in vollem Ernst, der Teufel sei darin, läuft mir nichts, dir nichts zum Magazin hinaus, läßt auf der Kiste das Oberkleid mit einigen Säcken Geld liegen und verschließt das Magazin. Er stieß zufällig auf den Diener, der melden wollte, das Boot könne diesen Abend nicht kommen. Wie er den Schreiber ohne das Oberkleid und ganz in Schrecken sah, fragte er: »Was habt Ihr, gestrenger Herr? Ihr zittert so und seht so bestürzt aus? Wo ist Euer Kleid? Hat es Euch ein Dieb entwendet?«

»*Istimbistim futschikato*«, antwortete er; »der Teufel ist im Magazin, ich habe ihn eingeschlossen: nach Hause, bloß weg nach Hause!«

Sobald Cechino sich allein sah, sprach er: »Jetzt ist keine Zeit mehr zu verlieren.« Mit einem Messerchen, das ihm das Mädchen mitgegeben, zerschnitt er im Nu alle Nähte und Stricke des Ballens, sprang ganz mit Baumwolle bedeckt hinaus, eilte zur Tür des Magazins und löste mit Zange und Hammer leicht das Schloß ab. Das Oberkleid des erschrockenen Schreibers nahm er über sich, da er voll Baumwollflocken war, und die Geldsäcke hob er gleichfalls freudig auf. Dann legte er ohne alles Geräusch den eisernen Querbalken wieder in die Tür des Magazins und ging unbemerkt fort und auf das Haus eines Schneiders zu, der ihm befreundet war. Er klopfte an die Tür, wurde eingelassen und blieb die ganze Nacht über bei ihm. Der Schneider war über seine Ankunft sehr erfreut, da Cechino in seinem Handwerk ein sehr geschickter Arbeiter war. Er arbeitete zwei volle Tage in der Schneiderwerkstatt, achtete aber besonders darauf, nicht zufällig von seinen Genossen bemerkt zu werden. Geld hatte er genug; so kleidete er sich ehrbar, stattete sich aus und achtete viele Tage lang darauf, seine Gefährten nicht wiederzusehen. Als er nicht wieder auftauchte und keine Kunde von ihm kam, war es ihnen gewiß, daß er in dem fremden Haus ermordet worden sei. Sie fanden keine Arbeit und hatten kein Geld mehr; deshalb verkauften sie ihre Mäntel und kehrten heim.

Sowie Cechino die Abreise seiner Gefährten vermutete, hätte er gern das schöne Kind wiedergesehen, aber er wollte der Sicherheit wegen sechs Monate vorüber lassen. Dann erst wagte er sich eines Sonntags in ihre Kirche. Er war eben recht gekommen: sie trat in dem Augenblicke ein, ganz in Trauer, mit einem Gefolge vieler Frauen. Er stellte sich ihr gegenüber und gab sich ihr, so gut es ging, zu erkennen; endlich bemerkte sie, daß einer kein Auge von ihr abwandte; sie betrachtete ihn dann auch aufmerksamer und erkannte schließlich ihren Cechino. Sie erwiderte den Gruß, sehr verwundert, in so stattlichem Aufzug ihn zu sehen. Während der Messe hatte sie Zeit, vieles zu bedenken: Cechino hat sich wacker benommen, mein Vater ist ein paar Tage nach der Nacht gestorben, mein Edelmann hat sich verheiratet und läßt nichts mehr von sich hören, Geld habe ich mehr als genug geerbt; wenn ich daran denke, wie rüstig sich Cechino im Liebeskampf gehalten! Sie tat ihm daher durch eine Dienerin zu wissen, er möge nach Schluß der Messe sie in ihrem Hause besuchen. Als er kam, ging sie ihm bis zur halben Treppe entgegen und empfing ihn liebevoll.

In einem sehr schönen Gemach setzten sie sich einander gegenüber und sprachen von ihren Schicksalen. Cechino entschuldigte sein langes Fernbleiben, und die Dame ließ die Entschuldigungen gelten. Da sie lange Zeit mit den Liebesfreuden gefastet hatte, begann das Liebesgelüst in ihr zu erwachen und sie zu durchglühen; sie hatte auch ihre Liebesbegegnungen von einst nicht vergessen und fragte daher: »Seid Ihr verheiratet, Cechino?«

»Ich war es nie, mein Fräulein«, antwortete er.

»Wenn ich Euch nun eine Gattin gebe«, fuhr sie fort, »nehmet Ihr sie an? Ich wählte Euch eine, mit der Ihr sicher zufrieden sein könntet; überdies wäre Eure Bereitwilligkeit eine besondere Gunst für mich.«

»Es gibt nichts auf der Welt«, versetzte Cechino, »das ich auf Euer Gebot nicht freudig machte; ich wäre überglücklich, wenn Ihr Euch herabließet, mir zu befehlen.«

»Ist es aber auch wahr«, fragte sie, »was Ihr da sagt?«

»Macht denn eine Probe, welche Ihr immer wollt, und Ihr werdet es sehen.«

Da sprach sie, von Liebe glühend: »So will ich die Probe machen: Wollt Ihr mich zur Gemahlin?«

»Mit tausend Freuden, wenn Ihr im Ernst sprecht, mein Fräulein«, antwortete er, »und wenn es auch Scherz ist, so werde ich dennoch mehr als je Euer getreuer Diener bleiben.«

»Wie sollte ich mich gegen Euch verstellen, liebe Seele?« Mit diesen Worten fiel sie ihm um den Hals, küßte ihn zärtlich und sagte: »Verstelle ich mich jetzt, mein Gebieter, oder ist es Ernst?«

Die prächtige Hochzeit ward am folgenden Tag gehalten, und fast die ganze Stadt staunte und verwunderte sich, daß ein so reiches, schönes Mädchen sich zu einem armen Menschen so niedriger Geburt herabließ. Aber die Leute wußten ja nicht, was im Dunkeln geschehen war. Nach der Hochzeit lebten sie glücklich und in Freuden. Cechino vergaß nicht, was er seinen Gefährten versprochen hatte; er lud sie nach Venedig ein, nahm sie freundlich auf und bewirtete sie einige Tage; dann schickte er sie reich beschenkt in ihre Heimat zurück mit der Mahnung, niemals die alte Weisheit zu vergessen: Wer nicht wagt, gewinnt nicht.

DER TUGENDWÄCHTER ANASTASIUS

In Florenz lebte eine edle, liebreizende Dame von vollendeter Schönheit, deren sehnsüchtige Augen funkelten wie der Morgenstern. Sie durfte leben wie eine ganz verwöhnte, anspruchsvolle Dame, aber sie wurde vom Gatten im Bett vielleicht etwas vernachlässigt. Sie erwählte sich darum zum Liebhaber einen kräftigen jungen Mann, der wohlerzogen und aus guter Familie war, schenkte ihm ihre Liebe und liebte ihn mehr als den eigenen Gatten. Nun geschah es, daß Anastasius, ein bejahrter Mann und Freund ihres Gatten, sich so heftig in sie verliebte, daß er bei Tag und Nacht keine Ruhe mehr fand. Leidenschaft und Seelenqual gab seiner Häßlichkeit nichts nach. Er hatte tränende Augen, ein runzeliges Gesicht, eine Quetschnase, die immerzu tröpfelte, und aus dem Mund kam ein solcher Gestank, daß es einen fast krank machte. Die zwei Zähne im Munde schadeten ihm eher, als daß sie nützten. Außerdem hatte er Lähmungen, fühlte sich sogar in den Hundstagen kalt. Dieser arme Teufel suchte die Dame oft mit Geschenken zu verführen. Sie wies aber alles zurück, wie groß auch sein Wert war; sie hatte seine Geschenke nicht nötig, da ihr reicher Gatte es an nichts fehlen ließ. Öfters grüßte sie der Alte auf der Straße, wenn sie zur Messe ging oder von der Messe kam; er bat sie, ihn doch als ihren getreuen Diener anzunehmen und nicht so hart zu sein, seinen Tod zu wünschen. Aber klug und weise antwortete sie ihm nichts und kehrte mit gesenkten Augen nach Hause zurück.

Anastasius merkte, wie der besagte Jüngling häufig das Haus der schönen Dame besuchte, und er spionierte so vorsichtig, daß er ihn eines Abends, als der Gatte fern war, in das Haus eintreten sah. Das war ihm wie ein Messerstich ins Herz. Völlig verrückt und ohne Rücksicht auf seine Ehre und auf die der Dame, raffte er Geld und Juwelen zusammen, ging zum Haus der Dame und pochte ans Tor. Die Magd ging auf den Balkon und fragte: »Wer pocht?« Der Alte antwortete: »Öffne, ich bin es, Anastasius, ich will die Herrin dringend sprechen.« Die Magd ging sofort zu ihrer Dame, die mit dem Liebhaber in der Kammer sich die Zeit vertrieb. Sie rief sie heraus: »Herrin, Herr Anastasius pocht an das Tor.« Da erwiderte die Frau: »Geh und sag ihm, ich öffne nachts für niemand das Tor, wenn mein Mann nicht zu Hause ist.« Die Magd bestellte dies. Darauf pochte der Alte noch stürmischer und bestand halsstarrig auf seinem Wunsch.

Die Dame, unwillig und zornig wegen der Störung ihres Nachtvergnügens, trat ans Fenster: »Ich wundre mich sehr über Euch, Herr Anastasius, daß Ihr so rücksichtslos spät in der Nacht an eines andern Haustor pocht; geht fort, armer Kerl, legt Euch zur Ruhe und belästigt die nicht, die Euch nicht stören! Wenn mein Mann zu Hause wäre, würde ich Euch gern öffnen; aber da er nicht zu Hause ist, habe ich nicht die Absicht, Euch zu öffnen.« Der Alte bestand darauf, er müsse sie sprechen, wegen einer Sache von nicht geringer Bedeutung, und hörte nicht auf zu pochen. Die Frau hatte Angst, in der Narrheit werde der rohe Mensch etwas sagen, was gegen ihre Ehre gehe. Ihr Liebhaber meinte, sie solle öffnen, anhören, was er zu sagen habe, und nichts fürchten. Sie ließ — der Alte schlug die ganze Zeit stark gegen die Tür — eine Fackel anzünden und sandte die Magd, ihm zu öffnen.

Als der Alte im Saal war, kam die Dame aus ihrem Zimmer; sie ging ihm entgegen, frisch wie eine Rosenknospe, und fragte ihn, was er zu dieser Stunde wolle. Der alte Geck sagte fast weinend: »Herrin, einzige Hoffnung und Stütze meines elenden Lebens, laßt es Euch nicht verdrießen, daß ich verwegen und anmaßend hierhergekommen bin, um an Eure Pforte zu pochen, und Euch damit belästigte. Ich bin nicht gekommen, um Euch zu ärgern, sondern um Euch meine Leidenschaft zu erklären und die Besessenheit, die ich für Euch, Herrin, fühle. Und wenn Ihr die Tore des Erbarmens nicht verschlossen hättet, würdet Ihr mir helfen. Ach, erweicht Euer hartes Herz, schaut nicht auf mein Alter noch auf meinen jämmerlichen Leib, sondern auf meinen hochfliegenden, großherzigen Geist und meine heiße Liebe. Und ihr zum Zeichen nehmt dieses Geschenk an!« Er zog aus dem Wams einen Beutel Golddukaten, die wie die Sonne leuchteten, eine Schnur von großen runden weißen Perlen und zwei in Gold gefaßte Juwelen, bot sie ihr dar und bat sie, seine Liebe nicht zurückzuweisen.

Als die Dame die Worte des wahnwitzigen Alten verstand, sagte sie: »Herr Anastasius, jetzt scheint Ihr mir bar aller Vernunft. Wo ist Eure Weisheit und Klugheit? Glaubt Ihr, ich sei irgendein Freudenmädchen? Mir fehlen die Dinge nicht, die Ihr mir geben wollt. Tragt sie zu Euren Huren, die Euch zufriedenstellen werden!«

Der Alte sagte, von Schmerz und Verdruß erfüllt: »Herrin, ich weiß, Ihr sagt das nicht aus Ehrbarkeit, sondern aus Furcht vor dem jungen Mann, den Ihr jetzt im Hause habt — und er nannte ihn mit seinem Namen —: stellt mich damit zufrieden, oder ich werde Euerem Gatten alles enthüllen!«

Obgleich die Dame den jungen Mann mit Namen nennen hörte, geriet sie doch nicht außer Fassung; sie sagte dem Alten die größten Beschimpfungen, die je einem Menschen gesagt wurden, und nahm einen Stock zur Hand, um ihn zu verprügeln; aber Anastasius ging selber die Treppe hinunter und lief davon.

Fast weinend erzählte die Dame ihrem Galan den Vorfall; sie fürchte sehr, der Alte verrate sie dem Gatten; ob denn er noch einen Rat wisse. Der Jüngling tröstete die Dame: »Meine Liebe, verzaget nicht! Sowie Euer Mann zurück ist, erzählt Ihr die Sache, wie sie ist, sagt ihm, daß der gemeine, ruchlose Alte Euch verleumdet, mit diesem und jenem zu buhlen, zählt vier oder sechs auf und nennt darunter auch mich, und dann laßt das Schicksal walten! Es wird alles gut gehen.« Das erschien der Dame ausgezeichnet. Als der Gatte zurückkam, zeigte sich die Dame sehr betrübt und traurig und verwünschte, die Augen voll Tränen, ihr trauriges Los. Der Gatte fragte, was sie habe; sie schluchzte laut: »Ich weiß nicht, was mich noch am Leben hält; ich kann es nicht mehr ertragen. O weh, ich Elende, was habe ich begangen, daß ich zerrissen und bei lebendigem Leib zerfetzt werden muß? Und von wem? Von einem Schurken, von einem Mörder, der tausend Tode verdiente.« – Der Gatte drang in sie: »Dieser unverschämte, anmaßende alte Freund von Euch, der Anastasius, der geile, ausschweifende Kerl! Ist er nicht gestern nacht gekommen, um von mir ebenso unzüchtige wie gemeine Dinge zu verlangen, wofür er mir Geld und Geschmeide anbot? Und weil ich ihm nicht zu Willen sein wollte, hat er mich beschimpft, ich sei eine Hure, ich führe Männer ins Haus und lasse mich mit diesem und jenem ein. Ich war wie geschlagen, aber ich nahm meinen Mut zusammen, ergriff einen Stock, und da lief er schnell die Treppe hinunter und verschwand.« Den Gatten kränkte es über die Maßen; er tröstete seine Frau und beschloß, jenem einen Possen zu spielen, an den er denken sollte.

Tags darauf begegneten sich der Gatte der Dame und Anastasius, und bevor der Gatte irgend etwas sagte, fing Anastasius an: »Mein Herr, Ihr wißt, wie groß immer die Liebe und das Wohlwollen zwischen uns gewesen ist. Aus brennendem Eifer für Eure Ehre will ich Euch einige Worte sagen; bitte, behaltet sie für Euch, bis Ihr Eure Angelegenheiten wieder in Ordnung habt. Eure Frau wird umschwärmt von dem und dem Jüngling, und sie liebt ihn, und sie vergnügen und ergötzen sich zur schweren Schande für Euch und Eure Familie. Ich sah ihn gestern abend, als Ihr außerhalb waret, heimlich in Euer Haus gehen und am Morgen herauskommen.«

Der Gatte schimpfte los:»Du elender Gauner, du Schuft!
Ich weiß gar nicht, was mich abhält, dich am Bart zu pak-
ken und ihn dir Haar um Haar auszureißen! Weiß ich etwa
nicht, von welcher Art meine Frau ist? Weiß ich nicht, wie
du sie verführen wolltest mit Geld, Juwelen und Perlen?
Hast du Gauner und Bösewicht nicht gesagt, wenn sie
deiner entfesselten Gier nicht willig sei, würdest du sie
bei mir anklagen? Hast du nicht gesagt, daß dieser und
jener und viele andere sich mit ihr vergnügen? Wenn ich
nicht auf dein Alter Rücksicht nähme, ich gäbe dir Fuß-
tritte, bis du stirbst. Geh zum Teufel, wahnwitziger Alter,
und wage es nicht mehr, dich meinem Hause zu nähern!«
Der Alte gab klein bei und verschwand, ohne *ein* Wort zu
wagen. Und die Dame, die vom Gatten jetzt erst recht für
weise und klug gehalten wurde, gab sich mit größerer
Sicherheit als vorher ihrem Liebhaber hin, ganz ungestört
durch den Tugendwächter Anastasius.

DIE WITWE IN TRAUER

In den Jahren, in denen unsere Stadt Salerno unter der
Herrschaft des Papstes Martin V. stand, war dort ein überaus großer Verkehr, und unzählige Kaufleute aller Natio-
nen kamen da fortwährend zusammen. Aus diesem Grunde
siedelten sich dort viele auswärtige Gewerbetreibende mit
ihrem ganzen Anhang an; unter andern begab sich dorthin
auch ein guter Mann aus Amalfi, der Trofone genannt
wurde, um einen Gasthof zu betreiben. Er brachte seine
Frau mit sich, die von großer Schönheit war, übernahm
einen Gasthof in der Straße unserer Landverwaltung und
mietete ein Wohnhaus in der Gegend des Neutors, also in
einem hochehrbaren und so abgelegenen Stadtteil, daß
keiner ohne sehr gesuchte Gründe dort vorbeikommen
konnte. Nun geschah es, daß sich in die junge Frau ein
Edelmann der Stadt von hochangesehener Familie verliebte. Dieser war von heftigster Liebe entbrannt, konnte

jedoch wegen ihrer abgelegenen Wohnung und wegen der
ungewöhnlichen Überwachung durch den sehr eifersüch-
tigen Gatten mit ihr nicht in Verbindung treten. So dachte
er sich der Geschicklichkeit einer Frau zu bedienen, die in
der ganzen Stadt herumkam, da sie mit kleinem Frauen-
kram hausierte. Dieser gab er eines Tages unter großen
Versprechungen die entsprechenden Aufträge.

Sehr zufrieden, ihm dienen zu können, ging sie stracks
weg, durcheilte mehrere Stadtteile und kam dann in den
der jungen Frau; während sie nun bald diese, bald jene
Frau einlud, von ihren Sachen zu kaufen, kam sie schließlich an die Haustür, in der die junge Frau stand; da diese
noch nie bei ihr gekauft hatte, fragte sie:»Und du, schöne
Frau, willst du nichts von diesen meinen zierlichen Sächel-
chen kaufen? Wenn ich so schön und jung wäre wie du,
würde ich jeden Tag neue Sachen kaufen und das, was die
Natur geschaffen, mit der Kunst verbinden, so daß mir
niemand gleichkäme.«

»O weh!« sagte die junge Frau,»du willst mich zum besten haben!«

Die Alte antwortete:»Bei Gott, ich sage die Wahrheit:
man spricht überall davon, daß du die schönste Frau
in diesem Königreiche bist. Und wenn auch einige Edel-
damen deine Schönheit heruntermachten, um die ihre
ins Licht zu setzen, und sagten, du habest kein gutes Blut
und ähnliche Dinge, wie sie zu reden pflegen, so gab ihnen
dort doch ein Jüngling aus vornehmem Haus — ich weiß
nicht, ob du ihn kennst — die verdiente Antwort, und er
schloß, keine von ihnen sei schön genug, dir die Schuh-
riemen zu lösen.«

Die junge Frau antwortete:»Gott behüte Euch! Wenn es
sich schickte, wüßte ich gerne, wer die Damen waren und
wer der edle Jüngling, der mich verteidigte.«

Die Alte, die ihr Gewebe umsichtig spann, antwortete:
»Von den Frauen will ich jetzt schweigen, um von niemand Schlimmes zu sagen; aber den jungen Mann will ich
dir gerne nennen«, und ohne Antwort abzuwarten, nannte

sie ihn mit Vor- und Familiennamen und fügte hinzu:
»Was er mir sonst noch sagte, sage ich dir nur, wenn du
mir vorher schwörst, es geheimzuhalten.« Die junge Frau
versprach natürlich, nichts zu verraten.

Nicht ohne große Geschicklichkeit begann nun die Alte
folgendermaßen: »Mein Töchterlein, ich kann dir vor
allem nur das anraten, was dir Ehre macht, und darum
darf man nicht auf das achten, was die Männer sagen! Er
sagte mir, daß er dich mehr als sich selbst liebe; und so
sehr ist er von dir bezaubert, daß er mir schwor, er könne
nicht mehr schlafen und nicht mehr essen. Du mußt, wie
gesagt, die Ehre und den guten Ruf bewahren, aber ich
will doch nicht verschweigen, daß es geradezu eine Tod-
sünde scheint, solch einen Jüngling von so lobenswerten
und angenehmen Sitten, von so artigem Benehmen, solcher
Freigebigkeit und Ehrbarkeit elend sterben zu lassen. Er
wollte mir einen reizenden kleinen Ring für dich mitgeben;
doch besorgt um dich, wollte ich ihn für diesmal nicht
nehmen; wenn du aber wüßtest, was er von dir begehrt:
er will dich nur lieben dürfen, und zum Lohn dafür müßtest du ihn auch lieben und seine Geschenke um seiner
Liebe willen annehmen und tragen. Mein Töchterlein, dies
scheinen mir recht leichte Versprechen, und du müßtest
wie jede junge Frau die unschuldige Blüte der Jugend
pflücken, weil das Kosten der süßen Früchte die Ehrbarkeit verbietet.«

Der jungen Frau schien es, sie sei vom Schicksal gezwungen, ihn treu zu lieben; infolge ihrer angeborenen Sittsamkeit beabsichtigte sie dabei, in keiner Weise ihre
Schranken zu überschreiten. Sie wandte sich zu der Alten
und sagte: »Nun, gute Frau, kehret zurück zu dem Edelmann und sagt ihm, daß ich aus Liebe zu seinen Tugenden
sehr zufrieden bin, ihn allein als meinen Liebhaber anzunehmen, und daß diese einzige Gunst von mir ihm genügen
muß; er soll nur nicht, wie die meisten jungen Leute, unter
Kameraden sein Glück ausplaudern, womöglich noch mit
Erlebnissen sich brüsten, die er nie hatte! Ich will lieber

sterben, als daß mein eifersüchtiger Gatte etwas erfährt.« Die Alte hatte auf den ersten Ansturm nicht wenig erreicht; sie rühmte die Verschwiegenheit des jungen Mannes, »und«, fuhr sie fort, »wenn auch das, was du ihm gewährst, genug ist und er mich um nichts anderes bat: mir tut es leid, daß du deine blühende Jugend so elend verlieren willst; wenn dir deine Eltern einen so häßlichen und gewöhnlichen Mann als Gatten gaben, so ist das erst recht Grund, einen Weg zum Vergnügen zu suchen.« Und dann sagte sie scherzend: »Weißt du, was ich ihm von dir bestellen werde? Es sei sein eigner Schaden, wenn er nicht Mittel und Wege finde, mit dir zusammen zu sein.« Die Frau wurde recht böse über die Zumutung, ließ sich aber zuletzt von der Alten ein Stelldichein abschwatzen. »Du zeigst dich ihm morgen in der Augustinerkirche, und er wird, während er sich die Nase putzt, sagen: ›Ich lege mich dir ans Herz!‹, und du antwortest ihm, während du dir die Haare aus dem Gesicht streichst: ›Und ich mich dir!‹ So werdet ihr die Zeit verbringen, bis euch das Glück einen besseren Weg zum Vergnügen gezeigt hat.« Die junge Frau erwiderte: »Sagt ihm, er soll zur Frühmesse kommen; ich kann aber nicht lang in der Kirche bleiben!«

Die Alte ging schließlich fort, und die Junge blieb mit nie gekannten Gefühlen im Herzen zurück.

Überglücklich ging der Liebhaber am anderen Morgen zu der Frühmesse und fand dort die junge Frau; die hatte mit Zurechtmachen die Natur noch verschönt. Sie gaben sich die verabredeten Zeichen, und beide gingen noch fröhlicher weg als sie gekommen.

Zu Hause sann er darüber nach, wie er die letzte Liebesfrucht pflücken könnte. Nach manchem Hin und Her entschloß er sich, sie im Hause aufzusuchen, und unter solchen Umständen, daß sie ihm das Letzte zugestehen müßte. Dazu vertraute er sich einigen Edelleuten an, die in Salerno waren, um mit ihrem Verwandten, dem Erzbischof, ein Fest zu feiern.

Eines Abends sandte er spät zu einem verabredeten Ort
Pferde wie Maulesel, sowiel sie brauchten. Er selbst war
als Witwe mit Kapuze und Schleier verkleidet, und mit
zwei ähnlich verkleideten Jungen saßen sie auf gemieteten
Wagen, worauf sich der ganze Zug, sobald es Nacht war,
zu Pferde gegen die Stadt zu bewegte. Als sie an Trofones
Gasthof waren, erschien der, wie es Brauch der Wirte ist,
an der Straße und sagte:»Meine Herren, wollen Sie über-
nachten?« Worauf einer antwortete:»Gewiß! Habt Ihr
gute Ställe und Betten?«
»Jawohl, gnädiger Herr«, sagte der Wirt, »steigt ab: ihr
werdet bestens bedient werden!«
Jener zog ihn beiseite und sagte:»Höre, Wirt, dein guter
Ruf hat uns hierher geführt, und darum ist es erforder-
lich, daß wir von dir jene Sicherheit bekommen, die unser
Fall erheischt. Wir haben hier die Tochter des Grafen
Sinopoli, die eben durch den Tod des seligen Herrn Gorello
Caracciolo, ihres Gatten, verwitwet ist, um sie so trauernd,
wie du siehst, zu ihrem Vater zurückzubringen. Aus Rücksicht auf die Sittsamkeit würden wir sie nur sehr ungern
heute nacht im Gasthof schlafen lassen; darum müssen wir
dich ersuchen, freundlichst eine ehrbare Frau ausfindig zu
machen, mit der zusammen sie diese Nacht mit ihren beiden Mägden verbringen kann; wir werden das Doppelte
von dem bezahlen, was es kostet.«
Darauf der Wirt:»Mein Herr, hier in der Gegend kenne
ich niemand, der dazu geeignet wäre; trotzdem biete ich
Euch alles an, was ich vermag: Ich habe nämlich mein
eigenes Haus ein wenig entfernt von hier, wo meine noch
recht junge Frau wohnt; wenn es Euch recht ist, könnte
sie mit ihr zusammen schlafen, und das Entgelt dafür sei
Euch überlassen.«
Der Edelmann wandte sich an die Dame:»Donna Fran-
zeska, mir scheint, Ihr würdet bei weitem besser im Hause
dieses tüchtigen Mannes in Gesellschaft von Frauen untergebracht sein als hier.« Sie erwiderte mit verstellter
Stimme, ihr sei es recht; man möge sie hinführen.

Der Wirt ließ ihnen von einem Burschen den Weg zeigen; er eilte schnellstens voraus, rief seine Frau und befahl ihr, sofort das Zimmer herzurichten; eine verwitwete Gräfin jugendlichen Alters müsse heute hier nächtigen. Die junge Frau dachte an nichts Arges und antwortete reinen Herzens: »Mein Gemahl, du kennst das Haus, dennoch wird man machen, was irgend möglich ist.« »In einer guten Stunde«, sagte der Wirt, »mache ihr warmes, wohlriechendes Wasser; dessen wird sie sehr wohl bedürfen, da alles voll von Schlamm ist.« Unterdessen war die Dame mit zwei Edelleuten angekommen; die halfen ihr beim Aussteigen und führten sie am Arm mit den zwei Dienerinnen in das Zimmer; dort machte sie Miene, sich zu entkleiden, und verabschiedete die Begleiter. Darum erschien es auch dem Wirt unziemlich zu bleiben, und er wandte sich an seine Frau: »Ich lege dir die Bedienung dieser Dame besonders ans Herz; bereite mit größter Sorgfalt das Abendessen und alles zum Schlafen; schließ auch von innen recht gut ab! Ich werde in den Gasthof gehen, um ihre und andere Gesellschaften zu bedienen, die mich erwarten.«

Dann verließ er sie und schloß zur größeren Sicherheit auch noch von außen ab, gab den Schlüssel einem der Begleiter und ging mit ihnen zum Gasthof zurück.

Die junge Frau blieb bei dem Liebhaber, den sie wirklich für eine Frau hielt; beflissen, ihr zu dienen, half sie ihr, sich auszuziehen. Sie entfernte selbst die Hüllen, die das Gesicht verbargen, und sah sie aufmerksam an; aber kaum bot sich ihr das Bild des Geliebten, trat sie furchtsam und schamhaft zurück und wagte nicht mehr, ihm nahezukommen. Er sah sie ganz außer sich dastehen und fürchtete Gefahr; darum schien es ihm hohe Zeit, ihr die List zu enthüllen. Er nahm sie an der Hand, schloß sie in den Arm und redete ihr zu: »Mein süßestes Leben, ich bin dein treuer Liebhaber für immer; ich bin auf diese Weise hierhergekommen, da es wegen der großen Eifersucht deines Gatten und deiner hohen Züchtigkeit keinen anderen Weg gibt. Ich flehe dich an: laß mich meine brennende Leidenschaft für unser beider Ehre und Frieden zärtlich stillen! Pflücke auch du mit deinem einzigen und glühendsten Diener die süßen, beseligenden Früchte der Liebe!« Die junge Frau hatte vergeblich versucht, sich frei zu machen. Da sie wohl wußte, daß Schreien sie mit ewiger Schande bedecken würde, und da ihr jener noch dazu von Anfang an sehr gefallen hatte, entschloß sie sich, ihm das Letzte zu gewähren. Sie wandte sich ihm zu und sagte: »Da der geringe Verstand meines Gatten Euch hierher geführt hat, so will ich Euch nicht zu meiner Schande von hier fortjagen. Ich bin in Eurer Hand; darum bitte ich Euch um Gottes willen und bei der Ritterlichkeit, zu der Ihr durch Euren Adel verpflichtet seid, laßt Euch meine Ehre anempfohlen sein, wenn ich Eure Sehnsucht erfülle!« Der Liebhaber küßte sie innig und sagte, er werde jederzeit das eigene Leben für die Bewahrung ihrer Ehre und ihres guten Rufes einsetzen. Mit süßen und schmeichelhaften Worten besänftigte er sie, und bevor sie jenen Ort verließen, kosteten sie die erste Frucht ihrer Liebe. Dann nahmen sie eine leichte Mahlzeit ein, gingen zu Bett und verbrachten, von der gleichen Leidenschaft hingerissen, die ganze Nacht in seligem Entzücken.

Beim Morgengrauen ließen die Gefährten die Wagen anspannen, stiegen zu Pferde und kamen zusammen mit dem Wirt zu dem Haus; sie fanden die Dame reisefertig; sie stieg sogleich ein, der Wirt wurde über Gebühr bezahlt, und wenn sie sich auch gegen Kalabrien in Marsch setzten, so kamen sie doch abends mit großem Vergnügen und Jubel wieder nach Salerno. Der Liebhaber belohnte endlich die geschickte Kupplerin und erfreute sich noch oft seines Glücks mit der jungen Frau. Gegen die Verschlagenheit eines Liebenden ist leider, leider kein Kräutlein gewachsen, das lernen wir auch aus dieser Geschichte! Möge Amor auch dir einen so fröhlichen Ausgang gewähren, wie ihn erfuhr die Witwe in Trauer.

Vor einiger Zeit lebte zu Rom ein Ritter, namens Francesco Orsino, welcher eine Gattin hatte, schön, verständig und sehr wohlgesittet, Madonna Lisabetta, die ihm in seiner Ehe zwei Söhne gebar. In diese Frau verliebte sich ein junger Mensch und sie in ihn, und da sie sich nicht klug und heimlich hielten, bekam Messer Francesco mehrmals Wind davon. Eine Magd, die von Frau Lisabetta wegen eines Versehens ausgescholten wurde, hatte dem Herrn davon berichtet. Er konnte es zuerst nicht glauben, da jener Jüngling nicht schön noch edel noch reich war und überdies sich ganz als sein Freund und ergebener Diener gab. Aber einer seiner Geschäftsführer bemerkte es auch; Herr Francesco sagte darauf: »Laure du ihnen auf, daß du ihn hereinkommen siehst, und dann komm zu mir! Ich will es selber hören und sehen, sonst kann ich es nicht glauben.«

Messer Francesco tat eines Tages, als ginge er auf eines seiner Schlösser, und ritt mit einigen Begleitern weg. In der folgenden Nacht kam er nach Rom zurück und blieb verborgen, bis der Geschäftsführer zu ihm kam. So sah und hörte Messer Francesco jenen Jüngling wirklich in der Kammer mit seiner Frau scherzen.

»Wem gehört dieses Mäulchen?« fragte der Liebhaber und küßte es.

»Dir«, antwortete ihm die Frau.

»Und diese räuberischen Augen?«

»Sind dein.«

»Und diese Wangen?«

»Sind dein.«

»Und der schöne Hals?«

»Ist dein.«

»Und dieser schöne Busen?«

»Ist dein.«

Und so faßte er eins ums andere an, und die Frau sagte immer, es gehöre ihm; nur beim Hinterteil sagte sie, das gehöre ihrem Mann, und darüber schlugen sie beide ein schallendes Gelächter auf.

Messer Francesco sah und hörte alles mit an, was diese miteinander trieben:»Gott Lob«, dachte er bei sich selbst, »daß ich doch auch noch einen Teil für mich habe!« Als er nun alles zur Genüge gehört und gesehen hatte, entfernte er sich heimlich, kehrte nach seinem Schlosse zurück und blieb dort, solange es ihm gefiel; dann kam er wieder heim und ließ seiner Frau einen Rock machen aus grobem Tuch, nur das Hinterteil war aus Samt mit Hermelin gefüttert.

Auf einen Sonntagmorgen hieß Messer Francesco die Frau jenen Rock anziehen, damit durch Rom gehen und nach seinem Gute zu Tisch kommen. Er hatte auch den jungen Menschen nebst zwei seiner Brüder eingeladen, dazu auch Verwandtschaft der Frau. Als man nun zur Tafel ging, setzte Messer Francesco seine Frau neben jenen Jüngling, der Rinaldo hieß, und dann der Reihe nach ihre Brüder und Gefährten und gab ihnen an diesem Morgen ein reiches, schönes Mahl. Wer am Morgen die Frau so gekleidet sah, mußte sich wundern, so auch alle Verwandten der Frau und Rinaldos, und sie dachten:»Das läuft auf irgend etwas Besonderes hinaus.«

Rinaldo war in der größten Angst. Als das Frühstück vorüber war, sagte Messer Francesco:»Nun gebt acht, ich will euch den Nachtisch geben!«

Er stand auf und ließ jedem am Tische einen Stock reichen. Dann trat er in eine Kammer, wo er acht Diener bereit hatte, jeden mit einem Stock in der Hand, ebensoviele, als Gäste an der Tafel saßen. Diese ließ er heraustreten und sich um die Tafel herumstellen. Dann sagte er zu den Gästen:»Wehrt euch!« Und zu den Dienern mit den Stöcken sagte er:»Bringt den Nachtisch!«

Darauf warfen sie den Tisch um, wie ihnen befohlen war, und fingen an, mit ihren Stöcken auf die am Tisch loszuschlagen. Das gab eine schöne Schlägerei; denn als die am Tische merkten, daß es Ernst war, teilten sie auch aus, wie

man ihnen zuteilte. Aber die Diener aus der Kammer behielten schließlich die Oberhand, schlugen die Speisenden
zu Boden, und alle im Saale kamen ums Leben. Messer
Francesco ließ den Leichnam des jungen Rinaldo mit ausgebreiteten Armen in seinem Schlafzimmer ans Kreuz
schlagen; die andern Leichen wurden bei Nacht in ihre
Häuser getragen.

Es entstand große Trauer in Rom über den Tod so vieler
wackerer Leute; aber niemand wagte den Mund aufzutun,
denn Francesco war in Rom hoch angesehen.

Messer Francesco ließ seine Frau jede Nacht auf die Leiche
Rinaldos binden, daß sie ihn die ganze Nacht umarmt halten mußte; am Tag ließ er sie abnehmen und ihr täglich
zwei Stücke Brot und einen Becher Wasser reichen, und
sie lebte so noch mehrere Tage. Jeden Tag schickte sie zu
Messer Francesco, ihrem Gatten, ihn um Erbarmen anzuflehen; er wollte aber nie davon hören. Da sie nun sah,
daß sie doch sterben müsse, und kein Mittel zu ihrer Rettung mehr hatte, bat sie sich die Gnade aus, ihre Kinder
vor ihrem Tode noch sehen zu dürfen. Die zwei Knaben
wurden ihr gebracht; sie nahm sie in den Arm und sagte
zu ihnen unter vielen Tränen: »Meine teuren Söhne, ich
lasse euch mit dem Segen Gottes und dem meinigen; ihr
seid Messer Francescos echte Söhne, aus rechtmäßiger Ehe
geboren. Mein Name wird zwar wegen des begangenen
Fehltritts nicht in ehrenvollem Gedächtnis bleiben; aber
nur der Groll einer Magd hat mich dahin gebracht. Das ist
freilich keine hinreichende Entschuldigung; dennoch lasse
ich unserm Gott und euch, meine Söhne, die Rache für den
leidvollen Tod eurer unglücklichen Mutter.«

Und sie konnte nicht satt werden, sie zu küssen, so kurze
Zeit nur gönnte man ihr die Kinder. Sie bekreuzigte und
segnete sie und gab sie dann ihrer Wärterin mit den Worten zurück: »Nimm sie hin, und dir gebe ich auf bei Gott
und deiner Seele, wenn sie groß sind, sie an meinen Tod
zu erinnern, besonders den Kleinen!«

Dieser weinte immer und wollte der Mutter Hals nicht

loslassen. Frau Lisabetta beteuerte wiederholt, daß sie echte und keine unehelichen Kinder seien; dann befahl sie Gott ihrer aller Seele und sprach dann kein Wort mehr, bis sie starb. Nach ihrem Tod wurden die Leichen weggeschafft und vergraben. Die Grausamkeit Herrn Francescos wurde von den einen gebilligt, von andern getadelt. Sobald die Kinder alt genug waren, erzählte ihnen die Amme den Vorgang und sagte ihnen das letzte Wort ihrer Mutter. Messer Francesco ertrug die vorwurfsvollen Gesichter seiner Söhne, zumal des jüngeren, nicht mehr; der Unfriede zehrte so an ihm, daß er sich von den Seinen absonderte, in den Wäldern umherirrte und wie ein wildes Tier im Freien hauste. So fand die arge Grausamkeit eine späte, aber gerechte Strafe.

GEISTESGEGENWART EINER PADUANERIN

In Padua lebte vor nicht langer Zeit eine sehr schöne, vornehme, reiche junge Frau. Wie vielen anderen genügte ihr der eigene Gatte nicht, obwohl er jung, schön und kräftig war, sondern sie verliebte sich in einen fremden Jüngling, der sich zum Studium dort aufhielt. Weil sie ihre maßlose Liebe nicht verbarg, begann er, wie es die Studenten machen, ihr nachzusteigen. Sie kam mit ihren Liebkosungen ihm so weit entgegen, daß sie in wenig Tagen die ersehnten Früchte pflückten. Nun verging kein Tag, an dem sie sich nicht zärtlich umarmten, und sie lebten in der großen Sicherheit ihres Liebens. Aber zum Unglück war an einem sehr heißen Tage die Haustür offen geblieben: matt von den Liebeskämpfen waren sie nicht vorsichtig genug. Wie sie nun in der Schlafkammer im Bett lagen, kam ihr Mann die Treppe heraufgesprungen. Da die Kammertür ebenfalls offen war, hörte sie jemand die Treppe heraufeilen und merkte am

Gang, daß es ihr Mann sein müßte. Ganz erschreckt rief sie: »O weh, ich bin verloren!«, stand auf und flüsterte dem Galan zu: »Versteckt Euch hinter der Tür! Sowie Ihr Gelegenheit habt, geht hinaus, damit unsre Liebe nicht heute endet!«

Ganz heiter und fröhlich ging sie dem Mann entgegen und sagte: »Mein Teurer, Ihr kennt gewiß noch nicht den Streich, den eine Frau ihrem Mann gespielt hat!«

»Na«, erwiderte er, »was war denn da los?« Und um die Geschichte zu hören, blieb er auf der Türschwelle stehen und erwartete von hier aus ihren Schwank zu hören.

Die Frau fuhr fort: »Ihr sollt den schönsten Spaß hören, den Ihr je gehabt habt!« Er war neugierig und sagte: »Erzähle mir doch, wo und wem er begegnet ist!«

»Hier in der Nachbarschaft«, war ihre Antwort; »urteilt selbst, ob er schön war! Eine vornehme, junge reiche Dame, die nicht viel weniger schön ist als ich, gibt sich in ihrem Zimmer mit ihrem Liebhaber, einem Studenten, der Lust hin; zufällig kommt ihr Mann nach Hause, während sie sich die Zeit vertreiben. Sie hört ihn kommen, bevor er ins Zimmer tritt, geht ihm entgegen und sagt: ›Dort neben der Bretterbrücke war eine Frau, die von ihrem Mann überrascht wurde; und sie ging ihm entgegen, band ihre Schürze los . . .‹ und nachdem sie das gesagt hatte, wickelt sie ihm die um den Kopf.«

Die Frau, die ihre Schürze bereits aufgebunden hatte, tat so, als ob sie mit ihrer eigenen Schürze das vormachen wollte, und wickelte ihren Mann fest darin ein.

Während er so eingehüllt war, daß er nichts sehen konnte, flüchtete der Student leise. Als er fort war, befreite sie ihren Mann; er sagte zu ihr: »Du scheinst mich für sehr dumm zu halten: kannst du es mir nicht erzählen, ohne es mit deiner Schürze nachzumachen?«

»Nein«, erwiderte sie; »denn wenn ich es deutlich machen will, wie der Galan entkam, muß ich es so machen.«

Dem jungen Mann machte diese Geschichte solches Vergnügen, daß er den Ärger über die Störung überwand

Geistesgegenwart einer Paduanerin

und, um alles mitanzuhören, an einem sicheren Platz
stehenblieb.

So hörte er, wie der Mann sagte: »Wenn das stimmt, ist
das wirklich eine schöne Geschichte; ein Dummkopf, ein
Idiot, daß er diese List nicht gemerkt hat!«
»Aber«, meinte die Frau, »sie hatte ihn mit *dieser* Schürze
so gut eingehüllt und eingewickelt, daß er wirklich nicht
sehen und hören konnte.«
Nachdem sie genügend über die Geschichte gelacht hatten,
ging der Mann mit ihr ins Zimmer. Der verliebte Jüngling, der sich vor Lachen nicht halten konnte, ging sehr
zufrieden seiner Wege.
Der einfältige Ehemann erzählte nachher die Geschichte
in ganz Padua herum und merkte nicht, daß er selbst ihr
Held war.
Die Frau traf auch weiterhin ihren Studenten, nur mit
mehr Vorsicht, und bei jedem Treffen lachten sie über den
Dummkopf, den Idioten und genossen in Gedanken so
recht die Geistesgegenwart einer Paduanerin.

Ein Deutscher in Italien

In der Stadt Rimini in der Romania lebte ein großer Herr
und Baron mit Namen Galeotto Malatesti, der mann-
hafteste Ritter der Romania seit langer Zeit, und der
weiseste und klügste Mann, der immer ein reiches und
vornehmes Leben führte und seinem Stande Ehre machte.
Dieser hatte eine Nichte, welche Witwe war, namens
Costanza. Ihr diente in Arimino ein sehr schöner Hof,
Frauen, Fräulein und Knappen, und sie lebte wie eine vornehme Edelfrau, die sie auch war; schon Galeotto zuliebe
wurde ihr die größte Ehre erwiesen. Sie besaß, was Vater
und Gatte ihr hinterlassen hatten, und vielleicht war in
der ganzen Romania, in Toscana und in der Mark keine
so reich wie sie. Ihr standen alle Genüsse zu Gebote, die

eine Frau ihres Standes, die von Natur so gut bedacht war,
sich mit Ehren erlauben konnte: sie war jung, schön, gebildet, reich, von edler Abkunft, sie galt für verständig,
war bei jedermann beliebt, und Galeotto hoffte durch sie
eine reiche, edle Verwandtschaft zu erhalten.

Galeotto hatte in seinem Sold einen Rottenführer von
fünfzig Lanzen, namens Ormanno; es war ein Deutscher
aus Oberdeutschland aus einem Schlosse, welches Cham
heißt; er hatte Brüder und Brudersöhne, alles Ritter und
alte Edelleute, und so sah er auch aus. Er war höflich,
wohlgesittet und von stattlicher Figur, und Galeotto hatte
ihn denn auch äußerst lieb.

Nun geschah es, daß Ormanno mehrmals am Palaste der
Costanza vorüberging, während die Frau am Fenster
stand. Da begegneten sich denn ihre Blicke: Ormanno
verliebte sich heftig in diese Frau und die Frau in ihn. Die
Neigung nahm noch zu; sie machten sich allmählich reiche
Geschenke, und schließlich sollte Ormanno von ihr sogar
erlangen, was die Liebe erheischt. Sie wußten die glühende
Liebe nicht verborgen zu halten, denn die ist blind, aber
der Feind ist listig. Daß Ormanno zu Stunden, die nach
der Sitte ungehörig waren, in Costanzas Haus verkehrte,
erfuhr Galeotto oft, ohne es zu glauben.

Papst Urban VI. war von dem ganzen Kollegium der Kar-
dinäle in Rom zum Nachfolger des verstorbenen Papstes
Gregor XI. bestellt worden; Galeotto wollte als frommer
Sohn der Kirche hingehen, um dem neuerwählten Papst
aufzuwarten. Ehe er sich auf den Weg machte, schickte er
nach Ormanno:»Man hat mir gesagt, du stehest mit meiner Nichte Costanza auf vertrautem Fuße; ich glaube es
nicht, aber ich bitte dich, halte dich so, daß mir nichts der
Art mehr zu Ohren kommt!«

Ormanno sagte:»Mein Gebieter, Ihr werdet finden, daß
dies nicht wahr ist. Wer Euch das gesagt hat, sucht mir in
Eurer Gunst zu schaden. Aber ich bin bereit, ihm Mann
gegen Mann gegenüberzutreten.« So entschuldigte er sich
angelegentlich.

Galeotto antwortete ihm und sprach: »Ormanno, du bist ein gescheiter Mann und hast mich verstanden. Mehr sage ich nicht, als daß ich dir die Obhut über Rimini übertrage und über alles, was ich habe; du bist Anführer der Truppen, bis ich vom römischen Hofe zurückkomme. Sieh zu, daß ich mich bei meiner Rückkehr nicht über dich zu beklagen habe!«

Galeotto trat die Reise zum Papst an; Ormanno blieb als Haupt der Wache gleich unvorsichtig in seiner Liebschaft, ja er kannte fortan keine Rücksicht und Achtung gegen seinen Herrn, ging vielmehr noch heftiger seiner zügellosen Liebe nach. Natürlich wurde Galeotto dies bei seiner Rückkehr gesagt. Galeotto ließ die Sache beobachten und trug der Wache heimlich auf zu lauern, ob es wahr sei. Ormanno hatte davon nichts gehört; so wurde er denn gesehen, wie er bei Nacht in das Haus der Frau schlich, und alsbald wurde Galeotto benachrichtigt. Er ließ sogleich das Haus von einigen Kriegsknechten aus seiner Wache umstellen. Er befahl ihnen bei Todesstrafe, den Ormanno nicht herauszulassen. Währenddessen sandte er zu einigen Bürgern und beriet sich mit ihnen.

Als es nahe am Tage war und Ormanno aus dem Hause wollte, sah und hörte er die Kriegsknechte, die um das Haus herumstanden. Er kehrte also zu der Frau zurück und sagte ihr, wie es stehe. Die Frau trat ans Fenster und rief hinaus: »Was soll das heißen? Schämt Ihr Euch nicht, mir Wachen vor die Tür zu stellen?«

Diese Worte waren der Grund zu ihrem Tode. Trat sie nicht ans Fenster, so kam sie für diesmal mit dem Leben davon. Als aber Galeotto erfuhr, sie sei an das Fenster gekommen und habe das und das gerufen, entschloß er sich als ein wackerer Mann, rief einen Fähnrich des Fußvolkes und sagte: »Geh in das Haus meiner Nichte! Du findest Ormanno und die Costanza; hau sie mir beide alsbald in Stücke!«

Der Fähnrich, Santolino von Faenza, antwortete: »Mein Gebieter, ihm will ich das wohl antun, aber nicht ihr.

Vergebt mir, ich will meine Hand rein halten vom Blute
der Malatesti.«
Galeotto sagte:»Geh und tu es ihm!«
Da ging er alsbald hinweg. Galeotto aber rief einen an-
dern Fähnrich und sagte zu ihm:»Geh hin und hau mir
die Costanza, meine Nichte, in Stücke!«
Dieser antwortete:»Herr, es soll geschehen.«
Und er ging nach Frau Costanzas Hause. Als nun Santo-
lino an der Kammertür pochte, fragte Frau Costanza:
»Was willst du?«
Santolino antwortete:»Gnädige Frau, macht auf! Ich habe
Euch etwas auszurichten von dem Herrn.«
Die Frau ließ ihm aufmachen.
»Gnädige Frau«, fragte Santolino,»wo ist Ormanno?«
»Welcher Ormanno?« erwiderte die Frau.
»Ohne viel Umstände«, versetzte Santolino,»der Herr
weiß, daß er hier ist, und schickt mich zu ihm, daß ich ihm
etwas ausrichte. Darum haltet mich und Euch nicht auf!
Es könnte sonst schlimmer kommen.«
Die Frau sagte:»Du weißt wohl, daß hier kein Mann zu
sein pflegt.«
Santolino aber sagte wieder:»Wenn Ihr ihn mir nicht
zeigt, wird es Euch reuen.«
Als die Frau ihn so sprechen hörte, sagte sie:»Dort ist er.«
Santolino ging zu ihm und sagte:»Ormanno, ich habe dir
etwas auszurichten von dem Herrn.«
Ormanno sprach:»Sag an!«
Santolino fuhr fort:»Laß uns an einen verborgenen Ort
gehen, ich will nicht von andern gehört werden.«
Da traten sie in ein Kämmerchen, und Santolino sprach
zu ihm:»Ormanno, du mußt sterben; es ist nicht mehr zu
ändern.«
Ormanno erschrak heftig:»Gibt es kein Mittel, mich vom
Tode zu retten?«
Santolino antwortete:»Nein, es ist alles fest beschlossen.«
Da kniete Ormanno nieder vor Santolino, hob die Hände
gen Himmel, bückte sich dann, nahm Staub vom Boden

auf und steckte ihn in den Mund; darauf drückte er die Hände vor die Augen, um seinen Tod nicht zu sehen, und neigte den Kopf zur Erde. Santolino schwang sein Schwert, und gleich darauf lag jener tot zu seinen Füßen.

Der andere Fähnrich, der hingegangen war, um der Frau das gleiche zu tun, kam in die Kammer und sagte: »Gnädige Frau, ich habe Euch etwas auszurichten von dem Herrn.« Ganz erschrocken sagte die Frau: »Sag an, was du hast!« Er sprach: »Laßt alle Eure Kammerfrauen abtreten!« Die Frau schickte sie aus dem Zimmer; er trat an die Tür, verschloß sie, riß sein Schwert heraus und sagte: »Gnädige Frau, Ihr müßt sterben.« Die Frau stieß einen heftigen Schrei aus und wollte fliehen. »Gnädige Frau«, sagte er, »flieht nicht! Es würde Euch nichts helfen. Der Herr hat nun einmal Euren Tod beschlossen, und so kann Euch kein Gott retten.« Die Frau sagte: »Wie? Will der Herr zum Mörder werden an seinem eigenen Fleisch?« Der Kriegsmann antwortete: »Wohlan, macht Euch fertig!«

»Und du«, fuhr die Frau fort, »hast du den Mut, deine Hände mit dem Blute von Messer Malatesta Unghero, meinem Vater, zu beflecken?«

Er antwortete: »Ich muß tun, was mir befohlen ist; und darum verzeiht mir; ich tue es ungern.«

»Ist kein Mittel, mich vom Tode zu erretten?« Er antwortete: »Nein.«

Da kniete sie nieder vor dem Bilde der Heiligen Jungfrau und betete: »Wenn mein erlauchter und mannhafter Vater noch lebte, brauchte ich nicht im Finstern schmählichen Todes zu sterben; darum befehle ich in deine Arme, holdseligste Jungfrau Maria, meinen Geist und meine Seele und die Seele des wackern Mannes, der um meinetwillen leiden und sterben muß, und bitte dich überdies, Mutter der Gnaden, daß du mich in diesem finstern schmählichen Tode stark und kräftig machest, ihn geduldig zu ertragen, auf daß auch meine Seele, gleich der einer Märtyrerin, eingehen möge zur Herrlichkeit deines allerheiligsten Sohnes, unseres Herrn und Heilandes Jesu Christi.

Dann wandte sie sich zu dem, der das bloße Schwert über ihr schwang:»Da mich meine Eitelkeit nun so weit gebracht hat, bitte ich dich, wenigstens nicht so sehr zu eilen und so viel Mitleid mit mir zu haben, daß ich noch zehnmal die Jungfrau Maria grüßen darf.« Es erbarmte den Mann, und er sprach:»Betet denn, aber beeilt Euch!« Sie grüßte nun die Jungfrau Maria mit vielen Tränen, schaute aber dabei ganz bestürzt fortwährend auf die Faust mit dem Schwert. Nachdem sie ein wenig gebetet hatte, sagte er:»Seid Ihr nun fertig?« Die Frau antwortete:»Noch nicht.« Der Kriegsmann sagte:»Wie? In dieser Zeit wäre ich mehr als zwanzigmal fertig geworden.« Darauf sprach die Frau:»Unglückliche Costanza, dahin hast du es gebracht! Blinde Liebe, warum hast du mich betrogen und schickst mich nun von hinnen in so schlimmem Rufe? Wäre ich doch vor der Geburt gestorben!« Da kam es dem Fähnrich so vor, als zaudere sie doch allzulange, und er sprach:»Sagt ›Ave Maria‹!« Da sprach Costanza gar andächtiglich:»Ave Maria, Ave Maria, Ave Maria!« Da schwang er das Schwert und erschlug sie. Mit einem Streiche traf er sie, und sie sank ihm tot zu Füßen. Der Herr ließ die beiden unglücklichen Liebenden in einen Sack stecken und ins Meer werfen. Sodann ließ er ausschreiben, wer an Ormanno eine Forderung zu machen habe, solle sie zur Auszahlung anmelden. Galeotto ließ auch gewissenhaft einen jeden befriedigen, dem Ormanno etwas schuldig war. Ormannos Kriegsknechten jedoch gab er alsbald ihren Abschied; denn er fürchtete mit Recht, zu ihnen kein Vertrauen mehr haben zu dürfen. Für sein schroffes Verfahren gegen die beiden Liebenden, gegen Costanza und Ormanno, erntete Messer Galeotto Malatesti von etlichen Lob, von anderen aber Tadel.

SCHLIMMER UND SCHLIMMER

In Parma, einer sehr berühmten Stadt in der Lombardei, lebte vor gar nicht langer Zeit ein Wollkämmer, namens Ginese; weil er aus Mantua abstammen wollte, hieß er der Mantuaner. Da er sich einsam fühlte und dabei unter seinesgleichen wohlhabend war, entschloß er sich, ein Weib zu nehmen; eine Nachbarin, eine Witwe, gefiel ihm, und obwohl schon etwas bei Jahren, umwarb er sie so geschickt, daß er seinen Wunsch erreichte. Er führte Monna Moneta heim mit ihrem Sohne; der hieß Ghedino und war achtzehn Jahre alt; die Frau hatte ihn von einem früheren Gatten. Der Mantuaner trieb die Mitgift seiner Frau im Handel um und war so tätig, daß er bei seiner Geschicklichkeit im Handwerk mit der Familie sich gute Tage machen konnte. Als er sah, daß es ihm in allem nach Wunsch ging, dachte er daran, bei Gelegenheit auch seinem Stiefsohn Ghedino ein Weib zu geben; dann könnten sie mit der Mitgift von dessen Frau ihren Wohlstand noch bedeutend erhöhen und mit der Zeit reich werden. Er rief ihn also eines Tages beiseite und sprach zu ihm:»Mein Sohn, wer heutzutage nicht Vermögen besitzt, der gilt für ein Vieh; aber wer etwas hat, gilt am meisten; darum steht es jedermann wohl an, nicht nur festzuhalten, was er hat, sondern es auch soviel als möglich zu vermehren. Du bist jetzt alt genug, für dich und zugleich für unser ganzes Haus zu sorgen; wenn ich sterbe, kannst du dann allein ohne fremde Hilfe deine Angelegenheiten besorgen und den Lebensunterhalt verdienen. Da weiß ich keinen besseren Weg, als daß du dich verheiratest. Mit der Mitgift, die dir zufließt, und der Unterstützung, die ich dir gewähre, stehst du besser da als jeder deinesgleichen.

Ghedino war ganz einverstanden, nur müsse es mit Zustimmung seiner Mutter geschehen. Nicht lange, so nahm er ein sehr schönes, frisches und äußerst kräftiges Mädchen zur Frau, die vielleicht für sein Wesen allzu rüstig war. Nach der Hochzeit war er sorgfältigst bemüht, den Unterweisungen seines Stiefvaters nachzuleben. Während er täglich in die Werkstatt ging und es sich sauer werden ließ, wurde der Mantuaner mit dem Weibe Ghedinos recht vertraut; er dachte, wenn dieser ihm von seinen Geschäften bei Tag abnehme, so dürfe er das junge Weibchen nicht unter der Abwesenheit des Mannes leiden lassen; er nahm sich also vor, aus Leibeskräften die Lücke auszufüllen, die diese wohl verspüren mußte. Er übertrug dem Ghedino daher jeden Tag neue Geschäfte, um ihn möglichst lange aus dem Hause entfernt zu halten; namentlich zwang er ihn so, morgens in aller Frühe aufzustehen. Der Mantuaner betrieb dies schon eine gute Weile, bis einer kam und dem Ghedino in das Ohr raunte: »Ghedino, ich weiß nicht, wie du dich wohlfühlen kannst: du hast eine junge Frau, die so ganz frisch in dein Haus gekommen ist, und du entfernst dich so oft von ihr, zumal in der Zeit, welche die Männer dem Vergnügen der Weiber widmen sollen. Wenn sie nun, am Morgen so früh von dir im Stich gelassen, sich an einen wendet, der ihr besser Gesellschaft leistet als du?«

Bei alledem schöpfte der Strohkopf noch keinen Verdacht und ließ dem Mantuaner auch weiter allen Spielraum, sein Ziel zu erreichen und teils durch den dauernden Ärger der jungen Frau über Ghedino, teils durch die bequeme, geschickte Gelegenheit, welche dieser ihm bot, das schöne Weibchen seinen Wünschen fügsam zu machen. So machte der Mantuaner einmal seiner Monna Moneta morgens im Bett weis, er müsse in Geschäften von großer Wichtigkeit ausgehen. Sobald er aber den Stiefsohn weggehen hörte, erhob er sich von der Seite der Monna Moneta, und schlich an die Seite der jungen Frau, die in einem andern Zimmer nicht weit von dem ihrigen schlief. Gerade an diesem Morgen hatte Ghedino in der Eile ein paar Wollkämme vergessen, die er den Tag zuvor neu gekauft, auch hatte er die alten nicht mitgenommen. Er war schon an der Werkstatt, da lief er schnell zurück,

öffnete leise die Haustür, kam ungehört an seine Stube
und trat ein; er verstand die Stubentür ohne Lärm zu
öffnen, und der Mantuaner war nicht so gescheit gewesen, sie richtig abzuschließen. Da sah denn Ghedino, welches Erbarmen der Mantuaner mit seinem Weibe hatte,
wie er ihr zuliebe den Acker der Monna Moneta unge-
pflügt ließ, und einen fremden bepflanzte. Es schien
Ghedino zwar nicht recht, sie zu stören, aber doch konnte
er sich nicht enthalten, einen großen Lärm zu machen.
Während er mit dem Stiefvater sich zankte, öffnete das
junge Weib, aus Furcht, das Wetter möchte sich zumeist
über ihr entladen, ein Fenster nach der Straße zu, und
da es nicht hoch war, sprang sie hinaus. Nach wenigen
Schritten suchte sie Schutz in einem Nachbarhaus, das
eben offenstand. Sie wußte sonst nirgends hin und suchte
nur aus Angst vor ihrem Mann sich so tief innen als möglich zu verstecken. Zufällig kam sie an die Tür eines Zimmers, in dem ein gar artiger und heiterer Jüngling allein
schlief, der Galeazzo Garimberti hieß; der hatte ihr schon
seit Monaten den Hof gemacht und auf alle Weise ihre
Neigung für ihn zu entzünden gesucht, ohne je zum Ziel
zu gelangen. Es war ihm, als höre er eilige Tritte; er stand
schnell auf, um nachzusehen; kaum hatte er die Zimmer-
tür geöffnet, als das junge Weib vor Angst zitternd sich
ihm in die Arme warf. Der Jüngling erkannte sie gleich
und fand sie im Hemd viel schöner, als er sich hatte vorstellen können; er konnte sich nicht denken, was das
heiße, legte sie sanft auf das Bett und fragte sie mehrmals,
aber umsonst, warum sie komme. Um sie mit etwas
anderem als mit Worten zu trösten, und da seine Glücks-
fahne hoch stand, setzte er sich ohne Umstände in den
Besitz des Ackers, der soeben dem Mantuaner streitig
gemacht worden war.
Bei allem Zank mit dem Stiefvater merkte Ghedino doch,
was sein Weib in der Verzweiflung tat; vor Mitleid mit
ihr eilte er hinaus, um zu sehen, was aus ihr geworden
sei. Da er sie nicht auf der Straße fand, auch keine andere

Tür offen sah als die richtige, ging er in das Haus; er
konnte sich ja denken, daß sie so barfuß, wie sie war,
und im Hemd nicht weit geflohen sein könne. Wie sie
kam auch er an das Zimmer, fand wieder eine Tür un-
verschlossen, trat ein und sah das junge Paar beisammen.
Er war von dem Anblick so betäubt, daß er nicht wußte,
ob er träume oder wache. Er sah sein Unglück so Schlag
auf Schlag kommen und spürte unersetzlichen Schaden,
wo er sich am leichtesten verletzlich glaubte; er wußte
nicht mehr, was anfangen, und stürzte hinaus. Er schrie
nicht und hemmte nicht, was da geschah. Sonst hätte er
zum dritten Mann ihr auch noch verholfen. Er lief also,
so weit ihn seine Beine trugen.

Garimberti hatte auf dem zarten Erdreich seine erste
Probe vollendet, und da er nicht zum zweitenmal in seiner
Ackerarbeit gestört werden wollte, schloß er die Zimmer-
tür, umarmte das junge Weib, und sie gestand ihm zu
seiner größten Freude, wieso sie so früh und in solchem
Aufzug zu ihm geflohen sei. Allmählich kam sie zur Ruhe;
sie lachten, scherzten und schalten auf die bösen Wollkämme, auch fuhren sie in ihrer Ackerarbeit fort und
pflügten noch mehrere Furchen. Ein paar Tage darauf
leitete Garimberti eine allgemeine Versöhnung ein. Er
hatte zuvor mit dem Weibchen ein neues Treffen verabredet, um dabei die Kosten des Sühnetermins bei ihr zu
erheben. In welcher Währung das geschah, weiß ich nicht;
ihnen ward dabei sicher nicht Schlimmer und schlimmer.

Vom Segen der Liebe

Mancherlei Geschichten wüßte ich, ihr holdseligen Damen, deren Mitteilung einen so fröhlichen Abend, wie
der heutige zu werden verspricht, schicklich eröffnete.
Eine unter ihnen sagt mir aber am meisten zu, weil sie
den fröhlichen Ausgang bringt, von dem ich als erste

erzählen soll; zugleich mag euch meine Geschichte zeigen, wie heilig, wie gewaltig und wie segensreich die Kräfte der Liebe sind. Und da ihr, wenn ich mich nicht irre, sämtlich verliebt seid, so kann euch diese Einsicht nur willkommen sein.

Auf Zypern lebte nämlich, wie ich einmal in den alten Geschichten der Zyprier las, ein Mann von edlem Geschlechte, der Aristipp hieß. An Reichtum in zeitlichen Dingen übertraf er alle seine Landsleute um vieles; wäre das Schicksal ihm nicht in einem Punkte feindlich gewesen, so hätte er vor allen andern sich glücklich schätzen dürfen. Er hatte aber unter seinen übrigen Kindern einen Sohn, der an Größe und körperlicher Schönheit zwar die übrigen jungen Männer übertraf, doch zugleich fast albern und blödsinnig war. Sein wahrer Name war Galesus; weil aber weder die Bemühungen der Lehrer noch Zureden oder Schläge des Vaters, noch endlich der Scharfsinn irgendeines andern imstande gewesen waren, ihm an Kenntnissen oder guten Sitten das mindeste beizubringen, weil dazu seine Stimme plump und mißtönend war, weil sein Betragen mehr dem eines Viehs als eines Menschen ähnelte, so nannten ihn alle spottweise nur den Cimone; das will in der dortigen Sprache soviel heißen wie in unserer: ein Rindvieh. Das verlorene Leben des Sohnes ging dem Vater gar sehr zu Herzen; und als er seinetwegen endlich alle Hoffnung aufgegeben hatte, befahl er ihm, um den Anlaß seines Grams nicht immer vor Augen zu haben, auf das väterliche Landgut zu gehen und dort mit den Ackerknechten zu leben. Damit war denn Cimone ausnehmend zufrieden, weil ihm die Sitten und Gebräuche der gemeinen Leute viel besser zusagten als die der feineren. Während er nun auf dem Lande sich mit den Arbeiten des Landbaus ausschließlich beschäftigte, ging er eines Tages bald nach Mittag, seinen Stock auf der Schulter, von einem Vorwerk zum andern, und durchschritt dabei ein Gehölz; weil es eben Mai war, bildete es ein dichtes Laubdach und zeigte an jener Stelle

gerade seine volle Schönheit. Hier führte ihn sein glück-
liches Schicksal zu einer kleinen, rings von hohen Bäumen
umgebenen Wiese, an deren Ende eine anmutige, kühle
Quelle entsprang. Neben dieser sah er auf dem grünen
Rasen eine reizende junge Frau schlafen, deren feines,
durchscheinendes Gewand die weißen Glieder nur un-
merklich verhüllte, während eine leichte, schneeweiße
Decke vom Gürtel niederwärts über sie hingebreitet war.
Zu ihren Füßen lagen zwei Mädchen und ein Mann, die
in den Diensten der jungen Dame standen, und schliefen
gleichfalls. Der Anblick dieser Schönen erregte so sehr
Cimones Erstaunen, als ob er nie zuvor ein Frauenbild
gesehen hätte; er betrachtete sie sprachlos auf seinen Stab
gelehnt, aufmerksam und mit unsäglichem Entzücken.
Seiner rohen Brust hatte tausendfach wiederholter Unter-
richt nicht die Spur edlerer Neigungen einflößen können;

aber jetzt spürte er, wie plötzlich in seinem plumpen, dumpfen Geist das Gefühl erwachte, ein so holdes Menschenkind habe noch nie ein Lebender geschaut. Dann betrachtete er die einzelnen Teile ihres Körpers und bewunderte die Schönheit ihrer Haare, die ihn golden deuchten, Stirne, Mund und Nase, Hals und Arme, vor allem aber die Brüste, die sich erst ein wenig wölbten. Soeben war er noch in jeder Hinsicht ein Bauer gewesen; nun erlaubte er sich schon ein Urteil über Schönheit und verlangte sehnlichst, sie möchte die Augen aufschlagen. Mehrmals wandelte ihn die Lust an, sie zu wecken, daß er ihre Augen sähe; dann schien sie ihm so über allen Vergleich schön, schöner als alle Frauen, die er je zuvor gesehen, daß er in ihr eine Göttin zu schauen meinte; wenigstens so viel richtiges Gefühl hatte er schon, daß er einsah, Himmlisches verdiente größere Ehrfurcht als Irdisches. So gewann er es denn über sich, abzuwarten, bis sie von selbst aufwachte, und so lang ihm auch ihr Schlaf vorkam, wußte er sich, in das Vergnügen ihres Anschauens versunken, doch nicht loszureißen. Endlich, obwohl nach geraumer Zeit, geschah es, daß die junge Schöne, die Iphigenie hieß, früher als einer der Ihrigen erwachte. Wie sie das Haupt emporhob, die Augen aufschlug und Cimone auf seinen Stab gelehnt vor sich stehen sah, war sie nicht wenig überrascht und sagte: »Cimone, was suchst du zu dieser Stunde hier im Gehölz?« Wegen seiner schönen Gestalt, wegen seiner Blödsinnigkeit, wie auch wegen des Adels und des Reichtums seines Vaters war Cimone fast jedem in der Gegend bekannt. Er aber antwortete auf Iphigeniens Frage nicht eine Silbe, sondern blickte unverwandt in ihre Augen, seit sie diese aufgeschlagen hatte; aus ihnen fühlte er einen Zauber überspringen, der ihn mit nie gekannter Wonne durchdrang. Als Iphigenie sah, wie er sie anstarrte, begann sie zu fürchten, er könnte bei seiner Roheit von diesem starren Anschauen zu Taten übergehen, die ihre Schamhaftigkeit bedrohten. Deshalb weckte sie ihre Dienerschaft, stand auf und sagte: »Cimone, nun gehab dich wohl!« Cimone erwiderte sogleich: »Ich gehe mit dir.« Und obgleich die junge Dame fortwährend wegen seiner Absichten besorgt war, konnte sie doch seine Begleitung nicht ablehnen und wurde ihn nicht eher los, als bis er sie zu ihrer Wohnung geleitet hatte. Von dort ging er sogleich zu seinem Vater und erklärte ihm, unter keiner Bedingung auf das Land zurückkehren zu wollen. Freilich war dies nun dem Vater und den übrigen Angehörigen gar nicht gelegen, doch ließen sie ihn in der Stadt, um abzuwarten, was Cimone so umgestimmt habe. Zuvor war sein Herz jeder guten Lehre unzugänglich; aber Iphigeniens Schönheit hatte es mit dem Pfeil der Liebe durchdrungen. So schritt er von einem guten Vorsatz immer weiter zu neuen und erregte binnen kurzem das Erstaunen seines Vaters, aller seiner Verwandten und überhaupt eines jeden, der ihn gekannt hatte. Zuerst bat er den Vater, im Anzuge und in allem andern ihn ebenso schmuck wie seine Brüder einhergehen zu lassen, und der Vater tat es mit Freuden. Dann suchte er den Umgang wackerer junger Leute und lernte von ihnen, was für Sitten adeligen Männern, besonders aber den Liebenden geziemen, und machte sich zu jedermanns größter Verwunderung in gar kurzer Zeit nicht allein die Anfangsgründe der Wissenschaften zu eigen, sondern studierte auch die Weltweisheit auf das beste. Wie die Liebe, die er für Iphigenie empfand, ihn zu dem allen geführt hatte, so verwandelte sie auch seine zuvor polternde, bäurische Stimme in eine wohlklingende und gebildete, machte ihn zu einem Meister in Spiel und Gesang, und tapfer und geschickt im Reiten und in den Waffenübungen, die der Krieg zu Wasser und zu Lande erfordert. Kurz, um nicht alle seine Erfolge einzeln aufzählen zu müssen: noch war seit dem Tage, an dem er sich zuerst verliebt hatte, das vierte Jahr nicht verstrichen, da übertraf er schon alle jungen Männer auf der Insel Zypern an Artigkeit, guter Sitte und vorzüglichen Eigenschaften. Wie sollen wir,

o holde Damen, uns diese Erscheinung erklären? Gewiß,
wir können es nur, wenn wir annehmen, eine böse Fee
habe die hohen Anlagen, mit denen der Himmel Cimones
Seele geziert hatte, in den engsten Raum seines Herzens
zusammengedrängt und dort mit den festesten Ketten
gefesselt und verschlossen, so lange, bis der Minne All-
gewalt die Ketten sprengte und zerbrach, die schlum-
mernden Geister aus grausamer Betäubung erweckte und
mit ihrer Kraft an das helle Licht zog; so wird offenbar,
aus welcher Dunkelheit die allwaltende Minne die ihr
dienenden Geister erhebt und durch ihre Strahlen zum
vollen Glanze hinanführt.

Obwohl Cimone nach der gewöhnlichen Art verliebter
Jünglinge bei seiner Liebe für Iphigenie in einigen Dingen
das Maß überschritt, so ertrug sein Vater dergleichen
nicht allein mit Geduld, sondern ermunterte ihn noch
besonders, da ja die Liebe ihn vom Tiere zum Menschen
verwandelt hatte, von ihr ganz nach Gefallen sich tragen
zu lassen. Cimone hatte im Gedenken daran, daß Iphigenie ihn bei diesem Namen genannt hatte, diesen Spott-
namen beibehalten und wollte nicht mehr Galesus heißen.
Um seine Wünsche geziemend erfüllt zu sehen, hielt er
bei Iphigeniens Vater, Cypseus, wiederholt um die Hand
des Mädchens an. Cypseus erwiderte, er habe sie bereits
dem Pasimunda, einem jungen Edelmann auf Rhodus,
zugesagt und wolle diesem sein Wort nicht brechen. Als
nun die Zeit kam, da Iphigenie mit Pasimunda vermählt
werden sollte, und der Bräutigam auch schon nach ihr
gesandt hatte, sagte Cimone bei sich: »Nun, meine Iphigenie, ist es an der Zeit, dir meine große Liebe zu beweisen. Schon bin ich durch dich zum Menschen geworden; gelingt es mir noch, dich zu besitzen, so werde ich
dadurch sicher die seligen Götter besiegen. Eins ist gewiß: ich werde dich erringen oder sterben.«
Nach solchem Überlegen bat er unauffällig einige junge
Edelleute, mit denen er befreundet war, um ihren Beistand, rüstete heimlich ein Schiff mit allem aus, das zu

einem Seegefecht nötig ist, und stach dann mit seinen
Gefährten in See, um dem Schiff aufzulauern, das Iphigenie zu ihrem Bräutigam nach Rhodus tragen durfte.
Iphigenies Vater hatte inzwischen den Freunden des Bräu-
tigams viel Ehre angetan, und nun steuerten diese mit
ausgespannten Segeln auf Rhodus zu. Cimone aber schlief
nicht, sondern holte sie des andern Tages ein und rief
ihnen vom Bug seines Schiffs mit lauter Stimme zu: »Halt!
Streicht die Segel, oder seid gewärtig, besiegt und in den
Grund gebohrt zu werden!« Cimones Gegner hatten indes die Waffen schon auf das Verdeck gebracht und rüste-
ten sich zur Verteidigung. Cimone warf nach jenem An-
ruf sogleich einen großen eisernen Enterhaken, zog damit das Schiff der Rhodesier, die aus allen Kräften weiter-
segelten, gewaltsam an das seine, und sprang mit dem
Mute eines Löwen hinüber, ohne daß ein anderer ihm
folgte. Als ob er die Rhodesier in der Kraft, welche die
Liebe leiht, alle für gar nichts achtete, stürzte er sich, ein
Messer in der Faust, mit wunderbarer Gewalt mitten unter
die Feinde und schlachtete gar viele, bald hier- und bald
dorthin stoßend, gleich Schafen ab; darob voller Schrek-
ken warfen die Rhodesier endlich ihre Waffen von sich
und ergaben sich einmütig als Gefangene. Cimone sagte
zu ihnen: »Junge Männer, weder aus Verlangen nach
Beute, noch aus Haß, den ich gegen euch ja nicht hege, bin
ich von Zypern gesegelt, um euch hier mitten im Meere
mit bewaffneter Hand zu überfallen. Was mich dazu treibt,
bedeutet für mich das höchste Glück, wenn ich es erlange;
euch jedoch ist es ein leichtes, es mir friedlich zu überlassen: Iphigenie ist es, die ich über alles liebe, und die ich, da
ihr Vater sie mir nicht als Freund im guten überlassen
wollte, mit den Waffen mir erkämpfen werde. So will ich
ihr denn sein, was euer Pasimunda ihr werden sollte; gebt
sie mir, und dann ziehet im Namen Gottes.«
Die Jünglinge übergaben, mehr der Not gehorchend als
aus freiem Willen, die weinende Dame an Cimone. Er aber
sagte, als er sie weinen sah, zu Iphigenie: »Betrübe dich

nicht, o holde Dame; ich bin dein Cimone und habe dich durch meine Liebe eher verdient als Pasimunda durch deines Vaters Gelöbnis.« Iphigenie ließ er, ohne das Gut der Rhodesier im mindesten zu berühren, zuerst in sein Schiff steigen; dann kehrte auch er zu seinen Gefährten zurück und hieß jene weiterfahren. Hocherfreut über den Erwerb einer so teuern Beute, verwandte Cimone die erste Zeit, um die Weinende, soviel er konnte, zu trösten; dann überlegte er mit seinen Gefährten, ob es nicht allzu gefährlich sei, jetzt schon nach Zypern zurückzukehren. Wirklich beschlossen sie zusammen, lieber Kreta anzusteuern, wo sie sich insgesamt, besonders aber Cimone, wegen alter und neuer Verwandtschaft und vieler Freundschaft mit Iphigenie sicher glaubten. Aber das Glück, das die Dame freundlich dem Cimone als Beute gewährt hatte, verwandelte jetzt in seiner Unbeständigkeit die überschwengliche Freude des liebenden Jünglings plötzlich in bittere, schmerzliche Trauer. Noch waren nicht vier Stunden vergangen, seit Cimone die Rhodesier entlassen hatte, als in dieser Nacht, von der Cimone sich die höchste, nie empfundene Seligkeit versprochen hatte, ein Sturm heraufzog, der den Himmel mit Wolken und das Meer mit verheerenden Winden überzog. So sehr wütete der Sturm, daß niemand wußte, was man tun und wohin man sich wenden sollte, ja, daß die Schiffer nicht einmal sich aufrecht zu halten und einige Hilfe zu leisten imstande waren. Wie sehr Cimone darüber sich betrübte, brauche ich nicht auszumalen; es dünkte ihn, die Götter hätten ihn an das Ziel seiner Wünsche nur gelangen lassen, damit er den Tod, der ihm vorher gar gleichgültig gewesen war, um so schmerzlicher empfinde. Es beklagten sich auch die Gefährten; vor allem aber jammerte Iphigenie, weinte laut und schreckte bei jedem Wellenstoß neu zusammen. Mit harten Worten verwünschte sie unter Tränen Cimones Liebe und schalt auf seine Vergangenheit; nur darum, sagte sie, sei dies stürmische Unwetter entstanden, weil die Götter es ihm versagten, seines dreisten Begehrens froh zu werden: er habe sie wider der Himmlischen Willen zur Gattin verlangt; zur Strafe werde er sie zuerst sterben sehen und dann selber eines elenden Todes sterben.

Unter solchen und noch heftigeren Klagen ward das Schiff, das die Seeleute auf keine Weise zu lenken vermochten, von dem immer heftiger tobenden Sturme in die Nähe der Insel Rhodus geführt. Weil die Schiffer aber nicht wußten, daß es Rhodus sei, bemühten sie sich, um ihr Leben zu retten, aus allen Kräften, dort womöglich ans Land zu gelangen. In der Tat war ihnen das Glück dazu behilflich und führte sie in einen kleinen Meerbusen; in den waren vorher auch die Rhodesier mit ihrem Schiffe eingelaufen, die Cimone freigelassen hatte. Nicht eher erkannte Cimone mit seinen Gefährten, daß sie nach Rhodus verschlagen waren, als bis sie bei dem Dämmerlicht, das am andern Tage das aufsteigende Morgenrot über den etwas aufgehellten Himmel verbreitete, etwa in der Entfernung eines Bogenschusses das Schiff gewahrten, auf dem Cimone tags zuvor gewütet hatte. Cimone sah die Gefahr drohen, die ihn nachher wirklich traf, und erschrak darüber unsäglich; er hieß alle Kräfte aufbieten, um nur von dort wieder zu entkommen, und dann sich treiben zu lassen, wohin es dem Schicksal gefalle; schlimmer könnten sie ja nirgends aufgehoben sein als gerade hier. Die Schiffer ließen nichts unversucht, um aus der Bucht hinauszukommen; aber alles war vergeblich. Der Wind blies so heftig in der entgegengesetzten Richtung, daß sie, anstatt sich herausarbeiten zu können, alles Widerstrebens ungeachtet an das Land trieben und dort sogleich von den rhodesischen Seeleuten erkannt wurden, die ihr Schiff inzwischen verlassen hatten. Sogleich lief einer von ihnen nach einem Landgut in der Nähe, wohin die jungen Edelleute schon vorausgegangen waren, und berichtete diesen, Cimone mit Iphigenie sei gleich ihnen von dem Unwetter gezwungen worden, dort zu landen. Die Edelleute eilten, hocherfreut über diese Nachricht, mit einer Menge Menschen von jenem Gut an das Meer; Cimone war mit den Seinigen schon ausgestiegen und gedachte, in einen benachbarten Wald zu flüchten; aber sie nahmen ihn mit Iphigenie und allen übrigen gefangen und führten sie insgesamt nach dem Landhause in der Nähe. Als aber Pasimunda von dem erfuhr, was sich zugetragen, klagte er bei dem Senat von Rhodus, und auf dessen Beschluß kam Lysimachus, der in jenem Jahre die höchste Würde bekleidete, mit einem großen Gefolge von Kriegsknechten aus der Stadt heraus und führte Cimone und seine Gefährten ins Gefängnis.

Auf solche Weise verlor der arme, liebende Cimone seine Iphigenie, die er kurz zuvor erst gewonnen hatte, ohne ihr mehr als einige Küsse genommen zu haben. Iphigenie dagegen empfingen viele edle rhodesische Damen, sprachen ihr Trost zu wegen der Gefangenschaft und der Angst auf dem stürmischen Meer, und behielten sie bis zu dem Tag bei sich, der für die Hochzeit gewählt war.

Dem Cimone und seinen Gefährten wurde indes dafür, daß sie tags zuvor die jungen Rhodesier freigelassen hatten, das Leben geschenkt, obgleich Pasimunda auf ein Todesurteil drängte; freilich wurden sie zu ewiger Gefangenschaft verurteilt, und wie traurig, wie ohne Hoffnung, je wieder eine Freude zu erfahren, sie diese ertrugen, läßt sich leicht denken.

Während nun Pasimunda die Vorbereitungen zur bevorstehenden Hochzeit soviel als möglich beschleunigte, bereitete das Glück, als wäre ihm sein jähes Unrecht gegen Cimone wieder leid geworden, ein neues Ereignis vor zur Rettung Cimones. Pasimunda hatte einen, an Jahren, doch nicht an Tugenden jüngeren Bruder namens Hormisdas, der sich lange Zeit um die Hand Kassandras, eines schönen, adeligen Mädchens jener Stadt, beworben hatte. Aber auch Lysimachus liebte diese auf das feurigste, und ihre Verbindung mit Hormisdas war aus verschiedenen Gründen schon mehrmals wieder auseinandergegangen. Wie nun Pasimunda jetzt die Vorbereitungen für das große Fest seiner Hochzeit traf, hielt er es für rätlich, um den großen Kosten einer neuen Hochzeit für die Zukunft zu entgehen,

den Hormisdas womöglich gleich mitheiraten zu lassen.
Darum knüpfte er die Unterhandlungen mit Kassandras
Eltern wieder an und führte sie zu dem Ziele, daß an demselben Tage, an dem Pasimunda mit Iphigenie sich ver-
bände, auch Hormisdas seine Hochzeit mit Kassandra
feierte. Dem Lysimachus mißfiel dieser Entschluß gewaltig, der ihm alle seine Hoffnungen zu rauben schien. Denn
bisher hatte er noch immer gehofft, wenn Hormisdas sie
nicht erhalte, werde sie ihm noch zuteil werden. Verständig, wie er war, hielt er seinen Unmut verborgen und
dachte vielmehr nach, wie er jene Pläne vielleicht noch
stören könne; doch sah er endlich nur den einen Ausweg,
Kassandra zu rauben. Dies zu tun schien ihm vermöge
seines Amts besonders leicht; auf der andern Seite dünkte
es ihm aber gerade wegen seiner Würde desto unziem-
licher. Endlich trug nach langem inneren Kampf die Liebe
über die Ehrenhaftigkeit den Sieg davon, und er beschloß,
was immer daraus entstehe, Kassandra zu rauben. Während er noch über die Gehilfen, die er finden mußte, und
über die Art der Ausführung nachdachte, erinnerte er sich
des Cimone, der mit seinen Gefährten im Gefängnis saß,
und es leuchtete ihm ein, daß er dafür keinen bessern und
treueren Gehilfen, als eben den Cimone, finden könnte.
Darum berief er in der nächsten Nacht ihn heimlich in
sein Zimmer und begann so zu ihm zu reden: »Cimone,
wie die Götter ihre Gaben gütig und freigebig an die
Menschen verteilen, so wissen sie auch die Tugenden der
Menschen auf das genaueste zu prüfen; sie schenken dann
den bei allem Wechsel des Schicksals Standhaften und Un-
erschütterlichen wegen dieses höheren Wertes auch die
Gelegenheit, sich noch höhere Verdienste zu erwerben. So
haben sie auch von deinen Tugenden gewichtigere Proben
verlangt, als du innerhalb der Mauern deines väterlichen
Hauses — wie ich höre, hat es an Reichtümern Überfluß —
jemals abzulegen vermochtest. Zu Anfang haben die Götter dich, wie man sagt, durch die tiefen Schmerzen der
Liebe vom unvernünftigen Tier zum Menschen gemacht;

dann aber prüften sie, ob zuerst die Unglücksfälle und nun das Ungemach des Kerkers deinen Sinn anders werden ließen als damals, als du für wenige Augenblicke deiner gewonnenen Beute froh wurdest. Bist du noch immer, der du warst, so sind sie jetzt bereit, dir ein Geschenk zu machen, wogegen alles Bisherige verschwindet; und *was* dies ist, das will ich, damit du deine gewohnte Kraft wiedergewinnst und guten Mutes wirst, jetzt dir sagen: Derselbe Pasimunda, dessen höchste Freude dein Unglück ist, und der hartnäckig auf deinem Tod bestand, beschleunigt jetzt, so sehr er kann, seine Verbindung mit deiner Iphigenie; jetzt will er der Beute froh werden, die das Glück dir erst freundlich gewährte und im schnellen Wechsel seiner Laune wieder entzog. Wie sehr das aber dich schmerzen muß, wenn du so stark liebst, wie ich es glaube, das empfinde ich an mir selbst: denn mir will des Pasimundas Bruder Hormisdas in Kassandra, die ich über alles liebe, am gleichen Tage die gleiche Kränkung antun. Um nun so hartem Geschick und so schwerem Unrecht zu entgehen, hat das Glück uns, wie mich dünkt, nur den *einen* Weg offengelassen: das tapfere Herz und die tapfere Faust bahnt uns mit dem Schwert den Weg, dir zum zweiten, mir aber zum ersten Raube unserer Damen. Ist dir also, ich sage nicht deine Freiheit — ich vermute, daß dir ohne Iphigenie an ihr wenig liegt — wohl aber deine Dame lieb, so haben die Götter jetzt dein Schicksal in deine eigene Hand gelegt: Schließe dich bei meinem Unternehmen an, und du hilfst dir und mir!«

Diese Worte gaben Cimone seinen verlorenen Mut vollkommen wieder, und er antwortete ohne langes Besinnen: »Lysimachus, wenn ich auf diesem Wege das erlangen soll, wovon du sprichst, so kannst du zu deinem Unternehmen weder einen mutigeren noch einen zuverlässigeren Gefährten finden. Bestimme mir also nun, was du mir zu übertragen für gut finden wirst, und du sollst sehen, ich werde es mit mehr als natürlicher Kraft ausführen!« Darauf erwiderte Lysimachus: »Übermorgen werden die neuvermählten Frauen ihren ersten Einzug in das Haus ihrer Männer halten. Wir aber werden uns gegen Abend, du mit den Deinigen und ich mit einer Anzahl völlig zuverlässiger Gefährten, alle bewaffnet, dort einschleichen, die beiden Bräute während des Hochzeitsmahls rauben und sie zu dem Schiffe führen, das ich heimlich schon habe rüsten lassen; jeder aber, der sich uns zu widersetzen wagt, soll des Todes sein.« Cimone war mit diesen Anordnungen zufrieden und kehrte bis zu der bestimmten Zeit ruhig in das Gefängnis zurück.

Glänzend und kostbar war am Hochzeitstage das Gepränge, und überall im Hause der beiden Brüder herrschte festliche Heiterkeit. Als die Zeit dem Lysimachus gelegen schien, hielt er eine Ansprache an seine Helfer, verteilte dann Cimone und dessen Gefährten sowie seine eigenen Freunde, die alle unter den Kleidern Waffen trugen, auf drei Haufen. Den einen hieß er sich vorsichtig im Hafen aufstellen, damit niemand, wenn es erst soweit käme, sie hindern könnte, sich einzuschiffen. Den zweiten ließ er an der Haustür, um sich zu versichern, daß sie nicht etwa eingeschlossen oder ihnen der Eingang verwehrt würde. Er selbst endlich ging mit Cimone und seinem Haufen die Treppe hinauf, gerade in den Speisesaal, wo die beiden Bräute mit noch vielen andern Damen schon in geziemender Ordnung an der Tafel saßen. Keck traten die jungen Männer heran, stürzten die Tische um, nahmen ein jeder die Seinige und übergaben sie ihren Gefährten, daß diese sie augenblicklich auf das segelfertige Schiff brächten. Die beiden Bräute huben zwar an zu weinen und zu schreien, und die übrigen Damen und die Diener nicht minder, so daß das ganze Haus alsbald voller Lärm und voller Klagen war. Cimone und Lysimachus aber zogen ihre Schwerter und bahnten sich, ohne daß jemand ihnen zu widerstehen wagte, den Weg zu der Treppe. Als sie nun diese hinunterstiegen, kam ihnen Pasimunda entgegen, der, einen großen Stock in der Hand, auf den Lärm herbeieilte. Cimone traf ihn mit seinem Schwert so gewaltig auf den Kopf, daß er

ihn wohl halb herunterhieb und Pasimunda ihm tot zu
Füßen fiel. Ebenso tötete den armen Hormisdas, der seinem Bruder zu Hilfe eilte, ein zweiter Hieb des Cimone,
und noch mehrere andere, die beispringen wollten, wurden
von des Lysimachus und des Cimone Gefährten siegreich
zurückgeschlagen. Diese aber gelangten von dem Hause,
das sie voller Blut, Geschrei, Wehklagen und Trauer hinter
sich ließen, dicht zusammengedrängt und ohne auf ein
Hindernis zu stoßen, mit ihrer Beute glücklich zu dem
Schiffe, hießen ihre Damen schnell hineinsteigen, folgten
ihnen selbst mit allen ihren Leuten nach und ruderten
dann aus allen Kräften weg, glücklich ihren Hoffnungen
entgegen, im Angesicht der zahlreichen Bewaffneten, die
sich schon am Ufer gesammelt hatten, um die Damen wieder zu befreien. In Kreta, wo ihre vielen Freunde und
Verwandten sie auf das beste empfingen, feierten sie bald
unter großen Festlichkeiten die Verbindung mit ihren
Damen und genossen dann fröhlich ihre schöne Beute. In
Zypern und in Rhodus wurde noch lange Zeit viel Lärm
über diese kecke Tat gemacht, und an beiden Orten hatte
sie ernstliche Unruhen zur Folge. Endlich aber legten sich
hier sowohl als dort die beiderseitigen Freunde und Verwandten ins Mittel und brachten es glücklich dahin, daß
nach einigen Jahren des Exils Cimone mit Iphigenie nach
Zypern und Lysimachus mit Kassandra nach Rhodus zurückkehren durften. Beide Paare lebten lange noch glücklich miteinander in ihrer Heimat.

DER KNOBLAUCHGARTEN

Es lebte einmal in dem Dorfe La Varra ein Bauer namens
Ambrosio; der hatte sieben Töchter und besaß nichts anderes, um sie anständig in der Welt zu erhalten, als einen
Knoblauchgarten. Dieser wackere Mann war eng befreundet mit Biasillo, einem reichen Manne in Resina, der Vater

von sieben Söhnen war. Narduccio, der Erstgeborene und
des Vaters Herzblatt, wurde plötzlich einmal krank und
konnte auf keine Weise geheilt werden, obwohl der
Beutel des Vaters in einem fort offenstand. Als Ambrosio
eines Tages zu Besuch kam, fragte ihn Biasillo, wie viele
Kinder er hätte; jener schämte sich, daß er nur Töchter
zu erzeugen vermöchte, und erwiderte: »Ich habe vier
Söhne und drei Mädchen.«

»Wenn das so ist«, versetzte Biasillo, »so schicke mir einen
von deinen Söhnen zur Gesellschaft für meinen Sohn: du
tust mir damit einen sehr großen Gefallen.«

Ambrosio, der sich auf diese Weise selbst gefangen hatte,
wußte nicht, was er antworten sollte, sondern nickte nur
mit dem Kopf; und nach La Varra zurückgekehrt, geriet
er vor Ärger fast außer sich, indem er gar nicht wußte,
wie er dem Freunde wieder vor die Augen treten sollte.
Endlich rief er alle seine Töchter von der kleinsten bis zur
größten herbei und fragte sie, welche von ihnen es wohl
zufrieden wäre, sich die Haare abschneiden zu lassen,
Mannskleider anzuziehen und als Mannsperson dem kranken Sohne des Biasillo Gesellschaft zu leisten. Was er da
an Redensarten von seinen Töchtern anhören mußte, geht
auf keine Kuhhaut. Nur das Nestvögelchen namens Belluccia hatte Mitleid, als es den Vater bei jeder schnip-
pischen Antwort seiner Töchter seufzen hörte, und meinte:
»Wenn ich dir damit dienen kann, werde ich gern sogar
ein grausiges Waldwild, nicht bloß ein Mannsbild.«

»Segne dich der Himmel«, erwiderte Ambrosio, »denn für
das Leben, das ich dir gegeben, gibst du mir ein neues
Leben wieder. Nun aber frisch ans Werk!« — und nachdem er ihr die Haare abgeschnitten und ihr einen zer-
rissenen Männeranzug ausgeflickt hatte, brachte er sie nach
Resina, wo sie von Biasillo und seinem kranken Sohne mit
aller Herzlichkeit empfangen wurden. Ambrosio ließ dann
Belluccia zurück, damit sie den kranken Narduccio be-
diene.

Als dieser die ungewöhnliche Schönheit Belluccias unter

den Lumpen hervorleuchten sah, sprach er bei sich selbst, indem er sie immer wieder anschaute und sie mit den Augen fast verschlang: »Wenn ich nicht ganz blind bin, so ist das ein Frauenzimmer; die Zartheit ihres Gesichts zeigt es, ihre Sprache bestätigt es, ihr Gang bekräftigt es, mein Herz sagt es.« Über diesem Gedanken wurde sein Zustand böser statt besser, das Fieber stieg, die Ärzte waren ratlos. Nur die Mutter gab ihn noch nicht auf: »Mein lieber Sohn, was soll das heißen, daß du den Krebsgang gehst? Sprich doch, öffne mir dein Herz und sag frei heraus, was du willst: für das übrige laß mich sorgen; ich werde alles tun, was du verlangst!«

Narduccio faßte sich ein Herz, als ihm die Mutter so zuredete: der Sohn Ambrosios sei bestimmt ein Mädchen; und wenn es nicht seine Frau werde, wolle er sterben.

»Nur sachte«, erwiderte die Mutter, »wir müssen erst untersuchen, ob sie ein Frauenzimmer ist oder ein Mannsbild, ob das Feld flach ist oder hügelig. Ich will mit ihr in den Stall gehen und sie das wildeste Pferd besteigen lassen; wenn sie ein Frauenzimmer ist, so fehlt ihr wie allen Frauen der Mut dazu; sie wird nicht daran wollen, und dann wissen wir gleich, woran wir sind.«

Das gefiel dem Sohne; die Mutter ging mit Belluccia in den Stall und ließ ihr ein unbändiges junges Roß geben; doch Belluccia sattelte es sogleich und ritt es in allen Gangarten vor und ließ es die hohe Schule durchmachen. Da sagte die Mutter zu Narduccio: »Laß deine Grillen fahren, mein Sohn: du siehst, der Bursche sitzt fester im Sattel als der älteste Kavallerist.«

Narduccio gab sich noch nicht geschlagen. Zur zweiten Probe ließ die gute Mutter eine Muskete holen und sagte zu Belluccia, sie solle laden und abfeuern. Diese ergriff sogleich das Gewehr, lud es und drückte ab; sie machte es so gewandt und geschickt, wie kein Bursche es kann.

Die Mutter lachte Narduccio aus, aber der wollte sein Leben verwetten, daß diese schöne Rose keinen Stachel habe; wiederum sprach er zur Mutter: »Glaub mir, liebe

Mutter, ich brauche jetzt nur eines, Gewißheit und nochmals: Gewißheit! Sonst ist es mit mir vorbei; ich ruhe entweder in ihrem Schoße oder in dem der Erde.« Da die arme Mutter sah, daß er immer wieder auf den besagten Hammel zurückkam, so sprach sie zu ihm: »Geh doch mit ihm baden, dann wirst du sehen, ob Berg oder Tal, ob Trabrennbahn oder Wagendeichsel.« »Richtig«, rief Narduccio aus, »das ist das Rechte, und jetzt hast du den Nagel auf den Kopf getroffen: heut muß es sich endlich zeigen, ob Bratspieß oder Pfanne, Spritze oder Trichter!«

Belluccia witterte den Anschlag, ließ rasch einen Knecht ihres Vaters kommen, der gar schlau und pfiffig war; wenn er sie am Meeresufer im Begriff sähe, sich auszukleiden, solle er ihr vermelden, ihr Vater sei nahe daran zu himmeln und wolle sie noch einmal sehen. Der Knecht tat, wie ihm geheißen, und Belluccia verabschiedete sich tränenüberströmt von Narduccio und schlug den Weg nach Resina ein.

Narduccio aber kehrte mit gesenktem Kopf zur Mutter zurück und erzählte ihr, wie schief die Sache wieder gegangen sei.

»Nur nicht verzweifelt«, sagte die Mutter, »Geduld überwindet alles. Geh ohne weiteres in das Haus Ambrosios und rufe seinen Sohn, und an dem schnellen oder langsamen Herunterkommen wirst du dann sehen, woran du bist, ob man dir eine Nase drehen will oder nicht.«

Bei dieser Aussicht färbten sich die Backen Narduccios wieder; am folgenden Morgen ging er geraden Wegs nach dem Hause Ambrosios und bat ihn, seinen Sohn ihm doch herunterzuschicken; er habe etwas Wichtiges mit ihm zu verhandeln.

Ambrosio bat ihn, ein wenig zu warten, er werde ihm bald seinen Sohn senden; Belluccia zog schnell Rock und Mieder aus, die Hosen an und eilte Hals über Kopf hinunter; in der Hast vergaß sie aber, die Ohrringe herauszunehmen. Wer war froher als Narduccio? Er packte sie und schrie: »Du wirst mein Weib, dem Neid zum Trotz, dem Schicksal zum Tort, dem Tod zum Hohn!« Als Ambrosio die redlichen Absichten Narduccios sah, meinte er: »Wenn nur dein Vater damit zufrieden ist und mit *einer* Hand zufaßt! Ich greife mit hundert zu.« Alle miteinander begaben sich nach dem Hause Biasillos. Vater und Mutter überglücklich, ihren Sohn frisch und gesund wiederzusehen, nahmen die Schwiegertochter mit unsäglicher Herzlichkeit auf. Sie fragten Ambrosio, warum er seine Tochter in Mannskleidern gesteckt habe. Der gestand, er habe sich eben geschämt, nur sieben Mädchen fertigzubringen.

Da sprach Biasillo: »Dir hat der Himmel so viel Töchter geschenkt, mir so viel Söhne, so wollen wir auch sieben Fliegen auf einen Streich erlegen; bringe sie nur sämtlich her zu mir: alle will ich sie meinen Söhnen zu Weibern geben; denn ich habe, Gott sei Dank, so viel Gräten, wie diese Fische brauchen.«

Ambrosio holte wie im Fluge seine andern Töchter herbei, worauf in dem Hause Biasillos die siebenfache Hochzeit mit großen Festlichkeiten gefeiert wurde; die Musik und das Jauchzen drang jetzt bis in den siebenten Himmel und geleitete sie in der Nacht erst recht dahin.

GIBELLINENSCHICKSAL

Bitter und beschwerlich sind uns die mannigfaltigen Wechselfälle des Schicksals, und jedesmal, wenn wir von ihnen hören, werden wir aus dem Schlaf gerissen, in den uns die Gunstbeweise des Glücks allzu leicht versenken. So will ich euch denn eine Geschichte erzählen, die ebenso wahr wie rührend ist, und in der die Leiden so groß und so anhaltend waren, daß ich trotz des frohen Endes kaum glauben kann, das spätere Glück habe die Erinnerung an altes Leid völlig untergehen lassen.

Nach dem Tode des Kaisers Friedrich II. und seines Halb-
bruders Konrad IV. wurde Manfred in Palermo zum
König von Sizilien gekrönt. Bei ihm stand Arrighetto
Capece, ein Edelmann aus Neapel, in hohem Ansehen;
dieser war verheiratet mit Beritola Caracciola, einer schönen Neapolitanerin aus guter Familie. Während Arrighetto
für Manfred auf Sizilien regierte, erfuhr er, König Karl
von Anjou habe seinen König Manfred bei Benevent besiegt und erschlagen. Da Arrighetto den Wankelmut der
Sizilianer nur zu gut kannte, auch dem Feind seines Fürsten nicht gehorchen wollte, bereitete er die Flucht vor;
aber die Sizilianer, die seine Absicht ahnten, setzten
schleunig ihn und noch viele andere Freunde und Diener
Manfreds fest und lieferten sie an König Karl aus, dem
damit auch Sizilien zufiel.

Madonna Beritola wußte nicht, was bei dem großen Um-
sturz aus ihrem Gatten geworden war; aber da sie wegen
dieser Vorfälle beständig in Furcht lebte und eine Kränkung ihrer Frauenehre befürchten mußte, ließ sie Hab
und Gut zurück und floh trotz ihrer Schwangerschaft mit
dem etwa achtjährigen Sohn Giuffredi auf einem Kahn
nach Lipari. Dort gebar sie einen zweiten Knaben, den sie
Scacciato nannte; sie fand für ihn eine Amme und wollte
nun mit allen auf einem kleinen Schiff zu ihren Verwandten nach Neapel zurückkehren. Aber es ging nicht
nach ihrem Wunsch: das für Neapel bestimmte Schiff
wurde vom Sturm nach der Insel Ponza verschlagen. Die
Schiffer liefen in eine kleine Bucht ein, um günstigeres
Wetter abzuwarten. Frau Beritola ging wie die andern an
Land, suchte sich aber einen einsamen Platz aus, wo sie
ganz allein Tag für Tag um ihren Gatten weinte. Und dabei geschah es: während sie ihrem Schmerz sich hingab,
nahte unbemerkt eine Korsarengaleere und führte alle,
Besatzung und Reisende, ohne Widerstand gefangen davon. Als Frau Beritola an ihrer gewohnten Klage sich
gesättigt hatte und ans Ufer zu ihren Kindern zurückkehrte, fand sie niemand. Aus der ersten Verwunderung

kam plötzlich das Ahnen des Unglücks: sie schaute auf das
Meer hinaus und sah noch nicht weit entfernt ihr kleines
Schiff im Schlepptau der Galeere. Alles ward ihr klar,
allzu klar: erst den Mann, jetzt auch die Kinder verloren,
hier arm, allein, verlassen zurückgeblieben, und keine
Hoffnung, jemand der Ihren wiederzusehen! Nach Mann
und Kindern schreiend brach sie ohnmächtig am Ufer
zusammen. Und da war niemand, der mit kaltem Wasser
oder sonstwie die entschwundene Kraft zurückrufen
konnte, und ihre Lebensgeister mochten in die Irre gehen,
wohin es ihnen gefiel. Ihr unglücklicher Leib gewann über
Weinen und Jammern seine Kraft wieder; sie rief und rief
nach den Kindern, sie suchte sie in jeder Höhle der Insel,
aber endlich mußte selbst die Mutter es fassen, daß alles
umsonst sei. Im dumpfen Hoffen ohne Ziel begann sie
beim Eintritt der Nacht um ihr eigenes Sein sich zu küm-
mern; sie verließ das Ufer und barg sich in der Höhle, die
ihr Weinen und Klagen zu hören gewohnt war. Unter
Tränen über Tränen verging ihr die Nacht voller Ängste;
am späten Morgen erst — die Sonne stand schon mehr als
drei Stunden am Himmel — ward sie wach und spürte den
Hunger, da sie seit dem Abend gefastet hatte. Nach einer
kümmerlichen Mahlzeit, nur Kräuter und Wurzeln, sann
sie weinend über ihr künftiges Leben nach; dabei sah sie
ganz in der Nähe ein Reh in eine Höhle gehen. Als es nach
etlicher Zeit herauskam und in den Wald lief, da ging
Frau Beritola wundershalber hinein und fand zwei Reh-
kitzlein, die vielleicht erst am selben Tag geworfen waren.
Die Kleinen schienen ihr so allerliebst, und da ihr von der
Niederkunft neulich die Milch noch nicht weggeblieben
war, legte sie diese zärtlich an die Brust. Die Tierchen
tranken bei ihr wie bei ihrer Tiermutter und unterschieden
auch später nicht zwischen ihnen. Beritola gedachte, auf
dieser Insel zu leben und zu sterben; zwar weinte sie oft
um Mann und Kinder, doch war ihr, sie habe in der Ein-
öde Gesellschaft; sie aß wie die Tiere und ward mit der
Mutter bald so vertraut wie mit den Zicklein.

So lebte die edle Frau, einem wilden Tiere gleich, mehrere
Monate lang, bis es endlich geschah: ein pisanisches Schiff-
lein landete, ebenfalls wegen Unwetter, an derselben
Stelle wie einst die Dame, und lag mehrere Tage lang dort
vor Anker. Auf diesem Schiff war Markgraf Currado
Malespina mit seiner tugendvollen, frommen Gemahlin;
sie waren auf der Rückreise von einer Wallfahrt zu allen
heiligen Orten Apuliens. Eines Tages machte sich der
Markgraf zur Ablenkung auf den Weg ins Innere mit
seiner Gattin und mit etlichen Dienern und Hunden; als
diese nicht weit von Frau Beritolas Höhle die zwei Reh-
zicklein aufstöberten, die inzwischen größer geworden
waren und beim Grasen umherliefen, suchten die Tierlein
vor den Hunden Zuflucht bei Frau Beritola. Während diese
mit einem Stock die Hunde scheuchte, kamen Currado und
seine Gattin dazu; sie wunderten sich sehr, als sie Frau

Beritola sahen, die braun und mager war und behaart wie ein Tier; diese staunte noch mehr über die Fremden.

Currado rief auf ihren Wunsch die Hunde zurück; erst auf vieles Bitten nannte sie ihren Namen und erzählte von ihrem Schicksal und von der Art ihres Lebens. Als sie es aussprach, sie werde auf der öden Insel leben und sterben, kamen auch Currado vor Mitleid·die Tränen; er hatte ja Arrighetto Capece sehr gut gekannt. Mit vielen Worten suchte er ihr diese Selbstquälerei auszureden: er wolle sie in ihre Heimat zurückführen oder bei sich aufnehmen und sie wie eine Schwester ehren; sie dürfe so lange verweilen, bis Gott ihr ein günstigeres Los schenke. Die Dame lehnte dies ab; aber Currado ließ sie mit seiner Frau allein, daß diese mit menschlicher Speise sie labe und aus ihrem Vorrat sie kleide; auf alle Weise sollte sie jene bewegen mitzukommen.

Die Edelfrau weinte mit Frau Beritola allein anfangs noch lange über ihr Mißgeschick; dann ließ sie ihr Kleider und Speisen holen und bewog sie, allerdings mit der größten Mühe, diese Gaben sich gefallen zu lassen. Frau Beritola weigerte sich auch weiter, irgendwohin zu gehen, wo man sie kenne; aber sie war bereit, die beiden nach Lunigiana zu begleiten; nur sollten die beiden kleinen Rehe mitdürfen und deren Mutter, die inzwischen zur Höhle gekommen war und zum großen Staunen der Edelfrau bei Frau Beritola sich anschmiegte. Sobald gutes Wetter kam, ging Frau Beritola mit Currado und seiner Gattin an Bord; auch die Rehe wurden eingeschifft, und ihretwegen wurde Beritola von denen, die nicht eingeweiht waren, »Das Reh« genannt. Bei günstigem Wind kamen sie schnell an die Magramündung und reisten dann zu Currados Schlössern; hier lebte Frau Beritola in Witwentracht, ehrbar, bescheiden und gehorsam, wie eine Untergebene der Gattin Currados; sie liebte ihre Rehe und sorgte für ihr Futter.

Inzwischen brachten die Piraten, die vor Ponza das Schiff Beritolas gekapert hatten, alle seine Insassen—bis auf Frau

Beritola — in Genua an Land. Die Beute wurde unter die
Reeder geteilt, und dabei war nebst andern Stücken die
Amme samt beiden Knaben einem Herrn Guasparrino
d'Oria zugefallen. Dieser ließ Amme und Kinder in seinem Haus als geringe Diener die täglichen Geschäfte besorgen. Die Amme weinte lange, daß sie die Herrin verloren und daß ihr mit den Kindern das Los so traurig
gefallen. Da ihre Tränen aber nichts fruchteten und die
Sklaverei ohne Ende schien, so faßte sie, obwohl nur ein
armes Weib, einen klugen und umsichtigen Entschluß:
weil das Bekanntwerden des wahren Namens den Kindern in ihrer jetzigen Lage nur schaden konnte, sagte sie
auf alle Fragen, es seien ihre eigenen Kinder; den Giuffredi
nannte sie Giannotto von Procida, der jüngere durfte
seinen Taufnamen Scacciato behalten. Sie gab die Hoffnung aber nicht auf, das Schicksal könnte sie irgendwann
in ihre alte Stellung wiedereinsetzen, wenn sie nur das
Leben behielten; darum dürfte, bis die Zeit komme, erst
recht niemand erfahren, wer sie seien. Sie klärte Giuffredi
genau auf, warum er jetzt anders heiße, und schärfte ihm
immer wieder ein, welche Gefahren ihm sonst drohten;
Giannotto, wie wir ihn jetzt nennen wollen, war auch
schon klug genug, die verständigen Mahnungen der Amme
zu begreifen und zu befolgen. So verrichteten die Knaben,
mit ihrer Amme schlecht gehalten, im Haus des Herrn
Guasparrino die geringsten Dienste.
Als Giannotto sechzehn Jahre war, und da er edlere Ge-
sinnungen hegte, als ein Diener sie erwarten läßt, ward
er des knechtischen Dienens überdrüssig; auf einer nach
Alexandrien bestimmten Galeere schiffte er sich ein und
kam in viele Länder, ohne es darum weiter zu bringen. In
den drei bis vier Jahren, seit er seinen Herrn verlassen,
war er zu einem stattlichen, wohlgebildeten Mann heran-
gewachsen; auch erfuhr er, sein Vater lebe noch, werde
aber von König Karl in der schmählichsten Gefangenschaft
gehalten. Endlich kam er, auf den unsteten Irrfahrten an
seinem Glück fast verzweifelnd, auch nach Lunigiana und

fand bei Currado Malespina einen Dienst; durch Geschick und gutes Benehmen erwarb er sich die Zufriedenheit seines Herrn. Er bekam seine Mutter, die bei Currados Gattin wohnte, gelegentlich zu sehen; aber das Alter hatte beide seit ihrer Trennung so stark verändert, daß sie einander nicht erkannten.

Während Giannotto schon bei Currado diente, kam Spina, eine Tochter Currados, als Witwe in ihr Vaterhaus zurück. Sie war schön und liebenswürdig und noch so jung — sie zählte wenig über sechzehn Jahre —, und da geschah es, daß Spina und Giannotto sich glühend ineinander verliebten. Und sie fanden bald das Ziel ihrer Liebe; da ihr vertrauter Umgang aber monatelang unbemerkt blieb, fühlten sich die Liebenden allzu sicher und wurden leichtsinniger, als ein solches Verhältnis erlaubt. Während ihre Gesellschaft einmal in einem schönen, dicht verwachsenen Gehölz spazierenging, entfernten sich die Liebenden weit von ihren Begleitern; da sie ihren Vorsprung überschätzten, schenkten sie einander auf einer blumenbestandenen Waldwiese die höchsten Freuden der Liebe. Vor dieser Lust schien ihnen das lange Beisammensein noch zu kurz, und so überraschte sie zuerst Spinas Mutter und gleich darauf Currado selbst.

Was er sah, kränkte Currado zu tief: ohne sie eines Wortes zu würdigen, ließ er sie von dreien seiner Diener binden und auf eine seiner Burgen führen. Sein Zorn übermannte ihn so stark, daß er ihnen einen schmählichen Tod zudachte. Auch Spinas Mutter war über den Fehltritt der Tochter empört und hielt die schärfste Züchtigung nicht für zu hart, aber was den beiden von Currado drohte, schien ihr unerträglich. Sie eilte dem zornigen Gatten nach und bat ihn, in seinem Alter nicht im Jähzorn die Tochter hinzumorden noch seine Hände mit dem Blute eines Dieners zu besudeln; er möge auf andere Art seinen Zorn sättigen, zum Beispiel beide einkerkern und so im Elend den Fehltritt bereuen lassen. Sie redete ihm mit solchen Worten so lange zu, bis er ihnen das Leben schenkte; aber er ließ jedes an anderm Ort einkerkern, sorgsam bewachen und bei karger Speise so hart halten, daß den beiden die Gefangenschaft und das erzwungene Liebesfasten Tränen erpreßte, zumal sie nicht wußten, was Currado noch über sie verhängen wollte. So traurig lebten Spina und Giannotto dahin, ohne daß Currado in einem ganzen Jahr sich ihrer erbarmt hätte. Da geschah es, daß König Peter von Aragonien im Einverständnis mit Johann von Procida die Insel Sizilien aufwiegelte und dem König Karl entriß. Currado bezeigte als eifriger Gibelline seine Freude darüber durch glänzende Festlichkeiten. So erfuhr auch Giannotto von einem seiner Wächter etwas von dem Ereignis, und wie er es hörte, seufzte er laut auf und sagte: »Gerechter Gott, nun sind es vierzehn Jahre, daß ich in der Welt umherirre und auf nichts anderes warte als eben darauf, und jetzt, wo dies geschehen ist, muß ich im Gefängnis sitzen und darf nicht hoffen, vor meinem Tode wieder herauszukommen.« »Nun«, sagte der Gefangenenwärter, »was geht denn dich an, was so große Könige tun? Was hattest du denn in Sizilien zu schaffen?« Gianotto erwiderte ihm: »Mir ist, als wollte mein Herz zerspringen, wenn ich daran denke, was mein Vater dort zu sagen hatte; so klein ich auch noch war, als ich von dort entfliehen mußte, so erinnere ich mich doch noch, gesehen zu haben, wie er zur Zeit des Königs Manfred über die ganze Insel zu befehlen hatte.« »Und wer war denn dein Vater?« entgegnete der Schließer. »Meinen Vater«, sagte jener, »brauche ich jetzt nicht mehr zu verhehlen, da die Gefahr, in die ich zu kommen fürchtete, wenn ich ihn entdeckte, mich nun ohnehin betroffen hat. Er hieß und heißt, wenn er noch am Leben ist, Arrighetto Capece, und ich nenne mich nicht Giannotto, sondern Giuffredi. Ich zweifle auch nicht, daß ich nur hier heraus und nach Sizilien zu kommen brauchte, um dort eine der höchsten Stellen einzunehmen.« Der Wärter ließ sich mit ihm weiter auf nichts ein, berichtete aber, sobald er Zeit fand, das ganze Gespräch dem Cur-

rado. Zwar stellte sich dieser gegen den Gefängniswärter,
als sei ihm sein Bericht gleichgültig, doch ging er sogleich
zu Beritola und frug sie freundlich, ob sie von Arrighetto einen Sohn Giuffredi gehabt habe. Weinend antwortete die Dame, wenn der älteste noch lebe, so sei dies
sein Name, und er müsse etwa zweiundzwanzig Jahre
alt sein.

Currado war jetzt überzeugt, der Gefangene sei wirklich
Beritolas Sohn; darüber fiel ihm ein, wenn es sich wirklich
so verhalte, tue er zugleich ein großes Werk der Barmherzigkeit und tilge seine Schande und die seiner Tochter,
indem er Spina jenem zur Frau gebe. So ließ er Giannotto
insgeheim vorführen und fragte ihn genau über seine Vergangenheit aus; als er auch dabei manche klare Beweise
dafür fand, daß er wirklich Arrighettos und Beritolas
Sohn sei, sagte er: »Giannotto, du weißt selbst, wie schwer
du mich in meiner Tochter beleidigt hast, statt daß du als
freundlich und gut gehaltener Diener für meine Ehre und
die meiner Familie eintratest. Wahrlich, viele hätten dich
für eine solche Felonie eines schmählichen Todes sterben
lassen, während ich deiner aus Mitleid schonte. Aber da du
nach deinen Worten wirklich der Sohn adeliger Eltern
bist, so bin ich bereit, wenn du es auch willst, deinen Leiden ein Ende zu setzen, aus dem Elend des Kerkers dich
zu befreien und unser aller Ehre befriedigend wiederherzustellen. Du hegtest für Spina eine liebevolle Zuneigung,
die damals für beide unziemlich war. Spina ist, wie du
weißt, Witwe, ihre Mitgift ist groß und sicher; ihre Art
kennst du, ebenso uns Eltern, und deine jetzige Lage
brauche ich dir nicht zu schildern. Wenn du also willst, so
bin ich bereit, Spina, die unehrbarerweise deine Freundin
war, zu deiner ehrbaren Frau zu machen, und dann magst
du, wie mein eigener Sohn, hier am Orte mit mir und mit
ihr so lange weilen, wie es dir gefällt.«
Allerdings hatte die Gefangenschaft Giannottos Leib abgemagert, seine adelige und mit der Geburt ihm vererbte
Gesinnung aber war um nichts geschwächt worden, und

ebenso unversehrt hatte sich in ihm auch die Liebe zu seiner Dame erhalten. So begehrte er auf das lebhafteste, was Currado ihm anbot; aber obgleich er sich in dessen Gewalt befand, so milderte er deshalb nichts von dem, was ihn sein edler Stolz sagen hieß. »Currado«, erwiderte er, »ich habe weder deinem Leben, noch dem, was dir zugehört, aus Ehrgeiz, Geldgier oder aus irgendeinem andern Grunde verräterischerweise nachgestellt. Deine Tochter liebte ich, liebe sie und werde sie immerdar lieben, weil ich sie meiner Liebe wert halte. Und wenn ich nach der Meinung des großen Haufens die Ehrbarkeit gegen sie verletzt habe, so habe ich die Sünde begangen, die mit der Jugend untrennbar verbunden ist; und die kann nur dann ausgetilgt werden, wenn man zugleich die Jugend vertilgt. Wollten aber die Alten sich daran erinnern, daß auch sie einmal jung waren, und wollten sie an die fremden Fehler den Maßstab der eigenen legen und umgekehrt, so würde diese Sünde nicht für eine so schwere gelten, wie du und manche andere sie nehmen. Übrigens, was ich getan habe, das habe ich als Freund und nicht als Feind getan. Was du dich jetzt zu tun erbietest, das habe ich immer gewünscht, und hätte ich glauben können, daß du es mir gewährtest, so hätte ich schon vor langer Zeit darum angehalten; nun aber soll es mir um so werter sein, je weniger Hoffnung dazu vorhanden war. Solltest du aber nicht so gesinnt sein, wie deine Worte mich glauben machen, so nähre nicht in mir eitle Hoffnungen, sondern laß mich in das Gefängnis zurückführen und dort so vieles Ungemach erleiden, wie es dir nötig scheint! Solange ich Spina liebe, ebensolange liebe ich um ihretwillen auch dich, und was du mir auch immer antun magst, ich werde dich in Ehren halten.«

Currado verwunderte sich, als er diese Worte vernahm, und meinte, sie bekundeten eine große Seele und eine glühende Liebe, um derenwillen er ihn nur um so lieber gewann, so daß er ihn umarmte und küßte. Darauf ließ er, um weitern Aufschub zu vermeiden, Spina in der Stille

herbeiführen; die war im Gefängnis inzwischen mager,
bleich und schwach geworden und hatte sich, ebenso wie
auch Giannotto, völlig verändert und schien nicht mehr
dieselbe zu sein. Beide vollzogen alsdann mit herzlicher
Übereinstimmung in Currados Gegenwart ihre Ver-
lobung nach der bei uns üblichen Form. Einige Tage lang
verschwieg Currado das Geschehene vor jedermann und
versorgte indessen die Verlobten mit allem, was sie be-
durften oder sich wünschten. Als es ihm endlich Zeit
schien, die Mütter des jungen Paares an dieser Freude teil-
nehmen zu lassen, rief er seine Gemahlin und Beritola zu
sich und sprach also zu der letzteren: »Was würdet Ihr
wohl dazu sagen, Madonna, wenn ich Euch Euern ältesten
Sohn als den Mann einer meiner Töchter wiederbrächte?«
Darauf erwiderte Beritola: »Nur das *eine* vermöchte ich
darauf zu sagen: wenn ich Euch noch größern Dank schuldig werden kann, als dies bereits der Fall ist, müßte ich
Euch noch viel dankbarer sein, weil ich von Euch emp-
finge, was ich lieber als mich selbst habe. Und wenn Ihr
ihn mir *so* wiedergäbet, wie Ihr sagtet, so würdet Ihr die
längst erloschene Hoffnung in mir einigermaßen wieder
beleben, mit der ganzen Familie vereint zu werden.« Und
als sie das gesagt hatte, weinte sie und schwieg. Da fragte
Currado seine Gemahlin: »Was hieltest du denn davon,
Frau, wenn ich dir einen solchen Schwiegersohn schenkte?«
»Mir«, entgegnete die Frau, »wäre nicht nur einer von
ihrem adeligen Hause, sondern der Geringste recht, sobald
es Euer Wille wäre.« »Nun denn«, sagte Currado, »so
denke ich wohl, daß ich Euch in ein paar Tagen solche
Freude mache.«
Als die jungen Leute nach einiger Zeit ihr früheres Aussehen wiedergewannen, hieß Currado sie kostbare Kleider
anlegen und frug den Giuffredi: »Könnte es wohl deine
Freude noch erhöhen, wenn du deine Mutter hier sähest?«
»Es scheint mir unglaublich«, entgegnete Giuffredi, »daß
der Schmerz über ihre Unfälle sie am Leben gelassen hat;
wäre es aber dennoch der Fall, so wäre meine Freude groß,

weil ich hauptsächlich durch ihren Rat hoffen dürfte, mein Ansehen in Sizilien wiederzugewinnen.« Darauf ließ Currado die beiden Frauen hereinrufen, und diese freuten sich mit den Neuverlobten von ganzem Herzen, ohne sich aber Currados plötzliche Milde erklären zu können. Frau Beritola sah jedoch infolge der Andeutungen Currados den Jüngling schärfer an, und eine geheime Kraft weckte in ihr die Erinnerung an die kindlichen Züge ihres Sohnes; sie erkannte ihn wieder und fiel ihm, ohne weiteren Aufschluß abzuwarten, mit offenen Armen um den Hals. Vor dem Übermaß der Freude und der mütterlichen Liebe versagte ihr die Stimme, und sie sank, kraftlos gleich einer Toten, an die Brust ihres Sohnes. Wohl wunderte sich Giuffredi, daß er sie zuvor bei gelegentlichem Sehen im Schloß nie erkannt hatte; doch jetzt regte sich schnell in ihm das verwandte Blut. Er schalt sich selber wegen seiner früheren Empfindungsstarre, schloß sie weinend in seine Arme und küßte sie auf das zärtlichste. Als Frau Beritola unter dem liebevollen Beistand der Damen durch kaltes Wasser und andere Mittel wieder zu sich kam, umfaßte sie ihren Sohn von neuem unter vielen Tränen und küßte ihn wohl tausendmal; er aber bezeigte ihr in allem die liebevollste Ehrerbietung eines Sohnes. Mit großer Teilnahme hörten es die Anwesenden, wie Mutter und Sohn sich unter wiederholten zärtlichen Liebkosungen ihre Schicksale erzählten. Dann sagte Giuffredi zu Currado, der schon einigen Freunden zu ihrer Freude das Verlöbnis mitgeteilt hatte und schon ein großes, glänzendes Fest vorbereitete:

»Currado, Ihr habt mir schon manche Freude gewährt und lange Zeit meine Mutter ehrenvoll beherbergt. Ich bitte Euch nun, daß Ihr, um nichts ungeschehen zu lassen, was Ihr für uns tun könnt, meinen Bruder von Herrn Guasparrino d'Oria losbittet, der ihn als seinen Diener im Hause hält, und so meine Mutter und mich erfreut und mein Hochzeitsfest verherrlicht. Dann aber bitte ich Euch noch, jemand nach Sizilien zu schicken, daß er sich dort genau nach den Verhältnissen und dem Zustande des Landes erkundigt und nachforscht, ob mein Vater Arrighetto schon tot ist oder noch lebt; und wenn er noch am Leben ist, mag der Bote seine Lage erkunden und uns alles berichten.« Dem Currado gefiel das Begehren des Giuffredi; er schickte auf der Stelle zuverlässige Leute nach Genua und nach Sizilien.

Der nach Genua gesandte Mann suchte Herrn Guasparrino auf und bat ihn im Namen Currados inständig, diesem den Scacciato und dessen Amme zuzuschicken, und erzählte dabei, was Currado alles für Giuffredi und dessen Mutter bereits getan hatte. Herr Guasparrino war über diese Botschaften sehr verwundert: »Gewiß will ich für Currado alles tun, was ihm angenehm sein kann; auch habe ich allerdings vor vierzehn Jahren den Knaben, nach dem du fragst, mit seiner Mutter ins Haus bekommen, und bin gern bereit, jenem beide zu schicken; aber sage ihm in meinem Namen, er möge sich doch in acht nehmen, den Erzählungen dieses Giannotto, der sich jetzt, wie du sagst, Giuffredi nennen läßt, zu viel Glauben zu schenken; der ist ja viel durchtriebener, als Currado sich vorstellt.« Nach diesen Worten ließ er den Abgesandten ehrenvoll bewirten; zugleich aber rief er heimlich die Amme zu sich und frug sie sorgsam nach allem. Als diese von dem Aufstande in Sizilien hörte, und daß Arrighetto wohl noch am Leben sei, entsagte sie der früheren Furcht und erzählte ihm alle Vorfälle, erklärte auch, warum sie die Herkunft der Kinder geheim gehalten.

Die Reden der Amme stimmten so gut zu dem, was der Abgesandte Currados berichtete, daß Herr Guasparrino der Sache allmählich einigen Glauben beimaß. So prüfte er denn mit seinem großen Scharfsinn die Angelegenheit von allen Seiten; und als er immer neue Beweise für die Wahrheit jener Erzählung fand, schämte er sich wegen der Art, wie er den Knaben behandelt hatte; um es wieder gutzumachen, und wegen der hohen Stellung, die Arrighetto eingenommen hatte und vielleicht wieder einnehmen

werde, gab er sein elfjähriges schönes Töchterchen mit
einer großen Aussteuer dem Scacciato zur Frau. Nach
einem glänzenden Fest zu Ehren dieser Verbindung fuhr
er mit dem jungen Manne, mit seiner Tochter, mit dem
Abgesandten Currados und mit der Amme auf einer wohl-
bewaffneten Galeere nach Lerici; hier wurde er von Currado ehrenvoll empfangen und mit seiner ganzen Gesellschaft auf ein Schloß Currados in der Nähe geführt, das
für die bevorstehenden Festlichkeiten bereits eingerichtet
war. Die Freude der Mutter und der beiden Brüder, überhaupt aller Glück und Freude zu schildern, sind Worte zu
schwach; darum überlasse ich es euch, ihr Damen, durch
eure Einbildungskraft meine Erzählung zu ergänzen.
Damit jedoch die Freude ganz vollständig würde, wollte
Gott, der freigebige Spender des Guten, es so fügen, daß
um dieselbe Zeit gute Nachrichten von dem Leben und
der glücklichen Lage des Arrighetto Capece anlangten.
Denn als bei dem großen Feste die zur Tafel Geladenen,
Männer und Frauen, noch bei der ersten Schüssel saßen,
kehrte der Bote aus Sizilien zurück; er erzählte unter anderem: »Während Arrighetto noch von König Karl ge-
fangengehalten wurde, brach der Aufstand gegen die
Franzosen dort aus. Und voller Wut lief das Volk zu seinem Gefängnis, tötete die Wachen, befreite ihn und machte
ihn als den Todfeind des Königs Karl zum Anführer. Als
nun unter seinem Befehl die Franzosen verjagt und getötet waren, gewann er die hohe Gunst des Königs Peter;
der gab ihm all seinen Besitz und seine Ehrenstellen wieder, so daß er jetzt ein Mann von höchstem Einfluß ist.
Mich selbst«, fuhr der Bote fort, »hat Arighetto ehrenvoll
empfangen und die größte Freude bezeigt, als er seit seiner Verhaftung zum erstenmal wieder von Frau und Sohn
hörte. Ein Schiff mit einigen Edelleuten, die mir auf dem
Fuß folgen, wird die Seinen feierlich abholen.«
Der Bote wurde von allen mit Jubel angehört; nun aber
ging Currado nebst einigen seiner Freunde eilig den Edelleuten entgegen, die um Frau Beritolas und Giuffredis wil-

len gesandt worden waren, begrüßte sie herzlich und
führte sie bei dem Fest ein, das noch nicht bis zur Hälfte
gediehen war. Die Freude Beritolas und Giuffredis wie auch
die der andern über diese Abordnung war unbeschreiblich; die Edelleute dankten, noch bevor sie sich zu Tische
setzten, in Arrighettos Namen so verbindlich, wie sie nur
wußten und konnten, Currado und seiner Gemahlin für
die Ehre, die sie der Frau Beritola und seinem Sohne erwiesen, und forderten sie auf, über Arrighetto nach dessen
Vermögen zu verfügen. Dann wandten sie sich auch zu
Herrn Guasparrino, dessen Verdienste um Scacciato sie
vorher nicht kannten, und versicherten ihm, sobald Arrighetto erfahre, was er für jenen getan, werde er ihm
ebenso herzlich, wenn nicht noch herzlicher danken. Nun
erst nahmen sie an der Festmahlzeit der jungen Bräute
und ihrer Verlobten den freudigsten Anteil. Die Festlichkeiten, die Currado zu Ehren seines Schwiegersohns und
seiner übrigen Angehörigen und Freunde anstellte, zogen
sich über viele Tage hin. Schließlich meinten Frau Beritola
und Giuffredi gleich den übrigen, es sei Zeit aufzubrechen,
und so bestiegen sie unter vielen Abschiedstränen mit
Spina das Schiff, das ihnen Arrighetto zur Abholung geschickt hatte. Ein günstiger Wind brachte sie binnen kurzem nach Sizilien, wo Arrighetto die Söhne und Frauen
in Palermo alle so freudig empfing, daß ich es nimmer
schildern kann. Dort lebten sie in Gottes Gnade lange
glücklich in dankbarem Gedenken an ihre Wohltäter.

Liebe, Hass und gutes Ende

Als das römische Kaiserreich von den Franken auf die
Deutschen überging, entstand zwischen beiden Völkern
große Feindschaft und ein andauerndes, erbittertes Krie-
gen. Der König von Frankreich und sein Sohn stellten
darum, zur Verteidigung ihres Landes wie zum Angriff

auf das fremde, ein großes Heer gegen die Deutschen ins Feld; das war eine gewaltige Anstrengung für Frankreich, und darum verlangten sie die Hilfe aller Freunde und Verwandten, die sie nur aufbieten konnten. Vor dem Auszug ins Feld bestimmten sie, um das Land nicht ohne Führer zu lassen, den Grafen Walther von Antwerpen zum Reichsverweser, einen Mann aus edlem Hause und mit großer Einsicht; er war ihnen bekannt als ein besonders treuer, ihnen ergebener Freund. Obgleich Walther auf die Kriegskunst sich wohl verstand, schien er mit seiner Klugheit für das ruhige Hofamt noch geeigneter als für den anstrengenden Feldzug. So waltete der Statthalter seines neuen Amtes mit Verstand und Umsicht; bei jeder Entscheidung zog er die Königin und ihre Schwiegertochter zu Rate; beide hatte der König zwar seiner Aufsicht und Lenkung anvertraut, aber Walther behandelte sie immer als vorgesetzte Gebieterinnen.

Walther, ein schöner Mann von etwa vierzig Jahren, war so wohlgesittet und unterhaltend, wie es ein Edelmann nur sein kann. Dabei war er anmutig und liebenswürdig vor andern, und seine reichgeschmückte Kleidung übertraf die aller Ritter der Zeit. Er war Witwer, und Sohn und Tochter waren beide noch klein. So wurde die Kronprinzessin auf Walther zuerst aufmerksam, da er als Statthalter oft den Hof der beiden Frauen besuchte, um Staatsgeschäfte mit ihnen zu besprechen. Ihre leidenschaftliche Vorliebe für seine Gestalt und seine feinen Sitten wurde insgeheim zur glühenden Liebe. Da sie ihrer Jugend und Schönheit sicher war und er keine Frau mehr hatte, schien es ihr leicht, ihren Wunsch sich zu erfüllen. Dabei konnte nur ihre schamvolle Zurückhaltung im Wege stehen, und so mußte sie eben diese aufgeben und sich ihm ganz offenbaren. Als ihr die Zeit passend schien, zumal sie gerade allein war, schickte sie nach ihm, als ob sie über Staatsgeschäfte sich besprechen wollte. Der Graf hatte von dem wirklichen Anliegen der Dame keine Ahnung, da ihm seine Ehre solches auch nur zu denken verboten hätte, und erschien augenblicklich vor ihr. Er mußte in dem Gemach, in dem sie ihn allein empfing, neben ihr auf einem Ruhebett Platz nehmen; zweimal hatte er schon nach dem Grund der Berufung gefragt, ohne daß sie ihm antwortete; schließlich wurde ihre Liebesleidenschaft Herr über ihre Hemmungen, und sie begann, wenn auch schamrot, zitternd und stockend: »Teurer, geliebter Freund, Ihr seid zu klug, um nicht zu wissen, daß wir alle, Mann wie Frau, eine schwache Seite haben. Diese Schwäche ist bei dem einen größer als bei dem andern; ein gerechter Richter darf also dieselbe Sünde bei verschiedenen Menschen nicht gleich bestrafen. Denn die Armen, Mann oder Weib, die ihren Unterhalt sauer erwerben müssen, verdienen doch schärfere Rüge, wenn sie ihren Liebesreizungen nachgeben, als eine Frau aus dem müßigen Reichtum, die sich noch nie einen Wunsch zu versagen brauchte. Wenn eine solche Frau von der Liebe sich überwältigen läßt, darf ihr das niemand besonders verargen. Wenn sie vollends einen verständigen ehrenwerten Geliebten sich aussucht, ist sie doch völlig entschuldigt. Und nun ich: beide Entschuldigungen gelten für mich insbesondere. Und nicht genug damit, ich bin jung, mein Gatte ist fern. Nehmt alles zusammen, und meine Liebesglut ist auch vor Euch entschuldigt! Ein kluger Mann wie Ihr sieht alles zusammen und zugleich und — schenkt mir bitte Euern Rat, schenkt mir Eure Hilfe! Die Lust des Fleisches, die Gewalt der Liebe überwältigt die stärksten Männer; was soll man von schwachen Frauen erwarten, was darf man von mir verlangen? Mein Gatte ist weg und meine Liebesgier bleibt ungestillt, die aus dem Wohlleben und dem Unausgefülltsein immer neu sich nährt! Ich hänge dem Liebesverlangen nach und entbrenne in der Glut der Liebe. Meine Schwachheit müßte wohl Anstoß erregen, wenn sie bekannt würde; bleibt sie verborgen wie seither, scheint sie kaum den Anstand zu verletzen. Und dazu hat Frau Minne mir in der Wahl des Geliebten die gehörige Einsicht nicht geraubt, sondern im Übermaß verliehen: Sie hat mir Euch

als das würdigste Ziel der Liebe gezeigt, würdig einer
Dame meinesgleichen. Mein unbestechliches Auge sieht in
Euch den schönsten, den liebenswürdigsten, den anmutig-
sten und verständigsten Ritter im ganzen Königreich.
Außerdem: Ihr habt keine Frau, so wie ich für jetzt ohne
Mann bin. Bei der Liebe, die für Euch in meinem Herzen
brennt, kargt nicht mit Eurer Gegenliebe, habt Mitleid
mit meiner Jugend, die um Euretwillen wie das Eis am
Feuer sich völlig verzehrt!«
Ein Tränenstrom hinderte die Dame weiterzubetteln; sie
senkte das Haupt und sank im Übermaß des Gefühls dem
Grafen an die Brust. Als Ritter ohne Furcht und Tadel
schalt der Graf ihr törichtes Lieben, stieß die Dame von
sich, die ihm schon um den Hals fallen wollte, und schwur
es ihr zu, er werde lieber sich vierteilen lassen, als bei sich
oder bei andern ein solches Verbrechen an der Ehre des
Herrn zu dulden. Kaum sah die Dame sich abgewiesen, da
wandelte sich die brünstige Liebe in den glühendsten Haß:
»Plumper Ritter«, schrie sie, »soll ich für meinen Antrag
von Euch dermaßen verhöhnt werden? So wahr Gott lebt,
wenn Ihr mich töten wollt –, ich werde statt dessen Euch
ums Leben bringen oder aus unserer Welt jagen!« Sie
sprach noch, da raufte sie sich schon das Haar, riß sich die
Kleider auf, schlug an ihre Brüste und schrie gellend: »Zu
Hilfe, zu Hilfe, der Graf von Antwerpen will mir Gewalt
antun!«
Der Neid des Hofes schien dem Grafen stärker als der
Schutz seines guten Gewissens; der Neid mußte den bös-
artigen Klagen der Fürstin größeren Glauben schaffen als
seiner Unschuld und Reinheit. Darum floh er eilends aus
dem Palast in seine Wohnung und ritt mit seinen Kindern,
so schnell er vermochte, nach Calais.
Inzwischen liefen auf das Geschrei der Dame viele Leute
herbei; so wie diese sich zugerichtet hatte, schien ihre Begründung des Schreiens glaubhaft, und daß der Graf so
liebenswürdig und ziervoll sich die ganze Zeit betragen,
sollte nur zu seinem Ziel den Weg bahnen. So lief alles

wütend nach dem Hause des Grafen, um ihn zu verhaften; als er nicht mehr gefunden wurde, plünderten sie es aus und rissen es ein. Auch kam die Neuigkeit aus Paris ebenso entstellt in das Heer zum König und seinem Sohn; diese verurteilten darum, hocherzürnt über solchen Frevel, den Grafen und seine Nachkommen zu ewiger Verbannung und versprachen jedem, der sie lebend oder tot einbringe, die größten Geschenke.

Es bekümmerte den Grafen, daß er bei aller Unschuld durch die Flucht die Schuld bestätigte; doch minderte dies seine Eile nicht; unerkannt kam er mit seinen Kindern nach Calais, setzte eilends nach England über und machte sich ärmlich gekleidet auf den Weg nach London. Bevor er die Stadt betrat, unterwies er seine beiden Kinder, besonders ausführlich aber in den zwei Punkten: die dürftige Lage, in die das Schicksal ohne ihre Schuld sie gemeinschaftlich gestürzt, möchten sie geduldig ertragen; dann aber, wenn sie je ihr Leben liebten, müßten sie es möglichst sorgfältig vor jedermann verbergen, woher und wessen Kinder sie seien. Der Sohn, Ludwig, zählte erst neun Jahre, die Tochter, Violante, ungefähr sieben; aber beide faßten für ihr zartes Alter die Unterweisungen ihres Vaters wohl auf, wie das später der Erfolg bewies. Um das Geheimnis leichter zu bewahren, änderte der Vater die Namen und nannte den Knaben Pierrot und das Mädchen Jeannette. Als sie nun in London waren, fingen sie an, in ärmlicher Kleidung nach Almosen umherzugehen, wie wir es täglich bei den französischen Bettlern sehen. Da geschah es denn, als sie eines Morgens dazu eine Kirche aufsuchten, daß eine Edelfrau, die Frau eines Marschalls des Königs von England, den Grafen und seine beiden Kinder gewahrte. Die Dame frug den Grafen, woher er sei und ob die Kinder ihm gehörten. Er erwiderte, er sei aus der Picardie und habe wegen der Verbrechen eines ungeratenen älteren Sohnes mit diesen beiden Kindern, die allerdings die seinigen seien, fliehen müssen. Die Dame hatte ein gar mitleidiges Herz; und da ihr die Kleine wohl gefiel, weil sie hübsch, manierlich und zutulich war, sagte sie: »Guter Freund, wenn du mir dein Töchterchen überlassen willst, werde ich sie um ihres guten Aussehens willen gern zu mir nehmen, und wenn ein ordentliches Mädchen aus ihr wird, so will ich sie zu geziemender Zeit angemessen verheiraten.« Dem Grafen war das Begehren höchst willkommen; er sagte sogleich zu, übergab der Dame mit Tränen das Kind und empfahl es ihr auf das dringendste. Wie nun der Graf das Töchterchen in so guten Händen wußte, beschloß er, nicht länger in London zu bleiben, sondern durchstrich mit Pierrot bettelnd die Insel; die ungewohnte Anstrengung der Fußreise ermüdete sie aufs äußerste, aber endlich kamen sie nach Wales. Hier wohnte ein anderer königlicher Marschall mit großem Hauswesen und zahlreicher Dienerschaft; an seinem Hof sprach der Graf mit seinem Sohn oft vor, um eine

Mahlzeit zu erhalten. Der Marschall hatte einen Sohn, der mit den Kindern anderer Edelleute nach Kinderart körperliche Übungen, Laufen, Springen und mehr dergleichen, vornahm; zu denen gesellte sich auch Pierrot, und bei allen Übungen tat er es jedem gleich, ja zuvor. Einige Male sah der Marschall den Spielen zu; das Betragen des Knaben gefiel ihm so sehr, daß er frug, wessen Sohn er sei. Man erwiderte, er gehöre einem armen Mann, der zuzeiten komme, ein Almosen zu erbetteln. Darauf ließ der Marschall den Vater um den Knaben ansprechen, und dieser, der Gott um nichts dringlicher gebeten hatte, willigte gern ein, so leid es ihm auch tat, sich von dem Knaben zu trennen.

Als der Graf Sohn und Tochter versorgt sah, blieb er nicht länger in England, sondern fuhr nach Irland hinüber. Hier verdang er sich auf dem Lande in der Nähe von Stamford bei einem Grafen als Knecht, versah sämtliche Geschäfte, die einem Knechte oder Pferdejungen obliegen, und blieb dort unerkannt unter vielem Ungemach und großer Mühe lange Zeit.

In London nahm inzwischen Violante, die jetzt Jeannette hieß, an Jahren und an Schönheit zu und gewann große Gunst bei der Dame, ihrem Gemahl, überhaupt bei jedem Hausgenossen und bei allen Bekannten sonst. Denn jeder mußte gestehen, ihr Betragen und ihre Sittsamkeit verdiene die höchste Ehre und den schönsten Lohn. Darum hatte die Dame, die über ihre Abkunft nur das wußte, was sie von ihrem Vater gehört, sich schon vorgenommen, sie dem beigelegten Stande gemäß gut zu verheiraten. Gott aber durchschaut die Verdienste der Menschen mit rechtem Auge: er schaute auf ihre adelige Geburt und wie schuldlos sie für fremde Sünde büße, und lenkte es anders; wir müssen ja glauben, daß seine Gnade das Kommende zuließ, um das Mädchen nicht in niedrige Hände geraten zu lassen.

Die Edelfrau, die Jeannette zu sich genommen, hatte von ihrem Manne einen einzigen Sohn, den die Eltern nicht nur als ihren Sohn, sondern auch wegen seiner Tugenden und Verdienste auf das innigste liebten; er war wohlgesittet, tapfer und schön von Gestalt und von adeliger Gesinnung, wie kein anderer. Etwa sechs Jahre war er älter als Jeannette, und ihre Schönheit und Anmut machten solchen Eindruck auf ihn, daß er sich auf das heftigste in sie verliebte und nur sie vor Augen hatte. Weil auch er glaubte, sie sei von geringer Abkunft, wagte er nicht, sie von seinen Eltern zur Frau zu begehren; außerdem fürchtete er sogar Tadel, daß er seine Liebe einem so niedrigen Wesen schenke, und verbarg diese, soviel er konnte. Aber der Zwang, den er sich antat, fachte die Liebesflammen noch viel stärker an, als wenn er sie nicht unterdrückt hätte, und so verzehrte er sich in übermäßiger Leidenschaft und erkrankte schwer. Die vielen Ärzte, die man berief, vermochten die wahre Ursache seiner Krankheit nicht zu erkennen und mußten ihn endlich aufgeben. In großem Kummer darüber baten die Eltern ihn oft auf das zärtlichste, ihnen die Ursache seines Übels zu entdecken; aber er antwortete ihnen nur mit Seufzern, oder sagte, er fühle sich innerlich verzehrt. Doch eines Tages, als ein junger, aber in seine Wissenschaft tief eingedrungener Arzt neben dem Kranken saß und ihm den Puls fühlte, kam Jeannette, die ihn der Mutter zu Gefallen sorgfältig pflegte, in das Krankenzimmer, um etwas für ihn zu besorgen. Sobald der Jüngling sie gewahrte, fühlte er, obwohl er kein Wort redete und die Miene nicht veränderte, in seinem Herzen die Liebesglut heftiger aufflammen, so daß der Puls stärker als zuvor schlug. Der Arzt bemerkte das sogleich mit Staunen; doch schwieg er, um zu sehen, wie lange diese Verstärkung anhalte. Jeannette war kaum aus dem Zimmer, und schon beruhigte sich der Puls. Da meinte der Arzt, der Krankheitsursache auf der Spur zu sein; er ließ nach einiger Zeit, während er den Puls noch immer fühlte, Jeannette unter einem Vorwand wieder hereinrufen. Sie war kaum im Zimmer, als der Puls des jungen Mannes zunahm, und er ließ ebenso nach, als sie

das Zimmer wieder verließ. Nun war der Arzt seiner
Sache gewiß; er stand auf, nahm die Eltern beiseite und
sagte: »Das Gesundwerden Eures Sohnes hängt nicht von
uns Ärzten ab, sondern von Jeannette. Sichere Zeichen
haben mich überzeugt, daß Euer Sohn sie auf das feurigste
liebt, obgleich sie wohl noch nichts ahnt. Jetzt wißt Ihr,
was Ihr zu tun habt, wenn sein Leben Euch lieb ist.«
Der Marschall und seine Gattin waren erfreut über diese
Aussicht einer Heilung, wie hart es sie auch ankam, das
Unvermeidliche zu tun und Jeannette ihrem Sohne zur
Frau zu geben. So gingen sie denn, nachdem sie den Arzt
entlassen, zu dem Kranken, und die Mutter sagte: »Mein
Sohn, ich hätte nie gedacht, du könntest mir einen deiner
Wünsche verhehlen, am wenigsten da, wo dein unerfülltes
Verlangen dich innerlich völlig verzehrt. Du durftest und
darfst ja mit Sicherheit darauf zählen, daß ich für dich
alles, auch das Unstatthafte, ganz so wie für mich selber
machte. Weil du aber nicht offen gegen mich gewesen
bist, hat unser Herrgott größeres Mitleid für dich bezeigt
als du selber, und damit diese Krankheit dir nicht tödlich
wird, hat er mir die Ursache deines Übels offenbart; die
besteht nur in übergroßer Liebe für ein Mädchen, dessen
Namen ich jetzt nicht nenne. Warum scheutest du dich
aber, mir dies zu entdecken? Bringt es dein Alter nicht mit
sich, und müßte ich dich nicht sogar gering schätzen, wenn
du nicht verliebt wärest? So fürchte dich denn nicht länger
vor mir, mein Sohn, sondern entdecke mir dreist alle deine
Wünsche! Verscheuche den Trübsinn und die Bedenken,
die du hegst und die dir allein diese Krankheit zugezogen
haben; fasse Mut und sei überzeugt, daß ich alles, was du
fordern kannst, gerne tue, um dich, den ich mehr als mein
Leben liebe, nach Kräften zufriedenzustellen; verbanne
Scheu und Besorgnis, sage mir, wie ich deine Liebe för-
dern kann! Ich bin die grausamste Mutter, wenn du mich
nicht auf das eifrigste bemüht findest, dich zum Ziele zu
führen.«
Der Jüngling errötete anfangs darüber, daß sein Geheim-

nis entdeckt war. Als er aber bedachte, daß die Mutter am besten sein Verlangen befriedigen könne, überwand er seine Scheu und sagte: »Madonna, nur darum habe ich meine Liebe vor Euch verborgen, weil ich merkte, daß die meisten Menschen, wenn sie älter geworden, vergessen wollen, daß auch sie einmal jung waren. Weil Ihr hierin Euch so verständig zeigt, leugne ich nicht länger, daß Ihr richtig vermutet; ich will Euch sagen, wen ich liebe, wenn Ihr nur Euer Versprechen nach Kräften erfüllt; nur dadurch könnt Ihr mich wieder gesund machen.«

Die Dame war überzeugt, ihr werde gelingen, was ihr aber so, wie sie es dachte, nicht gelingen sollte! Sie bat ihn, ihr seine Wünsche ohne Bedenken zu eröffnen; sie werde sich sogleich bemühen, sein Verlangen zu befriedigen. Da sagte der Jüngling: »Madonna, die hohe Schönheit und das musterhafte Betragen unserer Jeannette, die Unmöglichkeit, ihr meine Liebe bemerkbar zu machen, geschweige denn sie zum Mitleid zu bewegen, und meine eigene Scheu, die mich gehindert hat, zu irgend jemand von meiner Liebe zu sprechen, all dies hat mich in den Zustand versetzt, in dem Ihr mich seht. Und sollte aus irgendeinem Grunde das Versprochene unterbleiben, so seid überzeugt, daß mein Leben in kurzem enden wird!«

Die Dame, die wohl fühlte, man habe den jungen Mann jetzt zu ermutigen, nicht aber ihm Vorwürfe zu machen, antwortete lächelnd: »Darum also hast du dich krank gegrämt? Nun, dann sei nur guten Mutes und laß mich sorgen, sobald du wieder gesund bist!«

Der Jüngling, jetzt voll der besten Hoffnung, gab bald Zeichen entschiedener Besserung, und die Dame dachte, hocherfreut über den glücklichen Erfolg, nun daran, wie sie ihr Versprechen erfüllte. Darum rief sie eines Tags Jeannette und frug sie unter freundlichen Scherzen, ob sie einen Geliebten habe. Jeannette errötete bei dieser Frage über und über und erwiderte: »Gnädigste Frau, ein armes, von Hause verstoßenes Mädchen wie ich, das Fremden dient, darf sich nicht mit der Liebe abgeben.«

Da sagte die Dame:»Wenn Ihr keinen Liebhaber besitzt, so wollen wir Euch einen verschaffen, mit dem Ihr Eure Freude haben und Eurer Schönheit erst recht froh werden sollt; denn es ist ja unerlaubt, daß ein so schönes Mädchen wie Ihr ohne Liebhaber ist.«»Gnädige Frau«, erwiderte Jeannette,»Ihr habt mich aus der Armut meines Vaters gerissen und wie Eure Tochter auferzogen, und darum ist es meine Pflicht, alles zu tun, was Ihr verlangt. In diesem einen aber kann ich Euch nicht willfahren und glaube, recht daran zu tun. Ist es Euch gefällig, mir einen Mann zu geben, so werde ich den lieben, aber keinen andern; mir ist von der Erbschaft meiner Vorfahren ja nichts geblieben als die Sittsamkeit, und so will ich *diese* behalten und bewahren, solange ich lebe.«

Diese Worte waren dem Plan der Dame sehr hinderlich, mit dem sie ihr Versprechen zu erfüllen gedachte; aber verständig wie sie war, mußte sie in ihrem Herzen das Mädchen um so höher achten. Sie sagte darauf:»Jeannette, wenn unser gnädigster König, der ein junger Herr ist, wie du ein schönes, junges Mädchen, von deiner Liebe eine Gunst begehrte, würdest du sie ihm abschlagen?« Sogleich erwiderte Jeannette:»Gewalt könnte mir der König antun; aber mit meinem Willen wird er nie von mir etwas anderes erlangen, als was der Sittsamkeit gemäß ist.«

Die Dame sah nun wohl, wie das Mädchen gesonnen war, und sie erwog, wie sie Jeannette auf die Probe stellen könnte. Sie sagte also zu ihrem Sohne, sobald er genesen sei, werde sie das Mädchen mit ihm in einer Stube alleinlassen; dann möge er selbst sein Glück versuchen; ihr scheine unziemlich, für ihren Sohn wie eine Kupplerin gute Worte zu geben und ein Mädchen in ihrem Dienst um solchen Dienst zu bitten. Der junge Mann war damit keineswegs zufrieden und kränkelte von neuem. Die Mutter sprach jetzt mit Jeannette ganz deutlich, diese aber war noch standhafter. Nun erzählte sie alles, was sie bisher getan, ihrem Gatten; so hart es sie auch ankam, sie entschlossen sich, Jeannette ihrem Sohne zur Frau zu geben, da sie immer noch lieber den Sohn mit einer unebenbürtigen Frau lebendig, als ohne Frau tot sehen wollten. Nach vielem Hin- und Herreden führten sie das wirklich aus. Jeannette freute sich dessen innigst und dankte Gott aus vollem Herzen, daß er sie nicht vergessen, verhehlte aber weiter das Geheimnis ihrer Geburt. Der junge Mann genas, feierte seine Hochzeit fröhlich wie kein anderer und genoß die Freuden der Liebe.

Inzwischen hatte Pierrot, der in Wales bei dem andern Marschall des Königs von England heranwuchs, die Gunst seines Herrn erworben; schön von Gestalt und wacker wie kein anderer der ganzen Insel fand er in Kampfspielen und Turnieren nicht seinesgleichen. Unter dem Namen Pierrot der Picarde, den sie ihm beigelegt hatten, war er denn überall gekannt und geehrt. Wie aber Gott seiner Schwester nicht vergessen hatte, so zeigte sich bald, daß er auch seiner gedachte. In jener Gegend raffte eine verheerende Seuche fast die halbe Bevölkerung hinweg, abgesehen davon, daß die übrigen großenteils in ferne Gegenden flohen, wodurch das Land völlig verödete. Dieser Seuche erlagen auch Pierrots Herr, der Marschall, dessen Gemahlin und Sohn nebst mehreren andern Brüdern, Neffen und Verwandten des Hauses, so daß nur eine schon mannbare Tochter überblieb, dazu Pierrot und einige andere Diener. Wie die Seuche ein wenig nachließ, entschloß sich die junge Dame zur Freude einiger Nachbarn, deren Rat zu folgen und Pierrot, als einen tapfern und tüchtigen Mann, zu heiraten; sie machte ihn zum Herrn über all ihr Erbe. Auch vernahm der König von England bald den Tod des Marschalls und ernannte darauf Pierrot den Picarden, dessen Tüchtigkeit er bereits kannte, zum Nachfolger des Toten als Marschall.

Es waren schon achtzehn Jahre verstrichen, seit der Graf von Antwerpen aus Paris geflohen war; nach mancherlei Leiden und gar dürftigem Leben bekam er Lust, Irland wieder zu verlassen, um in seinem Alter noch etwas von seinen Kindern zu vernehmen. Seine Gestalt hatte er in

der Zeit völlig verändert; doch war er durch die langen
körperlichen Anstrengungen rüstiger geworden als zuvor,
während er in Muße lebte, und so verließ er, arm und
schlecht gekleidet, den Herrn, bei dem er lange gelebt, und
fuhr nach England hinüber. Zunächst ging er nach Wales,
wo er Pierrot gelassen, und fand ihn als einen großen
Herrn und königlichen Marschall wieder und freute sich
auch, daß er gesund und kräftig und schön von Gestalt
geworden war. Aber zu erkennen wollte er sich ihm nicht
eher geben, als bis er auch von Jeannettes Schicksal gehört
hatte. Darum machte er sich auf und ruhte unterwegs
nicht, bis er nach London kam. Hier fragte er sorgfältig
nach der Dame, der er seine Tochter gelassen, und erfuhr,
daß Jeannette ihren Sohn geheiratet hatte. Seine Freude
darüber war so groß, daß er alles vergangene Ungemach
gering achtete, weil er seine Kinder am Leben und in
glücklicher Lage wiederfand. Voller Verlangen, die Tochter wiederzusehen, ging er nun täglich in der Nähe ihres
Hauses betteln. Hier sah ihn eines Tags Jakob Lamiens –
so hieß der Gemahl Jeannettens –, und es jammerte ihn
des armen Alten, so daß er ihn durch einen Diener in das
Haus führen und ihm zu Essen geben ließ. Jeannette hatte
dem Jakob schon mehrere Kinder geboren, von denen das
älteste acht Jahre zählte, und alle waren die hübschesten,
artigsten Kinder der Welt. Als diese den Grafen essen
sahen, waren sie gleich alle um ihn her und taten schön
mit ihm, als ob sie aus verborgener Kraft in ihm den
Großvater erkannten. Der Graf merkte bald, daß es seine
Enkel seien, und herzte und liebkoste sie; weshalb denn
die Kinder, soviel auch ihr Lehrer rief, nicht von ihm
lassen wollten. Jeannette hörte das Rufen; sie kam aus
einem anstoßenden Gemach in den Raum, wo der Graf
sich befand, und drohte den Kindern nachdrücklich mit
Schlägen, wenn sie ihrem Lehrer nicht folgten. Da begannen die Kinder zu weinen und sagten, sie wollten bei dem
wackern Manne bleiben; der habe sie lieber als ihr Lehrer,
worüber Graf und Gräfin herzlich lachen mußten. Inzwi-

schen war der Graf von seinem Sitze aufgestanden, nicht um die Tochter als Vater zu begrüßen, sondern um ihr, wie ein armer Mann einer vornehmen Dame, seine Ehrfurcht zu beweisen. Er hatte sich über ihren Anblick im stillen unsäglich gefreut; aber sie erkannte ihn weder damals noch später, so sehr hatte er sich gegen früher verändert; denn alt und grau, bärtig und mager und braun im Gesicht, glich er eher einem Wildfremden als dem Grafen von Antwerpen. Wie die Dame sah, daß die Kinder weinten, wenn man sie weggehen hieß, sagte sie dem Lehrer, er möge sie nur eine Weile gewähren lassen. Während die Kinder noch bei dem wackern Alten verweilten, kam Jakobs Vater gerade nach Hause und erfuhr von dem Lehrer das Geschehene. Nun mochte er seine Schwiegertochter ohnehin nicht mehr; so sagte er denn zu dem Lehrer: »Laßt sie beim Henker, der sie holen mag, wenn er Lust hat; sie zeigen ihre Abkunft in ihrem Benehmen. Bettelkinder sind sie von Mutters Seite, und da ist es denn kein Wunder, wenn es ihnen bei Bettlern am wohlsten ist.« Der Alte hörte die böse Rede und fühlte sich schwer gekränkt, doch zuckte er nur die Achseln und trug diesen Schimpf geduldig wie so manchen andern. Jakob hatte aber seine Kinder so recht lieb; als er sah, wie freundlich sie gegen den wackern Mann waren, wollte er, obgleich es ihm nicht gelegen war, sie nur nicht weinen sehen; deshalb ließ er jenen fragen, ob er im Hause einen Dienst annehmen wolle. Der Alte wollte gern bleiben; doch er verstehe sich, sagte er, auf weiter nichts, als die Pferde zu warten, was er sein Leben lang getan. Darauf wurde ihm ein Pferd angewiesen, und sobald er das besorgt hatte, scherzte und spielte er mit den Kindern. Während das Schicksal auf diese Weise den Grafen und seine Kinder geführt hatte, war der König von Frankreich, nachdem er mit den Deutschen mehrmals Waffenstillstand geschlossen hatte, gestorben und an seiner Stelle war der Sohn gekrönt worden, dessen Gemahlin durch ihre Verleumdung den Grafen vertrieben hatte. Als der letzte Waffenstillstand mit den Deutschen ablief, begann der junge König den Krieg mit neuer Erbitterung, und der König von England sandte ihm, als sein neuer Vetter, dazu zahlreiche Hilfsvölker unter der Führung seines Marschalls Pierrot und des Jakob Lamiens, des Sohnes seines andern Marschalls. In Jakobs Gefolge zog denn auch der alte Graf unerkannt mit; er lebte geraume Zeit im Lager als Pferdeknecht und wirkte hier, verständig und erfahren, durch Rat und Tat mehr Gutes, als seiner Stellung zukam.

Während dieses Kriegs wurde nun die neue Königin von Frankreich schwer krank. Und wie sie den Tod nahen fühlte, beichtete sie zerknirscht alle Sünden dem Erzbischof von Rouen, den alle als einen besonders frommen und wohlmeinenden Mann schätzten. Ihm beichtete sie denn unter andern Sünden auch ihr schweres Unrecht an dem Grafen von Antwerpen, und sie wiederholte diesen Teil der Beichte mit dem ganzen Hergang der Sache in Gegenwart vieler anderer angesehener Personen und bat diese, bei dem Könige für den Grafen selber, wenn er noch lebe, sonst für seine Nachkommen die Einsetzung in ihren frühern Stand zu befürworten. Nicht lange nach diesem Geständnis starb die Königin, und sie ward ehrenvoll begraben.

Als dem König das Zeugnis seiner Gemahlin berichtet wurde, seufzte er zuerst über das schwere Unrecht, das er einem so wackern Mann angetan, ließ aber dann im ganzen Heere und weit und breit im Lande ausrufen, wer den Grafen von Antwerpen oder eines seiner Kinder nachzuweisen wisse, solle für einen jeden derselben auf das namhafteste belohnt werden; der König wisse aus dem Geständnis seiner Gemahlin, daß der Graf an dem Vergehen unschuldig sei, für das er ihn verbannt habe; er beabsichtige, in die alten Ehren und Würden ihn wieder einzusetzen und ihm noch höhere zu verleihen. Diesen Aufruf hörte auch der Graf als Stallknecht, und da er am besten wußte, daß sich wirklich alles so verhielt, ging er sogleich zu Jakob, seinem Herrn und Schwiegersohn, und bat diesen, ihn mit Pierrot zusammenzubringen; denn er wolle dem König nachweisen, was er suche. Wie sie alle drei beisammen waren, sagte der Graf zu Pierrot, der schon selbst sich zu entdecken geneigt war: »Pierrot, deine Schwester ist dieses Jakobs Frau; eine Mitgift hat er von ihr nie bekommen. Damit aber deine Schwester nicht ohne Aussteuer bleibt, so will ich, daß er und niemand anders die große Belohnung erhält, die der König ausgelobt hat. So mag Jakob dich als den Sohn des Grafen von Antwerpen angeben, seine Frau als Violante, deine Schwester, und mich, euern Vater, als den Grafen von Antwerpen.« Bei diesen Worten blickte Pierrot dem Alten genauer ins Gesicht und erkannte ihn plötzlich, warf sich ihm weinend zu Füßen, umarmte ihn und sagte: »Vater, seid tausendmal willkommen!« Jakob war zuerst von der Rede des Grafen und dann von dem Benehmen Pierrots so überrascht, daß er gar nicht wußte, was er tun solle. Doch maß er bald den Worten des Grafen allen Glauben bei, und voller Scham wegen harter Worte, die er gegen seinen Pferdeknecht wohl gebraucht hatte, sank er ihm weinend zu Füßen, um für das Geschehene demütig Verzeihung zu erbitten; der Graf erteilte sie ihm willig, indem er ihn aufstehen hieß. Als sich alle drei ihre wechselnden Schicksale unter viel Tränen und ebensoviel Freude erzählt hatten, wollten Pierrot und Jakob den Grafen mit neuen Kleidern versehen. Der Graf bestand aber darauf, daß Jakob sich die Belohnung zuvor sichere und ihn dann im Knechtsgewande dem Könige vorführe, um diesen desto mehr zu beschämen. So ging denn Jakob, dem der Graf und Pierrot in einiger Entfernung folgten, vor den König und versprach ihm, den Grafen und dessen Kinder zu bringen, wenn er ihn gemäß der Auslobung belohnen wolle. Sogleich ließ der König die für einen jeden bestimmten Belohnungen herbringen, über deren Größe Jakob staunte, und hieß ihn diese hinnehmen, wenn er wirklich sein Versprechen erfülle und den Grafen und

dessen Kinder nachweise. Da wandte Jakob sich um, ließ
den Grafen, seinen Knecht, und Pierrot vortreten und
sagte: »Gnädigster Herr, hier sind Vater und Sohn; die
Tochter, die meine Gemahlin ist, habe ich zwar nicht zur
Stelle, doch sollt Ihr sie, so Gott will, baldigst sehen.«
Als der König das hörte, blickte er den Grafen an, und so
sehr dieser auch gegen früher verändert war, erkannte er
ihn dennoch wieder, nachdem er ihn eine Weile betrachtet
hatte, und hob den Knienden fast unter Tränen zu sich
empor und küßte und umarmte ihn. Auch den Pierrot
empfing er freundschaftlich und befahl, den Grafen sogleich mit Kleidern, Dienerschaft, Pferden und Geräten
so reichlich, wie es seinem hohen Range gezieme, zu versehen. Alsbald wurde dieser Befehl vollzogen. Dann erwies der König dem Jakob ebenfalls vielfache Ehre und
ließ sich von ihm alles Vergangene berichten. Als aber
Jakob die Belohnungen wegtragen ließ, die er für die
Auskunft über den Grafen und dessen Kinder erhalten,
sagte der Graf: »Nimm das als ein gnädiges Geschenk
unsers Herrn, des Königs, und vergiß nicht, deinem Vater
zu sagen, daß deine Kinder, seine wie meine Enkel, auch
von Mutters Seite keine Bettelkinder sind.« Jakob nahm
die Geschenke und ließ die Frau und deren Schwieger-
mutter nach Paris kommen. Auch Pierrots Frau wurde
gerufen, und alle lebten in großen Freuden mit dem Grafen zusammen, zumal ihn der König in alle seine Güter
wieder eingesetzt und mit höheren Würden begabt hatte
als je zuvor. Dann beurlaubte sich ein jeder und kehrte an
seinen Ort zurück; der Graf aber lebte noch viel ruhm-
voller als zuvor bis an sein Ende am Hof seines Königs
in Paris.

ZEITTAFEL

1. Jahrhundert
Petronius Arbiter, gest. 66 nach Chr.

13. Jahrhundert
Le cento novelle antiche

14. Jahrhundert
Giovanni Boccaccio 1313–1375
Ser Giovanni Fiorentino 1378–ungefähr 1385 aus
Florenz deportiert
Franco Sacchetti um 1330–1400?

15. Jahrhundert
Masuccio Salernitano 1420?–1480?

16. Jahrhundert
Matteo Bandello 1485?–1561?
Francesco Maria Molza 1489–1544
Luigi Alamanni 1495–1556
Giovanni Francesco Straparola 1480/1500–1557
oder später
Pietro Fortini 1500–1562
Antonio Francesco Grazzini 1503–1584
Giambattista Giraldi-Cintio 1504–1573
Antonio Francesco Doni 1513–1574
Celio (Celso) Malespini 1531–1609 oder später

16./17. Jahrhundert
Giambattista Basile 1575–1634

17. Jahrhundert
Giovanni Francesco Loredano 1607–1661 (1671?)

18. Jahrhundert
Carlo Antonio Vassalli 1734–?

18./19. Jahrhundert
Michele Colombo 1747–1838

Die Verfasser der Novellen

Reihenfolge der Novellen